OSELRUNA
&
OSILUN

눈의 나라
얼음의 꽃

눈의 나라 얼음의 꽃 1

이상혁 판타지 장편 소설

초판 1쇄 찍은 날 § 2009년 10월 15일
초판 1쇄 펴낸 날 § 2009년 10월 24일

지은이 § 이상혁
펴낸이 § 서경석

편집장 § 문혜영
편집책임 § 주소영

펴낸곳 § 도서출판 청어람
등록번호 § 제1081-1-89호
등록일자 § 1999. 5. 31
어람번호 § 제1-1082호

주소 § 경기도 부천시 원미구 심곡2동 163-2 서경B/D 3F (우) 420-822
전화 § 032-656-4452 팩스 § 032-656-4453
http://www.chungeoram.com
E-mail § eoram99@chollian.net

ⓒ 이상혁, 2009

ISBN 978-89-251-1965-6 04810
ISBN 978-89-251-1964-9 (세트)

OSELRUNA
&
OSILUN

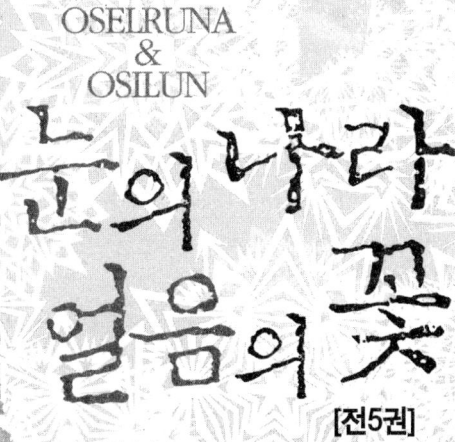

눈의 나라
얼음의 꽃

[전5권]

1

이상혁 판타지 장편 소설
CHUNGEORAM SPECIALIST NOVEL

도서출판

청어람

Contents

OSELRUNA
&
OSILUN

카이레 2세 14년.

지독히도 눈이 많이 내린 날이었다.

소년과 소녀는 사냥을 나왔다가 눈보라를 만났다. 둘 모두 이곳에서 태어나 자라왔기에 눈보라를 피할 장소를 찾는 것은 어렵지 않았다.

자그마한 동굴 안에서 모닥불과 서로의 어깨에 의지해 눈보라가 그치기만을 기다렸다.

눈처럼 흰 머리칼을 가진 열네 살의 소년과 소녀.

소년은 거친 모피 외투와 두꺼운 모직 재킷, 바지를 입고

있었다. 털 장화는 온통 축축하게 젖어 모닥불에 벗어 말리는
중이었다.

소녀는 장신구가 섬세하게 달려 있는 감색 모피 코트와 면
제 드레스셔츠를 입고 있었다. 체크무늬 모직 바지 밑으로 젖
지 않은 가죽 구두가 보였다.

"눈보라 참 심하게 분다."

소녀가 동굴 밖을 내다보았다.

"있잖아, 오실룬. 나는 로포노프 선생님의 어제 강의가 도
무지 이해가 안 가."

담청색 눈동자의 소녀가 한 말에 소년 오실룬이 멍하니 모
닥불을 응시하며 대꾸했다.

"국가는 국민을 보호해야 할 의무가 있고, 국민은 그러기
위해 권력의 일부를 국가에 양도했다는 이야기 말이야?"

"응. 그게, 우리 르에페 왕국의 국왕 전하께서 신민들로부
터 권력을 양도받았다는 이야기잖아. 그런데 르에페 왕국은
200년 전 케제비 1세 전하께서 개척하신 땅인걸."

"오셀루나."

"응?"

소녀가 눈을 반짝이며 소년의 옆모습에 집중했다.

"우리는 법을 따라야 하잖아. 그 법이야말로 국가의 권력
이야. 그리고 법은 대부분의 사람들이 수긍할 수 있게 만들어

야 해. 아니라면 사람들이 지키려 하시 않을 테니까."

"응, 맞아. 입법의 원리에 대해서는 전에 로포노프 선생님께 배웠어."

"그 과정이 바로 어제의 공부 내용이야. 법이라는 권력은 국왕 전하께서 가지고 계시지만, 모든 신민들이 반대를 한다면 집행되기 어려울 기야. 그리고 법은 우리 왕국을 보호하기 위해 존재하잖아? 왕국을 보호한다는 건 왕실의 재산을 지키는 것이며, 동시에 신민들의 안전을 지키는 거야."

"아! 그렇구나."

오셀루나는 웃으며 고개를 끄덕거렸다.

"정말로 오실룬은 머리가 좋다니까! 우리 집에 하인으로 들어와 로포노프 선생님의 수발을 들기 시작했을 때만 해도 보통의 코흘리개 꼬맹이였는데."

오실룬이 오셀루나를 바라보았다. 그리고 빙긋 웃었다.

"나는 코를 흘리고 다닌 적은 없어."

"흥, 나는 기억에 있는걸. 하나, 둘… 그러니까 자그마치 7년 전이네."

손을 꼽아 햇수를 세어보던 오셀루나가 오실룬을 향해 미소 지었다.

"너는 나와 한날한시에 태어났잖아. 우리 둘 다 흰 머리칼이고… 내 이름은 눈의 정령, 그리고 네 이름은 얼음의 정령."

이야기를 하던 오셀루나가 조금 시무룩한 표정을 지었다.

"그렇지만 이렇게 단둘이 있을 때만 친하게 지내야 한다는 게 너무 싫어."

오실룬은 다시 모닥불 쪽으로 눈을 돌렸다. 시시각각으로 변하는 불꽃은 너무나도 화사했다. 그 아래 식어가며 하얗게 초라해진 잿더미만큼.

"너는 귀족이고 나는 평민이니까."

"그치만… 쿨럭."

오셀루나가 갑자기 기침 소리를 냈다. 오실룬이 다급히 그녀를 부축했다. 안색이 새파랬다. 등을 쓸어주자 오셀루나의 얼굴색이 조금 편안해졌다.

"고마워."

"오셀루나."

묵직한 오실룬의 목소리가 오셀루나를 불렀다.

"응?"

"나는 언젠가 크세리온 지협의 남쪽 끝으로 갈 거야. 그래서 그곳에 피어 있다는 붉은 꽃을 손에 넣을 거야. 어떤 소원이라도 들어준다는… 그 꽃으로 꼭 네 병을 고쳐 줄게."

오실룬은 굳은 표정으로 말했다. 진심이라는 것을 강변하기라도 하는 듯한 얼굴에 오셀루나는 화사한 미소를 지었다.

"이젠 익숙한걸. 차라리 네가 귀족이 되고 싶다는 소원을 빌어. 그렇다면… 그렇게 된다면……."

소녀는 얼굴을 붉히고 말꼬리를 흐렸다.

소년은 소녀의 어깨를 팔로 감쌌다. 다른 손으로는 그녀의 손을 꼭 잡았다. 소녀는 소년의 몸을 꼭 안았다.

모닥불의 붉은빛이 소년과 소녀의 얼굴에 어른거렸다. 누가 시킨 것도, 누가 그렇게 만든 것도 아니건만 어떠한 미소보다도 부드러운 웃음이 두 사람의 입가에 걸렸다.

소년에게 소녀는, 그리고 소녀에게 소년은 이 세상의 어느것보다 사랑스럽고 소중했다. 서로의 미소가 너무나도 좋았다. 떨어져 있을 때보다 겹쳐질 때 더욱.

단지 입술과 입술이 마주 닿을 뿐이지만 그것으로 충분했다. 보드라운 피부의 느낌을 입술로 맛보는 것이 너무나 행복했으니까.

솟아오른 불티에 뺨이 따끔거리고, 둘은 다시 두 사람이 되었다. 뺨에 입술의 색이 번져 물들었다. 마주 본 눈, 입가에 웃음이 피었다.

오셀루나가 오실분의 손을 잡아당겼다. 눈짓으로 동굴의 한쪽 벽을 가리킨다.

"이제 4년 남았네."

"응, 6년 전에 저곳을 막았으니까."

그 두 사람이 가리킨 곳은 아담한 동굴 한편의 그림자 진 곳이었다. 그곳에 무엇이 있다는 것인지는 이야기하고 있는 두 사람만이 알 듯했다.

"어서 그날이 왔으면 좋겠어."

오셀루나의 말에 오실룬은 빙긋 웃었다.

"어른이 되고 싶다는 거야?"

"물론이지. 너는 아니야?"

"나는……."

오실룬은 생각에 잠겼다. 평민, 그것도 가난하기 그지없는 집안의 아이. 고용되어 있는 집의 아가씨, 아니, 오셀루나와 이런 식으로 지낼 수 있는 것이 앞으로 얼마나 될까?

어렴풋이 그녀와 자신 사이에 있는 벽에 대해 느꼈다. 좀 더 세상에 대해 많이 알게 되고 알아야 할 나이가 된다면 그 벽은 훨씬 또렷이 앞을 가로막을 테다.

어른이 된다는 것이 정말 좋은 일일까?

하지만 오실룬은 오셀루나에게 고개를 끄덕였다.

"응, 되고 싶어. 그래야 저 먼 크세리온 지협으로 모험을 떠날 수 있을 테니까."

오실룬의 말에 오셀루나는 배시시 미소를 띠었다. 그녀의 표정이 참을 수 없을 만큼 사랑스러웠기에 오실룬은 다시 그녀에게 접근했다.

이 시간들이 언제까지라도 이어졌으면……. 시간아, 흐르지 말아다오.

간절한 소원이건만, 방해자가 등장한다.

"오실룬, 따라오너라!"

깜짝 놀라 오셀루나를 안았던 팔을 풀고 그녀의 곁에서 떨어졌다. 오실룬은 등장한 남자의 심각한 표정에 덩달아 얼굴을 굳혔다.

"로포노프 선생님!"

수염을 길게 기른 그 남자가 오셀루나를 슬쩍 보곤 오실룬에게 말했다.

"너희 가족 모두가 도열자(盜熱者)로 처형됐다. 지금 너를 찾아 사형시키기 위해 도열감시청 사람들이 움직이고 있어."

오실룬이 자리에서 벌떡 일어났다. 고개를 내려뜨려 오셀루나를 보았다. 오셀루나의 표정이 새파랗게 질려 있다. 입술은 보라색을 띠었다.

"오, 오실룬……."

"빨리 오거라. 나와 같이 북쪽으로 가자."

로포노프는 오실룬의 손을 잡아끌었다. 질질 끌려가면서도 오실룬의 시선은 오셀루나에게서 떨어지지 않았다. 그의 시야 안에 있는 오셀루나는 머리를 숙이고 있었다. 눈을 감은 채였다.

그녀는 떨었다.

손끝이 쉴 새 없이 부들거리고 이빨까지 떨리기 시작했다. 어깨가 흔들린다. 꼭 감은 눈을 뜰 용기가 나지 않았다.

"미안해."

떨리는 목소리로 입을 열었다.

"미안해."

아무 대답도 들려오지 않는다. 온 힘을 다해 눈을 떠보았다. 조금 전까지 온화하게 타오르던 모닥불이 지금은 한없이 차갑게 느껴졌다. 동굴 안에는 이제 자신뿐이었다.

갓 태어난 사슴처럼 후들거리며, 떨며, 벽을 짚어 일어났다. 비틀거리고 휘청거려 동굴 입구로 걸어갔다. 이제는 두 개의 점이 되어 눈보라 속으로 그가 사라져 간다.

"미안해!"

외쳤다. 목구멍이 따가울 정도로, 때리는 눈보라에 앞머리가 축축이 젖을 때까지, 폐에 오랫동안 숨어 있는 병이 날뛰고 머리가 어질해질 때까지.

"미안해."

그리고 의식을 잃을 때까지.

가물거리는 의식 속에서 오셀루나는 자신의 신분을 떠올렸다. 르에페의 오랜 명문 가문을 이끄는 백작 가문의 외동딸이라는.

그리고 그 아버지 에카노프 백작이 도열감시청의 청장이
라는 것을.

Chapter 01

시간과 시간 너머의 귀향

OSELRUNA
&
OSILUN

처음 이 나라 르에페(Le—Effet)에 돋보기가 건너왔을 때 사람들은 온갖 것들의 확대된 모습을 보며 즐거워했다. 직물의 격자무늬를 보고, 피부의 잔털들을 관찰하며.

어린이로 돌아간 어른들이 축제의 한편에서 볼록한 유리에 눈을 바투 붙였다.

무엇보다 그들을 놀라게 한 것은 눈의 모습이었다.

매해 변덕으로 생업에 지장을 주고, 때로는 수많은 사람들의 목숨을 앗아가는, 늘 곁에서 태연스런 순백의 얼굴을 하고 있는 눈.

육각으로 뻗어 있는 섬세한 가지들은 어느 세공사의 보석 작품보다 뛰어났다. 반짝이는 얼음 결정들에 황홀경을 느꼈다. 이 혼한 것이 이렇게나 아름다웠다니!

사람들은 당장에 그 아름다운 무늬를 문화로 끌고 왔다. 회화, 조각, 건축, 더욱 확대되어 생활 전반에까지. 의복, 식기 등 한때는 나라 전체가 눈의 무늬에 열광했다.

르에페의 전왕 케제비 3세는 눈 무늬를 이용한 특산물의 생산을 장려했다.

그는 심지어 왕실의 문장에까지 눈의 무늬를 그려 넣었다. 전나무라는 르에페의 상징에 육각형을 더한 것이다.

르에페의 눈 무늬가 상감된 목기(木器)와 목제 장식품들은 북쪽의 대국 루흐노프에서 선풍적인 인기를 끌었다. 석탄과 목재, 모피의 수출에만 의존하던 국부가 크게 성장한 것도 당연한 일이었다.

케제비 3세는 현명한 사람이었다. 그렇게 끌어 모은 재산으로 먼 동쪽의 나라 쉬에리엔의 비단을 사 모은다거나 금붙이로 왕궁을 장식하는 따위의 행동은 일체 하지 않았다.

크세리온 지협에서 가장 두려운 것은 무엇일까?

케제비 3세는 그것을 극복하기 위해 평생을 바쳤다. 맹수도, 전쟁도, 전염병도 아니었다. 크세리온 지협의 사람들이 가장 두려워하는 것은 10월에 시작되어 이듬해 4월에 끝이 나는 겨울이었다. 눈이고, 추위였다.

눈사태를 막기 위해 목재의 벌채는 계획적이고 제한적으로 이루어질 수밖에 없다. 대부분의 난방은 석탄을 이용했지만 효율이 낮았다. 채굴장에서 도시로 운반하는 것만으로도 지나치게 많은 에너지가 들었다. 무엇보다 비쌌다.

케제비 3세는 왕국 내외의 학자들을 모았다. 그리고 학자들은 획기적인 난방을 고안해 냈다. 그것은 일종의 중앙집중식 보일러였다. 탄광에서 그리 멀지 않은 곳에 거대한 보일러를 설치하고, 그곳에서 물을 데워 도시에 열을 공급한다는 계획이었다.

학자들은 먼저 석탄을 운반하는 것보다 열을 나르는 것이 쉬우며—중력을 이용해 물을 흘려보내기만 하면 되니까—보일러에 공급할 물은 산 위의 만년설을 이용하면 되니 지금까지 나온 어떠한 난방법보다 효율적이라고 주장했다.

초대형 보일러가 설치되고, 온수를 실어 나를 파이프가 건설되었다. 파이프는 보온을 위해 두께 1미터가량의 단열재로 감쌌다.

수도 라누아와 가장 가까운 라누아 탄광에 실치된 이 첫 번째 보일러는 왕실의 은혜[Grace Royal]라 이름 붙여졌다.

케제비 3세가 82세가 되던 해에 보일러가 처음으로 온수를 왕국에 공급했다. 60도가 넘는 온수가 왕궁의 분수로 뿜어져 나왔다. 사람들은 환호성을 질렀고, '왕실의 은혜'를 만든 케제비 3세는 성군의 칭호를 얻었다.

수도에 수많은 열 파이프가 설치되기 시작했다. 가장 먼저 왕실을 데운 온수가 다음으로 귀족의 집을 통과했다. 이어 상인 계층을 거쳐 평민, 빈민들의 집이었다. 집과 집 사이는 단열재로 감싼 두툼한 파이프들이 복잡하게 연결되었다.

이 대공사는 케제비 3세가 90세가 되던 해에 끝이 났다. 왕실의 은혜는 정말로 왕실의 은혜가 되었다. 수도 라누아의 모든 집에 난방용 온수를 공급하기 위한 준비가 전부 끝이 난 것이다.

물론 그 대가로 열세(熱稅)라는 세금이 새로 생겨났다. 또한 난방을 목적으로 한 석탄과 목재의 거래가 대부분 법으로 금지되었다.

이듬해 케제비 3세가 죽고, 그 해 9월에 처음으로 왕도 라누아 전역에 온수가 공급되었다. 하지만 그 10월에 빈민촌으로 이어진 파이프 중 1할이 동파되었다.

왕실과 귀족, 그리고 부유한 상인들의 집을 거친 온수는 더이상 따듯하지 않았다. 빈민들은 추위에 떨었다. 처음부터 왕실의 은혜는 탁상 위 상상의 산물일 뿐이었다.

케제비 3세를 이어 왕에 오른 카이레 2세는 통치 초기의 3년

간 이 문제를 해결하기 위해 부단히 노력했다. 3년째 되는 해 동파 현상은 막을 수 있게 되었다. 하지만 빈민의 집에 흐르는 물은 결코 따듯해지지 않았다. 그해 겨울 동안, 30명이 자신의 집 안 침대 위에서 동사했다.

열세는 그 후로 9년 동안 단 한 해도 거르지 않고 징수되었다. 땔나무와 석탄의 난방 이용 금지는 12월에서 2월까지 단 3개월에 한해 해금되었지만, 그것에도 특별세가 더해졌다.

왕실의 분수는 온수를 내뿜고, 부유한 상인의 집에서는 겨울에도 외투를 입지 않았다. 그리고 평민들은 세금을 냈다.

사람들이 열을 훔치기 시작한 것은 카이레 2세 12년째 되는 해부터였다.

도시 전역에 복잡하게 얽혀 있는 엄청난 수의 열 파이프들은 어디서 어디로 물이 흐르고 있는지조차 알 수 없을 정도였다. 동사(凍死)의 공포에 치를 떨며 일부 사람들이 귀족의 열 파이프에 구멍을 냈다. 그리고 자신의 집으로 열을 연결시켰다. 열을 훔친 것이다.

하나둘 열을 훔치는 사람들이 늘어났다. 집 안에 미미한 온기를 가져오는 소심한 사람들로부터, 귀족의 집을 방불케 할 만큼 많은 양의 열을 끌어오는 사람까지. 더 이상 잃을 것이 없는 자들, 그리고 피치 못할 사정이 있는 이들, 제각각의 이유로 빈민들은 열을 훔쳤다.

이 비밀은 그리 오래 지켜지지 못했다.

카이레 2세 13년째 되는 해에 처음으로 이 '범죄'가 치안 당국에 의해 적발되었다. 사법원은 열을 훔친 이 범죄자들에게 사형을 언도했다. 그 판례는 귀족원에 의해 정식 법으로 인정되었다.

르에페 특별 형법 제4조—통칭 도열(盜熱)법.

1항, 신민은 어떠한 일이 있어도 허가받지 않은 방법으로 '왕실의 은혜'에 손을 대선 안 된다.

2항, '왕실의 은혜'에 손상을 입히거나 열의 움직임에 고의적인 변화를 가져오는 자는 아래 항에 따라 처벌한다.

3항, '왕실의 은혜'의 작동을 방해하는 자는 그 가족까지 사형에 처한다.

4항, 열의 움직임에 고의적인 조작을 가하는 자는 그 가족까지 사형에 처한다.

5항, 왕실은 현왕(賢王) 케제비 3세의 공적을 영원히 지키기 위하여 왕실예전부 아래에 도열감시청을 신설하여 법을 집행하도록 한다.

한편, 그 후로 라누아를 제외한 르에페의 어느 도시에도

'왕실의 은혜' 는 설치되지 않았다.

2

카이레 2세의 치세도 24년이 흘렀다.

3월.

은설원 위로 한 대의 마차가 달리고 있었다. 바퀴를 대신해 폭이 넓은 썰매 날을 붙인 이 마차는 한눈에 보기에도 귀족의 것이었다.

마차를 끌고 있는 것은 네 마리의 예카였다. 말이나 소와 비슷한 종류의 가축으로, 털이 길고 다리가 두꺼운 것이 특징이었다. 눈이 많은 지형에서 서식하며 지구력이 좋아 이곳 그레이트 그린의 남쪽과 크세리온 지협 일원에서는 말을 대신해 널리 쓰이고 있었다.

고동색 마차의 문에는 방패 모양의 문장이 새겨져 있었다. 넷으로 나누어 각각의 위치마다 다른 색과 문양을 그려놓았다.

방패의 문양은 왼쪽 위에서 오른쪽 아래까지 각각 섬기는 왕, 지역, 가문의 상징, 작위 상속권을 가진 자와 그 외의 구분 등을 상징했다.

이 마차에 그려진 문양은 각각 쌍두의 독수리와 등대가 서 있는 바다, 가시나무 잎, 그리고 세 잎의 클로버였다. 루흐노프 제국으로부터 기사의 작위를 받은 아인도브 만 지역의 비상속자라는 뜻이었다. 가시나무 잎은 베스카 가문을 상징했다.

썰매 날의 완충기와 잘 닦여진 눈길 덕택에 마차 안은 쾌적했다. 한 남자와 그의 하인으로 보이는 또 한 명의 남자가 마차 안에 마주 앉아 있었다. 둘 모두 스물서너 살쯤으로 보였다.

베스카 가문의 귀족이 눈을 뜨며 차창에 드리워 있는 커튼을 살짝 들어 올렸다.

창밖에는 눈 쌓인 나무, 자그마한 언덕배기, 도로 때문에 깎여 나간 구릉 따위가 흰색의 선이 되어 스쳐 지나가고 있었다. 마차가 일으킨 아담한 눈보라가 종종 차창을 때렸다.

"뭐 볼 거라도 있어?"

평대로 말을 꺼낸 것은 베스카의 건너편에 앉은 하인이었다. 붉은색에 가까운 갈색 머리칼을 짧게 쳐올린 그는 아직 잠이 덜 깬 듯 실눈을 비비며 새어들어 오는 빛을 흘겨봤다.

"아, 깼냐? 뭐 볼 거 있겠냐. 지긋지긋한 눈… 이지."

베스카가 커튼을 고리에 걸어 고정시키며 팔짱을 꼈다. 잡티 하나 없는 백발에 짙은 보라색 눈동자를 가진 그는 등을 마차 의자에 푹 눌러 기댔다. 하인이 물었다.

"이 지방 출신이라고 했던가?"

"응? 그렇지, 뭐."

"몇 년 만이야?"

"아마도 10년?"

하인은 베스카의 대답을 들으며 회중시계를 꺼내 들었다. '시계 밥을 준 지 얼마나 지났더라? 맞기는 한 거야?'라는 생각을 하며 시간을 확인했다. 시침과 분침은 2시를 조금 지난 때를 가리키고 있었다.

하인이 기지개를 켰다. 나지막한 천장에 손목이 닿는다. 그는 눕듯 앉았던 몸을 일으키며 차창 쪽으로 몸을 내밀었다.

"정말 눈이 많군."

"빌어먹을 만큼 많이 내리지. 보름 동안 내릴 때도 가끔 있어."

"뭐, 썰매 타긴 좋겠네."

"글쎄, 조난당하지 않을 자신이 있다면."

베스카는 창밖에서 하인에게로 시선을 돌렸다.

"그보다 펠리페, 하인이면 하인답게 굴지그래?"

하인의 이름이 펠리페인 듯했다.

"앙? 벌써부터?"

"이제 곧이야. 입에 버릇을 들여놔야지, 안 그러면 실수하기 딱 좋아."

하인 펠리페는 목을 한 바퀴 꺾으며 우두둑 소리를 냈다.

"알았어. 리더가 시키는 대로 해야지. 베스카 사작 나으리, 날씨가 좋지 말입니다."

머리는 굽실굽실, 손바닥은 비비적비비적. 비굴한 표정으로 펠리페가 베스카에게 고개를 조아렸고, 베스카는 웃음을 터뜨렸다.

"푸하, 그것참 걸작이네."

펠리페도 베스카를 따라 웃음을 터뜨렸다. 한참이나 깔깔거리며 웃는 사이 마부석의 창문이 딸각 열렸다. 그곳으로 사각형의 턱이 인상적인 짧은 머리의 남자가 고개를 들이민다. 머리가 얼마나 큰지, 반쪽짜리 마부석의 창으로는 이마 위와 턱 아래가 잘려 나갔다.

"뭐야, 뭐야? 무슨 재미있는 일이라도 있는 거야?"

"하바툴! 운전할 때는 앞을 보라고!"

펠리페가 그의 주먹코에 손가락을 튕기며 외쳤다. 아니나 다를까, 뭘 잘못 밟았는지 마차가 덜컹 흔들린다.

하바툴이라 불린 마부가 '어어' 하며 예카의 고삐를 당겼다. 덜덜 떨리던 마차가 쿵 하는 소리를 내며 어딘가에 처박혔다.

이리 부딪치고 저리 박으며 펠리페와 베스카는 한참을 고

생해야 했다. 두 팔로 마차를 붙잡아 간신히 몸을 고정시키고, 잔뜩 기울어진 마차 밖으로 끙끙대며 나왔다.

마차는 길에서 벗어난 둔덕에 한쪽 썰매 날을 걸쳐 두었다. 하바툴이 끙끙대며 마차를 제대로 돌리려 애쓰는 모습이 보였다.

펠리페는 하바툴에게 다가가 그의 엉덩이를 발길질로 차올렸다. 구부리고 있었음에도 키가 펠리페만 한 하바툴의 거구는 1초쯤 있다 엉덩이를 쓰다듬으며 뒤로 돌아섰다.

"운전이라도 좀 잘해봐, 곰탱아!"

보통 사람의 얼굴만 한 손바닥으로 뒷머리를 긁적이며 하바툴이 사과 말을 한다. 어눌하니 느린 말투였다.

"미안, 미안."

"됐어. 그쯤 해둬."

그사이 베스카는 기울어진 마차 안으로 상체를 들이밀어 마차 안에 걸려 있던 외투를 꺼냈다. 짙은 청색에 회색의 털이 달린 고급스런 코트였다. 두툼한 갈색의 모피 외투도 함께 꺼내 펠리페에게 던져 주었다.

펠리페는 양쪽 팔뚝을 쓸어 비비고 있다가 베스카가 준 외투를 걸쳤다.

"춥기는 춥구먼그래. 그레이트 그린 남쪽 평야에서 고작 열흘 떨어진 곳인데."

베스카는 눈이 쌓인 바위인 듯 보이는 불룩 튀어나온 곳에 올라가 길 저 너머로 목을 빼고 있었다.

"여긴 눈과 얼음밖에 없는 곳이야."

베스카의 말에 펠리페가 웃었다.

"히히, 그리고 눈먼 돈하고."

베스카도 펠리페를 바라보며 씩 웃었다.

"고럼, 고럼."

그러는 사이 하바툴이 마차를 제자리로 돌려놓았다. 숫제 마차 뒤를 들어 올려 끌어내고, 다시 앞을 들어 당겼다. 덩치가 부끄럽지 않은 괴력이었다.

펠리페가 베스카의 어깨를 탁 치며 마차에 올랐다. 하바툴도 마부석에 앉았다. 한참이 지나도 마차에 타지 않는 베스카를 향해 펠리페가 뒤창을 열어 고개를 빼고 외쳤다.

"오실룬, 빨리 가자!"

베스카 사작 오실룬은 고개를 끄덕였다.

오실룬은 10년 만에 돌아온 고향의 풍경에 그리움보다는 낯섦을 느꼈다. 커버린 키만큼 도시가 줄어들어설까? 기억과 감각 사이의 비틀림은 기억의 또렷함에 비례하여 더 컸다.

남쪽의 거대한 성문. 성문 위 직육면체 모양의 성루. 그곳에 가득 뚫려 있는 총안(銃眼) 따위가 가장 먼저 눈에 들어왔다. 눈사태에 대비하여 높게 지어진 둔중한 성벽은 위압감마저 느껴진다.

마차들이 스치며 서로의 지붕에 쌓여 있던 눈보라를 인사조로 뿌려댔다. 은색의 꽃가루로 거리가 가득 찼다. 그 사이로 보이는 성안의 거리, 골목, 건물 하나하나를 오실룬은 눈에 담았다.

케밀조프 거리에 가득 들어서 있는 각종 상점들. 단층의 작은 잡화점에서 3층까지 확장한 대형 토산품점. 저곳은 가죽을 팔았었지. 아, 가게 주인이 바뀐 모양이구나. 저 골목은……

기억의 파편들과 풍경 사이의 틀린 그림 찾기는 펠리페의 목소리로 끝을 맺었다.

"그나저나 정말로 있군그래. '왕실의 은혜'라고 했던가?"

펠리페가 손가락질한 것은 건물과 건물 사이를 잇고 있는 수많은 온수 파이프들이었다. 하지만 오실룬은 끝내 그가 가리킨 것들을 보지 않았다. 온 가족을 몰살시킨 괴물. 그것을 직시하기에는 아직은 마음의 준비가 덜 되어 있다.

멀리 한 채의 거대한 저택이 보이기 시작했다. 건들거리던 펠리페의 태도가 바뀌었다.

"사작 나리, 이제 곧 도착입니다."

"아, 알겠네."

펠리페는 거울을 오실룬의 앞에 들이밀었다. 거울을 보며 오실룬이 옷매무새를 다듬는다. 풀어놓았던 목의 버튼을 조이고 살짝 구겨진 장식 주름을 제자리로 돌렸다. 약간 멍하니 풀려 있던 표정을 조이려 입을 벌렸다 다물기를 반복했다. 그러며 이빨의 상태도 살폈다.

"나리, 완벽하십니다요. 어떤 귀부인이라도 나리의 외모를 본다면 한눈에……."

"성격을 통일해 줘, 헷갈리잖아. 점잖은 쪽으로 가자. 베스카 가문은 비록 몰락했지만 오랜 명문이야."

"몰락은 무슨, 이 문장을 직접 그리느라 며칠을 고생했는데."

펠리페가 투덜거리는 투로 오실룬의 말을 받았다.

"그래도 없는 족보는 아니야."

"네, 네. 사느라 돈 좀 들었습니다요."

마차가 멈춰 서자마자 다시 펠리페의 태도가 변했다. 절도 있고 빠른 몸놀림으로 마차에서 내려섰다. 정중하게 문을 열고 허리를 굽힌다.

오실룬이 마차 밖으로 나왔고, 펠리페는 외투를 펼쳐 그의 어깨에 걸쳐 주었다. 잠시 오실룬이 멈춰 기다리는 사이 펠리페가 하바툴에게 작은 목소리로 명령했다.

"너는 우리가 다시 나올 때까지 입을 열지 마."

하바툴은 입을 꾹 다문 채 고개를 끄덕끄덕했다. 강조하려는 듯 펠리페가 엄지와 검지로 지퍼 고리를 잡듯 하여 입술을 찍 채웠다. 하바툴이 그 태를 흉내 낸다.

펠리페가 다시 오실룬이 있는 곳으로 왔다. 오실룬은 그야말로 귀족이라는 것을 한눈에 보여주는 태도로 걸음을 옮겼고, 펠리페가 그 뒤를 종종걸음으로 쫓았다.

그들이 향하는 곳은 한 거대한 저택이었다. 갈색 빛깔이 도는 벽돌 건물이다. 정문에서 10여 미터나 안쪽에 현관문이 있었는데, 그 사이는 눈 덮인 상록수들로 가득했다.

정문을 지키던 위병이 긴 창의 자루를 바닥에 탁 두들기며 두 사람의 앞을 막아섰다. 위병들은 먼저 오실룬과 펠리페의 무장 상태를 보았다. 펠리페의 경우에는 겉으로 봐서는 무기가 없었다. 들고 있는 것이라곤 커다란 서류 가방이 전부였다. 한편, 오실룬은 허리에 검을 찼는데, 귀족의 상징이라 할 수 있는 에페였다.

"무슨 일로 키예프 후작 저택을 찾으셨습니까?"

위병의 송곳 같은 투의 말을 받은 것은 펠리페였다.

"이분은 아인도브 만의 오랜 명문 베스카 가문의 삼남이자 루흐노프의 사작이신 오실룬님입니다. 선약이 되어 있으니 확인해 보십시오."

허리를 곧게 펴고 낭창하게 외치는 말에 오히려 기가 죽은 것은 위병이었다. 태도를 누그러뜨리며 경례를 올렸다.

"베스카 사작 각하, 주인께서도 기다리고 계십니다."

오실룬은 고개를 끄덕이는 듯 마는 듯 눈짓으로 그들의 인사를 받고 펠리페의 인도를 따라 안으로 들어갔다. 위병 중 한 명은 마차로 다가가 하바툴에게 마차 세울 곳을 안내해 주었다.

저택의 현관에는 이미 마중할 사람이 나와 있었다. 40살 남짓의 연미복 차림의 남자와 짧은 스커트가 나풀대는 하녀가 한 명이었다. 연미복 차림의 하인이 펠리페에게 신분 확인을 듣는 사이, 하녀가 빠릿빠릿한 몸놀림으로 오실룬의 외투를 맡았다.

"그럼 이쪽으로 오십시오, 베스카 사작 나리."

하인은 오실룬과 펠리페를 저택의 응접실로 안내했다.

응접실은 정원 쪽으로 돌출된 채광창을 통해 빛이 가득 들어오고 있었다. 중앙에 두툼한 타원형 카펫이 놓였고, 가죽 소파가 향목 테이블을 대칭 축 삼아 마주 보고 있었다.

벽에는 순록의 머리가 박제되어 장식되고, 3단의 장식장에는 술과 보석의 원석, 기이한 모양의 돌들이 가득 놓여 있었다. 실크 느낌의 반짝이는 벽지, 그것의 문양과 색, 샹들리에의 높이, 그 모양. 오실룬은 실례되지 않은 태도로 응접실 안

외 모든 것을 눈에 담았다. 그리고 응접실에서 몸을 일으키는 남자에게 정중히 허리를 굽혔다.

"키예프 후작 각하, 이렇게 만나 뵙게 되어 영광입니다."

그는 코밑에서 턱까지 수염을 덥수룩이 기른 호남형의 남자였다. 손에 호박색 술이 담긴 술잔을 들고 두 팔을 벌리며 키예프 후작이 웃었다.

"어서 오시게, 베스카 사작. 자자, 딱딱한 인사는 그만두고 이쪽으로 앉게나."

손짓으로 오실룬이 앉을 자리를 지정해 주며 키예프는 털썩 다시 자리에 주저앉았다.

"편지 잘 봤네. 대단하시구먼. 그 젊은 나이에 그렇게 큰돈을 다루다니. 사업 수완이 대단한 모양이야."

오실룬이 채 자리에 앉기도 전에 키예프 후작이 입을 열었다.

"과찬의 말씀이십니다. 그저 운이 좋았을 뿐입니다."

"자자, 앉게. 우선 한 잔 받게나. 이곳은 날씨가 추워서 술이라도 마시지 않고는 버티기가 힘드네. 아인도브 만 출신이라고? 거기는 여기에 비해 열대지방이야, 열대지방."

고개를 살짝 숙이고 오실룬이 자리에 앉았다. 내미는 술산을 받자 키예프 후작이 술을 따랐다.

"그래도 후작님의 저택은 따듯하군요."

"거럼, 거럼. '왕실의 은혜'가 있지 않나. 저쪽을 보게나."

자랑스럽단 표정으로 키예프 후작이 가리킨 곳에는 구릿빛 파이프들이 스프링처럼 감겨 벽 위로 돌출된 모습이 눈에 띄었다.

"열탕이 지나는 라디에이터일세."

"아, 소문은 들었습니다."

키예프 후작은 만면에 미소를 띤 채 허리를 앞으로 굽혔다. 손바닥을 입가에 붙이며 소곤거리는 말투로 말했다.

"귀족 체면만 아니었으면 집 안에서도 반팔 옷을 입고 지내고 싶을 정돌세."

오실룬은 온화한 미소를 지었다. 하지만 눈가가 굳는 듯한 느낌이었다. 표정을 들킬까 재빨리 술잔에 입을 가져갔다. 꿀꺽, 독한 술이 목구멍을 화끈하게 데웠다.

"오오! 호탕하구먼. 그러고 보니 이름이 오실룬이라고? 얼음의 정령이란 뜻이구먼그래. 추위에는 강한가?"

"예. 이곳보다 따듯하다고는 하지만 아인도브 만 지역도 겨울이 넉 달이나 계속됩니다."

담소를 나누는 사이, 하녀 한 명이 손수레로 몇 가지 간단한 음식을 내놓았다. 그녀가 키예프 후작의 앞에 차려져 있던 안주를 치우고 새로운 음식들을 내려놓았다.

준비가 끝나자 키예프 후작이 몸을 앞으로 당기며 두 팔을 무릎에 올려놓았다. 표정이 바뀌고, 그에 따라 기세가 변했다. 풀어져 헤헤거리던 방금 전의 그와는 완전히 다른 사람이었다.

오실룬은 그의 변화를 보며 '역시 소문대로군'이라는 생각을 떠올렸다. 키예프 후작은 10대 때부터 광산 찾기에 빠져 귀족들의 교양을 쌓기보다는 광부들과 어울리길 즐겼다고 한다. 그만큼 노련했고, 후작 위를 물려받은 후 귀족들과 정쟁을 벌이며 훨씬 원숙해졌다. 까다롭기 이를 데 없는 사람인 것이다.

"오실룬 군, 아, 이렇게 불러도 괜찮겠나?"

"예, 편하실 대로 하십시오."

"그런가? 고맙네. 자, 그럼 본론으로 들어가 볼까? 나는 자네의 편지를 보고는 정말 이해할 수 없는 부분이 하나 있었네."

"말씀하십시오."

"자네는 치눈크 광산을 사겠다고 말했네. 뭐, 좋아. 광산 매매야 별일 아니니까. 하지만 그 광산이 이제 곧 문 닫을 폐광이란 건 알고 있나?"

키예프 후작의 눈이 오실룬을 훑었다. 작은 손짓, 표정 하나도 놓치지 않겠다는 듯 야생동물 같은 눈빛이었다.

오실룬은 한 호흡 쉬었다. 곧바로 대답하는 대신 눈을 돌려 응접실에 걸려 있는 순록의 머리를 보았다.

"4핌(약 2미터)? 어쩌면 4.2핌쯤 될 듯합니다."

"4.5핌(약 2.25미터)이었네."

"어디서 잡으셨습니까?"

"바티칼 반도. 그게 어쨌단 건가?"

"국경지대에 있는 순록은 누구의 것입니까?"

오실룬의 질문에 이번에는 키예프가 잠시 말을 멈추었다. 뭔가를 빗대고 있다는 느낌을 강하게 받았기 때문이다.

"치눈크 광산이 국경에 걸쳐 있기 때문이란 건가?"

"순록에 대한 이야기였습니다."

키예프가 무시무시한 눈빛으로 오실룬을 쏘아보았다. 하지만 오실룬은 태연자약 술잔을 입으로 가져갔다. 대화가 멈추자 긴장감이 팽팽해졌다. 오실룬의 뒤에 서 있던 펠리페는 자신도 모르게 침을 꿀꺽 삼켰다.

키예프 후작이 손가락으로 테이블을 톡톡 두들기기 시작했다. 그 소리가 거슬릴 때쯤 되어 키예프 후작은 자세를 풀었다. 다시 소파에 등을 기대고 손바닥으로 턱을 쓰다듬었다.

"허, 모르겠구먼. 뭐, 그 값에 사준다면야 나로서는 손해볼 일이 없다지만… 자네가 어떤 이익을 보게 될지 그걸 모르겠어."

속마음을 살짝 털어놓았다. 대답해 주길 바라는 눈치였지만 오실룬은 온화하게 웃을 뿐이었다. 키예프 후작이 두 손을 들어 보였다.

"좋아, 졌네. 역시 그레이트 그린의 장사꾼들은 당할 수가 없다니까!"

"감사합니다, 후작 각하."

오실룬이 펠리페에게 눈짓을 했다. 눈치 빠르게 펠리페가 들고 있던 가방을 소파 테이블에 올려놓았다.

"약속드렸던 대금입니다. 대금이 대금이니만큼 루흐노프 은행의 어음 수표로 가져왔습니다."

"그건 좋을 대로 하게. 루흐노프 은행의 수표라면 나도 좋으니까."

펠리페가 똑같은 글자가 적혀진 석 장의 종이를 꺼냈다. 계약서였다.

"한 장은 제가, 한 장은 후작 각하께서 보관하시면 됩니다. 그리고 마지막 한 장은 믿을 만한 곳에 맡기도록 하지요. 혹시 좋은 곳 없겠습니까?"

이미 계약서에는 한 줄씩 서명이 적혀 있었다. 근사한 글씨체로 오실룬 베스카라 서명되어 있었다.

펠리페의 펜을 받아 석 장의 계약서에 각각 서명을 하던 키예프 후작은 어깨를 한 번 으쓱했다. 글쎄, 라는 투의 제스처였다.

"특별한 곳이 없으시다면, 국가의 공중 기관에 맡겨도 괜찮을 것입니다."

"뭐, 그것도 알아서 하게. 그보다 오실룬 군."

"예."

"난 이 계약이 꽤 재밌을 거라 생각했어. 광산에 투자하는 바보들은 많지만 폐광에 투자하는 멍청이는 드물거든."

펠리페는 계약서를 각기 석 장의 서류 봉투에 담았다. 한 장을 정중히 후작의 앞에 놓고, 하나는 자신이 들고 온 서류 가방에 넣었다. 오실룬은 그가 하는 일을 곁눈질로 바라보곤 키예프 후작의 말에 대꾸했다.

"보시다시피 이렇게 생긴 멍청이입니다."

"하하, 근데 갑자기 거래 자체에는 흥미가 떨어지는구먼그래."

오실룬은 상대가 무슨 이야기를 하려는지 감 잡기가 어려워 잠자코 입을 다물었다. 키예프 후작이 다시 말했다.

"흥미가 생긴 대상이 바뀌었거든. 자네 말이네. 재미있어. 음, 재미있어."

"높게 봐주셔서 감사합니다."

"뭐, 좋아. 자네가 뭘 꾸미고 있는지는 좀 더 지켜보면 알 수 있을 테고. 그래, 이곳에는 얼마나 머물 예정인가?"

"르에페 말입니까?"

"아니, 라누아 밀이네. 수도에는 얼마나 머물 텐가?"

그 질문에 오실룬은 잠시 머뭇거렸다. 키예프 후작이 술잔을 앞으로 내밀었고, 오실룬도 잔을 내밀어 건배를 받아주었다.

"정해진 게 없으면 오래 머물게나."

"알겠습니다."

"그리고 머무는 숙소는 내 하인에게 이야기해 두게. 나중에 자네를 부르게 될지도 모르니."

펠리페가 어음 수표가 든 종이 봉투를 키예프 후작에게 건네주었다. 키예프 후작은 모노클을 눈에 끼워 수표를 꼼꼼히 살펴보았다. 분명 루흐노프 은행이 발행한 진품 어음 수표가 맞았다.

3

거래가 끝난 후, 오실룬과 펠리페는 다시 하바툴이 몰고 있는 마차에 올랐다. 귀족 가문의 거리를 벗어나 케밀조프 상업로에 돌아올 즈음, 펠리페가 마차의 커튼을 닫았다. 그리곤 마차의 의자에 몸을 털썩 기댔다.

"후우, 죽갔구먼."

팔을 빙빙 돌려 어깨의 뭉친 근육을 풀어주기까지 했다. 오실룬도 목의 단추를 하나 풀었다. 하지만 부족한 듯 더 풀었다. 한숨을 내쉬곤 머리를 쓸어 넘겼다.

"벌써부터 그래서 어쩌려고 그래? 이제 시작인데."

오실룬의 핀잔에 펠리페는 손을 절레절레 저었다.

"소매치기 출신인 나한테 귀족의 시종장 역할이라니, 처음부터 설정이 잘못됐다니까. 제길, 차라리 레반을 데려오지 그랬어? 제법 머릿속에 잉크 좀 들어 있는 놈 아냐."

오실룬이 피식 웃었다.

"네가 동요를 지어 마을에 퍼뜨린다고? 그것도 오랫동안 구전된 노래라고 믿게 만들면서?"

펠리페가 어깨를 으쓱했다.

"동네 꼬맹이들한테 사탕 몇 개 쥐어주면 될 일 아냐."

말은 그렇게 했지만 펠리페도 알고 있었다. 자신이 그런 섬세한 작업을 할 수 있는 남자가 아니란 것을.

"그나저나 175만 루블짜리 거래를 그 자리에서 해치우다니. 게다가 저 아저씨 눈빛 봤어? 크, 진짜 장난 아니던데."

오실룬이 손끝으로 커튼을 살짝 열었다. 거리의 풍경이 스쳐 지나가고 있었다. 다시 커튼을 닫으며 펠리페의 말에 대꾸했다.

"그래서 그를 고른 거야. 광산도 광산이지만, 친해둘 필요가 있거든. 겨우 1, 20만 루블을 벌자고 이런 시골까지 온 게 아니잖아?"

"뭐, 그런 쪽은 네가 알아서 해. 나는 머리 쓰는 건 영 싫거든. 리더가 계획을 세우고 우리는 손발처럼 움직인다! 벌써 4년째 해온 일이잖아."

"4년인가……."

오실룬은 말꼬리를 흘렸다.

마차가 감속하기 시작했다. 그리고 한 호텔 앞에 멈춰 섰다. 저택과도 같은 분위기의 문 벨리라는 이름을 가진 최고급 호텔이었다.

다시 사람들의 눈이 많은 곳이었기에 이들은 동료에서 주종으로 관계가 바뀌었다. 하바툴과 펠리페가 마차에서 짐을 내리고, 오실룬은 그들이 하는 행동을 방관했다. 속으로야 투덜거렸겠지만, 펠리페는 시종의 역할을 아주 잘 소화하고 있었다. 하바툴은 별생각없이 펠리페보다 세 배는 많은 짐을 운반했다.

오실룬이 얻은 객실은 호텔 최상층의 스위트룸이었다. 상당한 숙박료를 지불했지만, 키예프 후작의 저택보다 조금 덜 따듯했다. 귀족가를 거친 후에야 상업가에 공급되는 '왕실의 은혜' 시스템 때문이었다. 하지만 웃옷을 벗고 있을 만큼은 되었다.

스위트룸 창가에 있는 원탁을 사이에 두고 세 사람이 한 귀퉁이씩을 차지했다. 오실룬이 장부 비슷한 책을 꺼내 무언가를 적기 시작했고, 펠리페는 그 모양을 지켜보다가 문득 하바툴에게로 시선을 옮겼다.

하바툴은 엉덩이가 반쯤 빠져나오는 의자에 앉아 눈동자를 계속 굴리고 있었다. 뭔가를 주시하고 있는 모양이었고, 그것이 궁금해 펠리페는 그의 시선을 따라 연신 고개를 돌렸다. 하지만 하바툴이 보는 곳 어디에도 특별히 눈을 끌 만한 물건은 보이지 않았다.

"뭘 보고 있는 거야?"

참다못해 묻는 펠리페의 말에 하바툴이 '어?' 하고 바보 같은 소리를 내더니 답한다.

"먼지가… 날아다녀."

"캭!"

펠리페가 하바툴의 정강이를 걷어찼다. '어이쿠' 하며 하바툴이 의자에서 굴러떨어졌다.

"진지한 표정으로 바보 같은 짓거리 좀 하지 마! 에잇, 신경써서 손해봤네."

펠리페는 정강이를 붙잡고 바닥에서 버둥거리는 하바툴을 버려둔 채 오실룬의 장부 쪽으로 관심을 옮겼다.

"지출이 5천 300루블이라……. 그냥 가난한 귀족으로 하지 그랬어? 하루에 방값으로만 6백 루블은 아무리 그래도 힘들지 않아?"

"그런 소시민 태도가 가난에서 벗어나지 못하게 하는 거야. 모든 사람의 주머니가 내 주머니라고 큰소리치던 네 녀석은 그래서 나를 만나기 전 돈을 얼마나 모았는데?"

오실룬의 핀잔에 펠리페는 입맛을 다셨다.

"쩝, 뭐, 그야 그렇지만. 그래도 나름… 세 끼 밥은 안 굶고 살았어. 예쁜 언니들도 자주 만나고."

오실룬이 펠리페의 의자를 발로 쓱 밀었다.

"저리 가. 병균 옮아."

"왜 이래. 깨끗하게 씻고 다닌다고."

"매독이 씻는다고 낫냐?"

"어, 아니었어?"

오실룬이 펠리페의 말에 씁쓰레한 미소를 지었다.

"뭐, 난들 아나. 나도 빈민 출신에 귀족 하인 노릇이나 하던 놈인데."

하바툴이 두 사람의 대화에 끼어들었다.

"레반이 그랬어. 리더는 많이 배운 사람이라고. 늘 가방을 가지고 다니는데… 어? 가방이 길다고 했어."

하바툴은 말을 하곤 한참을 갸웃거렸다. 펠리페가 자리에서 일어나 하바툴의 뒤로 다가가더니 뒤통수를 찰싹 소리 나게 갈겼다. 후려치고 또 내려쳐 네 대를 때릴 때쯤 되자 하바툴이 '아!' 하고 자신의 손바닥을 쳤다.

"가방 끈이 길다고 했다."

"하여간 이놈의 머리통은 때려야 작동하는 기계도 아니고."

"그니까 때리지 마."

하바툴의 느릿느릿 어수룩한 말투를 흉내 내며 펠리페가 말했다.

"그니까 맞을 짓 마."

그때, 장부 정리가 끝이 난 듯 오실룬이 적어 내려가던 수첩을 탁 소리 나게 접었다.

"끝난 거야?"

"응, 뭐, 대충."

"자, 그럼 한잔 마시러 가자!"

"하인들끼리 마시고 오게나. 나는 여기 있을게."

오실룬의 대답에 펠리페가 어깨를 으쓱했다.

"하긴 주인이랑 겸상해 술 마시는 것도 이상하긴 하군. 그럼 따로 자리를 잡지 그래?"

오실룬은 고개를 저었다.

"아냐. 괜히 아는 사람이랑 마주칠까 봐 그래."

"아, 이곳 출신이라 그랬지? 히히, 여자구먼그래. 뱃속의 아이를 두고 도망쳤다든가?"

"시끄러. 그런 거 없어."

"10년 전이면 열네 살 때 아냐. 첫사랑 정도는 있을 법도
한데. 한번 만나러 가보지 그래? 이제 당당한 귀족도 되고 했
으니 결혼한 몸이라 해도 말만 잘하면 어떻게……."

펠리페의 말에 오실룬이 씩 하고 미소를 지었다. 그리곤 갑
자기 몸을 날려 그의 옆구리를 퍽 하고 걷어찼다. 미처 피하
지 못한 펠리페가 저만치 나동그라지고, 그보다 두 박자쯤 늦
게 하바툴이 그를 부축하러 움직였다.

허리를 문지르며 펠리페가 끙끙 자리에서 일어났다. 오실
룬이 웃으며 말했다.

"넌 꼭 맞아야 입을 닥치더라?"

"제길, 리더만 아니었으면……. 내가 더러워도 참는다."

펠리페는 투덜투덜 입가에 심술을 잔뜩 붙인 채 방 밖으로
걸음을 옮겼다. 그때 오실룬이 그를 불렀다.

"펠리페."

펠리페가 몸을 슬쩍 돌리자 오실룬이 조그마한 가죽 주머
니를 그에게 던졌다. 손을 뻗어 주머니를 잡자 찰랑거리는 동
전의 감촉이 손안 가득 느껴졌다. 펠리페의 불만 가득한 얼굴
이 삽시간에 퍼지고, 그는 오실룬이 있는 곳으로 냅다 달렸
다. 두 팔을 벌리고 오실룬을 꽉 껴안으려 했다.

"리더~! 싸랑해!"

오실룬이 발로 펠리페의 허벅지 위 골반을 밀어 눌렀다.

"술이나 마시러 꺼져라, 좀."

펠리페가 똑바로 서며 경례를 올려붙였다.

"알겠습니다, 리더!"

"너무 까불거리지 말고, 시종답게 행동해."

"믿으라니까. 믿는 자에게 복이 있나니."

펠리페는 하바툴의 어깨에 팔을 걸쳤다. 어깨 반만큼 키가 더 큰 하바툴은 무릎을 살짝 굽혀 펠리페가 어깨동무를 하기 편하게 해주었다.

시끄럽던 두 사람이 떠나고, 방 안에는 오실룬 혼자 남겨졌다.

땅— 땅—

방 안의 라디에이터가 쇳소리를 냈다. 수압이나 온도의 급격한 변화 따위로 나는 소리였다.

이제는 괜찮을 줄 알았다. 10년이 지났으니까.

하지만 저 온수가 지나는 파이프를 보자마자 무언가가 울컥 치밀어 올랐다. 늘 만면 가득하던 미소가 사그라지려 했다. 오실룬은 엄지손가락으로 미간을 쓰다듬었다. 거울을 찾아 욕실로 들어갔고, 그곳의 거울 앞에 서서 자신의 얼굴을 쳐다보았다.

"웃이라, 웃어, 한심한 놈아."

거울 속에 잔뜩 미간을 찌푸린 남자에게 말했다. 하지만 거울 속의 그는 끝내 웃지 않았다. 그 꼴이 보기 싫어 주먹을 날렸다. 산산조각 나 부서진다. 그 작은 조각 하나하나에 찌푸린 남자가 있다.

주먹에 맺힌 피를 거울 파편에 털어버렸다.

"뭐, 됐어. 돈이나 벌어야지."

한숨을 뱉었다. 다시 웃었다.

미간의 주름이 펴지고, 눈가가 경직되지도 않았다.

거울을 보지 않아도 알 수 있다, 지금 얼마나 멋진 미소를 짓고 있을지. 어느 누구에게서도 호감을 살 수 있는, 그 노련한 키예프 후작조차 뚫어볼 수 없는 좋은 가면이다.

"돈, 돈밖에 없다니까."

독백하고, 손등을 내려다보았다. 찢어진 상처 위로 피가 넘쳐흐르고 있었다. 욕실에 걸려 있던 수건으로 대충 동여맨 후 오실룬은 다시 창가로 돌아왔다.

눈이 내리고 있었다.

조금 전까지 비추고 있던 해가 꿈이라도 되는 양.

"눈인가……."

오실룬은 점점이 내리는 눈을 한참이나 바라보았다.

4

다음 날 점심 무렵, 두 통의 편지가 오실룬의 앞으로 배달되었다. 한 통은 기다리던 것이고, 다른 하나는 기대하던 편지였다.

오실룬은 아직도 침대에서 사경을 헤매고 있는 펠리페를 발로 차 깨웠다. 펠리페는 부스스 눈을 뜨고 하품을 하며 입을 쩍 벌렸다. 셔츠에 붉은색 입술연지 자국이 몇 개나 있는 건지…….

여전히 술에 취해 뒤뚱거리는 펠리페를 향해 오실룬이 말했다.

"레반의 편지가 도착했어."

일 이야기가 나오자 펠리페도 억지로 눈에 힘을 주었다.

"어, 어."

"잘된 모양이야. 게다가 우리 전 재산도 잘 도착해 있고."

펠리페가 씩 웃었다.

"좋았어! 아직까진 순조롭구먼."

"그리고 키예프 후작한테도 편지가 한 장 와 있어."

펠리페가 고개를 갸웃했다.

"거긴 또 왜? 설마 계약이 틀어지기라도 한 거야?"

"그럴 리가. 그 노련한 늑대가 하루 만에 무를 계약을 할

리가 없잖아?"

"서, 설마 어음 때문에?!"

펠리페가 놀라는 표정을 하며 소리를 질렀다. 오실룬의 주먹이 그의 옆구리에 틀어박혔다.

"입조심하랬지!"

'헉' 하고 거친 숨을 뱉으며 펠리페가 마른기침을 토했다. 용서를 빌러 두 손을 모아 오실룬에게 내밀었다. 촐랑거리며 손을 흔들흔들했다.

"미안미안. 실수야. 이 입이 방정이라니까."

"일 관계 실수는 용서 안 해. 아무리 너라 해도 죽여 버릴 거야."

펠리페는 모은 두 손 위로 오실룬을 슬쩍 훔쳐보았다. 웃고 있다. 정말이지, 보는 사람마저 기분 좋아지는 미소였다. 하지만 펠리페는 알고 있었다. 저 미소야말로 사람들을 수렁으로 끌어들이는 악마의 것이란걸. 자신도 모르게 이마에 식은 땀이 솟았다.

"정말로 미안해. 입조심할게."

오실룬이 펠리페의 어깨를 톡톡 두들겼다.

"아직까지 실수는 전혀 없어. 나는 그걸로 만족해."

"뭐, 우리야 리더만 믿고 있으니까."

펠리페는 입버릇과도 같은 말을 중얼거렸다. 그리고 그건 과장도 거짓도 아니었다. 그는 동료지만 가끔은 등줄기가 서늘할 정도로 치밀한 사람이다. 믿고 따르지 않으면 언제 어디서 등을 찔릴지 몰랐다. 차라리 믿고 따르는 게 좋다. 게다가 이익도 짭짤했고.

"그래서 키예프 후작의 편지는 뭐야?"

오실룬은 대답을 대신해 편지 안에 동봉된 초대장을 내밀었다.

"라누아 살롱?"

"응, 살롱."

"살롱이 뭐야? 춤추고 먹고 마시고 그런 거?"

"그건 무도회고."

오실룬은 다시 초대장을 봉투에 넣으며 말을 이었다.

"뭐, 간단히 말하자면 귀족들이 여자 데리고 술 마시며 말싸움하는 데야."

펠리페가 반색을 했다.

"여자가 있는 술집?"

"아니. 대화가 주야."

"뭐야? 남자들끼리 할 말이 뭐가 있다고."

"일종의 토론장 같은 거야. 술집에서 얘기를 하는 게 아니라, 토론회에서 술을 마시는 것에 가깝지. 낮에는 술 대신 차를 마시기도 해."

펠리페는 손바닥을 위로 들어 보였다.

"그런 데면 난 빠질래."

오실룬이 웃었다.

"너는 끼워주지도 않아. 귀족 전용 공간이니까. 너와 하바틀은 레반이 있는 곳으로 가. 당분간은 그쪽에 일이 많을 거야."

"아으, 거기도 싫은데. 산골짜기 아냐."

"뭐, 이 지방은 여기나 거기나 비슷비슷해. 결국 있는 건 눈뿐이니까."

"하긴, 그것도 그렇네."

두 사람을 잠에서 깨워 마차와 함께 떠나보낸 후 오실룬은 살롱에 가기 위한 준비를 했다. 가져온 짐들 중 적당한 옷을 고르고 왁스로 머리 모양을 다듬었다. 바짝 붙여 뒤로 머리를 넘기고 나니 다분히 공격적인 인상을 풍겼다.

마지막으로 오실룬은 둥근 은제 머리를 붙인 졸참나무 지팡이를 손에 들었다. 살롱에 드나드는 귀족의 모습 그대로였다.

거울을 보며 웃는 연습을 하는 사이 누군가 호텔 방문을 두들기는 소리가 들렸다.

"들어오십시오."

오실룬은 공손한 말투로 노크에 대꾸했다. 문이 열리며 호텔의 사환이 들어왔다.

"베스카 사작 각하, 로비에 손님이 와 있습니다."

"누구지?"

"키예프 후작 가문에서 온 심부름꾼입니다."

"아, 알겠네."

오실룬은 호주머니에서 50페키아니 동전 하나를 꺼내 사환에게 던졌다. 젊은 사환의 입꼬리가 귀에 걸렸다.

2단으로 된 모피 코트를 걸치고 오실룬이 호텔 로비로 향했다. 하인 복장의 남자 한 명이 공손히 서 있는 모습이 보였다. 그 외에는 사환이 이야기한 느낌의 사람이 없었기에 오실룬은 그 남자에게로 다가갔다.

그 남자도 오실룬을 알아본 듯했다.

"베스카 사작 각하십니까?"

"아, 그렇습니다만."

"편하게 말씀하십시오. 키예프 후작 각하께서 보낸 사람입니다. 살롱의 위치를 안내하기 위해 왔습니다. 마차가 준비되어 있으니 저를 따라오시면 됩니다. 동행하실 분은 안 계십니까?"

오실룬은 고개를 저었다. 키예프 후작가의 하인이 한발 앞서 로비 밖으로 나왔다.

"그럼, 안내하겠습니다."

마차는 케밀조프 거리를 떠나 윰토크 거리 쪽으로 향했다. 라누아 성의 동쪽 대로에 해당하는 윰토크 거리는 길 하나를 사이에 두고 고급 저택과 서민들의 집이 마주 보고 있었다. 당연히 마차가 멈춘 곳은 고급 주택가 쪽이었다.

하인의 안내에 따라 오실룬은 한 저택 안으로 들어갔다. 루아누 살롱이라는 이름은 가게가 아니라 모임 명이었다. 오실룬은 으리으리한 복도를 지나 살롱이 있는 방문 앞에 도착했다.

"이곳입니다."

하인은 그 방의 문을 여는 것으로 할 일을 다 했다는 듯 허리를 굽히며 물러났다. 그를 대신해 입구에 있던 한 남자가 오실룬을 마중했다.

"이름과 작위를 말씀해 주십시오."

"베스카 사작이네."

오실룬이 초대장을 그에게 내밀며 말하자 남자가 살롱 안을 향해 외쳤다.

"키예프 후작 각하의 소개로 오신 베스카 사작입니다!"

살롱 안은 이미 열띤 토론의 장이 열려 있었다. 식사각형으로 배치한 소파의 한 자리씩을 차지한 귀족들이 열변을 토해 낸다. 어떤 사람들은 벌써 화가 머리끝까지 난 듯 얼굴을 붉힌 채 씩씩대고 있었다. 자연 오실룬을 소개하는 소리에 귀 기울이는 사람은 거의 없었다.

그나마 다행인 건 키예프 후작이 오실룬을 향해 손을 흔들어주었다는 점이다. 일순 어디로 가야 할까 방황하던 오실룬은 공손히 인사를 한 후 키예프 후작 쪽으로 걸어갔다.

키예프 후작은 자신의 곁에 오실룬을 앉혔다. 몇몇 여인들이 오실룬의 코트를 받아주고 자리를 마련해 주는 등 부산을 떨었다.

"어서 오게나."

"배려해 주신 덕분에 편하게 왔습니다."

오실룬은 정중한 말투로 키예프 후작에게 인사를 하며 자신의 자리에 앉았다. 키예프 후작이 오실룬에게 귀엣말을 했다.

"저 머저리들, 또 헛소리를 시작하는구먼."

오실룬은 그가 머저리라고 가리킨 사람들 쪽으로 몸을 돌렸다. 소파 테이블을 사이에 두고 각양각색의 귀족들이 열변을 토하고 있었다.

"법이라는 것은 신성한 것입니다. 어째서 왕이라고 해서 그것을 지키지 말아야 한다는 것입니까?"

한 귀족의 발언에 주위 귀족들이 성원을 보냈다. 스포츠의 응원석과도 같은 분위기였다.

"그 신성한 법을 만든 게 바로 왕 아닙니까? 만드는 자와 지키는 자가 같다니, 그렇다면 도대체 왕권은 뭐가 된단 말입니까?"

이번에는 오실룬이 앉은 쪽 귀족들이 함성을 질렀다. 다분히 의례적인 하나의 절차와 같은 것인지 어느 쪽도 그 함성을 방해하지 않았다.

"왕은 한 나라에 한 명뿐으로, 그 권위는 충분히 존중되어야 마땅합니다. 하지만 그것은 법을 지킬 때 더욱 빛이 납니다!"

"법을 지키지 않으면 벌을 받는다는 것과 권위를 존중하는 것이 어떻게 같은 논리하에 있을 수 있는지 설명해 보라는 말입니다."

"왕에게는 세금과 군대가 있지 않습니까? 모두가 그에게 머리를 숙여 존경을 나타냅니다."

"그러고는, 왕이 도둑질을 하면 감옥에 가둔단 말입니까?"

"그, 그건……."

양쪽의 대화가 팽팽히 맞섰다. 키예프 후작은 귀족들의 발언마다 오실룬에게 그들의 이름을 소개해 주었다. 키예프는 이쪽 의자의 귀족들을 왕당파라 부르고, 저쪽은 멍청이파라 칭했다.

몇 마디 들을 것도 없이 이 말싸움이 왕정파와 입헌파의 대립이라는 것을 눈치챘다. 그리고 이 대립이야말로 그가 이 땅으로 돌아온 이유였다.

오실룬이 처음으로 발언권을 얻었다. 키예프 후작이 기대된다는 표정으로 오실룬을 바라보았다.

"올바른 권위는 올바른 법 집행에서 나옵니다. 여러분은 도둑질을 하는 왕을 모시고 싶습니까?"

왕당파의 귀족들이 환호성을 질렀다. 오실룬이 지금 앉아 있는 자리는 왕당파 귀족들의 좌석이었고, 왕당파들은 아무 생각 없이 습관적으로 그를 응원한 것이다.

하지만 오실룬의 발언은 왕당파가 좋아할 내용이 아니었다. 함성이 하나둘 끊기고 사그라졌다.

한편 입헌파도 얼빠진 표정을 짓고 있는 것은 마찬가지였다. 키예프 후작이라는 왕당파 거두의 추천을 받은 자였기에 으레 왕당파일 것이라 생각했지만, 정작 발언 내용은 입헌파를 옹호하는 것이었다.

왕당파의 한 젊은 귀족이 자리에서 벌떡 일어나며 오실룬에게 손가락질을 했다.

"왕국의 모든 것은 왕의 것이다! 왕이 그것을 취한다고 하여 도둑질이라고는 할 수 없다!"

'옳소!'라고 왕당파가 외치려는 순간 오실룬의 입이 먼저 열렸다.

"당신이 소유한 모든 것도 왕의 것입니까? 그렇다면 지금 당장 국왕 전하께 바치는 것이 옳지 않습니까?"

그 젊은 귀족은 단번에 입을 다물었다. 입헌파가 함성을 지른 것이 바로 그때였다. 왕당파들의 얼굴이 구겨졌다.

"어째서 한 나라의 왕이 법을 지켜야 한다는 말입니까? 왕은 모든 법으로부터 초월하는 존재이며, 신으로부터 그 권리를 점지받은 자입니다."

왕당파의 환호성이 그치길 기다려 오실룬이 반박했다.

"나는 정치학을 이야기하는 것입니다. 신학을 이야기한다면 당신이 옳겠지요. 멜키오르의 '권력의 기원' 을 읽어보셨습니까?"

멜키오르는 150년 전 알칸사스 지방에서 활약하던 정치가이자 학자이며 군인이었다. 그가 저술한 권력의 기원은 정치학의 효시라 할 만한 책으로, 어지간한 귀족이라면 한 번쯤은 읽어보았다 할 만했다. 그가 그 책의 첫 장 첫 문장으로 쓴 글귀는 다음과 같았다.

신의 품을 벗어나지 않은 모든 학문은 학문이 아니다.

그 귀족의 얼굴이 붉어졌다. 일그러진 표정으로 오실룬을 비난한다.

"신께서 왕에게 권력을 내렸다는 상식을 무시하겠다는 것이오?!"

"왕의 권위는 신성한 것입니다. 하지만 힘의 균형을 잃었을 때에는 권위 또한 흔적도 없이 사라집니다. '세 가지 위의 둥지'와 '죽마 탄 광대'를 떠올려 보십시오."

둥지와 광대의 이야기는 '권력의 기원' 전반부에 나오는 우화였다. 왕, 귀족, 평민 사이의 권력 균형과 성(聖)과 속(俗)의 구분을 빗대어 만든 짤막한 이야기였다.

"권력은 강대하나 디딜 것이 필요하다는 말도 있지요."

이 말은 400년 전 알칸사스 지방의 왕이 나라를 빼앗긴 후 한탄하며 한 말이었다.

한 왕당파 귀족이 오실룬의 말을 받았다. 30대 중반쯤으로 보이는 날카로운 인상의 남자였다.

"신민에게 은혜를 베푸는 것은 왕의 덕목임에 찬성합니다. 하지만 그들과 같은 기준 아래에서 처벌받아야 하는 것은 수긍할 수 없는 이야기입니다. 어째서 신으로부터 신분을 인정받은 왕이 빈민굴의 거지와 같은 법으로 처벌받아야 한다는 말입니까?"

그가 나서자 다시 왕당파의 기세가 살아났다. 잠시 동안 끊겼던 응원이 다시 타올랐다.

한편, 정작 입헌파의 귀족들은 입안 가득 꿀을 먹은 벙어리

마냥 오실룬과 왕당파 귀족 사이를 눈짓으로만 헤낼 뿐이었다.

오실룬은 그들을 마음속으로 비웃으며 적당히 토론을 끝내야겠다는 생각을 떠올렸다. 이미 목적은 충분히 달성했으니 말이다.

"그 말은 맞습니다. 왕과 거지가 같은 법으로 처벌받는 것은 지도 반대합니다. 하지만 왕이 모든 법으로부터 초월한다는 이론에도 많은 허점이 있는 것이 사실입니다. 사유재산을 인정한다거나 귀족들의 권리와 충돌하는 부분이 그렇습니다."

두루뭉술한 오실룬의 발언은 왕당파가 더 이상 이 이야기를 꺼낼 수 없게 만들었다. 왕권을 인정하자니 자신들이 가진 권리가 아무 의미 없게 된다. 그렇다고 입헌파와 같은 소리를 할 수도 없으니 입을 다물 수밖에.

오실룬은 살짝 미소를 지으며 왕당파들에게 고개를 까닥 숙였다. 온화하고 기품있는 그린 듯한 그 미소에 왕당파들은 끓어오르던 마음이 조금 진정되는 듯 느껴졌다.

더 이상 입헌파와 왕당파의 말씨름은 이어지지 못했다. 곧바로 다른 주제가 던져졌다. 그레이트 그린에서 요즘 최고의 운송 수단으로 각광받고 있는 플라곤(Flagon)의 도입은 가능한가 하는 이야기였다.

그 뒤로 한 시간 동안 오실룬은 말을 아꼈다. 양측의 열띤 토론을 지켜보며 귀족들의 얼굴과 버릇을 익혔다. 자연스럽게 말을 걸기도 하며 인맥을 만들기 시작했다.

고작 두 시간을 살롱에서 머물렀건만, 라누아의 귀족들은 오실룬이 오늘 처음 이곳에 왔다는 사실을 완전히 잊었다. 사적인 파티에 초대하는 귀족이 둘이나 되었다. 그의 미소와 화술이 빚어낸 성과였다.

살롱의 모임이 끝난 후 키예프는 오실룬을 자신의 마차에 태웠다. 마차까지 걷는 도중 키예프는 입을 굳게 다물고 있었다.

마차에 탄 오실룬은 키예프 후작의 건너편에 앉아 마차 안을 살펴보았다. 짙은 고동색 나무의 결을 그대로 살린 내부 장식이 벨벳 느낌의 좌석을 부드럽게 감싸고 있었다. 커튼은 아마도 쉬에리엔의 특산품인 비단인 듯했다. 마차의 진동에 맞춰 윤기있게 떨린다.

심기 불편한 얼굴을 하고 있던 키예프 후작이 결국 입을 열었다.

"자네, 그렇게 안 봤는데 꽤 위험한 사상에 물들어 있구먼 그래."

오실룬이 딴청을 피웠다.

"무슨 말씀이십니까?"

"입헌이라니! 그건 신의 섭리마저 거스르는 것이네!"

키예프의 언성이 조금 높아졌다. 그의 목소리가 마차 안에 은은한 메아리를 일으켰다.

오실룬은 노기 어린 키예프를 향해 가벼운 미소를 띠었다.

"아아, 살롱에서의 일 말입니까?"

"큼, 사람 잘못 보았어. 이래서 젊은 사람들은……. 지금 그레이트 그린 지역에서는 공화파니 입헌파니 하는 양아치 같은 녀석들이 몇 개나 되는 나라를 집어삼켰다던데, 자네까지 그런 것에 동조할 줄은 몰랐네."

키예프는 시선까지 차창 밖으로 돌렸다. 어지간히도 기분이 상한 모양이었다.

오실룬은 키예프가 하는 얘기를 잠자코 듣고만 있었다. 마음에 들지 않는다면서 마차에 태우는 건 또 무언가? 어지간히도 내가 마음에 든 모양이라고 생각하며 입을 열었다.

"그 일이라면… 저는 그저 균형을 맞추었을 뿐입니다."

외면한 채 키예프가 대거리했다.

"균형? 그게 무슨 말인가?"

오실룬도 눈을 차창 너머로 던졌다. 입가에 띤 미소를 유지하며 말을 이어갔다.

"토론에는 상대가 필요하지 않습니까? 그런데 듣고 있자니 입헌파인지 하는 자들은 과연 한심하더군요. 전 토론을 하고 싶지 일방적인 언어 폭행을 행사할 마음은 없습니다."

키예프의 눈이 다시 오실룬에게 돌아왔다. 하지만 이번에는 오실룬이 그를 보지 않았다.

"그쪽에 선 것도 그런 이유에서였습니다. 재미있지 않았습니까?"

키예프가 신음을 삼켰다.

"으음, 하지만 그런 것치고는… 상세하게 알던걸."

"죠세피나 J. 드 라샤르의 '민중과의 계약'이니 월터 폼 멜키오르니 지금은 일반 교양서에 불과하지 않습니까?"

오실룬이 다시 키예프에게로 시선을 옮겼다. 키예프는 그가 갑자기 자신을 쳐다보자 어깨를 흠칫했다. 그리고는 왜 자신이 순간 그의 눈빛에 반응했는지를 곱씹어보았다.

"공화정이라니……. 국왕 전하의 권력은 신이 내려주신 것입니다. 인간의 법으로 왕의 행동을 규제하다니, 희극치고는 저질이라 할 수 있지요."

키예프는 머리를 살며시 흔들었다. 이런 새파란 귀족에게 잠깐이지만 압박을 느꼈다는 것을 인정하기 싫었다.

"나르칸사크 빅토르……."

오실룬은 키예프의 입에서 한 사람의 이름이 언급되자 슬쩍 오른손을 들어 왼손을 잡아 눌렀다. 그 밑으로 손끝이 가볍게 떨리고 있었다.

"그레이트 그린에서는 야만왕이라 불리는 그가 적극적으로 공화주의를 전파하고 있다더군. 루흐노프의 하급 귀족 주제에! 4년 전 붙잡았을 때 유배가 아니라 사형을 시켰어야 하는데."

혼잣말조로 이야기를 하던 키예프가 오실룬에게 매서운 눈빛을 보였다.

"자네도 설마 그런 놈에게 동조하거나 하는 것은 아니겠지?"

오실룬의 손 떨림은 어느샌가 멎어 있었다. 키예프의 말을 자연스럽게 웃어넘겼다.

"하하, 설마요. 저는 상인입니다. 전쟁이니 그런 야만적인 일은 장사의 방해물일 뿐이지요."

"허허허, 맞네, 맞아! 그것참… 자네는 정말 보면 볼수록 알 수 없는 남자로구먼."

오실룬이 고개를 숙였다.

"과찬의 말씀이십니다."

"긴말할 것 없네. 우리 집으로 가세. 저녁때 무도회가 있네. 오랜만에 내 딸이 루흐노프에서 돌아오거든."

"과분하신 초대, 어떻게 거절하겠습니까?"

키예프 후작은 오실룬의 어깨를 툭툭 두들겼고, 오실룬은 그의 묵직한 손찌검을 묵묵히 몸에 받았다.

Chapter 02

향기로운 꽃과 눈의 꽃

키예프 후작의 저택은 전체적으로 'L' 자 형태를 하고 있
었다. 그중 서쪽 건물은 키예프 후작가의 식솔을 위한 공간이
었고, 손님맞이는 주로 동관에서 이루어졌다.

　춘분 즈음의 크세리온 지협은 낮과 밤이 정확히 12시간씩
이었다. 아직 밖은 밝았지만, 키예프 후작가의 파티는 벌써
취흥으로 달아올랐다.

　널따란 홀의 한쪽에 원탁 일곱 개가 초승달 모양을 짓고,
그 가운데에 춤을 추기 위한 공간이 있었다. 실내악단의 경쾌
한 현악 음이 회장을 가득 메웠다.

음식을 나르고 빈 접시를 치우기 위한 하인들을 제외하고 이 방은 온전히 귀족을 위한 공간이었다. 불과 500킬로미터 가량 떨어진 북쪽에서 시민전쟁이 끊임없이 벌어지고 있는 것과는 대조적으로, 아직도 이곳 크세리온 지방 귀족들의 세력은 공고했다.

왁자지껄한 파티건만, 아직 주인공은 도착하지 않았다.

나댜 필 키예프, 올해로 20세가 된 그녀는 키예프 후작의 무남독녀였다. 그녀는 지금 자신의 방에서 두 하녀의 도움을 받아 한창 준비를 하고 있었다. 14세 때 루흐노프로 유학을 가 6년 동안 공부만 했기에 르에페의 사교계에는 오늘 데뷔하게 되는 셈이었다.

방문에서 노크 소리가 들리고, 한 여인이 안으로 들어왔다. 적당한 살집이 있는 풍만한 여자였다. 화려한 청색 드레스에 흰 프릴, 공작 깃털로 만든 쥘부채를 든 40대 초반의 그 여인은 나댜의 치장을 위아래로 훑어보았다.

"정말 어여쁘구나, 나댜."

"고마워요, 어머니."

그녀는 다름 아닌 키예프 후작 부인이었다.

후작 부인은 하녀들에게 몇 가지를 주문했다. 코르셋을 조이라느니 머리의 윗부분을 더 풍성하게 만들라느니 하는 얘기였다.

"오늘 정도는 어머니와 오붓하게 보내고 싶었는데……."

나댜가 애교 섞인 미소를 지었다.

"오, 내 딸. 말만으로도 고맙구나. 하지만 우리 키예프 가문은 라누아의 오랜 귀족이 아니냐. 네 아버지의 욕심도 조금 받아주려무나."

"네, 어머니. 저도 잘 알고 있어요."

"게다가 네게 소개시켜 주고 싶은 사람이 있는 모양이더구나."

"네?"

"잘생긴 청년이던데."

부채로 입가를 가리며 후작 부인이 말했다. 아마도 부채 속에는 미소가 감춰져 있을 것이다.

나댜의 투명하게 흰 피부 위로 홍조가 떠올랐다.

"그게 무슨 말씀이세요? 저는 그런 거……."

"벌써 스무 살이 아니니."

"어머니, 저는 그런 쪽이 너무 서툴러요. 정치니 자연과학이니 하는 것만 배워서 여성스러움도 부족하고… 창피를 당하고 말 거예요. 죠세피나 라샤르를 존경하는 여자를 어떤 남자가 사랑해 주겠어요?"

후작 부인은 빙긋 웃었다.

"내 딸아, 너는 이 세상에서 가장 사랑스러운 여자란다.

자, 준비가 끝났으면 어서 가보자꾸나."

나댜는 어머니에게 이끌려 방을 나왔다. '기대하지 않아' 라고 억누르지만, 어느샌가 마음은 상대의 모습을 상상하고 있었다.

파티장에서 오실룬은 키예프 후작이 있는 테이블에 동석하고 있었다. 작위가 으리으리한 중년의 귀족들 사이에서 젊은 사작 오실룬은 이질적인 존재였다. 하지만 원탁 위 어느 누구도 그를 방해물이라거나, 주제 모르는 굴러온 돌 따위로 인식하는 사람은 없었다.

"오오! 그렇구먼그래."

"저는 어렸을 때 황소만 한 썰매 견을 본 적이 있습니다. 황소만 하다는 것은 과장이겠지만, 1천 폰즈(약 400킬로그램, 1폰즈=약 400그램)의 썰매를 혼자 끄는 크세리온 처키였습니다. 술내기 같은 것을 한 모양인데, 밀가루 포대를 여덟 개나 올리고 30핌(약 15미터)을 끌었죠."

오실룬은 팔을 이리 벌리고 저리 뻗으며 귀족들의 흥취를 돋우고 있었다. 열서너 살 먹은 어린아이 같은 개구진 표정에 귀족들은 탄성에, 웃음에 정신을 못 차렸다.

"개썰매를 직접 몰아본 적도 있습니다."

"저런 저런, 평민들이나 하는 짓을!'

"하하, 아버지께서 꼭 그런 표정과 말투로 저를 혼내셨습니다. 그렇지만 재미있습니다."

키예프 후작이 질세라 오실룬의 말을 받았다.

"나야 광부 출신이라 개썰매를 모는 일 정도는 특이할 것도 없었어. 한번은 광산 노동자와 같이 산골짜기 능선을 트랙 삼아 경주해 본 적도 있다네."

"와우! 그래서 누가 이겼습니까?"

오실룬이 묻자 키예프가 엄지를 치켜세웠다.

"키예프 가문의 남자는 어떠한 싸움에서도 지지 않네!"

주위의 사람들이 깔깔대며 웃음을 터뜨렸다.

파티의 주최자와 그 측근들이 있는 테이블이라고는 하지만 이질적이다 할 만큼 들떠 웃고 떠들어댔다. 무도회였지만 춤을 추는 사람도 없었고, 하나둘 키예프 후작과 오실룬이 있는 원탁으로 모여들었다.

자그마한 애완견을 안고 있는 귀부인에서 아직 애송이 티를 벗지 못한 어린 귀족까지, 몇 마디 오가는 말에 점잖음을 내버리고 하나같이 벌거숭이 어린애가 되었다.

"이럴 게 아니라 지금 당장 개썰매 경주를 하는 게 어떤가? 라누아의 동문에서 서문까지 마차를 멈추게 하고 달리는 거야!"

취기에 들뜬 기분, 젊을 때의 호기까지 더해진 키예프 후작이 자리를 박찰 기세로 소리쳤다. 그때, 누군가 키예프 후작의 팔뚝을 있는 힘껏 꼬집었다. 얼굴을 일그러뜨리며 돌아보니 부채로 코밑을 가린 여인이 서 있었다. 부채 밑엔 찡그린 입이 있을 테다.

"아아, 부인."

"나댜의 르에페 데뷔를 망칠 셈인가요?"

귓가에 소곤거리는 말에 키예프 후작은 정신이 번쩍 들었다. 자리에서 일어나 근엄한 표정으로 술잔을 들어 올렸다. 은제 스푼으로 글라스를 톡톡 두들겼고, 청량한 유리 종 소리가 파티회장에 울렸다.

테이블의 대화에 정신을 빼앗겼던 사람들도 왜 자신들이 이곳에 왔는지를 떠올리며 후작의 잔에 시선을 모았다.

"이 자리에 모여준 제 친구 여러분께 말씀드릴 게 있습니다. 오늘의 파티는 다름이 아니라 제 딸의 르에페 사교계 데뷔를 위해 연 조촐한 자리입니다. 제 딸 나댜는 어릴 때부터 책을 유난히 좋아하여 귀족으로서의 소양을 익히기도 전에 루흐노프로 공부를 떠났습니다. 이렇게 늦깎이로 여러분께 소개를 드리는 것도 그 때문이지요."

일장 연설을 마친 후 키예프 후작이 무도회장의 북쪽 문으로 눈을 돌렸다. 느릿한 왈츠 풍의 곡이 연주되기 시작했다. 문이 열리고, 그곳에 한 여인이 서 있었다.

주홍색의 머리칼을 위로 묶어 올리고, 언두색과 하늘색이 뒤섞인 드레스를 입은 그녀는 수줍은 표정으로 자신에게 쏟아진 시선들에 인사를 했다. 뭇 귀족들이 그녀의 아리따움에 탄성을 내고, 또 박수를 쳐주었다.

키예프 후작이 곁에 서 있던 오실룬을 어깨로 툭 밀쳤다. 그녀를 멍하니, 정확히는 얼빠진 척하며 바라보던 오실룬이 중심을 잃고 앞으로 한 걸음 내디뎠다.

"에스코트해 오게나."

"아, 아, 네. 알겠습니다."

키예프 후작은 오실룬의 둔한 모습에 미소를 지었다. 그럼 그렇지, 제가 아무리 똘똘한 척 굴어도 내 딸의 미모 앞에서야 하는 자랑 가득한 웃음이었다.

오실룬은 허리를 곧추 펴고 당당한 걸음으로 나댜가 서 있는 곳으로 향했다. 시선을 조금 흔들어 부끄러워하고 있다는 느낌을 연출했다. 회장 안의 사람들은 하나도 빠지지 않고 그와 그녀를 지켜보았다.

나댜는 자신을 향해 걸어오고 있는 은발의 남자를 차마 정면으로 볼 용기는 나지 않았다. 뺨이 새빨개져 있다는 것도 가슴이 콩닥거리는 것도 들키고 싶지 않았다. 비단 쥘부채로 얼굴을 감추고 고개를 살짝 외면했다. 하지만 곁눈질로 그를 보는 것은 멈출 수가 없었다.

오실룬이 나댜의 앞에서 허리 굽혀 인사를 했다. 그녀의 왼편에 서서 오른손을 살짝 내밀었다. 흰 비단 장갑에 감싸인 나댜의 가느다란 왼손 손가락이 파르르 떨리며 오실룬의 오른손 바닥에 놓여졌다. 이대로 있다가는 몸까지 떨릴 듯하여 잔기침을 억지로 뱉었다.

오실룬이 먼저 걸음을 떼고 나댜가 그를 따랐다. 연주곡이 세레나데 풍으로 바뀐다. 파티장의 귀족들이 두 사람의 길을 터주었다.

나댜는 손끝에 닿은 남자의 체온만으로도 기절하고 싶었다. 아니, 이미 기절한지도 몰랐다. 아무것도 보이지도 들리지도 않으니.

오실룬은 그녀를 키에프 후작의 옆자리로 안내했다. 그곳에서 손을 떼고 의자를 당겨 그녀가 앉기 쉽게 만들어주었다. 하지만 나댜는 멍하니 서 있기만 했다. 키에프 후작이 딸의 손을 당겨 자리로 이끌고, 오실룬이 의자를 넣었다.

그녀의 수줍어하는 모습에 사람들은 빙그레 미소를 지었다. 공부만 한 순진한 여인이라더니 듣던 것보다 더한 듯했다.

다시 사람들이 하나둘 자리로 돌아가 앉았다. 그사이 몇몇 손님이 더 파티회장을 찾았다. 백작이니 자작이니 하는 고위 귀족들이었다.

오실룬은 나댜와 대각선으로 마주 본 곳에 앉아 있었다. 벌써 세 명이나 그녀에게 춤을 신청했지만, 얼굴을 새빨갛게 물들이고 가로젓는 고갯짓에 물러날 수밖에 없었다. 오실룬은 섣불리 그녀에게 말을 걸거나 춤을 신청하지 않았다. 오히려 그녀가 있는 듯 없는 듯 다른 사람들과의 대화에 열을 올리는 중이었다.

키예프 후작도 이런 자리를 주도하는 것에 통달하지는 못한 듯 오실룬과의 대화에만 열중하고 있었다.

"맞네, 맞아. 플라곤이 아무리 그레이트 그린 쪽이나 알칸사스에서 유용하게 쓰인다고는 해도 사시사철 눈보라에 산간 지형인 크세리온 지협에 들여오기는 영 좋지 않단 말일세."

한 귀족의 말에 오실룬이 맞장구를 쳤다.

"저도 플라곤은 자주 사용합니다. 근거지가 아인도브 만과 그레이트 그린 쪽이니까요. 하지만 크세리온 지협으로 가져올 엄두는 안 나더군요."

키예프 후작이 말했다.

"알칸사스 쪽에서는 진 윙즈(Gin Wings)라는 기계를 개발 중이라더군. 하늘을 날 수 있는 배라던가? 그런 게 있다면 획

기적일 게야. 산맥을 넘어 화물을 수송할 수 있으니."

"맞습니다. 기존의 우마(牛馬)로 끌던 플라곤을 아예 공중으로 띄워 돛으로 조정하겠다는 생각이지요. 하지만 돛으로 바람을 이기기는 무리라고 생각합니다. 역풍에서 나아갈 수 있는 어떤 방법을 고안하기 전에는."

다른 귀족이 오실룬의 말에 아는 척을 하고 나섰다.

"150년 전의 자연과학자 토마스 멜브레도가 만든 '증기기관'이라는 것을 이용할 생각이라더군요. 듣자 하니 알칸사스 지방에서는 그 기관을 이용해 방직 기계를 만들기도 했답니다."

"토마스 멜브레도의 고향 에콜트는 밀밭을 다 갈아엎고 양을 키운다지요? 방직기로 모직물을 만드는 게 더 이익이니까."

오실룬은 귀족들의 말을 들으며 곁눈질로 나다를 살폈다. 그녀의 어머니는 지금 다른 귀족들과의 사교를 위해 말 그대로 안주인 역할을 하느라 바빴다. 나이 든 남자들 사이에 덩그러니 남아 있는 그녀가 어색해하는 것도 이해가 가는 바였다.

화제가 바뀔 때마다 그녀의 안색을 관찰해 오던 오실룬의 눈에 드디어 표정의 변화가 포착됐다. 공부만 했다더니 자연과학이니 증기기관 따위에 처음으로 관심을 보이기 시작한다.

♀ 신룬이 말했다.

"저도 그 방직기라는 기계를 이 눈으로 본 적이 있습니다. 수많은 기계 관절이 짤깍거리고 움직이며 실을 뽑아내고, 천을 만드는 건 정말 마법 같더군요. 하지만 그것을 움직이는 기관은 이 방보다 더 큽니다. 무게도 어마어마하지요. 플라곤의 적재 하중을 생각해 볼 때 그것을 매달고 나는 것은 무리입니다."

"아, 저도 그렇게 들었습니다. 그래서 더 가볍게 하기 위해 노력하고 있다더군요."

한 귀족에 이어 키예프 후작이 입을 열었다.

"그런 꿈같은 이야기도 좋지만, 너무 빠지는 건 쓸모없는 짓이야. 듣자하니 말없이 달리는 마차를 만들겠다는 허풍쟁이까지 있다던데."

그 말에 귀족들이 웃음을 터뜨렸다.

나댜는 그들의 비웃음이 듣기 싫었다. 자연과학 하면 다들 저런 식의 반응이었다. 귀족들은 기술을 천시했고, 광대들이 주는 웃음거리와 동급으로 취급했다.

특히 문명권에서 멀리 떨어진 크세리온 지협은 한층 더했다. 만년설로 늘 덮여 있는 혹독한 산지 지형이다. 알칸사스나 그레이트 그린 쪽에서 개발한 기계들은 대부분 이곳 크세리온에서는 제대로 작동하지 않았다. 그러다 보니 이곳 귀족들은 기계 문명을 무시하는 성향이 다분했다.

그런 생각을 하며 귀족들의 면면을 살피던 나다는 단 한 사람만이 웃고 있지 않은 것을 발견했다. 자신을 에스코트했던 남자, 오실룬이었다.

"자연과학은 위대합니다."

모두의 웃음 속에서 오실룬이 딱 잘라 말했다.

"100년 전만 해도 이동식 야포가 전쟁의 판도를 갈라놓을 것이라고 누가 생각했습니까? 소총 수만으로 이루어진 부대가 생길 걸 그 누가 예상했습니까?"

"대포야 옛날부터 쓰이던 게 아닌가. 250년 전에 알칸사스 너머 북쪽 타무슈람들이 했던 전쟁에서도 소총이니 대포니 하는 건 자주 쓰였다고 들었네. 사막을 통일했던 정복왕 사미드 같은 경우에는 적극적으로 그런 기술들을 육성하기도 했다지."

키예프 후작의 말에 오실룬이 고개를 끄덕였다.

"맞습니다. 그런 것들이 자연과학의 위대한 결과물이 아닙니까?"

"그, 그래요. 자연과학은 미신도 신기한 요술도 아니에요."

조그마한 여자의 목소리가 원탁 위에서 흘러나왔다. 귀족들이 나다를 바라보았다. 부채에 숨어 있었지만 눈빛은 당당했다. 움츠려 가볍게 떨면서도 머리를 숙이지 않았다.

"루호노프에서는 지연과학을 가르치는 내학도 있어요. 우리 르에페도 이제는 적극적으로 자연과학을 받아들여야 해요. 그러지 않고서는 계속 주변국에 비해 뒤떨어질 뿐이에요."

귀족들이 그녀의 말에 어떻게 반응을 해야 하나 서로 눈치를 살폈다. 마음속으로야 자연과학 따위 하고 비웃고 싶었지만 그 아버지의 체면 때문에 그럴 수도 없었다.

정작 그 키예프 후작은 흐뭇한 웃음을 지었다.

"과연 내 딸이다. 벌써부터 왕국의 안위를 걱정하다니! 그래, 내가 국왕 전하께 자연과학대학의 창립을 건의해 보마."

나댜는 아버지의 말에 당황했다. 사석에서 한 한마디 의견이 거기까지 확대될 것이라고는 생각지 못한 것이다.

"아, 아버지, 그런……."

나댜의 목소리는 워낙 작았고, 키예프 후작이 귀족들에게 하는 말에 묻혔다.

"이걸로 최신 학문을 배웠다고 거들먹거리는 입헌파 놈들의 콧대를 짓뭉개 주는 게요. 그쪽이 바보 같은 계집이 쓴 민중과의 계약인지를 나불댄다면 우린 야포랑 플라곤을 만들어 낸 자연과학으로 반격하는 거지! 국왕전하께서 우리말에 귀기울여 줄 거라는 건 더 생각할 필요도 없지 않소이까?"

귀족들이 술잔을 들어 올렸다. 나댜는 고개를 숙였다. 그녀는 아무도 들을 수 없게 중얼거렸다.

"죠세피나 라샤르를 바보라고 하지 마세요, 아버지."

"그럼요. 그녀는 천재 정치학자니까요."

나댜는 귓가에 들리는 목소리에 깜짝 놀라 머리를 들었다. 어느샌가 오실룬이 자신의 왼쪽 뒤편에 서 있었다.

"잠깐 바람을 쐴까요, 레이디?"

나댜는 현실 정치, 아니, 정치랄 것도 없는 무리 싸움이 보기 싫었다. 게다가 자연과학에 조예가 있고, 무엇보다 자신이 존경해 마지않는 죠세피나 라샤르를 천재라고 말하는 이 남자에게 관심이 끌렸다.

보일 듯 말 듯 머리를 끄덕이고 그의 뒤를 쫓았다.

두 사람은 하인들에게서 외투를 받아 걸치고 발코니로 나갔다. 발코니에는 난로가 세 개 서 있었다. 석탄을 태우며 빨갛게 달아오른 난로 덕분에 영하 10도를 넘나드는 추위였지만 외투 한 장으로 견딜 수 있었다.

발코니 밖은 은세계로 무도회장 빛이 아로새겨져 있었다. 그리고 그 가운데 오실룬과 나댜의 그림자가 서 있었다. 나댜는 찬 공기를 듬뿍 마시고 두 손을 앞으로 뻗었다.

"아아, 이 추위라니! 오래간만이에요."

"6년 만의 귀향이라고 하셨던가요?"

"네, 6년 만이죠. 하지만 하니도 변한 게 없던걸요."

"사람에겐 길어도 세계에는 터무니없이 짧은 시간이죠."

나댜는 오실룬의 이야기를 들으며 그를 바라보았다. 정말 미소가 온화한 사람이었다. 꼭 집어 말할 수는 없었지만 보는 것만으로도 경계심이 사그라지는…….

너무 물끄러미 쳐다보았나 하는 생각에 얼굴을 붉히고 그녀는 다시 발코니 밖으로 돌아섰다. 천천히 말문을 열었다.

"죠세피나 라샤르는 정말 대단한 분이에요. 그녀와 같은 시간을 살 수 없다는 게 억울할 정도로. 특히 그녀가 말한 민중과의 계약은 읽는 순간 전율이 왔을 정도인 걸요!"

오실룬은 그녀의 곁에 나란히 서서 창밖으로 시선을 둔 채 말을 받았다.

"모든 정치학자들이 현실에 당면한 문제에 매달리고 있을 때 그녀는 전시대적으로 정치를 보았습니다. 인류의 시작, 정부의 형성. 왕족이 신으로부터 점지된 예언가가 아니게 된 시대로부터 모든 왕은 민중과 계약을 했다. 보호해 주겠노라고, 그 대가로 권위를 부여해 달라고."

"역시 읽어봤군요!"

나댜가 활짝 웃났다.

"물론입니다. 지금은 귀족의 교양서적 중 하나니까요."

"아뇨. 대부분은 읽지 않아요. 문자의 나열을 읽을 뿐, 내용에는 관심없죠."

"저도 왕당파입니다."

"제 아버지는 왕당파의 대표 격이신 걸요."

나댜가 고개를 살짝 돌려 오실룬을 곁눈질했다. 그녀의 시선을 느꼈지만, 오실룬은 발코니 밖으로 던져 둔 시선을 움직이지 않았다.

"저도… 국왕 전하의 권력을 깎아내리고자 하는 생각은 없어요."

나댜가 조금 누그러든 목소리로 말했다. 그녀의 말을 오실룬이 받았다.

"민중의 계약이 국왕 전하의 권위를 깎아내릴 리 없지요. 민중과 한 계약은 눈에 보이는 계약서에 서명을 한 것이 아니지요. 이를테면 신민을 보호할 의무가 있다는 왕들의 당연한 사명을 수사적으로 표현한 것이니까요."

"어머, 나도 그렇게 생각했는데!"

나댜가 오실룬에게로 몸을 돌렸다. 너무 목소리가 컸다는 생각에 얼굴을 붉히고 부채로 뺨을 감추었다.

"죄송해요."

"아니요. 같은 생각을 가진 동지를 만나면 누구라도 기쁠 겁니다. 저도 지금 그런 마음인 걸요. 여성 분과 이런 주제로 이야기를 할 수 있으리라고는 생각해 본 적도 없으니."

오실룬이 표정을 비꼈다. 양손 가득 상난감을 쥔 어린아이의 얼굴이었다. 조금은 개구지고 호기심 넘치는. 고작 얼굴의 근육을 조금 움직인 것에 불과하지만, 그런 감정이 나댜에게 그대로 전해져 왔다.

그 해맑은 얼굴에 나댜 역시 모든 걸 잊고 웃었다.

"맞다. 나, 존경하는 어자기 또 한 명 있어요."

"키예프 아가씨께서 존경하는 여자라면 저도 궁금한 걸요."

"아가씨는 그만두세요. 그냥……."

다시 나댜의 얼굴이 빨갛게 익었다. 기어들어 가는 목소리로 말한다.

"그냥… 이름을 불러주세요."

"그렇게 하겠습니다, 나댜 양."

"고마워요, 오실룬님."

나댜는 조금 전 자신이 했던 이야기를 잊은 듯 오실룬을 외면한 채 새빨갛게 불꽃을 날름거리는 난로를 바라보고 있었다.

"애를 태우시니 더 궁금합니다. 나댜 양이 존경한다는 여인이 어떤 분인시. 그렇게 뛰어난 여학자가 누구입니까?"

"아! 그녀는 학자가 아니에요. 어느 쪽이냐면 무인이랍니다."

오실룬이 고개를 갸웃했다. 전혀 생각지 못한 대답이었다.

머릿속으로 알고 있는 유명한 여전사들을 떠올려 보았다. 먼 북쪽의 다노드 사막에서 알칸사스, 그라나다 지역, 옛 멤피스, 그레이트 그린까지. 수십 명의 이름을 리스트로 만들었다. 만약 그녀가 언급하는 여전사가 그 안에 있다면 대화는 훨씬 부드럽게 이어질 수 있을 것이다.

"어느 시대의 분이십니까?"

"네? 아, 아녜요. 그녀는 지금 라누아 성에 살고 있어요."

오실룬은 또 한 번 자신의 예상이 빗나갔음을 느꼈다. 존경한다고 표현했지만 동시대, 같은 지역이라면 아마도 동경하고 있는 것에 가까우리라.

"언니는 대단한 검투사세요. 여자의 몸으로 7년 전 마상창술 경기에서 우승을 차지했답니다. 언니를 알게 된 것도 그때부터에요."

7년 전을 다시 떠올리는 듯 나댜의 눈에 오래된 색이 떠올랐다.

"지금은 왕실의 근위대에 몸담고 있어요. 오늘 제 무도회에도 참석해 주십사 초대장을 보냈는데, 일이 바쁜지 아직 안 오셨네요. 오실룬님에게도 꼭 소개시켜 드리고 싶은데."

"그런 분이라면 저도 꼭 만나보고 싶습니다."

바로 그때, 무도회의 입구에서 집사가 한 귀족의 이름을 읊었다.

"에카노프 백작가 영애 오셀루나 필 에카노프님이십니다!"

나댜가 손뼉을 딱 부딪쳤다.

"앗! 언니예요. 오실룬님, 제가 말씀드렸던 언니가 지금 도착했어요."

나댜는 말을 하며 오실룬을 바라보았다. 그는 여전히 웃고 있었다.

"먼저 가보십시오. 전 이곳에 조금만 더 있겠습니다."

고개를 끄덕이고 나댜는 무도회장으로 들어갔다. 오실룬은 그런 나댜의 뒷모습을 조용히 지켜보았다. 허물어지려는 표정을 간신히 붙잡은 채.

하늘을 가로지르고 있는 파이프들.

가난하지만 그래도 싸움 한 번 없던 아버지와 어머니, 형, 누이동생.

어머니는 귀족의 하인이라면 하인답게 입어야 한다며 누비옷을 한 땀 한 땀 정성스레 꿰매주셨다. 비슷한 색의 옷감을 얻으러 아버지는 날품을 팔았고……

늘 춥고 배고팠지만 결코 힘들지 않았던 그 시절.

지독히도 춥던 날, 갓난 막냇동생을 잃고 아버지는 파이프에 손을 대셨다.

그게 죄인가?

오셀루나, 네 아버지에게 묻고 싶어.

사냥터에서 목숨을 구해준 내 아버지를 잊었냐고. 나를 하인으로 고용해 준 것으로 목숨의 값을 다 했다고 생각하느냐고.

세 살배기 빨갛던 볼로 막 배운 말을 옹알거리던 누이동생까지 죽여야 했을 만큼.

우리 아버지는 큰 죄를 저지른 거냐고.

오셀루나…….

하지만, 오셀루나…….

나댜는 오셀루나의 몸에 거의 숨다시피 서 있었다. 그리고 오셀루나는 지금 귀족들 틈을 돌며 인사말을 나누었다. 백작 가문의 영애로서 해야 할 일이었다.

여자 군인이라면 늘씬한 키에 다부진 몸매를 상상하기 쉽겠지만, 그녀는 겨우 나댜보다 1, 2센티미터 정도 키가 클 뿐이었다. 군살 없는 몸매였으나 근육질과도 거리가 멀었다. 언뜻 보아선 그저 어느 귀족 집의 영애 이상의 느낌은 주지 않았다. 어깨가 조금 넓다는 것을 제외하고는.

엉덩이까지 기른 은발이 살랑이고, 하늘색 눈은 한없이 맑

왔다. 군복 차림 그대로였지만 오히려 그녀의 매력을 북돋아
주고 있었다.

"어서 오게나, 오셀루나 양. 아니지, 에카노프 근위대 부사
령관."

"후작 각하, 이렇게 파티에 초대해 주셔서 감사합니다."

허리를 살짝 굽히는 오셀루나에게 키예프 후작은 너털웃
음을 선사해 주었다.

"허허, 딸아이가 자네만큼은 이름까지 지정해 초대해 달라
고 했다네."

오셀루나가 나탸를 슬쩍 바라보았다.

"영애 분은 정말 못 알아볼 정도로 예뻐졌어요."

"놀리지 마세요, 오셀루나 언니. 제가 보기엔 언니가 훨씬
아름다운걸요."

키예프 후작 부인이 한발 나서서 오셀루나의 손을 잡았
다.

"숱기없는 아이라 변변히 친구도 없는데, 네가 상대해 주
어 우리는 늘 고맙게 생각하고 있단다."

"친구가 없는 건 저도 마찬가지에요. 워낙 거칠기만 하
니."

오셀루나는 말을 하며 싱긋 웃었다. 말하는 것과는 반대로
정말로 여성스러운 표정이었다.

"언니, 언니. 이리로 와보세요. 소개시켜 드릴 사람이 있어요."

나댜가 오셀루나의 손을 끌었다.

"음? 네가 나에게 누군가를 소개시켜 준다고?"

오셀루나는 놀랐다는 듯 눈을 동그랗게 떴고, 나댜는 수줍은 표정을 지었다.

"그것도 남자로구나."

"어머, 어떻게 아셨어요?"

오셀루나가 짓궂은 미소를 띠었다.

"그야 표정을 보면 알지요."

나댜는 오셀루나를 데리고 발코니로 향했다. 빛에 반사되어 잘 보이지는 않았지만, 밖에 남자 한 명이 서 있다는 것은 알 수 있었다.

"누굴까? 나댜 네가 마음에 들어하는 남자라니."

"그런 게 아니에요. 그냥 단지… 재미있는 사람이라 잠시 이야기를 나누고 있었을 뿐이에요."

"그게 훨씬 더 대단한걸? 나댜가 재미있어하는 남자라니."

발코니의 문이 열리고, 오셀루나의 눈에 희뿌연 창문의 반사광 너머에 서 있던 남자가 또렷하게 다가왔다.

은발, 짙은 보라색의 눈동자, 눈매와 콧등, 입술.

오셀루나의 시선이 남자의 얼굴을 훑었다. 걸음은 멎은 지

오래였다. 걸음뿐일까? 심장까지 멎는 듯한 느낌이었다. 이미 멎었는지도 모른다.

"오… 오실룬?!"

오셀루나를 끌고 온 나댜도 놀라는 표정을 지었다. 오셀루나의 동그랗게 뜬 눈동자와 아무렇지도 않다는 듯 그녀를 바라보고 있는 오실룬의 얼굴이 선명하게 대비되었나.

"설마……."

오셀루나는 손으로 입을 가렸다. 그러지 않고선 놀라 벌어진 입을 그대로 상대에게 보여줄 터였다.

"오실룬님이 맞아요. 언니, 서로 알고 있는 거예요? 그렇지만……."

나댜는 두 사람이 어떤 관계인지 전혀 감을 잡을 수가 없었다. 다만 확실한 것은 서로 알고 있다는 것뿐.

오실룬이 오셀루나 곁으로 다가왔다. 그녀를 스쳐 지나 뒤쪽에 있는 하인에게 다가갔다. 하인은 지금 오셀루나의 외투를 들고 어색하게 서 있었다.

오실룬은 외투를 받아 나댜에게 건네주었고, 나댜는 그것을 오셀루나의 어깨에 걸쳐 주었다.

"기침병이 심해질지도 모릅니다."

오실룬의 한마디에 오세루나는 놀라움에서 헤어 나왔다. 기침병에 대해서도 알고 있다. 그가 확실하다.

"오실룬!"

"제 이름은 그게 맞습니다. 그렇게 여러 번 확인시켜 주시지 않아도 됩니다."

오셀루나는 도대체 무슨 말을 어떻게 꺼내야 할지 갈피를 잡기가 힘들었다.

"오래간만입니다, 오셀루나 양. 만났던 곳이 어디였던가요? 전 이곳 라누아에는 처음이라, 지난번에 그곳, 아! 지명이 잘 생각나지 않습니다."

오셀루나는 오실룬의 갑작스러운 말에 눈을 살짝 찡그렸다. 자신의 기억 속에 있는 오실룬은 '그' 한 명뿐이다. 라누아가 처음이라니? 라누아에서 태어나 14년을 살았던 소꿉친구 오실룬이······.

옛일을 떠올린 순간 오셀루나는 아차 하는 생각이 들었다. 도열자의 자식, 그것도 그의 가족을 떼죽음시킨 게 다른 누구도 아닌 자신의 아버지가 아니던가?

그가 여기서 과거를 밝힐 수 있을 리 없었다.

오셀루나의 표정이 급속도로 허물어졌다. 좋았던 그 많은 기억, 함께 지냈던 긴 시간들, 이제는 돌이킬 수 없는 자신의 가문이 만들어낸 큰 골. 반가움조차 짓누르는 과거에 오셀루나는 웃을 수 없었다.

얼마나 많은 시간을 그에게 사과하며 보냈을까? 그 많은 눈물 중 그에게 닿은 것이 난 하나라도 있으려나?

듣지 못할, 전해지지 않는 사과로 용서받을 수 있을까? 차라리 지금 그를 곤란하지 않게 하는 게 그 천 일 동안의 눈물과 만 번 기도한 사죄보다 나으리라!

오셀루나는 간신히 입꼬리를 들어 올렸다.

"용치키었잖아요. 왜, 그, 아위눔 사삭의 무도회장에서……."

"아아, 이제야 기억이 났습니다."

두 사람 사이의 이상한 기류에 잔뜩 긴장하고 있던 나댜가 간신히 끼어들었다.

"서로 알고 있었군요! 그것참 신기해요. 두 분 다 이쪽으로 오세요. 여기가 따듯할 거예요."

오실룬이 고개를 살짝 숙이며 나댜의 곁으로 갔다. 오셀루나는 그렇게 멀어져 가는 오실룬의 뒷모습에서 눈을 떼지 못했다. 나댜가 다시 오셀루나의 곁으로 돌아와 손을 잡아 난로 곁으로 끌어당겼다.

"언니, 오늘 정말 이상해요. 그렇게 놀랄 일인가요, 오실룬 님과 다시 만난 게?"

"아, 아니야. 그냥 의외였을 뿐이야."

오셀루나에 이어 오실룬이 나댜에게 말했다.

"사실 그렇게 잘 아는 사이도 아닙니다. 무도회장에서 서로 이름을 교환한 정도니까요."

"응, 맞아. 나댜, 그냥 이름만 알고 있는 정도야. 그와 어렸을 때부터 알고 있다거나 그런 건 결코 아니야."

오셀루나는 말을 하다 깜짝 놀라며 입을 막았다.

"네? 갑자기 그게 무슨 말이세요?"

나댜의 물음에 오셀루나는 손을 흔들었다. 나댜가 고개를 갸우뚱했다.

"언니 같지가 않아."

오셀루나가 숨을 들이쉬었다가 길게 내쉬었다. 마음을 진정시키기 위해서였다. 뭐가 어떻게 돌아가는지는 모르겠지만, 자신이 망쳐 놓을 수는 없었다. 최소한의 속죄다. 그런 생각을 하며 나댜에게 입을 열었다.

"그런데 오실… 이분과는 어떻게 알게 된 거니? 오늘 돌아온 것 아니야? 설마 루흐노프에서 함께 온 것은 아니겠지?"

나댜가 설레설레 머리를 흔들었다.

"아니에요. 오실룬님은 아인도브 만 지방에서 상업을 하고 계시대요. 아버지와 거래를 하기 위해 라누아에 오셨다고 들었어요."

"아! 그럼 너도 오늘 처음 만났겠구나. 오늘 라누아에 돌아왔으니."

"응, 그래요. 앗!"

말을 하던 중에 나댜가 무도회장으로 머리를 돌렸다.

"제가 좋아하는 곡이에요."

오셀루나가 나댜의 손을 당겼다.

"그럼 가서 한 곡 추고 오지 그러니? 오실룬… 씨와 함께."

나댜가 얼굴을 붉히며 손을 감췄다.

"부끄러워서 싫어요. 그 대신 언니가 춤춰주세요. 전 그걸로 만족할게요."

"그런……."

나댜는 사양의 말을 하려는 오셀루나의 등을 떠밀었다. 오실룬은 잠시 머뭇거리다가 오셀루나의 앞에 한쪽 무릎을 꿇었다.

"저와 한 곡 추시겠습니까?"

내민 오실룬의 손을 보며 오셀루나는 이상한 느낌이 들었다. 옛날이라면 상상도 하지 못했을 텐데, 오실룬과 무도회장에서 춤을 추다니…….

오셀루나가 오실룬의 손에 자신의 손을 포갰다. 10년 만에 만난 그녀와 그가 어깨를 나란히 해 파티장 안으로 향했다.

"어떻게 된 거야?"

"비밀 지켜줘서 고마워."

어깨에 살짝 고개를 묻으며 오셀루나가 물었고, 그녀를 안

듯 당겼다 다시 밀며 오셀루나가 답했다.

"너 정말로 내가 알고 있는 오실룬이야?"

"라누아에서 너희 집 하인 노릇을 했던 오실룬이냐고 묻는 거라면 맞아."

또 한 번 두 사람의 몸이 붙었다 떨어졌다. 오셀루나는 새삼 자신을 안고 춤추고 있는 오실룬을 바라보았다. 잡티 하나 없는 은발과 깊은 자수정 빛 눈.

보면 볼수록 기억 속에 있는 그와 겹치는 부분이 늘어갔다. 그리고 그럴수록 가슴속의 죄책감이 무거워졌다.

"미안해."

"응?"

"오실룬, 정말 미안해."

힘없이 숙여진 오셀루나의 머리가 오실룬의 가슴에 닿았다.

"지난 일이야."

오실룬은 오셀루나의 표정을 관찰했다. 미안하다는 말을 하든 말든 음악 소리에 묻힐 테니 상관없다. 하지만 울어서는 안 된다. 그녀와의 일은 나중에 풀 문제였다. 지금 그녀가 이곳에서 눈물을 떨어뜨린다면 곤란한 일이 생길지도 모른다.

"오셀루나, 정말 미안하게 생각한다면 과거는 잊어줘."

"과거는… 잊으라고?"

"그래. 나에게 미안한 감정이 있겠지만, 그건 내 아버지와의 문제잖아? 아니, 따지고 보면 하필 운없게도 네 아버지가 그 일을 맡았을 뿐이야."

"너… 정말 그렇게 생각하는 거야?"

오실룬이 미소를 지었다. 늘 짓는 상냥하고 부드러운 미소였다.

"물론. 너와 함께 어린 시절을 보냈던 나야."

오셀루나는 그의 미소를 보고는 다시 고개를 살짝 숙였다. 더 이상 말을 꺼내지 않았다. 익숙한 몸놀림으로 춤의 스텝을 밟았다. 오실룬의 리딩도 완벽했다.

두 사람의 춤은 무도회 안 어느 누구의 것보다 근사했다. 그 우아한 한 쌍의 은발 커플은 자연스레 무도회장의 대화 소재가 되었다.

키예프 후작도 후작 부인과 함께 오실룬과 오셀루나의 춤을 바라보고 있었다.

"저 은색 머리칼을 보니 옛일이 떠오르는구먼그래."

"무슨 말씀이신가요?"

후작 부인이 묻는 말에 키예프 후작은 10여 년 전을 회상했다.

"에카노프 백작의 영애가 어렸을 때 유난히도 사이가 좋은 시동이 있었어. 둘 모두 하얀 머리칼에, 아무래도 쪼끄마했던 때니까 귀엽기가 이를 데 없었지. 둘이 나란히 뛰어다니는 것을 보자면 정말 눈과 얼음의 요정이 어울려 노는 듯 보였지."

후작 부인은 남편의 말을 들으며 상상해 보았다. 오셀루나의 어릴 적 모습은 아직 기억에 남아 있었다. 그가 말하는 하인에 대해서는 기억나는 것이 없었지만 두 명의 은발 꼬마 아이를 생각하는 것만으로도 그림에 그린 듯한 풍경이 되는 듯했다.

"정말 그랬겠네요. 그런데 그 하인이란 아이는 어떻게 됐죠?"

"아아, 그 아이라면 처형됐소. 10년 전에."

"네?"

의외의 대답이었다. 후작 부인이 다시 물었다.

"무엇 때문이지요? 10년 전이라면 오셀루나 양이 아직 열네 살일 때인데……."

"아비가 도열자였거든. 일가족 모두가 처형됐지."

"아아!"

후작 부인이 탄성을 질렀다. 도열죄라면 라누아에서 가장 큰 죄 중 하나였다. 열 파이프에 손을 댄 사람은 물론 그 가족까지도 사형에 처해진다.

곡이 종장을 연주하기 시작했다. 튀고 꺾이는 음들이 몇 차례 반복되고, 끝내기 화음을 길게 뽑았다. 춤을 추던 사람들이 서로에게서 떨어저 인사를 했다.

마지막으로 서로 스치는 그 순간, 오셀루나가 오실룬의 귀에 속삭였다.

"당신 누구야?"

오실룬은 미소를 지었다. 그녀의 말에 답하지 않고 다시 나댜가 있는 곳으로 향했다.

춤을 추는 플로어에서 조금 떨어진 곳에 서서 두 사람의 춤을 구경하던 나댜는 부채로 입술을 살짝 가리었다. 또다시 남에게 보이기 부끄러운 표정을 짓는 모양이었다.

오셀루나는 그곳에 서서 오실룬의 뒷모습을 바라보았다. 그리고 중얼거렸다.

"오실룬이… 저런 기분 나쁜 미소를 지을 리 없잖아."

하지만 그녀의 목소리는 다시 연주되기 시작한 첼로의 묵직한 소리에 파묻혀 버렸다.

3

다음날.

오실룬은 예가 썰매를 한 대 빌려 라누아를 떠났다. 행로는 서북쪽. 얼마 전 키예프 후작에게서 광산을 구입한 치눈크 지역으로 예카를 채찍질했다. 긴 털의 젖소 무늬 예카들이 터벅 터벅 눈길을 달리고, 마차는 빠른 속도로 눈 위를 미끄러져 갔다.

라누아에서 치눈크까지의 거리는 70킬로미터가량이었다. 오실룬이 빌린 경마차로도 일곱 시간 가까이 걸렸다.

혹한에 끝없는 눈밭, 눈사태로 끊긴 길 등, 크세리온 지협을 걸어서 이동한다는 것은 불가능에 가까웠다.

가장 빠른 운송 수단은 개썰매였다. 크세리온 처키라는 개썰매에 특화된 썰매 개 10여 마리를 작은 썰매에 매달아 끌게 하는 방식이었는데, 시속 15킬로미터 내외의 속도를 냈다. 다만 적재량이 적어 대단위의 무역에는 쓰기 힘들었다. 주로 편지를 실어 나른다거나, 아니면 보부상들이 애용했다.

예카 썰매 마차는 썰매 개들에 비해서는 속도가 느렸다. 발바닥이 넓고 털이 많은 말과 소의 중간쯤 되는 모습을 한 이 초식동물은 달린다기보다는 종종걸음으로 뛰어다니는 정도였고, 지치지 않는 정도로는 시속 10킬로미터 정도가 한계였다. 게다가 그나마도 서너 시간에 한 번씩은 먹이를 주어야 했다.

하지만 예카는 선천적으로 힘과 지구력이 좋아 사실상 크세리온 지협의 교역은 이 둔한 짐승이 도맡고 있었다.

아침에 출발해 늦은 저녁 무렵이 되어서야 오실룬은 치눈크에 도착했다. 춘분을 막 지난 시점이었기에 저녁이라고는 하지만 아직도 한낮처럼 환했다.

치눈크 마을은 전형적인 광산 도시였다. 갱도에서 1킬로미터도 채 떨어지지 않은 곳에 판자로 얼기설기 지은 수십 채의 건물이 마을의 전부였다. 그나마도 치눈크 광산이 폐광에 가까웠기에 사람이 거의 살지 않았다.

황량한 마을 안에 인기척이 느껴지는 건물은 술집과 교역소 정도였다. 오실룬은 마차를 술집 앞으로 몰아갔다.

단층에 낡아 떨어지려 하는 간판, 유리창도 이가 빠져 판자로 얼기설기 막아놓은 곳이었지만 시끌벅적한 소리가 건물 밖까지 흘러넘치고 있었다. 두툼한 나무문을 열고 들어가니 20여 명의 남자들과 두 명의 나이 든 작부(酌婦)가 한데 뒤엉켜 있었다.

한 남자가 손풍금을 가슴팍에서 조물거리며 형편없는 음악을 연주하는 중이었다. 오실룬의 등장에도 음악 소리는 아랑곳하지 않았다. 잠깐 듣는 것만으로도 그에게 돈을 지불할 생각이 들지 않았건만 서른, 마흔 줄의 작부들이 그 반주에 맞춰 저속한 춤을 추는 통에 남자들은 신이 나 있었다.

오실룬은 잠시 그들이 노는 꼴을 바라보다가 손뼉을 딱딱 두들겼다. 손풍금을 연주하던 사람과 작부의 가슴골에 넣은 동전을 꺼내려던 남자가 손을 멈추었다. 삽시간에 술집 안의 소음이 멎고 한쪽 구석에 퍼질러 자고 있던 덩치 큰 남자의

코 고는 소리가 대신 울려 퍼지기 시작했다.

"리더!"

악사가 외쳤다. 작부들에게 수작을 부리던 남자도 오실룬에게 알은척을 했다. 그도 그럴 것이 그는 펠리페였다. 그리고 지금 코를 골고 있는 남자 하바툴, 악사 짓을 하던 레반 옷토까지 더해 이곳의 분위기를 주도하던 자들은 모두 오실룬의 동료들이었다.

펠리페가 발길질로 하바툴을 깨웠다. 부스스 눈을 떠 오실룬을 보고는 함박웃음을 짓는다.

"리더 왔구나."

오실룬은 술집 안 사람들의 면면을 살폈다. 대부분 거지에서 두 걸음쯤 떨어진 하층 노동자의 꼴이었다. 아마도 이번 '일'을 위해 고용한 인부들인 듯했다. 그 인부들은 오실룬의 옷차림이나 고용주가 그를 대하는 태도를 보고 긴장한 표정으로 자리를 지키고 있었다.

손풍금을 연주하던 레반이 인부들에게 말했다.

"자자, 신경 쓰지 말고 놀아요."

그리고는 펠리페, 하바툴과 더불어 오실룬을 술집의 안쪽 별실로 안내했다.

"리더, 오랜만이야."

레반이 헤실헤실 웃었다. 시른이 조금 못 될 듯 보이는 그는 녹옥색 눈동자를 교활하게 돌렸다. 부스스한 갈색 머리칼을 대충 뒤로 넘기며 그가 말을 이었다.

"오는 데 진짜 큰일이었어. 광석을 실은 마차가 10미터 깊이의 골에 빠져서 꺼내는 데만 열흘이 걸렸지 뭐야. 100명의 사람을 고용해서 꺼내지 않았더라면 열흘은 더 지체했을걸."

오실룬이 레반의 얼굴을 물끄러미 바라보았다. 그 시선을 견디다 못해 레반이 조금 낮은 톤으로 입을 열었다.

"아, 조금 과장이 섞였을지도 모르지만."

펠리페가 면박을 주었다.

"뭐가 조금이야. 도랑에 걸려 몇 시간 늦어진 걸 가지고."

"이보게나, 시각의 차이라는 게 사람마다⋯⋯."

오실룬이 레반의 말을 끊었다.

"그보다 일은 어때? 잘 돌아가고 있어?"

"물론! 직접 보러 갈래?"

오실룬은 고개를 끄덕였고, 흥청망청하는 주점을 뒤로한 채 네 사람은 산길을 오르기 시작했다.

치눈크 마을에서 광산으로 이어진 길은 요 이틀간의 작업을 대변하는 듯 단단하게 다져져 있었다. 걷기에도, 썰매형의 손수레를 끌기에도 충분할 듯 보였다.

30여 분간 걷자 광산의 입구처럼 보이는 풍경이 모습을 드러냈다. 작은 판잣집이 두어 채 있고, 큰 굴뚝을 가진 작업장이 한가운데에 서 있었다. 갱도의 입구로 보이는 한 줄짜리 레일이 깔려 있는 동굴도 보였다.

광산을 지키고 있던 두 명의 인부가 사무실용 판잣집에서 어슬렁거리며 나왔다. 그리곤 레반과 눈이 마주치더니 인사를 하는 둥 마는 둥하고 다시 안으로 기어들어 갔다. 나사가 풀린 듯한 분위기였지만, 사람의 접근에 눈치를 채는 것만으로도 제 할 일은 다 한다 할 만했다.

"리더가 명령한 대로 구입해 온 광석들은 광산 깊숙이 처박아뒀어."

"자연스럽게 섞어두었겠지?"

오실룬의 물음에 레반과 펠리페가 동시에 고개를 끄덕였다.

"누가 봐도 그럴듯할 거야."

레반에 이어 펠리페가 입을 열었다.

"그런데 리더, 정말 저렇게 해둔 것만으로 여길 금광이라 생각할 바보가 있을까?"

"당연히 없지."

오실룬의 딱 잘라 하는 말에 펠리페가 눈을 동그랗게 떴다.

"뭐야, 그럼? 뭐 하러 금 섞인 광석을 30만 루블어치나 사온 거야? 이 폐광까지 합쳐 벌써 200만 루블 넘게 지출한 셈이잖아. 어음에 장난질을 쳐놨나시만……."

"펠리페, 석탄 광산을 금광이라고 팔면 그건 사기꾼이야."

오실룬의 천연덕스런 말에 펠리페가 속으로 외쳤다. 우리 사기꾼 맞아!

"너희들 중 어느 누구도 이 광산이 금광이라거나 하는 거짓말을 해서는 안 돼. 알겠지?"

떨떠름한 표정으로 펠리페가 고개를 주억거렸다. 오실룬이 레반에게 손가락질했다.

"특히 너 말이야. 거짓말을 입에 달고 다니는 녀석이니까."

레반은 입으로 'O' 자를 그리며 양 손바닥을 하늘로 들어 올렸다.

"리더, 그건 억울한 누명이야. 나 레반 옷토는 테미시아님과 국왕 전하의 이름을 걸고 늘 진실만을 말하는걸."

"제길, 네가 신의 이름을 들먹일 때마다 무섭다, 무서워. 지옥에 갈 생각은 없으니 나까지 끌어들이진 말아라."

오실룬은 머리를 절레절레 흔들며 커다란 굴뚝이 서 있는 작업장으로 향했다. 석탄과 광석 원석 더미가 한가득 쌓여 있었다. 풍로니 용광로니 하는 하나같이 광석을 녹이는 데 쓰는 장비들이었다.

"금 채취량은 어때?"

"하루 반 오즈(16그램가량, 1오즈=약 33.3그램) 정도? 인부들 일당이 간신히 나올까 말까 한 정도야. 광석이 싸구려라 그런지 금 함유율이 낮아."

"그 덕분에 국경도 무세금 통과였잖아."

"정확히 말하면 무세금은 아니었지. 마차 한 대당 10루블의 세금이 붙었으니까."

"이 광석을 전부 제련해서 금으로 만들었다고 생각하면 그 백 배는 세금이 붙으니 그것에 비하면 없다고 해도 과언이 아니잖아."

이야기를 듣고 있던 펠리페가 입술을 삐쭉이며 말했다.

"뭐가 어떻게 돌아가는 거야? 쓰레기에 가까운 금광석은 뭐 하러 이렇게나 사오고, 굳이 탄광에 묻을 건 뭐야? 난 또 탄광에 묻어 금광인 것처럼 되팔 거라 생각했는데……."

펠리페가 레반을 흘끗 보며 말을 이었다.

"그리고 이놈을 시켜서 퍼뜨린 노래는 또 뭐야? 치눈크에 오래된 금광이 있느니 어쩌니 하는 노래 아니었어?"

"이보게, 친구. 설명해 줘도 모를 거면서 왜 자꾸 묻고 그러나?"

레반의 말에 펠리페가 도끼눈을 떴다.

"또 무시하냐? 앙?"

"진실을 말하는 레반 옷토의 솔직한 말이구먼, 귓구멍이 배배 꼬였냐?"

"목구멍에 숨구멍 하나 더 뚫어줄까?"

"내가 3천 핌(약 1.5킬로미터) 밖에서 쏜 총알이 네 오른 눈에 박힐까, 왼눈에 박힐까?"

멍한 표정으로 있던 하바툴이 두 사람의 어깨에 손을 얹었다.

"둘 다 싸우지 마."

오실룬이 하바툴에게 명령했다.

"거참 시끄럽네. 하바툴, 둘 다 바닥에 주저앉혀."

"어, 어. 알았어, 리더."

하바툴이 펠리페와 레반의 어깨 위에 올린 손에 힘을 주었다. 무지막지한 힘에 두 사람 모두 풀썩 엉덩방아를 찧었다.

"뭐, 밑 준비는 끝이 났으니 앞으로 할 일을 이야기할 겸 설명해 주지."

오실룬이 레반과 펠리페, 하바툴 세 사람을 돌아보며 입을 열었다.

"이 광산을 되팔기는 할 거야. 두 배쯤 남겨서. 하지만 절대로 금광이라고 말하고 팔아서는 안 돼. 어디까지나 석탄광으로서 두 배 가격에 팔아야지."

레반을 노려보며 구시렁대던 펠리페가 물었다.

"그게 어떻게 가능하다는 거야? 어느 미친놈이 폐탄광을

400만 루블에 사겠냐고."

"사는 미친놈이 있을 테니까 그건 걱정하지 마."

이어 오실룬이 레반에게 말했다.

"왜 굳이 이 광산을 손에 넣은 건지는 레반도 어느 정도 눈치를 챘을 테고."

"그야 세금으로부터 자유로우니까 그런 거 아니야?"

펠리페가 얼굴에 물음표를 띄우고 레반을 바라보았다.

"세금?"

"여긴 르에페도 고린포프도 아니야. 양 국가 모두의 소유이기도 하고. 그래서 이 땅에서 나는 물건은 르에페건 고린포프건 팔 때 국내세만 내면 돼."

"그러니까, 여기서 나는 석탄을 르에페에 팔 때나 고린포프에 팔 때나 세금이 같다는 말 아니야? 그것도 자국 생산품에 붙는 세금만으로."

"우리랑 같이 다니더니 지혜가 조금은 붙었구나."

"비꼬지 말랬지!"

또 말싸움이 번질 듯하자 오실룬이 하바틀에게 눈짓을 했다. 곰발바닥만 한 게 두 사람의 어깨에 척, 척 얹어지고 입씨름이 멈추었다. 펠리페가 하바틀을 노려본다. 하바틀은 움찔했지만 리더를 거스를 수 없다는 듯 손을 떼진 않았다.

"광석 같은 거야 그렇다 쳐도 금은 판매가의 절반 이상이 세금이야. 그것도 국경을 한 번 넘을 때마다 또 그만큼씩 세금이 붙지. 하지만 여기서 제련한 금은 낮은 세율로 르에페와 고린포프 두 나라 모두에 팔 수가 있어."

레반이 오실룬의 말을 받았다.

"그건 알겠는데, 겨우 그 이익을 노리기엔 들인 돈이 너무 많이. 우리기 그동안 모은 돈의 절빈 가까이 여기에 쏟아부었는데……."

말을 하던 레반은 입을 다물고 오실룬의 눈치를 살폈다.

"물론 우린 전적으로 리더를 믿어. 하지만 만약 광산이 팔리지 않으면……."

"광산은 팔려. 그런 걱정일랑 집어치우고, 입조심들이나 해. 절대로 너희들 입에서 이곳이 금광이라는 말이 나와선 안 돼. 누가 듣건 듣지 않건 여긴 탄광이야. 괜한 짓 했다가 사기죄로 고소라도 당하면 일 다 망치는 거야."

"지금 라누아에서 하는 일과 관계있는 거야?"

레반이 다시 물었다. 오실룬은 싱긋 미소를 띠었다. 긍정을 의미하는 웃음이었고, 레반은 고개를 끄덕거렸다.

"뭐, 알았어. 펠리페와 하바툴은 내가 잘 관리할 테니 걱정마."

"누가 누구의 관리를 받는다는 거야!"

펠리페가 곧바로 반발하고 레반이 이죽거렸다.

"계속 금을 생산해 르에페와 고린포프에 팔도록 해. 조만간 광산을 사겠다고 접근하는 사람이 있을 거야. 그건 나한테 보내고. 그리고 광산을 몰래 조사하는 놈들도 있을 텐데… 그냥 내버려 둬."

레반과 다른 두 사람이 고개를 끄덕거렸다. 오실룬은 손바닥을 딱 하고 가슴 앞에서 부딪쳤다.

"자, 그럼 일 얘기는 여기까지. 오래간만에 진탕 놀아볼까!"

펠리페가 환호성을 내질렀다. 하바툴은 펠리페가 좋아하는 모습에 나도 좋아해야 하나 보다 하며 어정쩡하게 기쁨을 드러냈다.

한편 레반은 오실룬을 관찰이라도 하는 듯 잠시 지켜보았다.

"라누아 쪽이 본업이란 거지. 좋아, 그렇게 알고 있을게."

한마디 내뱉고서야 레반이 얼굴에 웃음을 만들었다.

4

르에페의 북서쪽에 있는 고린포프는 르에페에 비해 나을 것도 못할 것도 없는 작은 나라였다. 크세리온 지협의 시작점이 르에페라면 고린포프는 입구쯤 되었다.

대부분 이 지방의 나라들이 그렇듯 주요 산업은 임업과 광업이었다. 자연스럽게 사람이 모여 형성된 국가라기보다는 그레이트 그린이나 알칸사스, 그 인근 국가의 귀족들 중 일부가 광산을 개척하며 생긴 국가였다. 인구도 적고 도로의 발달도 거의 이루어지지 않아 전쟁이라 불릴 만한 다툼도 거의 일어나지 않았다.

그렇다고는 해도 인간이 있는 이상 다툼이 없을 수는 없었다. 고린포프와 르에페의 오랜 분쟁이 그중 하나였다.

치눈크 탄광은 르에페의 귀족 키예프 후작가와 고린포프의 귀족 스토바 백작가가 공히 소유권을 주장하는 광산이었다. 그러던 것이 20년 전 양 국가 사이의 조약 체결을 계기로 결국 키예프 후작에게로 소유권이 넘어갔다. 하지만 이미 그 시점에 석탄의 산출량은 폐광 직전이라고 할 만큼 적었다. 스토바 백작가가 순순히 물러난 데도 이유가 있었던 것이다.

광산은 포기했지만 스토바 백작가로선 키예프 후작가가 달가울 리 없었다. 곧바로 채굴권을 제외한 영토에 대한 소송을 제기했고, 20년이 지난 지금까지도 치눈크 탄광의 소유권 분쟁은 양 국가 사이의 골치 아픈 쟁점 중 하나였다.

현 키예프 후작 카닌 폼 키예프가 외지인에게 광산을 넘긴 것도 그런 이유에서였다. 이제 치눈크 광산 영유권을 둘러싼 싸움은 베스카 사작과 스토바 백작가 사이의 것으로 옮겨간 것이다.

그 당사자인 스토바 백작은 올해로 서른네 살 먹은 젊은 귀족이었다. 말재간이 있는 것도 군사 작전에 능한 것도 아닌, 이도저도 아닌 귀족 2세에 불과했지만 욕심만큼은 남달랐다.

어느 날 그는 수도에 있는 저택의 정원을 거닐다 하녀들이 흥얼거리는 노래를 들었다.

"아시나요, 아시나요. 꽃잎은 꽃가루를 감추고 있다는 걸."

한 명이 흥얼거리면,

"알다마다요, 알다마다요. 금색 꽃가루가 그곳에 있는 걸요."

하고 한 명이 받았다.

리듬이 워낙 익숙했기에 스토바 백작은 금세 노래를 외웠다. 입속에 웅얼거리며 자신의 집무실로 가니 집사가 그 노래에 대해 물었다.

"백작님, 백작님께서 그 노래를 알고 계시다니 의외입니다. 어디서 배우셨습니까?"

"음? 흠흠, 무슨 상관인가?"

하녀들의 속요를 외우고 있다는 게 부끄럽게 느껴져 스토바 백작은 말을 돌렸다.

"아, 별건 아닙니다. 그저 옛 생각이 나서 드리는 말씀이었습니다."

"옛 생각?"

"예. 저희 고향 마을에서 전해져 오던 노래거든요."

"자네 고향? 그게 어딘가?"

벌써 10년 넘게 시중을 들고 있는 내 고향도 모르는 건가 하는 불편한 속내를 꾹꾹 감추며 집사가 말했다.

"멜니츠키입니다. 치눈크 광산에서 10킬로미터쯤 북쪽에 있는 교역 도시지요."

"아, 그곳인가?"

"예, 사실 4대전의 스토바 백작님께서 치눈크 광산을 발견하신 것도 그 노래 덕분이었습니다. 노래 자체가 치눈크 광산의 위치를 암시하고 있으니까요."

집사의 말에 백작이 노래를 되씹어보았다. 듣고 보니 꽃잎들, 다시 말해 산속에 꽃가루가 나오는 어떤 장소가 있다는 듯도 느껴졌다. 후렴구에 있는 땅을 파니, 남쪽으로 가라느니 하는 얘기까지 더해지니 그런 이미지가 한층 강해졌다.

"그런데 거긴 탄광이잖아. 왜 노란 꽃가루지?"

"4대전 스토바 백작님도 혹시 금광인가 하는 마음에 광산을 찾아다니셨다고 합니다. 당시 키예프 후작도 같은 노래를 듣고 거의 동시에 지눈크 광산을 발견한 것 아닙니까? 물론 우리 스토바 가문이 한발 먼저 찾았지만요."

양 가문이 서로가 먼저 광산을 찾았다고 우기는 건 백 몇

십 년이 지난 지금까지도 전통으로 이어져 내려오고 있었다.

"금광이라……."

스토바 백작의 눈이 욕심으로 번들거렸다.

"그러고 보니 키예프 후작가에서 치눈크 광산을 팔았다지, 아마?"

"그렇습니까?"

"그런 것도 모르나!"

백작의 타박에 나이 든 집사가 고개를 조아렸다.

"죄송합니다. 요즘에는 저택 안의 일에만 신경 쓰느라……."

"듣자니 175만 루블에 거래가 성사되었다더구먼. 곧 폐광이 될 탄광에 175만 루블이라니……."

"구입한 사람이 사기를 당한 모양입니다."

"그럴 리가! 자그만치 175만 루블이야. 그런 거금을 움직이면서 광산의 상태도 조사하지 않는 바보가 있을 것 같나? 지금의 치눈크 광산이라면 투자금을 회수하는 데만도 20년은 족히 걸릴 거야."

스토바 백작의 머릿속이 빠르게 움직이기 시작했다.

"아니, 판 쪽도 이상해. 소송에 휘말리고 싶지 않고서야 그런 폐광을 그 값에 팔겠다고 말할 수도 없지. 100만, 높게 잡아야 110만 루블 정도의 가친데……. 그것도 투자금을 회수 못할 가능성도 꽤 되고."

"무슨 다른 이유 때문에 구입한 것이 아닙니까?"

"다른 이유라……."

"이를테면 세금 문제 같은 것이 있지 않습니까?"

집사의 물음에 스토바 백작은 끙끙대며 머릿속을 움직였다. 하지만 제값의 두 배 가까이 주고 광산을 살 필요까진 없을 듯 보였다.

"조사해 볼 필요가 있어 보이는구먼그래. 사람을 보내 치눅크 광산의 상태를 살펴보게."

집사가 허리를 굽혀 주인의 명을 받았다.

"말씀하신 대로 처리해 두겠습니다."

백작의 집무실을 떠나며 집사는 속으로 터져 나오려는 웃음을 참느라 온힘을 쏟아야 했다.

얼마 전 한 젊은 남자가 5천 루블을 쥐어주며 엉터리 같은 노래에 그럴듯한 주석을 붙여달라는 부탁을 받은 일이 떠올랐다. 스토바 백작에게 이야기를 전달하는 것에 성공한다면 5천 루블을 추가로 주겠다는 말을 하며.

처음에는 그게 무슨 말인가 고개를 갸웃했지만 성말로 스토바 백작이 노래에 대해 자신에게 물어왔고, 집사는 부탁받은 대로 설명을 해주었다. 5천 루블의 추가금을 거머쥔 순간이다.

겨우 이런 일로 1만 루블이라니. 요즘 들어 운이 올라간 게 피부로 느껴졌다.

며칠 후, 치눈크 광산에 두 사람의 여행자가 모습을 드러냈다. 스토바 백작이 보낸 자들이었다.

그들은 치눈크 마을에 들어서자마자 믿기지 않는 광경을 목격했다. 석탄의 산출량이 줄어들어 폐촌이 되기 직전이었던 치눈크 탄광촌에 사람들이 가득했다. 예카가 끄는 마차가 모피니 목기니 하는 교역품을 싣고 도로를 달린다. 교역소가 사람들로 북적거렸다.

스토바 백작이 보낸 정탐꾼들은 우선 마을의 정세를 살피기 시작했다. 한 교역상에게 접근해 자연스럽게 말을 걸었다.

"와아! 몇 달 전에 왔을 때랑은 완전히 다른 풍경입니다. 다른 곳에 왔나 했어요."

교역상이 정탐꾼의 말에 대꾸했다.

"아아! 당신도 그렇습니까? 광산이 되살아났다는 소문이 돌아와 보니 정말이더군요. 게다가 새로 이 광산의 주인이 된 베스카 사작이 수출입 인지세를 저렴하게 해주어 장사에 이익이 많이 남습니다."

"그렇습니까? 잘됐네요. 저희도 필 물긴이 조금 있는데……. 그나저나 뭘 사가지고 돌아간다……."

정탐꾼의 떠보는 말에 교역상이 곧바로 입을 열었다.

"그거라면 금입니다. 이곳의 금은 정말 쌉니다. 뭣보다 르에페로 가져가 팔던 고린포프로 가져가건 내는 세금이 같으니 교역 루트도 훨씬 다양하게 잡을 수 있지요."

다른 상인이 두 사람의 말을 듣다가 끼어들었다. 보부상인 듯 등짐을 짊어지고 개 한 마리와 함께였다.

"금이 그렇게 쌉니까?"

처음의 교역상이 말했다.

"이 지방에선 가장 쌀 겁니다. 굳이 비교하자면 우르베 교역촌이랑 비슷할 정도입니다."

보부상이 고개를 갸웃하자 교역상이 설명을 덧붙였다.

"그 왜 있지 않습니까? 우르베 금광 밑에 있는."

"아아, 그곳!"

"하루 반 오즈(약 16그램) 정도만 팔지만, 살 수 있다면 몇 배나 이익을 남길 수 있을 겁니다. 1오즈에 6천 루블 내외라고 합디다."

교역상의 말에 보부상이 툴툴대는 말투로 입을 열었다.

"1오즈에 6천 루블이면 반 오즈에 3천 루블 정도 아니오. 우리 같은 보부상은 손도 못 댈 장사로구먼!"

"1그레인(약 3.3그램, 10그레인=1오즈) 정도면 살 만하지 않습니까? 한 번 거래로 300루블 이상 이익을 남길 수 있으니. 하지만 워낙 경쟁자들이 많아서 사는 것도 불가능할 게요."

상인들의 대화를 들으며 두 정탐꾼이 서로 눈빛을 나누었다.

"혹시 이곳의 치눈크 광산을 관리하는 사람들이 지금 어디에 있는지 아십니까?"

정탐꾼의 물음에 상인은 손가락을 광산 쪽으로 뻗었다.

"그야 광산 쪽에 있겠죠."

정탐꾼이 고개를 꾸벅 숙였다.

"좋은 정보 감사했습니다. 그럼, 테미시아님의 가호가 있으시길."

두 정탐꾼은 빠른 걸음으로 산길을 걸어 치눈크 탄광이 있는 곳으로 향했다. 광산은 지금 한창 바쁘게 돌아가고 있었다. 십여 명의 인부가 중앙의 용광로에서 광석을 녹이고, 그만큼의 인부들이 굉도를 따라 광석을 나르는 중이었다.

두 사람이 접근해 오자 경비인 듯 보이는 인부 하나가 길을 막아섰다. 덩치가 보통 사람보다 머리통 하나 더 있는 기구었다. 대번에 위축되어 징딤꾼들이 조심스럽게 말을 꺼냈다.

"저, 이곳의 관리자를 만나고 싶습니다."

"응? 어, 레반인데… 왜?"

그 거구는 다름 아닌 하바툴이었다.

"아, 궁금한 게 있어서 그렇습니다."

"뭐가 궁금한데?"

두 정탐꾼이 서로를 쳐다보았다. 그중 하나가 슬쩍 흘리는 말로 물었다.

"마을에서 들었는데, 이곳의 금이 싸다고 하더군요. 그래서 혹시 직접 생산하시는 게 아닌가 싶어서……."

하바툴이 당황하며 손을 저었다.

"아냐. 여기서는 금이 안 나와."

하바툴의 곁으로 한 남자가 다가왔다. 그는 다름 아닌 레반이었다. 웃음 띤 얼굴로 두 정탐꾼을 쳐다보았다.

"자자, 이곳은 사유지입니다. 돌아가 주십시오. 그리고 괜한 소문은 퍼뜨리지 말아주세요. 치눈크 광산은 탄광일 뿐입니다."

"그, 그렇지만… 이곳의 관리자 분과 만나 얘기를 하고 싶습니다."

"제가 그 관리자입니다. 베스카 사작님의 명령을 받고 이곳을 관리하고 있지요."

정탐꾼들은 레반의 얼굴을 살폈다. 비록 웃고 있었지만 그 안에 귀찮게 하지 말라는 표정이 가득했다. 더 이상 무언가를 캐낼 가능성이 없다고 느껴졌기에 정탐꾼들은 그 자리에서 일단 물러나기로 했다.

"아아, 이거 실례했습니다. 그럼 저희는 돌아가 보겠습니다."

그들이 떠난 후 하바툴이 레반에게 말했다.

"저 사람들, 리더가 말했던 수상한 사람이야."

레반이 어깨를 으쓱했다.

"알고 있어. 뭐, 놔두라고 했으니까 놔둬야지."

하바툴은 머리를 긁적였다. 멀어져 가며 뒤를 흘끗흘끗 훔쳐보는 정탐꾼들이 어딘지 우습게 느껴졌다.

하바툴은 뭐가 어떻게 돌아가는지는 잘 몰랐다. 하지만 리더가 예상한 대로 움직이는 상대는 대부분 나중에 크게 손해를 입는다는 것만큼은 알고 있었다. 가엾은 생각에 손을 흔들어주었다.

빡—

그 순간 누군가의 주먹이 하바툴의 뒷머리를 휘갈겼다.

"여기서 게으름 피우지 말고 돌이나 날라! 인사는 왜 하고 앉았는 거야?"

이를 쑤시며 뒤늦게 숙소에서 나온 펠리페였다. 하바툴은
뭐라 변명하고 싶었지만 떠오르는 말이 없었다.

"응, 알았어."

고개 숙여 펠리페의 말을 잠자코 따를 뿐이었다.

Chapter 03

꽃다발과 비수

OSELRUNA
&
OSILUN

"오실룬님 아니십니까?"

한 건물에서 나오던 오실룬을 막아선 사람은 서른을 갓 넘긴 귀족 차림의 남자였다.

"우편국에는 무슨 일이십니까? 어디로 보낼 편지라도 있었던 모양입니다."

다부진 체격에 허리에 찬 것은 에페가 아닌 롱소드. 오실룬은 미소를 미금은 채 머릿속에서 그에 대한 기억을 뒤적거렸다.

"아, 개인적으로 보낼 것이 있어서……. 여기에는 무슨 일이십니까, 카르카잔스키 자작님."

남자는 조금 놀란 표정으로 웃음을 터뜨렸다.

"하하하, 제 이름을 기억해 주셨군요. 하지만 우볼프로 충분합니다. 자작이라고는 하지만 조상이 얻은 이름을 이어받은 것뿐이니."

"기억하다마다요. 우볼프님은 그레이트 그린 남부 최고의 검투사 아니십니까? 게다가 살롱에서의 발제도 훌륭하셨습니다."

우볼프는 짧게 깎아 뒤로 붙인 금발을 긁적였다. 쑥스러워하는 표정이었지만, 그 이면에 또렷한 자긍심이 느껴졌다.

"야포와 소총이 전장을 주름잡는 시대에 검투사라 그러면 어딘지 바보 취급을 받는 것 같습니다."

"무슨 말씀이십니까? 아직도 백병전에서는 검만 한 병기가 없습니다. 기병들도 샤벨을 상비하고 있지 않습니까?"

검과 검술에 대한 애착이 있었던 만큼, 우볼프는 오실룬의 칭찬이 기꺼웠다.

"자자, 여기서 이럴 것이 아니라 저희 집으로 가시지요. 언제 한번 오실룬님과 식사라도 해야겠다고 생각했는데 오늘이 그날인가 봅니다."

오실룬은 접대용의 웃음을 지었다.

"초대를 거절하는 것도 예의가 아니겠지요? 그렇게 하겠습니다."

입으로는 이렇게 말하며 오실룬은 머릿속으로 그의 프로 필을 떠올렸다.

골수 왕당파의 한 사람이라느니, 현재 르에페의 군사장교 로 장교들의 검술을 가르치는 교군위 일을 맡고 있다느니, 가 문을 이끌어가는 데에는 크게 관심이 없어 경제적으로는 썩 윤택하지 않다는 것도 떠올랐다. 전형적인 무골, 이용하기에 는 좋은 편이었다.

우볼프 폼 카르카잔스키 자작의 집은 귀족들의 주택지와 상인들의 거리 중간에 위치하고 있었다. 낮은 지위라고는 하 지만 귀족. 집 안은 열 파이프가 뿜어내는 온기에 후끈했다.

점심을 준비하는 동안, 우볼프는 오실룬을 응접실로 안내 했다. 우볼프가 오실룬에게 내놓은 것은 얼음을 넣은 독한 술 한 잔과 철갑상어의 알. 식전 전채로서는 최고급의 대우였다.

"검술 쪽에는 조예가 있으십니까?"

우볼프가 묻는 사이 오실룬은 방 안을 슥 훑어보았다. 벽을 장식하고 있는 것은 고색창연한 검이요, 방패, 갑주였고 응접 실에 꽂혀 있는 책이니 회화 어느 것 하나 무기와 관련되지 않은 것이 없었다. 소문 그대로, 아니, 소문 이상으로 검술에 미쳐 있는 사람인 듯했다.

"소질이 없어서 교양 수준에 머물러 있을 뿐입니다."

"하하, 겸손의 말씀이신지 아닌지 알기 어려운 표정입니다."

오실룬은 우볼프의 말을 웃음으로 넘겼다. 우볼프가 다시 묻는다.

"대상(隊商)일을 하신다고 들었습니다."

"그렇게 대단하게 이야기할 수준은 못 됩니다. 배 한 척 없이 마차 몇 대를 운용할 뿐입니다."

"호오, 그래도 상당히 거친 일 아닙니까. 야만인들이나 도적떼도 상대해야 하고……."

"그런 경험이 몇 번 있긴 합니다."

"들려주시겠습니까? 저는 검투의 이야기라면 자다가도 벌떡 일어나는 사람입니다."

우볼프가 호기심으로 눈을 반짝였다. 오실룬은 우볼프의 눈을 읽으며 적당히 어울릴 만한 이야기를 꺼냈다.

"그럼 제가 몇 년 전 보았던 전쟁 이야기를 해드리겠습니다."

"오, 전쟁! 어디서 있었던 전투입니까?"

"그레이트 그린 동남쪽 평야입니다. 제 고향인 아인도브만 바로 북쪽이지요."

오실룬이 우볼프에게 들려준 것은 어느 공성전이었다. 작은 요새를 사이에 두고 두 나라의 병사들이 부딪치고, 포를 어떻게 움직였느니 보병대는 어느 쪽을 공격했느니 하는 이야기를 하다 보니 10여 분이 훌쩍 지났다.

하녀가 응접실에 들어와 고개를 숙였다.

"자작 나으리, 식사 준비가 끝났습니다."

하지만 우볼프는 그녀의 목소리를 듣는 둥 마는 둥 오실룬의 이야기에 집중했다. 하녀는 그 자리에 서서 이리지도 저리지도 못했다.

그렇게 다시 10분가량이 흐른 후에야 오실룬의 이야기가 끝이 났다. 장대한 기사의 모험담을 들은 꿈 많은 소년처럼 우볼프는 흥분한 기색이 역력했다.

"자작 나으리, 식사 준비가 모두 끝이 났습니다."

하녀가 눈치없이 다시 그에게 말을 걸었다. 우볼프가 눈살을 찌푸리며 하녀를 쏘아본다. 움찔한 하녀는 겁을 집어먹었고, 오실룬이 웃으며 둘 사이에 끼어들었다.

"그러고 보니 저도 배가 고픕니다. 다음 이야기는 장소를 옮겨서 하는 것이 어떻겠습니까?"

우볼프는 여전히 불편한 감정이 드러난 얼굴로 하녀를 윽박지르고는 오실룬에게 억지 미소를 지었다.

"그게 좋겠습니다. 자, 이쪽으로 오십시오."

오실룬은 우볼프의 안내에 따라 식당으로 자리를 옮기며 머릿속에 있는 인물의 자료를 갱신했다. 신분 의식이 강하고 감정 조절에 약하다.

한편, 치눈크 광산으로 스토바 백작의 명령에 따라 정탐을
온 두 남자는 해가 지길 기다려 곧바로 행동에 나섰다.

광산의 인부들이 대부분 술집에 모여 있다는 것을 확인한
후 그들은 곧바로 광산으로 향했다.

정탐꾼들은 일부러 사람들이 다니지 않는 길로 향했다. 열
걸음에 한 번씩 허리까지 푹 들어가는 눈밭을 만났고, 그야말
로 천신만고 끝에 간신히 광산이 보이는 둔덕에 도착할 수 있
었다.

광산은 지금 하나의 목제 건물을 제외하고는 어둠 그 자체
였다. 달빛에 의지해서야 간신히 입구를 찾을 수 있을 정도였
다.

몰래 하는 일이다 보니 어두울수록 유리했다. 전날 낮에 눈
에 담아두었던 지형을 떠올리며 두 남자는 어둠을 더듬었다.

살금살금 걷던 둘 중 하나가 무언가 금속제 막대에 발이 걸
려 앞으로 기우뚱했다. 뒤따라 걷던 동료가 재빨리 손을 뻗어
간신히 넘어지는 것을 막았다. 두 사람이 아래를 보니 금속제
외줄 레일이 달빛을 반사하고 있었다.

'갱도로 이어진 궤도야.'

손짓 발짓으로 레일을 가리키며 한 남자가 말하자 다른 남

자가 고개를 끄덕였다. 두 사람은 어깨를 나란히 해 갱도 안으로 들어갔다.

이 순간, 불 켜진 나무 판잣집에서는 세 남자가 테이블을 가운데 두고 카드놀이를 즐기는 중이었다. 펠리페와 레반, 그리고 하바툴이 그들이었다. 어제오늘 중으로 그 정탐꾼들이 다시 광산을 찾을 듯했기에 다른 인부들을 대신해 이곳을 지키고 있었다.

"자, 하이 스트레이트!"

펠리페가 자랑스럽게 다섯 장의 카드를 내려놓자 레반이 '훗' 하고 웃음을 터뜨렸다.

"플러쉬!"

펠리페가 쩝 하고 입맛을 다시고, 레반은 득의의 미소를 지었다. 하바툴이 마지막으로 카드를 내려놓았다. 똑같은 패의 네 장의 카드가 눈에 띄었다.

"나는 이거야."

레반이 혀를 차고, 펠리페가 만세를 불렀다.

"잘했어, 하바툴!"

"어, 어? 내가 이긴 거야?"

"그래. 네가 이긴 거야!"

펠리페가 대신 동전을 쓸어 모아 하바툴의 앞으로 몰아주었다. 레반이 투덜투덜 불만을 터뜨렸다.

"이게 뭐야, 2대 1의 싸움 아냐, 완전히. 너, 하바툴의 돈에는 손대지 마."

"그러기에 평소에 하바툴하고 친해두지 그랬어?"

레반은 코웃음을 쳤다.

"그게 친한 거면 고양이랑 쥐가 동침을 한다."

"왜 이래, 나랑 하바툴이 얼마나 친한데? 안 그래, 멍충아?"

하바툴이 펠리페의 말에 헤 웃음을 지었다.

"응, 나는 펠리페랑 제일 친해."

레반이 두 팔을 머리 뒤로 넘겼다.

"모르겠다, 네놈들 관계는. 뭐, 알고 싶지도 않지만."

한마디 투덜거리곤 창밖을 내다보았다.

"하, 녀석들 되게 꾸물거리네. 조사할 게 있음 빨리하고 돌아갈 것이지."

레반이 말한 녀석들은 다름 아닌 정탐꾼들이었다. 제 깐에는 밀정이라도 되는 양 조심스럽게 움직이고 있었지만, 정작 감시 오두막에서는 달빛 아래 모습이 환히 드러나 보였다.

"뭐, 리더가 내버려 두라고 했으니까 그냥 신경 꺼."

펠리페가 카드를 그러모아 섞으며 중얼거렸다.

"그런데 리더는 무슨 생각이야?"

카드를 나누다 말고 펠리페가 툭하니 질문을 던졌다. 하바툴에게 묻는 말일 리 없었고, 레반이 그의 말을 받았다.

"시기… 라기보다는 상대가 열긴이 짓을 하도록 유도하고 있는 거겠지? 그래서 크게 이익은 남기지 않고 적당히 상대에게 팔아넘길 셈인 듯해. 300만 루블 안팎 정도의 가격이라면 얼씨구나 달려들걸?"

"그럴 거면 금광인 척하고 한 방에 후려치는 게 낫지 않아?

펠리페의 물음에 레반이 카드를 쪼개 내용을 살피며 대꾸했다.

"뭔지는 모르겠는데, 그다음을 보고 있는 모양이야. 합법적으로 상대를 농락한다. 그걸 라누아의 귀족 세계에 보여준다. 대강 그런 느낌으로?"

말을 하던 레반이 갑자기 단검을 꺼내 테이블에 콱 하고 박았다. 하바툴이 자신의 카드를 조심스럽게 훔쳐보다 깜짝 놀라며 손을 떼었다. 펠리페의 눈동자가 바삐 움직이기 시작한다.

"소매 걷어."

레반의 말에 펠리페가 억울하다는 듯 두 팔을 걷어 올렸다. 레반이 다시 혀를 찼다.

"쯧, 한발 늦었구먼. 이번 판은 무조건 죽는다. 하여간 사기꾼 놈하고는 카드놀이도 못하겠다니까. 무슨 틈을 못 보여."

"거참 의심 많네."

펠리페가 자신의 카드를 보란 듯이 홀랑 까뒤집는다. 8 원
페어였다. 레반은 결백을 주장하는 그의 행동에 눈 한 번 주
지 않았다.

오두막의 카드놀이가 치열하든 말든, 정탐꾼들은 제법 그
럴듯한 몸놀림으로 갱도의 꽤 깊은 곳에까지 숨어들었다. 더
이상 달빛이 들어오지 않자 가지고 온 램프에 불을 붙였다.
뒤쪽에 양철 판을 대어 새는 빛을 막은 특별한 램프가 두 사
람의 발밑을 밝혔다.

"아무리 봐도 탄광 같은데……."

전문가까지는 아니더라도 탄맥과 금맥 정도는 구분할 수
있었다. 한 정탐꾼의 중얼거림에 다른 남자가 발로 벽을 툭툭
차보았다. 갱도 안은 은은하게 빛을 반사시키는 탄광 특유의
단면으로 가득했다. 그러다 부스스 떨어지는 검은색 돌무더
기 사이에 조금은 이질적인 느낌의 광석이 보였다.

"잠깐."

한 명이 그 광석을 주워 들었다. 석탄 사이에 감춰두었지만
분명히 금맥을 함유한 돌멩이였다.

"금광석 맞지?"

확인이라도 하려는 듯 다른 남자에게 돌을 내밀었고, 상대
는 고개를 끄덕였다.

"확실해. 그런데 어째서 이런 대에서……."

"그것까지야 모르지."

두 사람은 광산의 더 깊은 곳으로 걸음을 옮겼다. 노적가리에 쌓여 있는 '금광석'이 종종 눈에 띄었다.

"상당한 양인데, 이거."

금광석은 분명 충분히 많았다. 하지만 정작 그들이 찾고 있는 금맥이 보이질 않았다. 탄광의 비좁은 틈과 곁가지로 뚫린 작은 구멍에까지 가보았지만 폐광이란 걸 자랑이라도 하듯 석탄조차 보기 힘들 정도였다.

돌아갈까 하는 생각이 막 들려던 찰나, 한 명이 들고 있던 램프를 앞으로 쑥 내밀었다.

"찾았다!"

다른 한 명도 램프를 들이밀었다. 고작 벽 한 면, 아니, 그것도 못 되어 다른 흙더미의 틈새로 비쭉 고개를 들이민 돌덩이였다.

선명한 흑색의 선이 그 돌 틈을 지나고 있었다. 램프 빛의 어렴풋한 반사광이 어릿한 금빛을 띠었다. 분명 금광맥이었다.

한 명이 가방에서 손바닥만 한 장도리를 꺼냈다. 뾰족한 부분으로 광맥을 톡톡 두들기자 주먹만 한 광석이 떨어져 나왔다. 아까 바닥에서 챙긴 금광석을 넣어둔 채집 가방 안으로 그 광석을 챙겨 넣었다.

"같은 광맥에서 나온 것인지 확인해 봐야지."

다른 남자도 같은 생각이었기에 그의 행동에 찬동하는 눈빛을 보였다. 두 정탐꾼은 할 일을 다 했다는 생각에 돌아가는 걸음을 서둘렀다.

광산의 입구까지 헤매고 헤매어 도착한 시간은 어느샌가 네 시간을 훌쩍 넘겨 있었다. 동이 틀 시간이기에 그들은 뒤도 돌아보지 않고 광산을 빠져나갔다.

밤새 카드놀이를 즐기다 소변을 보러 나온 펠리페가 저 멀리 둔덕 너머로 도망치는 두 사람을 발견했다. 뒤따라 나온 레반에게 수신호를 보내며 그들의 등 뒤로 손가락질을 했다.

"그 '광맥'을 찾은 모양이구먼."

레반의 한마디에 펠리페가 웃었다.

"하하, 리더는 역시 잔머리의 황제라니까. 금광맥이 지나는 바윗덩이 하나를 통째로 가져다가 묻을 거라고 누가 생각이나 할까?"

"속는 놈이 멍청한 거지. 에구, 리더한테 편지나 써야겠네."

레반이 기지개를 켜며 중얼거렸고, 펠리페는 몸을 부르르 떨며 제 할 일(?)을 하러 떠났다.

2

세 부하가 광산 마을에서 힘겨운(?) 나날을 보내고 있을 때,
오실룬은 벌써 세 번째 무도회에 참석하고 있었다. 궁정의 무
도회와는 사뭇 달라 가까운 귀족들 사이의 홈 파티에 가까웠
지만, 여전히 무도회는 사교의 축이었다.

라누아의 사교계에 오실룬에 대해 알려진 바라고는 씀씀
이가 헤픈 먼 곳의 하급 귀족 정도였다. 객관적인 요인들만으
로는 그가 인기를 끌 이유가 없건만, 말솜씨 하나로 나이 든
귀족을 사로잡은 덕분에 그는 언제나 파티의 귀빈석에 떡 하
니 자리를 잡고 있었다.

"보지 않으셨다면 말씀을 마십시오. 늑대 무리가 인간을
습격할 때는 정말 무시무시합니다. 수풀이 우거진 곳에선 그
놈들이 어디에 있는지 보이지도 않습니다. 모닥불 불빛에 눈
만 번쩍번쩍 반사광을 내뿜는데… 왁!"

오실룬이 한 여인을 향해 소리를 지르고, 그녀는 깜짝 놀라
의자 등받이에 쿵 하고 몸을 부딪쳤다.

"어머, 짓궂으셔라!"

이번에 오실룬이 상대하고 있는 것은 귀부인들, 라누아 귀
족들의 안사람들이었다. 보석과 비단, 금붙이 따위로 장식한

그녀들은 화려하기가 이를 데 없다.

그 가운데에는 나댜 필 키예프도 있었다. 어머니가 억지로 끌어다 앉혀놓은 자리였지만 꼭 싫은 것만은 아니었다.

조금 전 귀부인들이 장신구니 장식품 따위의 자랑을 서로 늘어놓을 땐 분명 따분했다. 하지만 한 귀부인이 오실룬을 이야기꾼 삼아 데려온 후로 그녀의 눈은 초롱초롱 빛나고 있었다.

오실룬과 만나는 것은 열흘 만이었다. 자신의 라누아 데뷔 때 이야기한 후로 처음이다. 나댜는 그 뒤로 몇 번이나 그와 '정치'라거나 '사상', '자연과학' 따위를 이야기 하고 싶었지만, 먼저 그런 티를 낼 수는 없는 일이었다.

막상 이렇게 눈앞에 있건만, 나댜는 그와 그런 주제로 토론할 시간을 만들지 못했다. 지금 오실룬이 떠들고 있는 것은 대상 때 경험했던 모험담 따위가 전부였다.

"그런데 오실룬님."

참다못한 나댜가 입을 열었다. 오실룬이 그녀를 바라보았지만, 중간에 가로채는 사람이 있었다.

"다른 얘기도 해주세요. 늑대같이 무서운 것 말고, 꽃이나 보석 같은 아름다운 이야기는 없나요? 그레이트 그린의 무도회에는 참석해 보았나요? 그곳의 여자들은 하나같이 뚱뚱하다던데 정말인가요?"

나댜의 말을 끊으며 끼어든 여인은 30대 초반의 실집이 제법 있는 사람이었다. 다른 귀족들이 '누가 누굴 보고 뚱뚱하대?'라고 부채에 숨어 소곤거리는 소리를 애써 외면하며 오실룬에게 시선을 쏘아 보냈다.

"아무래도 루흐노프는 대국이니까요. 옛 신성 네르코니안 제국의 뒤를 이어 세워진 나라이다 보니 전통에 대한 자부심도 강합니다. 그곳의 귀부인들은 제 눈앞에 있는 레이디들보다는 못하지만 모두 아름답습니다."

두툼한 팔뚝으로 오실룬의 팔을 툭 치며 그 여인이 말했다.

"어머, 아첨도 잘하시네요. 역시 오실룬님은 뭘 아신다니까요."

의례로 웃던 오실룬이 슬쩍 나댜를 바라보았다. 자신의 눈길이 닿자마자 나댜가 시선을 피했다. 표정이 살짝 뾰로통하다. 오실룬은 그녀의 불만 섞인 얼굴을 외면했다.

무도회가 끝난 후, 마차를 타고 돌아오는 길.

나댜는 내내 고개를 숙이고 있었다. 딸의 기분을 살피던 후작 부인 타니아가 넌지시 물었다.

"우리 어여쁜 나댜의 기분이 썩 좋아 보이지 않는구나. 다른 가문의 영애와 다투기라도 한 것이니?"

나댜가 어깨를 흠칫하며 고개를 창밖으로 돌렸다.

"아녜요, 어머니. 피곤할 뿐이에요."

"뭐든지 이야기해라. 우리는 언제나 네 편이니까."

"정말이에요. 피곤해서 그래요."

타니아는 딸의 대답에 미소를 지었다. 지나가는 말투로 나댜에게 말했다.

"그러고 보니 네 데뷔 때 에스코트를 해준 오실룬이라는 청년도 왔더구나."

나댜는 아무렇지도 않다는 듯 여전히 창밖에 준 시선을 돌리지 않았다. 하지만 귀로는 온통 어머니 타니아의 말을 좇고 있었다.

"슬라블 백작은 완고하기 이를 데 없는 사람이라 1년에 한두 번 파티를 열까 하는데 설마하니 그를 초대할 줄이야! 역시 넓은 곳에서 장사를 하던 상인이라 그런지 사람의 마음을 휘어잡는 기술이 있는 듯하더구나."

딸과 아내의 대화를 잠자코 듣던 키예프 후작이 끼어들었다.

"내가 이야기했잖소. 특이한 녀석이라고. 나도 제법 여기 저기를 돌아다녔지만, 첫눈에 호기심을 불러일으킨 것은 그가 처음이었다니까."

남편의 말에 고개를 끄덕이며 타니아가 나댜에게 말했다.

"오늘도 꽤 오랫동안 한자리에 있지 않았느냐? 그와 이야기는 좀 나누어보았니?"

나다가 머리를 푹 숙였다.

"어머니, 그 이야기는 그만 해요. 실례가 되지 않는다면 잠깐 눈을 붙이고 싶어요."

타니아는 딸의 반응에 싱긋 웃었다. 오직 책에만 관심을 두던 공부벌레가 다른 사람, 그것도 이성을 의식하기 시작했다는 것만으로도 조금 안심이 되었다. 장차 가문의 이름을 이어 사교계에서 활약할 아이가 사람을 대할 줄 모른다는 게 늘 마음에 걸렸으니 말이다.

"그래, 그러려무나. 이 어미도 더 이상 너를 귀찮게 하지 않으마."

"고마워요, 어머니."

나다는 눈을 꼭 감았다. 그냥 이야기를 하고 싶은 것뿐이야. 답답한 문벌들 중에 말이 통하는 것은 그뿐이니까.

스스로의 이상한 행동을 변명이라도 하듯 머릿속으로 이 말을 되뇌었다.

모든 귀족들이 오실룬의 등장을 반기고 있는 것은 아니었다. 특히 오실룬의 살롱 데뷔에서 망신을 톡톡히 당한 귀족들은 겉으로는 내색하지 않고 있었지만 얼마만큼은 앙심을 품고 있었다.

항켈스크 자작이 바로 그런 인물 중 하나였다.

왕당파로서 특별히 중요한 자리를 차지하지 못한 주변인에 불과했지만, 항켈스크 자작가는 상당히 오랜 명문이었다. 자부심이 있었고, 무엇보다 신분 의식이 투철했다. 사작이라는 5등작 안에 끼지도 못하는 이름뿐인 귀족이 나대는 것을 상당히 눈꼴 시리게 보는 중이었다.

'민중에게 얼마만큼의 자유가 보장되어야 하는가?' 란 주제로 시작된 살롱의 토론은 여지없이 왕당파와 입헌파로 패가 갈리었다. 오실룬의 발언이 끝나자마자 항켈스크 자작이 자리에서 일어나 비난의 말을 쏟았다.

"젊다는 이유로 진보적인 것은 좋지만, 베스카 사작은 자리를 옮기셔야 할 것 같습니다."

"전 법으로 민중의 권리를 보장해 주어야 한다고까지는 말씀드리지 않았습니다. 다만, 그레이트 그린 남쪽 평야 공화국들의 예를 들어 단위 면적당 토지 생산성이라거나……."

갓 40줄에 접어든 항켈스크 자작이 수염을 배배 꼬며 오실룬의 말을 끊었다.

"공화국이라니! 그들을 두둔하는 말을 하시는 것입니까? 왜, 저쪽의 빈자리에 공화당파를 새로 만들기라도 하시려는 것입니까?"

한 귀족이 자리에서 일어났다. 귀족으로서보단 검술 솜씨로 더 이름을 날리고 있는 카르가잔스키 자작이있다.

"자자, 같은 편끼리 그렇게 핏대 올릴 것은 없지 않습니까? 베스카 사작도 어디까지나 예를 든 것뿐 아닙니까."

키예프 후작이 중재의 자리에 끼어들었다.

"항켈스크 자작이 이해를 하시오. 베스카 사작은 천성이 장사꾼이라 명분보다는 실리에 밝은 사람이오."

후작까지 나서자 항켈스크 자작은 한발 물러설 수밖에 없었다.

"에잉, 이래서 뿌리없는 자들은……."

모두가 들릴 정도의 큰 목소리로 혼잣말을 중얼거린다. 당연히 오실룬의 귀에도 그 말은 들렸다. 하지만 오실룬은 못 들은 척 태연히 넘겼다.

살롱의 논쟁이 어느 정도 가라앉고, 키예프 후작이 오실룬을 자신의 옆으로 끌고 왔다.

"이야기 재미있게 들었네. 하지만 자네도 왕당파의 자리에 앉아 있지 않은가? 항켈스크 자작의 말이 지나친 점은 있지만 꼭 틀린 이야기도 아닐세."

키예프 후작의 점잖은 충고에 오실룬은 고개를 숙였다.

"경솔한 발언 사과드리겠습니다."

비록 키예프 후작에게 사과를 했지만 지금 오실룬은 다른 생각을 떠올리고 있었다. 자신의 '사업'을 위해서는 왕당파

뿐 아니라 입헌파와도 어느 정도 안면을 틔워야 한다. 하지만 이렇게 사사건건 항켈스크 자작 같은 자와 부딪쳐서는 왕당파 안에 자리 잡는 것조차 힘들 듯했다.

'죽여 버려야겠네.'

머릿속으로 되뇌이며 그는 더욱 화사한 미소를 지었다. 자신의 꾸중하는 말에도 오히려 밝은 표정을 보이는 오실룬을 보며 키예프는 절로 기분이 좋아졌다.

"허허, 젊음이란 병은 어른의 말이라면 좋은 말이라도 얼굴을 찌푸리게 만드는데⋯⋯."

"키예프 후작 각하의 상냥하신 배려 덕분입니다. 기분이 나쁘기는커녕 보살펴 주시는 은혜가 한층 더 무겁게 느껴집니다. 어떻게 갚아야 할지 하는 생각을 하면 조금 겁나긴 합니다."

"하하하! 하여간 자네의 말솜씨에는 정말이지 못 당하겠네."

키예프 후작은 술잔을 건넸고, 오실룬은 술잔 바닥에 깔린 술을 단숨에 비웠다. 그사이, 세 가지 정도 항켈스크 자작을 '죽일' 방법을 생각해 냈다.

살롱이 끝난 후, 오실룬은 키예프 후작의 마차를 마다하며 다른 의미의 번화가로 향했다. 어스름이 지기 시작한 시간대

이건만, 그 기리는 긴편을 들여놓기는거녕 이제 막 장사를 시작한 듯 호객에 열을 올리고 있었다. 상가들이 밀집한 남쪽 중앙의 대로 게밀로프의 뒷골목, 올란 거리다.

올란은 바다의 독수리라는 뜻이었다. 하지만 거리의 이름과 뜻 사이에는 그다지 상관은 없었다. 올란은 이 거리에서 가장 큰 선술집의 이름일 뿐이다.

술집이라고는 해도 바깥 거리에서 대놓고 장사를 하는 제대로 된 곳과는 거리가 멀었다. 오히려 매음굴(賣淫堀)에 가까웠다. 다닥다닥 붙어서 있는 판자촌들 틈으로 반라의 여인들이 아편을 뻐끔거리는 모습을 어렵지 않게 발견할 수 있었다.

쉰은 족히 넘겼을 듯한 살찐 여인이 오실룬에게 접근했다. 처음 보는 여자였다. 심하게 굽은 매부리코에 그곳에 난 손톱만 한 점 덕분에 그녀를 못 알아볼 일은 없을 듯했다.

"젊은 신사 양반이 올 만한 곳이 아닌데……."

상대가 귀족임이 확연했음에도 그녀는 겁나는 게 없다는 듯 오실룬을 위아래로 훑어보았다.

"터무니없는 변태 아니요? 그런 사람은 안 받아요. 지난번에도 우리 애 하나가 살해당해서……."

오실룬은 말을 하는 대신 동전 하나를 그녀에게 던졌다. 겨우 동전 하나라는 생각에 백안시하던 여인이 표정을 바꾸며 허리를 굽혔다. 눈밭에 박힌 동전을 파내다시피 해 꺼내 들었다. 은화였다.

"100루블은 할 거야."

뒷짐 지듯 오실룬을 내리깔아 보던 여인이 허리를 살짝 굽혔다. 두 손을 모아 오실룬에게 공손히 인사를 했다.

"클럽 올란에 어서 오세요."

그녀는 오실룬을 정문으로 안내해 갔다. 하지만 오실룬의 걸음이 향한 곳은 건물과 건물 사이에 있는 좁다란 골목이었다. 그녀가 자신의 이마를 툭 때렸다.

"아이고, 손님, 급하시기는. 자자, 그럼 바로 방으로 안내해 드리겠습니다."

새하얀 눈으로도 가릴 수 없는 더러운 거리, 노출된 하수도와 쪼개져 나간 블록들로 이루어진 골목을 따라 오실룬과 뚜쟁이 어멈이 앞서거니 뒤서거니 했다. 그곳에 나 있는 좁은 쪽문을 여니 2층으로 이어진 계단이 보였다. 뚜쟁이가 먼저 오르고, 오실룬이 뒤를 따랐다.

"자자, 이곳에서 기다리세요."

야릇한 향내가 방 안에 가득했다. 오실룬은 그 냄새를 맡자마자 아편이라는 것을 알 수 있었다. 쉬에리엔에서 배를 타고 먼 바다를 넘어 건너온 양귀비란 꽃의 열매 진액으로 만든 마약이다. 곰방대로 직접 흡입하는 것에 비해 환각 작용은 약했지만, 이런 식으로 피워두는 것민으로도 사람의 기분을 뒤흔들기에는 충분했다.

온통 붉은 등이 가득한 곳, 비단 베일로 장식한 침대. 귀족을 상대로 하는 곳이라 그런지 고급스러운 분위기였다.

오실룬은 다시 은화 한 닢을 더 꺼내 뚜쟁이 어멈에게 퉁겨주었다.

"젊고, 유명하지 않고, 노련한 애로."

"네? 아, 예예. 여부가 있겠습니까. 젊고 깨끗하고······."

"깨끗한 애는 필요없어. 남자 다루는 법을 아는 애가 좋아."

뚜쟁이 어멈이 짓궂은 표정을 지으며 손바닥을 앞으로 끄덕거렸다.

"알겠습니다."

오실룬은 침대에 털썩 주저앉았다. 아편 냄새에 머리가 띵했다. 어디서 흘러들어 오는지도 알 수 없었다. 눈살을 찌푸리는 것으로 참는 수밖에.

오래잖아 스물 남짓으로 보이는 여자가 방으로 들어왔다. 그녀는 이곳이 크세리온 지협, 영구 동토의 땅이라는 것을 잊은 듯 헐벗고 있었다. 옷 같지도 않은 천 쪼가리 몇 개를 대강 걸치고, 속이 다 비치는 가운 한 장 차림이다.

그녀는 방에 들어오자마자 가운을 벗었다. 그러다 오실룬과 눈이 마주쳤다. 손을 멈추고 한참 동안 그의 눈에서 시선을 떼지 못했다.

"소, 손님……."

그녀는 왜 자신이 겁을 집어먹었는지 알지 못했다. 지금 그녀의 머릿속에 떠오르는 것은 며칠 전 정체 모를 남자에게 살해당한 동료의 이야기였다. 그것과는 다른 의미인지도 몰랐지만, 그녀는 눈앞에 있는 남자가 결코 자신의 몸을 사기 위해 이곳에 온 것이 아니라는 것을 눈치챘다.

오실룬이 자신의 옆자리 침대를 톡톡 두들겼다.

"일단 앉지?"

그녀는 머뭇거렸다. 오실룬은 미소를 지었다. 그리고 그녀가 떨기 시작했다.

"못 써먹으려나? 그래도 내 눈을 볼 정도의 눈치는 있는 것 같은데……."

툭하고 오실룬이 말을 뱉었다.

"너, 여기서 몇 년 있었어?"

숫제 눈을 피하며 여자가 대답했다.

"5, 5년이요."

"음, 애매하네."

고개를 갸웃하며 오실룬이 다시 물었다.

"비밀은 잘 지키는 편이냐?"

"네, 네?"

"비밀 말이야. 내가 시키는 일을 한 가지 하고, 그 일을 무덤까지 비밀로 지킬 수 있어? 지킨다면, 뭐, 그에 맞는 보상을 해줄 테고… 아니면 죽어야지?"

죽는다는 말에 그녀가 또 한 번 몸을 부르르 떨었다.

"제발 죽이지는 말아주세요."

어색하게 두 손바닥을 모아 오실룬에게 내밀었다. 오실룬이 그녀의 손을 잡았다. 불쑥 잡아당겨 자신의 옆에 앉혔다. 손을 뒤집어가며 흡사 도살장에 들어온 돼지의 등급을 매기는 듯 이곳저곳을 살폈다.

"좋아, 손이 마음에 든다. 일찍 이 일을 시작해서 그런지 거칠지도 않고. 비밀을 지킬 자신은 있어?"

오들오들 떨며 그녀가 고개를 끄덕였다.

"입 밖에 내지만 않는다면, 음… 천 루블 어때?"

"천 루블이요?"

"그것도 한 번 일을 부탁하는 데."

갑자기 여자의 떨림이 멈췄다. 그리고는 다른 의미로 그녀가 떨기 시작했나. 한 번 남자를 상대하고 자신이 받는 돈이 20루블이다. 그렇게 번 돈으로는 가게에서 이야기하는 여러 사용료들 심지어는 아편의 이용 대금까지, 그런 것을 갚기에도 빠듯했다.

천 루블이라니! 어지간한 전문직들이 한 달간 벌까 말까 한 돈이었다. 무엇인지는 아직 모르지만 이 남자의 말에 따르기만 하면 된다. 몸을 팔아 연명하는 것보다 더 험한 일이 있기는 할까?

"어떤 일인가요?"

앞뒤 잴 것도 없었다. 조금 전 느꼈던 무서운 감정 따위는 잊은 지 오래였다. 이질감에 겁을 먹었을 뿐, 그의 눈 속에 비쳐 보이는 다른 꿍꿍이가 이런 이야기라면 더 이상 무서워할 필요가 없었다.

"그럼 주인에게 말해둘 테니 내일 저녁때……."

그녀가 할 일을 지정해 준 후 오실룬은 클럽 올란을 떠났다. 다른 것보다 아편 냄새가 싫었기에 한시도 더 있고 싶은 마음이 없었다.

3

다음날, 오실룬은 목적이 있는 듯 없는 듯 라누아 성안을 어슬렁거리기 시작했다.

그가 찾는 것은 한 귀족이었다. 나이는 17세가량에 금발, 곱슬머리에 뻐드렁니. 그리 잘날 것 없는 외모에 키도 중간쯤. 사교계에서 전혀 주목을 받지 못하고 있는 녀석이었다.

그 귀족 소년이 다니는 길은 이미 알고 있었다. 어울려 노는 친구도 대강 파악해 두었다.

사실 오실룬은 '그 녀석'과는 친분이 없었다. 친분은커녕 일면식도 없다. 그 녀석의 친구와 무도회장에서 몇 마디 대화를 나누었을 뿐이다.

하지만 서로 아는 사이가 되는 데엔 그 정도면 충분했다. 그리고 그것이 별 재미도 없는 무도회니 살롱 따위를 다니며 '재미있는 젊은 귀족'을 연기한 이유였다.

타깃이 보였다.

오실룬은 자연스럽게 골목을 돌아 다른 곳으로 걸음을 옮겼다. 먼저 알은척을 할 필요는 없었다. 은발은 그리 흔한 머리색이 아니니까.

"어, 베스카 사작 아니십니까?"

막 골목 안으로 들어가려던 오실룬이 발을 멈추었다. 몸을 돌려 자신을 부른 남자를 보았다. 녹색빛을 띠는 검은 머리칼에 멀대같은 키를 가진 그는 얀그라드란 가문의 귀족이었다.

"아, 얀그라드님."

"오실룬님이 맞군요. 하긴 은색 머리칼이 어디 또 있겠습니까?"

그의 말대로 은색 머리칼은 귀하기 이를 데 없었다. 백발은 유전이 아니었다. 실제로 오실룬의 양친, 오셀루나의 양가 모두 백발이 아니었다.

"그런데 어딜 가시는 길입니까?"

얀그라드가 묻는 말에 오실룬은 공손한 태도로 대꾸했다.

"요 며칠 이곳저곳으로 끌려 다녔더니 피곤한 듯하여 휴식을 취하는 중이었습니다."

오실룬은 말을 하다 말고 얀그라드 곁에 거들먹거리며 서 있는 남자를 곁눈질했다. 얀그라드가 그의 눈짓을 눈치채곤 '아' 하는 탄성을 뱉었다.

"이 사람은 항켈스크 자작님의 영식입니다. 왜, 아시지 않습니까, 오실룬님도?"

"아아, 항켈스크 자작님 말입니까? 물론 알다마다요. 어쩐지 태도에 기품이 느껴진다 했는데, 그분을 닮아서 그렇군요."

소개를 받은 후에야 그 소년이 손을 내밀었다.

"유림스키라고 한다. 그대가 요즘 사교계에서 유명하다는 오실룬 폼 베스카 사작인가?"

오실룬은 사작이라는, 귀족의 말석이지만 작위가 있었다. 그에 비해 아직 유림스키는 작위가 없다. 지위로 따지자면 오실룬 쪽이 더 높았지만 아비의 지위를 벌써부터 물려받기라도 한 듯 유림스키는 대뜸 하내를 해왔다.

하지만 오실룬이 그런 것으로 안색 하나 변할 리 없었다. 오히려 얀그라드가 어색한 얼굴로 오실룬의 눈치를 살폈다.

"만나서 반갑습니다. 그럼 전 이만……."

비록 태도에서도 표정에서도 기분이 상한 기색은 없었지만, 제 발 저린 얀그라드가 오실룬을 잡아 세웠다.

"그러지 마시고 저희와 함께 어울리시는 게 어떻겠습니까? 젊은 귀족들끼리 친목을 다지는 것도 좋을 테니 말입니다."

"그것 좋겠군. 작위 서열에 너무 연연치 말게. 평민과 귀족처럼 태생이 다른 것도 아니지 않은가?"

유림스키의 말에 얀그라드가 눈살을 찌푸렸다. 하지만 성격 좋은 사람답게 웃으며 다시 오실룬에게 권했다.

"저희와 어울리시지요. 아, 지금 어딘가로 휴양을 가신다 하지 않으셨습니까? 저희도 함께 가겠습니다."

오실룬이 얀그라드에게 미소를 지었다. 어딘가 위로의 말이 섞인 표정이었고, 얀그라드는 살짝 씁쓰레한 웃음을 머금었다.

"좋습니다. 함께 가시지요."

오실룬이 두 사람을 안내한 장소는 다름 아닌 사우나였다. 귀족의 거리 말석에 위치한 이 최고급 사우나는 '왕실의 은혜'에서 흘러나오는 물의 일부를 이용하고 있었다. 왕실에서

허가받은 유일한 사우나이며, 그렇다 보니 출입하는 인사는
귀족으로 한정되어 있었다.

이름이 좋아 사우나이지, 사실상 이곳도 귀족의 도락 장소
중 하나였다. 위층에는 별실이 마련되어 있었고, 그곳에서 애
인과의 밀회를 즐기는 귀족들이 한둘이 아니었다.

열기만을 이용한 건식 사우나, 뜨거운 물을 찰랑이게 담아
둔 욕탕, 살얼음이 떠 있는 냉탕, 어느 것 할 것 없이 한 바퀴
빙 돌고 나니 세 귀족은 입에서 단내가 날 정도로 지쳤다.

"이곳은 전통 요리로도 유명합니다. 함께 가시지요."

오실룬은 두 사람을 2층의 별실로 데리고 갔다. 발코니를
정면에 두고 원탁이 하나 놓여 있는 방이었다. 통유리로 된
창 너머로 눈 쌓인 정원이 보이고, 안에 장식된 가구 하나하
나가 고급스럽지 않은 것이 없었다.

그곳에서 오실룬은 몇 가지 요리를 주문했다. 송어 구이를
메인 요리로 한 크세리온 지협의 토속 요리였다.

"오, 이것참… 베스카 사작님 덕분에 좋은 경험을 합니
다."

얀그라드의 인사치레에 오실룬이 고개를 숙였다.

"이번에는 제가 내기로 하지요. 훨씬 더 근사한 곳에서 갚
아주시리라 믿습니다."

"하하, 마음에 드실지는 모르겠지만 노력해 보겠습니다."

사우나를 즐기고, 또 연회까지 마칠 동안 세 사람은 정말 많은 이야기를 나누었다. 그중 대부분이 정치, 경제, 문화 따위의 딱딱한 주제로 나눈 토론이었다.

오실룬은 유림스키를 안중에 두지 않았다. 유림스키도 그런 주제에 흥미를 느끼지 못해 그는 대화 내내 살짝 겉돌고 있었다. 얀그라드는 나름 유림스키를 배려해 주려 했지만, 오실룬과의 대화에 흠뻑 빠져 마음을 나눌 여유가 없었다. 무엇보다 돕는 것도 손발이 맞아야지, 당사자가 워낙 이런 주제에 문외한이다 보니 끼워 넣으려 해도 넣을 수가 없었다.

그러다 보니 유림스키의 입이 결국 댓 발은 나오고 말았다. 고작 열일곱 어린 나이에 늘 떠받들리며 살아왔다. 이런 식으로 사람들 사이에서 붕 떠 있는 것에 익숙지 않았다.

'슬슬 익은 것 같은데…….'

오실룬이 곁눈질로 유림스키의 표정을 살폈다. 살짝만 건드려도 폭발할 듯 보인다. 오실룬이 자리에서 몸을 일으켰다.

"잠시 다른 곳에 다녀오겠습니다."

"어, 무슨 일이라도 있으십니까?"

얀그라드가 같이 자리에서 일어나며 물었다.

"저녁때 사업상의 상대와 잠시 만나기로 했습니다. 오래 걸리지 않을 터이니… 아, 저를 대신해 말상대를 한 명 붙여

드리겠습니다."

얀그라드가 고개를 갸웃했다.

"말상대라니요?"

"하하, 보시면 아실 것입니다. 이곳에서 온탕과 음식만을 파는 것은 아니니까요."

오실룬의 둘러친 말을 못 알아들을 리 없었다. 얀그라드는 헤실헤실 웃음을 터뜨렸다.

"하하, 그것참……."

오실룬이 자리를 뜨자마자 유림스키는 불만을 터뜨렸다.

"이만 돌아가자. 저 남자가 붙여주는 이야기 상대 따위 필요없으니까."

"유림스키님, 잠시만 더 기다려 보십시오. 재미있을 겁니다."

"재미없다니까. 자꾸 이런 식으로 굴면 아버지에게 말해서 너희 가문과 거래를 끊어버릴 거야."

윽박지르는 말에 얀그라드는 눈살을 찌푸렸다.

"왜? 기분 나빠?"

그 한마디에 얀그라드는 웃음을 짜냈다.

"아닙니다. 자자, 그러지 마시고……."

그때, 그들이 있는 방문을 똑똑 두들기는 소리가 들렸다.

"아냐예요."

문을 두들긴 것은 젊은 여자의 목소리였다. 얀그라드가 자리에서 벌떡 일어나 문을 열었다. 두툼한 외투를 걸친 한 여인이 수줍은 표정으로 얀그라드를 올려다보았다.

"들어오거라."

"네, 나으리."

유림스키는 여자가 들어오리라고는 생각지 못했기에 놀란 표정을 지었다. 화려한 붉은 머리에 화장을 짙게 한 얼굴은 한 번도 경험하지 못한 세계였다. 게다가 그녀는 지금까지 보아왔던 귀족의 영애들과는 완전히 다른 매력을 내뿜고 있었다.

그의 얼빠진 표정을 보며 얀그라드는 속으로 '어린애는 어린애구먼' 하고 중얼거렸다. 얀그라드가 방문을 닫자 아냐라고 자신을 소개한 여자가 외투를 벗었다.

그녀가 외투 안에 입고 있는 것은 소매 없는 드레스였다. 가슴골이 깊이 파여 있는데다가 속옷을 입지 않고 있었다. 유림스키의 눈이 그곳에서 떨어지지 못하는 것은 자연의 섭리였다.

얀그라드가 헛기침을 했다. 하지만 유림스키는 그 소리마저 듣지 못했다. 할 수 없다는 듯 얀그라드는 그녀를 오실룬이 남기고 간 빈자리에 앉혔다.

"나, 나는 유림스키 폼 항켈스크다. 자작 가문이지."

자리에 앉자마자 유림스키가 자신을 소개했다. 얀그라드는 쓴웃음을 지었다. 창녀에게 자신을 소개하는 귀족이 어디 있단 말인가?

"유림스키님, 정말 멋진 이름이에요."

아냐가 살포시 웃었다.

"게다가 자작 가문이라니! 평소라면 말도 못 붙일 높은 귀족 분이시네요."

"흠흠, 그런가? 하하!"

유림스키의 입이 귀밑에까지 찢어졌다. 얀그라드는 그 모습을 보고는 혀를 쯧 찼다. 보아하니 오늘 자신의 역할은 광대인 듯했다. 분위기나 띄워주고 적당히 빠져야겠다. 유림스키와 이런 자리에서 다툴 수도 없는 일이니 말이다.

술을 붓고, 단번에 마시고. '호탕하세요'라는 유녀의 칭찬에 유림스키는 설원의 전사라도 된 양 콧대를 높인다. 이미 그의 시야에 얀그라드는 완전히 사라져 있었다. 어색하게 자리를 지키고 있다가, '먼저 가보겠습니다' 하고 운을 떼어도 손짓 한 번 돌아올 뿐이었다.

방을 떠나며 얀그라드는 '쳇' 하고 혀를 찼다.

'잘난 거라곤 아비 잘둔 것밖에 없는 주제에'라고 투덜거려 봤지만, 사실 이 세계에서 그것보다 큰 축복이 어디 있을까?

그때, 그의 앞으로 사우나의 사환이 다가왔다. 은빛 생반에 한 장의 편지를 들고 있었는데, 편지라기보다는 메모지에 가까웠다.

　"얀그라드님이십니까?"

　사환의 물음에 얀그라드는 고개를 끄덕였다.

　"그렇네만……."

　"베스카 사작님으로부터의 전언입니다."

　"아? 알겠네."

　쟁반 위에 놓인 메모지를 집어 들며 얀그라드는 20페키아니 동전 하나를 사환에게 주었다. 사환이 허리 굽혀 감사 인사를 했다.

　일이 길어질 듯하여 연락 남깁니다. 그레이트 그린의 그리니아 평야 쪽 모피상과의 거래 이야기인데, 좋은 거래처를 구하는 게 힘들군요. 경비는 제 쪽에서 이미 계산을 해두었으니 편히 쉬다 가십시오.

　얀그라드는 메모를 한눈에 훑곤 '하!' 하고 한숨을 쉬었다. 자신의 꼴이 너무나 우습게 느껴졌다. 항켈스크 자작과의 거래 때문에 유림스키의 꽁무니를 따라다닌 지가 어언 몇 년인가?

　지난날들을 떠올리던 얀그라드가 다시 메모장으로 눈을

주었다. 이미 멀어진 사환을 다시 불렀다.

"혹시 베스카 사작이 지금 어디에 있는지 알고 있는 것이 있느냐?"

사환이 정중히 고개를 숙였다.

"야츠크라는 이름의 술집입니다."

얀그라드는 사환에게 다시 20페키아니 동화를 던져 주고는 사우나에서 마차를 빌렸다.

팁을 받은 사환이 그의 뒷모습을 잠시 지켜보다가 옆에서 머뭇거리던 동료에게 손을 내밀었다.

"내가 이겼지?"

"제길, 정말로 40페키아니를 팁으로 받을 줄이야!"

동료가 투덜거리며 내민 것은 50페키아니 동화 한 닢이었다. 얀그라드를 상대하던 사환이 싱글벙글 웃었다.

"나도 반신반의였지만, 그 나리는 엄청난 부자거든. 지배인에게 천 루블을 건네는 장면을 봤어. 그가 팁으로 40페키아니를 벌게 될 거라고 예언했으니 그걸 믿었던 것뿐이야."

동료가 혀를 내둘렀다.

"20페키아니 동전 두 개를 팁으로 받을 거라고 그 누가 상상했을까? 차라리 50페키아니 동전을 뿌려대는 귀족이라면 종종 있지만……."

"이걸 예상할 수 있는 사람이라면, 예언가 아니면 운이 좋은 사람이겠지. 히히, 이 돈 잘 쓸게."

한 명은 웃고 하나는 찡그린 채 사환들은 다시 자신들의 업무로 돌아갔다.

야츠크는 상업의 거리 케밀조프 대로변에 위치한 술집이었다. 하지만 대중을 상대로 한 퍼브 따위가 아니라 귀족과 상인들의 접대 장소였다.

아름다운 작부가 있고, 값비싼 술이 즐비했다. 자리에 앉는 것만으로도 100루블 정도는 단번에 날아가는 사치의 메카이기도 했다.

연미복 정장을 차려입은 술집의 종업원이 얀그라드를 맞았다.

"살롱 야츠크에 어서 오십시오. 예약이 되어 있으십니까?"

"아, 예약은 아니고… 혹시 오실룬 폼 베스카 사작이 이곳에 있나?"

"그분이라면 계십니다. 일행 분이십니까?"

종업원의 물음에 대답하기는 정말 애매하기 그지없었다. 모피 거래라는 얘기에 일단 달려오기는 했는데 따지고 보면 불청객이었다. 친분이랄 것도 없는 면식 정도로 그의 옆에 털썩 주저앉을 수도 없는 일이었고.

종업원은 그가 어색한 표정을 짓자 대충 어떻게 돌아가는 상황인지 파악했다. 최대한 정중한 말투로—상대가 귀족이었으니까—이렇게 말했다.

"실례지만, 성함을 말씀해 주십시오. 베스카 사작님께 오셨다고 전해 드리겠습니다."

"아! 그래주겠나? 토르파 폼 얀그라드일세."

가려운 곳을 긁어준 게 고마워서인지 얀그라드는 제법 정중한 투로 종업원에게 말했다. 20페키아니 동전을 만지작거리다가 가게의 분위기를 보곤 50페키아니짜리를 팁으로 끼워주었다.

잠시 후, 종업원이 다시 얀그라드에게 돌아왔다.

"베스카 사작님께서 신분을 확인해 주셨습니다. 안으로 들어오십시오."

토르파 폼 얀그라드는 속으로 한숨을 내쉬었다. 면전박대라도 당했다간 망신도 그런 망신이 없으니 말이다.

라누아 최고급의 술집답게 야츠크 살롱 안을 장식하고 있는 것은 일체가 호화로웠다. 샹들리에는 아인도브 만의 남쪽 상피오르 산맥에서 나는 크리스틸로 장식되고, 좌석과 좌석 사이의 칸막이 역할을 하는 장식장은 르에페의 특산품인 눈꽃 무늬 상감 전나무로 만들었다. 주렴에 비단 커튼, 하다못해 의자 하나까지 아는 사람은 모두 알아볼 만한 고급품을 쓰고 있었다.

작은 장사로 가업을 꾸려가는 도르파는 사실 이곳이 처음이었다. 영지라고는 사냥꾼들의 마을 하나가 다였고, 나라에서 관리로 일하며 받는 녹이 아니었다면 진작에 굶어죽었을 얀그라드 남작가의 첫째 아들이니 말이다.

오실룬이 자리에서 일어나 토르파를 맞이해 주었다. 겨우 일어나 손을 내민 것뿐인데 기쁜 마음이 일었다.

"어서 오십시오, 얀그라드님."

"연락도 없이 불쑥 찾아와 부끄러울 따름입니다."

"무슨 말씀이십니까? 자자, 앉으십시오."

오실룬은 토르파를 자신이 앉던 자리에 앉히고, 그 자신은 조금 떨어진 의자에 자리를 잡았다. 오실룬에게 술을 따르던 아리따운 작부가 토르파에게 정중히 인사를 했다.

토르파는 오실룬에게 눈짓으로 감사 인사를 하며 오실룬의 거래 상대라는 사람을 쳐다보았다. 50을 막 넘겼을까? 민머리 이마에 옆머리를 길게 기른 그는 날카로운 인상의 매부리코까지 전반적으로 사나운 얼굴이었다. 턱밑에 덕지덕지 붙은 살이 고집스럽게 느껴지기까지 했다.

오실룬이 곧바로 소개의 말을 했다.

"이분은 폼즈크 폼 구웰로브스키 백작님이십니다. 유람 차 이곳에 오신다기에 예전에 몇 번 거래를 한 인연으로 이렇게 모시게 되었지요."

"폼츠크일세."

구웰로브스키 백작이 거만하게 엉덩이를 붙이고 앉은 채 손을 쑥 내밀었다. 토르파는 자리에서 벌떡 일어나 두 손으로 그의 손을 마주 잡았다.

"토르파 폼 얀그라드라고 합니다. 남작 가문의 장자로, 라누아에서 작은 모피 공방을 운영하고 있습니다."

"오호, 그것 우연이군그래. 나도 짐승의 털을 만지작거리며 푼돈을 벌고 있는데. 하하하!"

그레이트 그린, 그리고 그 중앙 그리니아 평원의 귀족들은 풍토가 거칠어서인지 알뢴 산맥과 알칸사스분지의 귀족들과는 분위기가 달랐다. 하층민이나 쓸 법한 사나운 말투였지만 토르파는 오히려 대평원의 기상을 느꼈다.

"말씀은 저렇게 하시지만, 하루에 취급하는 모피 수만 천장 가까이 되는 대상(大商)이십니다. 상회를 몇 곳으로 나누어 여러 국가에서 장사를 하기에 이름은 알려져 있지 않지만요."

"모아둬 봤자 세금만 왕창 내야 해. 안 그런가? 나와 같은 방법으로 푼돈을 긁어모으는 베스카 사작."

"하핫, 또 절 곤란하게 하십니다. 세금 낼 거 다 내고 장사하는 사람입니다, 저는."

"어허, 누가 뭐라고 했나? 나도 낼 세금은 다 내고 있어."

주거니 받거니 힌마디씩 하는 말을 들으며 토르파는 조금 기가 죽었다. 폼츠크야 그렇다 쳐도 오실룬은 자신보다 고작 한두 살 더 많을 뿐인데 하는 생각 때문이었다.

그때까지 잠자코 있던 여급이 토르파의 무릎에 손을 살짝 얹으며 말했다.

"제가 관상을 좀 볼 줄 아는데 이분도 두 분 못지않게 상재가 뛰어나신 것 같아요."

오실룬과 이야기하던 폼츠크가 토르파를 쳐다보았다. 토르파는 찔끔 놀라며 손을 저었다.

"전 그렇게 대단한 사람이 아닙니다."

"허허, 한번 이야기해 보게나. 사실 여기까지 온 것도 새로운 거래 선을 만들까 해서인데⋯ 하루에 취급하는 모피 양이 얼마나 되지?"

토르파는 자신의 가문 얀그라드에서 운영하는 모피 공방을 떠올려 보았다.

"꽤 먼 곳까지 사냥이 가능한 여름에는 한 달에 곰 가죽 50장, 사슴 100장가량에 작은 동물 모피 200장 가량입니다. 겨울에는 그 반 정도이고요."

"하나의 보피상이라 치면 제법 되는구먼그래."

예의상인지 진심인지 폼츠크가 좋은 평을 내려주었다. 조금 자신을 얻은 토르파가 말했다.

"관리가 엄격하고, 무엇보다 무두장이가 실력이 좋아 모피의 질은 자부하고 있습니다."

"조금 흥미가 생기는걸? 언제 한번 보여줄 수 있겠나?"

토르파는 곧바로 '물론입니다'라고 답하려다가 한 가지를 떠올리곤 어깨를 떨구었다.

"그게… 가문에서 오랫동안 거래해 오던 상대가 있습니다. 항켈스크 자작 가문인데……."

폼츠크는 토르파의 대답을 듣고는 술을 한 모금 마셨다. 살짝 내밀었던 상체를 다시 소파에 가라앉히며 작부가 집어주는 안주를 받아먹고 입맛을 다셨다.

"그럼 할 수 없구먼그래."

토르파는 아깝다는 생각에 반쯤 세웠던 몸을 한참이나 멈춰놓았다. 오실룬이 두 사람 사이에 끼어들었다.

"이거 또 왜 이러십니까? 장사꾼들 사이의 연애가 이렇게 심심해서야 어디 구경꾼들 흥이 나겠습니까?"

이렇게 운을 떼고는 토르파에게 말한다.

"항켈스크 자작가로부터 얼마나 받습니까?"

토르파는 다시 뭔가가 일어나려 하자 얼굴에 생기를 돋우었다.

"아! 7, 3으로 하고 있습니다. 판매가와 생산가를 서로 정해 이윤을 나누지요."

"얀그라드 가문이 7입니까?"

"아, 아닙니다. 그게……."

폼츠크가 갑자기 상체를 벌떡 일으켜 세웠다. 그에게 매달리듯 있던 작부가 깜짝 놀라 들고 있던 안주를 떨어뜨렸다.

"뭐야? 자네, 그런 거래를 하고 있었단 말인가?"

"예? 아… 예."

"멍청하긴! 당장 집어치우고 나에게 오게. 6, 4로 쳐주겠네."

"그렇지만……."

"허허, 이보게, 오실룬. 라누아의 장사꾼들은 원래 이런가? 뭐 이리 결정이 느려? 답답해 죽겠구먼!"

오실룬이 빙긋 미소를 지었다.

"백작님도 그리 느긋한 성격은 아니십니다."

폼츠크가 대소를 터뜨렸다.

"하하하, 것도 그렇구먼그래."

"그렇게 서두르지 말고 천천히 이야기를 해보는 게 어떻습니까? 아직 물건을 직접 눈으로 본 것도 아니고… 얀그라드 가문에서도 항켈스크 자작 가문과의 오랜 인연이 있고 하니 쉽게 결정하긴 힘들 겁니다."

"자넨 누구 편인가! 누구 하나 때문에 이 먼 길을 온 건데……."

"또 왜 이러십니까. 저야 물론 백작님 편입니다. 자자, 우선 한 잔 들이켜십시오."

오실룬과 폼츠크 백작 사이에 실없는 이야기가 잠시 이어지는 것을 보며 토르파 폼 얀그라드는 고민에 빠졌다.

지금 모피 공방을 운영하는 것은 다름 아닌 자신이었다. 얀그라드 남작은 나라의 일로 바빴고, 동생들은 어렸다. 결정권의 대부분을 토르파가 쥐고 있다고 해도 과언이 아니었다.

6, 4로 한다면 이윤이 30퍼센트 이상 늘어나는 셈이었다. 판매가와 생산가를 짜게 책정해 이윤을 최소화하는 항켈스크의 관례에도 질려가고 있었다.

무엇보다 방금 전 유림스키 폼 항켈스크로부터 받았던 모욕이 아직까지도 목구멍에 걸려 있었다.

"좋은 이야기는 웃으면서 받으라고 들었어요."

어여쁜 얼굴로 방긋 웃으며 작부가 술을 따라주었다. 직업 때문에 지어주는 미소에 격려의 말이라곤 하지만 토르파의 가슴속에 호기와도 같은 것이 부쩍부쩍 자라나기 시작했다.

"좋습니다! 좋아요. 내일 당장에라도 연락 주십시오. 얀그라드 모피점의 물건을 보여주겠습니다!"

"그래, 내일 찾아가 주지! 찾아가 주고말고!"

한참 동안 주거니 받거니 모두들 술이 거나하게 취했다. 오실룬은 제대로 몸조차 가누지 못하는 토르파를 마차에 태워

집으로 돌려보내곤 폼츠크 백직과 한 마자에 몸을 실었다.

마차에 올라타자마자 폼츠크 백작이 수염과 귀밑머리, 옆머리 따위를 다 뜯어냈다. 상처라도 날까 조심스럽게 모피 코트를 벗어 자신의 자리 옆에 내려놓았다.

"나으리, 이제 됐습니까? 저 제대로 한 것 맞습니까?"

백작이 두 손을 모으고 고개를 조아리며 말한다. 오실룬은 다리를 꼬고 두 팔을 마차 등받이에 얹으며 대꾸했다.

"아, 잘하던걸. 역시 너희 길드의 녀석들은 쓸만해."

"헤헤, 뒷골목에서 꽁지 빠진 인어라고 하면 알아줍니다요."

폼츠크 폼 구웰로브스키 백작 따위는 세상에 존재하지 않았다. 이 대머리 남자는 좀도둑, 협잡꾼들 따위가 모여 있는 뒷골목에서 살아가던 건달에 불과했다.

오실룬은 100루블짜리 은화가 찰랑거리는 자루를 대머리에게 건네주었다.

"이 돈을 가지고 라누아에서 꺼져라. 르에페에서 네놈 모습을 다시 한 번 봤다간 알지?"

"헤헤, 여부가 있겠습니까? 베스카 사작 나으리가 친히 길드로 찾아오시 않으셨다면 이런 추운 곳까지 오지도 않습니다."

마차가 라누아 왕성의 서문 밖에 멈추었다. 미리 대기시켜

놓은 개썰매로 옮겨 탄 대머리 남자는 누더기 같은 모포를 뒤집어쓰고 밤의 캄캄한 설원으로 사라졌다.

다음날, 얀그라드 남작가가 운영하는 모피 공방을 찾은 것은 오실룬 혼자였다.

모피를 무두질하는 것은 기본적으로 고된 작업이었다. 게다가 무두질을 하는 도중 여러 독성 물질이 나왔기 때문에 공방은 라누아 성벽 밖에 맞닿아 위치하고 있었다. '왕실의 은혜'가 찬물을 콸콸 쏟아내는, 다시 말해 도시에서 가장 열악한 작업장이었다.

그러다 보니 공장에서 일을 하는 사람들도 자연스레 극빈층으로 구성되어 있었고, 그들을 관리 감독한다고는 하지만 토르파의 일도 그리 녹록치는 않았다.

기다리고 있었다는 듯 토르파가 오실룬을 맞이하며 눈으로 또 한 사람의 모습을 찾았다.

"백작님이시라면 오늘 아침 일찍 급한 일이 있다며 떠나셨습니다."

토르파의 눈에 대뜸 실망한 기색이 피어났다. 술에 취해 집에 가서 가족들을 상대로 큰소리쳐 가며 했던 설득이 무로 돌아갔으니 창피한 마음까지 들었다.

"거래 때문이라면 걱정 마십시오. 백작님께서 제게 전권을 위임하셨으니까요. 비록 술자리에서 한 이야기지만, 그분이 이런 좋은 거래를 그냥 놓치실 리 없습니다."

토르파가 안도의 한숨을 내쉬었다.

"휴, 그것참 다행입니다. 아버지가 어찌나 반대를 하시던지, 언성까지 높여 설득을 해놓았는데……. 아, 아무튼 안으로 들어오십시오."

토르파의 안내에 따라 오실룬은 공장 안을 둘러보았다.

가장 먼저 눈에 들어오는 것은 수조들이었다. 수많은 수조에 지독한 냄새를 풍기며 모피들이 잠겨 있었다. 상상했던 것보다 냄새가 심했기에 오실룬은 자신도 모르게 눈살을 찌푸렸다.

"하하, 이것참… 처음 오신 분들은 다들 참지 못하고 나가십니다."

무안해하며 토르파가 머리를 긁적였다. 오실룬은 일부러 숨을 크게 들이쉬었다. 시큼한 썩은 내 같은 것이 콧속을 가득 메웠다. 하지만 그렇게 한두 번 냄새를 맡고 나니 코가 마비된 듯 별다른 자극이 느껴지지 않았다.

"이곳에서 늘 일을 하는 사람들도 있지 않습니까?"

오실룬은 밀을 하며 수조 속에 있는 가죽을 문지르고 있는 한 남자를 보았다. 살얼음이 낄 정도로 찬 물에 매일같이 화공 약품을 섞은 가죽을 매만지느라 손이 완전히 망가져 있었다. 마디가 굽기는커녕 손이 아니라 나뭇가지 같았다.

"험한 일입니다. 선대로부터 가죽 장인들에게는 후하게 사례하라 하여서… 사실 다른 곳보다 생산가가 조금 높은 편입니다. 그래도 그 덕분에 최고의 품질을 유지하고 있습니다."

토르파가 안내한 곳은 무두질을 끝낸 가죽을 보관하는 장소였다. 짐승 털 특유의 역한 냄새는 있었지만, 아까처럼 끔찍한 악취는 아니었다.

오실룬은 토르파가 내오는 가죽 한 장을 손으로 쓰다듬었다. 다리와 꼬리 부분의 구분이 확연한 흰 여우의 통가죽이었다.

"오, 정말 부드럽군요."

"일부러 저희 가문의 가죽만 찾는 사람도 있다고 들었습니다."

"그럴 만합니다."

이리 뒤집어보고 저리 살펴보며 오실룬은 제법 꼼꼼하게 가죽의 질을 보았다. 하지만 사실 그는 가죽의 상태를 보는 눈 따위는 없었다. 그런 척하고 있을 뿐이었다.

"마음에 듭니다."

"휴, 다행입니다. 그런데 계약은……."

"걱정 마십시오. 어제 이야기한 대로 6, 4로 할 것입니다. 게다가 생산단가도 기존에서 10퍼센트가량 올려 드리겠습니다."

오실룬의 제안에 토르파는 환한 미소를 입가에 띠었다. 생산가까지 높게 해준다면 실제 이익은 40퍼센트 선까지 늘어날 것이다. 연으로 쳐서 2만 루블 이상의 이익이 추가로 발생할 터였다.

"다만……."

좋은 이야기의 끝에는 늘 단서가 붙는다.

"중계꾼인 저도 어느 정도는 이익을 보고 싶습니다."

오실룬의 말에 토르파는 어색한 웃음을 지었다.

"아, 그것도 그렇군요. 베스카 사작이 아니었다면 이런 행운을 잡는 것도 불가능했을 테니……."

"이익의 2.5퍼센트 어떻습니까? 총 이윤의 5퍼센트 중 백작님과 얀그라드님께서 절반씩 부담하시는 것입니다."

순익의 5퍼센트가량을 내놓으라는 말에 얀그라드는 재빨리 머릿속의 계산기를 두들겼다. 작지 않은 금액이지만, 어차피 늘어나는 총 이익을 생각한다면 감내할 만한 정도였다.

게다가 베스카 사작과의 인연도 그만큼 두터워지는 셈이었다. 더 이상 항켈스크 자작가의 눈치를 볼 필요도 없었다. 이익도 이익이었지만, 인맥이라는 면에서 훨씬 더 이익이 있을 듯싶었다.

"좋습니다! 그렇게 하겠습니다."

토르파가 결정을 내린 후 계약은 일사천리로 이루어졌다. 정식으로 계약이 효력을 발휘하는 것은 열흘 후, 이번 주의 거래가 사실상 항켈스크 자작가와 하는 마지막 거래가 되는 셈이었다.

4

르에페에도 기마대는 있었다.

볼품없는—보는 시각에 따라 귀엽다고는 할 만했지만 결코 기마대에 어울리는 멋은 없었다—예카를 탄 이 부대는 다름 아닌 르에페 왕실 근위대였다. 근위대의 복장은 두꺼운 털외투에 털장갑, 털모자, 유리 고글까지 방한을 위한 장비들로 가득했다. 두툼하게 누빈 모직물이었기에 입고 있는 사람이 여자인지 남자인지조차 구분하는 것이 불가능했다.

그러한 기마대 한 무리가 지금 융토크 거리를 지나고 있었다. 십여 기, 분대 규모로 편성된 이 부대는 예카를 타고 거리 한복판을 따라 행군했다.

이들의 왼쪽 어깨엔 전나무와 눈꽃, 즉 르에페의 상징을 수놓았고, 오른쪽 어깨에는 금발의 검을 든 여신이 그려져 있었다. 그 상징물만으로도 사람들은 이 부대가 누구이고 무엇인지 알아보았다.

에멘탈 친위대. 이들은 왕실근위대 중 여성만을 뽑아 만든 한 개 분대 규모의 기사단이었다. 유일한 왕위 계승자 에멘탈 공주의 신변 보호를 위해 만든 부대이기도 했다.

이 부대는 현재 왕실근위대 부사령관의 지휘를 받고 있었다. 왕실근위대 부사령관이 '여자'였기 때문이다. 오셀루나 필 에카노프가 그녀의 이름이었다.

기마대의 가장 앞에서 예카를 몰던 오셀루나는 길가를 걷고 있는 한 남자의 뒷모습에 시선을 빼앗겼다. 흔치 않은 은발, 그것은 자신의 머리칼과 완전히 같은 색이었다.

수신호로 에멘탈 친위대장에게 부대를 지휘하라 이른 후 오셀루나는 예카의 머리를 돌렸다. 오실룬이 있는 방향이었다.

그는 지금 한 골목으로 들어가는 도중이었다. 그곳이 어딘지 확인할 틈도 없이 오셀루나는 오실룬이 있는 곳까지 다가가 그의 어깨를 짚었다.

오실룬이 뒤를 돌아보는 사이, 오셀루나는 예카에서 내려서 마스크를 내리고 고글 달린 모자를 벗었다. 그녀의 반짝거리는 은발이 엉치까지 흘러내렸다.

"오실룬!"

그의 이름을 불렀다. 오실룬은 빙그레 미소를 지었다. 오셀루나는 그의 미소가 싫었다. 분명 친절하고 친근한 웃음이었지만 어딘가 그답지 않았다. 고집있고 무엇보다 따듯하던……

오셀루나는 생각을 머릿속에서 지웠다. 이제 그가 자신을 따듯한 눈으로 봐줄 일은 없을 것이다. 10년 전 밤, 그 일이 모든 것을 망쳐 놓았으니까.

"오래간만입니다, 에카노프 아가씨."

아직은 인기척이 있는 거리였다. 스스럼없이 알은체를 할 만큼 친한 사이가 아니었다. 적어도 다시 나타난 오실룬과 오셀루나는.

"오실룬님, 잠시 이야기를 나누고 싶습니다."

오셀루나의 청에 오실룬은 잠시 고민하는 얼굴빛을 띠었다.

"알겠습니다. 이야기를 하기에 이곳은 적당치 않으니 자리를 옮기도록 하지요."

오셀루나는 오실룬의 말을 듣고는 '왜'라는 표정으로 주위를 살펴보았다. 지금 두 사람이 서 있는 곳은 케밀조프의 뒷거리, 통칭 올란거리였다.

오셀루나는 얼굴을 붉혔다.

"어째서 이런……."

그리곤 말을 아꼈다. 돌아올 대답이 더 두려웠기 때문이다.

두 사람이 자리를 잡은 곳은 가끼운 곳에 있는 작은 찻집이었다.

쉬에리엔과 해상 교역로가 열리며 난추(南쓰) 지방으로부터 차가 수입되었다. 그 후로 한때 거대한 대륙 다프칸 전체에 차의 열풍이 불었다. 특히 알칸사스 지방은 티타임이라는 오후 한때 차를 마시기 위한 시간마저 생겼다. 그런 차의 열풍이 낳은 것이 바로 찻집이라는 특이한 상점이었다.

르에페를 비롯한 크세리온 지협 입구에 있는 몇 개의 나라는 그레이트 그린뿐 아니라 알칸사스 출신의 귀족들까지 한데 뒤엉켜 있다. 개척 영지이기 때문이었다. 그레이트 그린에는 찾아보기 힘든 차 문화가 훨씬 변방인 르에페에 남아 있는 것은 그리 이상한 일이 아니었다.

지금은 르에페 전체를 통틀어 겨우 하나의 찻집이 있을 뿐이지만, 차와 가벼운 식사를 취급하는 곳까지 합친다면 아직도 차는 고급 기호품으로써 명맥을 유지하고 있는 중이었다.

오전 11시. 시간이 애매했기에 찻집 안에는 사람이 없었다. 볕이 잘 드는 창가 쪽 구석 자리에 두 사람이 자리를 잡았다.

오셀루나는 두툼한 외투를 벗어 옆 좌석에 내려놓았다. 청색의 지휘관 복장이 맵시있게 그녀의 몸을 감싸고 있었다. 오실룬 역시 코트를 벗었다.

　그리고는 한참 동안 대화가 이어지지 않았다. 각자 앞에 놓여진 홍차를 응시할 뿐.

　먼저 입을 연 것은 오실룬이었다.

　"무슨 일로 보자고 하셨습니까?"

　말을 하는 그도, 듣는 그녀도 어색한 기분이었다.

　"돌아… 왔구나."

　어떤 의미로 꺼냈는지 본인조차 알 수 없는 한마디를 뱉곤 오셀루나가 오실룬을 보았다. 여전히 그 가식적인 미소였다. 아니, 어쩌면 그걸 가식적이라 느끼는 자신이 삐뚤어진지도 몰랐다.

　그는 그저 변했을 뿐이다, 10년이라는 시간 동안. 그것을 억지로 자신의 머릿속에 있는 어린 시절의 그와 비교해 멋대로 상상하고 또 실망한 것뿐이다.

　"잘 지낸 거야?"

　오셀루나가 거듭 물었다.

　"네, 잘 지냈습니다."

　"경어, 그만두면 안 될까?"

　다그치듯 묻는 그녀의 말에 오실룬은 곧바로 답하지 않았다. 한참 동안 생각하다 다시 입을 연다.

　"겨우 세 번째 만나는 사이에 벌써 평대를 한다는 게 이상

하지 않겠습니까?"

"그게 뭐야!"

오셀루나의 언성이 조금 높아졌다. 오실룬은 여전히 실실 웃는 얼굴이었다. 오셀루나의 가슴속에서 무언가가 끓어올랐다. 감정이 터져 나온 탓일까? 오랜 병이 자극받아 그녀의 안색이 파랗게 질렸다. 기이한 탁음을 내며 폐가 멋대로 들썩이고, 거칠게 숨을 토하고 삼켰다.

재빨리 손수건을 꺼내 그녀가 입을 막았다. 쿨럭 터져 나온 기침이 손수건에 붉은 무늬를 아로새긴다.

오실룬은 조용히 그 모습을 지켜보았다. 손을 뻗어 돕지도, 예전처럼 그녀의 등을 쓰다듬어 주지도 않았다.

"여전하군요, 그 병은."

오셀루나는 가슴속을 진정시키느라 오실룬의 말에 대꾸하지 못했다. 발작이 가라앉고, 품에 가지고 있던 약을 꺼내 삼켰다. 고작 진정시키는 정도의 효험밖에는 없는 약이었지만.

"에카노프 백작가의 힘으로도 고치지 못하는 병이라니……."

"빈정거리는 건 그만둬."

오셀루나가 오실룬을 쏘아보았다.

"복수하기 위해서 온 거야?"

"무슨 말씀이신가요? 복수라니……."

능청스러운 말대답의 꼬리를 오셀루나가 툭하고 잘랐다.

"나에게, 아니, 우리 가문에."

여전히 오실룬은 딴청이었다.

"왜 제가 에카노프 백작가에 복수를 해야 하나요? 베스카 가문은 에카노프 백작가와 아무런 연고도 없습니다."

오셀루나는 오실룬의 눈을 바라보았다.

10년 전,

그와 늘 함께 시간을 보낼 땐 그의 눈을 보는 것만으로도 무슨 생각을 하는지 알 수 있었다. 착각인지도 몰랐지만 정말 그렇게 느껴졌다.

지금은,

"그날 이후로 아버지는 당신의 일을 그만두셨어. 지금은 세계 곳곳에 있는 에카노프 백작가 소유의 농장이나 광산 따위를 돌며 가업을 유지하는 일을 하고 계셔."

오실룬은 관심없다는 표정을 지었다. 그저 아무래도 좋은, 세상 돌아가는 이야기 수준의 정보를 얻었다는 반응을 보였다.

"아, 그렇습니까? 힘드시겠습니다."

오셀루나가 꺼내려는 말을 끊고 오실룬이 다시 말했다.

"에카노프 양, 전 오실룬 폼 베스카입니다. 듣자니 이 마을에서 자랐던 저와 같은 이름을 가진 빈민 소년은 사형을 당했다더군요. 에카노프 양이 저를 누군가에게 겹쳐 보는 것은,

그것까지 제가 막을 수는 없겠죠. 당신의 마음이니까. 하지만 그걸로 베스카 사작이라는 이름에 흠집을 주는 것은 곤란합니다. 이런 식으로 제게 이상한 트집을 잡는 것이 이상하지 않습니까?"

오셀루나는 오실룬의 말을 조용히 듣고만 있었다. 마음 한구석, 추억이라 불러도 좋고 현재형의 감정이라 해도 좋을 그것들이 자꾸 깨어져 나갔다.

사람 좋게 웃으며 하는 이야기들이 찡그려 내뱉는 욕보다 큰 상처가 된다.

아, 무얼 기대하고 있던 걸까? 언젠가 그와 다시 만난다면… 이 짧은 한마디를 전제로 쌓아올린 것들이 이다지도 허무할 줄이야!

"왜… 돌아온 거야?"

오셀루나의 힘없는 물음에 오실룬이 어깨를 으쓱했다.

"사업 때문입니다."

"사업……."

"예, 이곳은 아직 미개척지니까요. 하고자 들면 할 수 있는 사업이 무궁무진합니다."

오셀루나가 돌연 오실룬에게 고개를 꾸벅 숙였다.

"죄송합니다. 사람을 착각해 실례를 범했습니다."

시선조차 맞추지 않고 자리에서 일어났다. 주섬주섬 거추

장스런 겉옷들을 챙겼다.

돌아가고만 싶었다. 그곳이 자신의 방인지, 아니면 그 다른 곳인지는 떠오르지 않았다. 이 자리에서 벗어나 익숙한 곳으로 가고 싶었다.

오실룬은 그녀의 행동을 잠자코 지켜만 보았다. 오셀루나의 시선이 닿지 않는 곳, 탁자 밑에서 가볍게 떨고 있는 손을 찍어 누르려… 그는 그것만으로도 벅찼다.

오셀루나가 떠났다. 그리고 오실룬은 찻집에 앉아 있었다.

중얼거린다. 흘짝인다. 손의 떨림이 서서히 멎고, 오히려 웃음이 사그라졌다.

그는 찻잔을 바라보았다. 자신의 것이 아닌 건너편에 놓인, 아직 따스한 김을 자아내는 그녀의 찻잔을. 손가락으로 감쌌던 컵의 손잡이. 그리고…….

"한 푼 값어치도 없는 이야기들……."

떠오르려는 기분을 억누르며 다시 웃었다.

사업을 위해, 그리고 그것으로 오랜 소원을 이루기 위해 다시 밟은 땅일 뿐이니까.

옛 원한 따위…….

Chapter 04

수렵회를 앞두고

OSELRUNA
&
OSILUN

스토바 백작 가문의 마차가 라누아의 문 벨리 호텔 앞에 멈춰 선 것은 오후 늦은 시간이었다. 전통적으로 키예프 후작가와 껄끄러운 관계라곤 해도, 지금 르에페와 고린포프 양국은 불가침 조약을 맺은 동맹국이었다. 스토바 백작이 라누아에 발을 들여놓지 못할 이유는 없었다.

재정을 담당하는 젊은 집사와 함께 호텔 안으로 들어온 스토바 백작은 베스가 사작의 부재를 전해 들었다. 할 수 없이 1층의 식당 한쪽에 자리를 잡았다. 푹신한 소파에 기대앉아 차를 주문했다.

"정말 금광이 확실하겠지?"

스토바 백작이 확인이라도 하려는 듯 하는 말에 집사가 공손히 허리를 굽혔다.

"저희들이 조사한 바로는 분명히 금맥이 존재합니다."

"하지만 극구 부인하고 있지 않나. 베스카 사작의 고용인들을 떠보았지만……."

"분명히 갱도 안에서 금맥을 발견했습니다. 그곳에서 채취한 광석 표본과 그들이 금을 추출하고 있는 광석이 한 장소에서 나온 것임이 확인되지 않았습니까?"

스토바 백작은 차를 홀짝이며 신음을 뱉었다.

"정상가보다 두 배나 비싸게 거래가 이뤄진 것을 보나, 벌써 보름 이상 광석에서 금을 채취하는 것을 보나 분명 치눈크 광산에서 금맥이 발견된 거야. 그런데 왜 부인하지?"

집사는 대답할 말을 찾지 못했다. 백작이 다시 입을 연다.

"그 노래는 또 뭐고. 벌써 200년이나 전해져 내려온 노래라고 하던데……. 마을 사람들도 모두 다 알고 있고. 심지어는 우리 가문의 조상들도 그 노래에 의지해 치눈크 광산을 발견했다지 않나."

그럼에도 백작은 어딘가 꺼림칙한 기분이 들었다. 계속 혼잣말을 주워 담는 것도 그 때문이었다. 100년 이상 채굴한 탄광에서 갑자기 금맥이 출현했다는 것부터가 수상쩍은 이야기였으니.

그 시간, 오실룬은 키예프 후작가의 주인 카닌 폼 키예프의 술 상대를 하고 있었다. 카닌은 집에서 마시는 것이 흥이 나지 않는다며 야츠크 살롱으로 오실룬을 끌고 갔다.

한참 이야기가 무르익던 어느 순간, 후작 카닌이 오실룬의 어깨를 꽉 잡았다.

"요 도적놈!"

"무슨 말씀이십니까?"

"알아냈네! 드디어 알아냈어!"

여전히 오실룬은 깜깜하다는 얼굴이었고, 카닌이 그런 오실룬을 놀리기라도 하는 듯 웃었다.

"치눈크 광산으로 무얼 꾸미고 있는지 알았다는 말이야."

오실룬의 표정에 일순이지만 긴장이 어렸다. 만들어낸 표정인지 진심인지는 알 수 없었지만.

"금이지?!"

"그렇게 말씀하시면 이해하기 힘듭니다. 꾸미다니요. 저는 법을 어길 만한 짓은 하지 않습니다. 도적 같은 말씀은 너무 지나치십니다."

"하하하! 그래그래, 법을 어기는 건 아니니까."

카닌이 오실룬의 어깨를 놓았다. 여종업원이 따라주는 술을 호쾌하게 비우며 소파 테이블에 탁 하고 내려놓았다.

"그 금광석은 어디서 구해온 건가? 그리 상품질의 것은 아니던데. 혹시 금광을 소유하고 있나?"

카닌의 물음에 오실룬이 가볍게 웃었다.

"아아, 그것 말씀이십니까? 물건 대금으로 받은 것입니다. 부피만 크고 거추장스러워서……."

"속았구먼!"

키예프 후작 카닌이 놀리기라도 하는 듯 오실룬에게 손가락질을 했다.

"나라면 그런 건 안 받아. 인부에게 주는 임금이니 운반비니… 세금조차 매길 가치가 없는 싸구려 돌멩이들이야. 전부 제련해 판다고 해도 잘못하면 손해까지 볼 생각을 해야 하니까."

"속은 것까지는 아닙니다."

"아아, 맞아맞아. 지금처럼 한다면 아마도 흑자를 볼 거야. 치눈크 광산에서 제련해 판다면 세금 문제가 해결될 테니까. 그걸 위한 치눈크였던 거야. 하하하!"

카닌은 뭐가 그리 신이 나는지 호탕하게 웃으며 말을 이어갔다.

"제련해 팔려고 해도 세금 때문에 손해 보기 딱이고, 국경 분쟁 지역인 치눈크 광산을 구입해 그곳에서 제련한다면 최대의 이윤으로 금을 넘길 수 있지. 소매점에서 파는 가격으로 원석에서 추출한 금을 팔 수 있으니까! 게다가 금광에서 금을 생산하는 것도 아니니, 채굴세를 무는 것도 아니고. 좋은 방법이야. 맞아! 아주 좋아! 역시 자네는 똑똑해."

오실룬이 짤막하게 한숨을 내쉬었다.

"아아, 역시 후작님은 못 당하겠습니다. 하지만 비밀로 해주십시오. 괜한 소문이 돌아 세리(稅吏)들이 움직이면 무슨 세금이 붙을지 저도 상상을 못하겠습니다."

"하긴, 처음 있는 일이니 아직 세금이 없을 뿐이지… 붙이자면 또 못 붙일 건 없으니까. 그래, 비밀이라… 그것참."

카닌의 느릿느릿한 말투 끝에 날카로운 시선이 쏘아져 나왔다.

"비밀은 비싸네."

"이래서 아무 말씀도 안 드린 것인데……."

오실룬이 곤혹스런 얼굴을 내보였다.

"간신히 장부에 빨갛지도 검지도 않은 계산을 낼 수 있을까 말까 한데, 후작님께 나눠 드리면 새빨개집니다. 좀 봐주십시오."

카닌이 버럭 화를 냈다.

"이런, 나를 뭐로 보고! 약점 잡아 돈이나 뜯어내는 양아치로 본 건가?!"

"그런 말씀이 아니었습니다."

"허허, 이것참."

정말로 기분이 상했는지 팔짱을 끼며 소파에 등을 기댄다. 쩔쩔매며 오실룬이 카닌의 화를 달랬다.

"죄송합니다. 제 말이 경솔했습니다."

그리고는 최고급 술 하나와 철갑상어알을 산처럼 쌓아올린 카나페를 주문했다.

"좋습니다. 다 말씀드리겠습니다. 실은 그리니아 쪽에서 했던 거래 때문입니다. 그때 저는……."

오실룬이 멋대로 이야기를 꺼냈다. 왜 치눈크 광산에 눈을 들이게 되었는지 하는 실패담이었다.

본래 꾸며낸 것이 실재보다 더 그럴듯한 법이다. 살을 붙이고 앞뒤 짜 맞춘 오실룬의 이야기가 어찌나 흥미진진했던지 카닌 후작은 조금 전까지 화를 내고 있었다는 걸 모두 잊어버렸다.

"바보 같기는! 그러기에 처음부터 확인을 하고 구입해야 하지 않나? 살아 있는 것을 다룰 때는 특히 더!"

"그러게나 말입니다. 하지만 5년입니다. 생각해 보십시오. 5년 동안 1페키아니도 실수를 않는 믿음직한 거래처를 상대로 '아, 못 믿겠으니 확인 좀 해보겠소' 라고 어떻게 이야기하겠습니까?"

"그야 그렇지만……. 하긴 나라고 해도 그렇게는 못했을 것이네. 그래서 그 대신 저 금 섞인 돌멩이를 받아왔다 그 말인가?"

카닌의 물음에 오실룬은 '후' 하고 한숨을 내쉬었다.

"그랬습니다. 사실 그럭저럭 제 값을 받아오긴 한 셈이었습니다. 문제는 어디서 저것을 금으로 제련하느냐였죠. 이왕 생긴 금광석, 가능하면 비싸게 파는 게 좋지 않겠습니까?"

"그러다 발견한 게 치눈크 광산이다?"

"예, 그렇습니다."

"하하하, 내 생각대로구먼그래!"

카닌이 호기롭게 웃었다. 벌써 오실룬과 거래를 한 지도 한 달 가까이 흘렀다. 그동안 도대체 왜 이런 일방적으로 유리하기만 한 거래가 성사되었는지 계속 고민해 왔다. 그 앓던 이가 오늘 빠진 셈이니 기분이 좋은 게 당연했다.

"그런데 왜 그렇게 비싼 가격을 불렀나? 치눈크 광산은 이제 와서 하는 얘기지만 자네가 제시한 가격의 절반 정도의 가치밖에 없네."

"그랬기 때문에 별다른 고민 없이 제게 판 것 아닙니까? 생각할 여지가 있었다면 제가 꾸미고 있는 일을 금세 알아차리셨을 것입니다. 그럼 그 약점을 빌미로 광산을 더 비싸게 파셨겠죠."

카닌이 무릎을 내려쳤다.

"선수를 친 셈이구먼! 그 값이면 얼씨구나 하고 광산을 팔 테니……. 고민을 하더라도 거래부터 성사시킨 다음에 할 테고."

오실룬은 어색한 미소를 입가에 지어 보였다. 근심이 남아 있다는 듯한 얼굴이었다. 카닌은 오실룬이 걱정하는 것에 대하여 말을 꺼냈다.

"그럼 이제 비밀을 지켜주는 값에 대해 얘기할 차례로구먼 그래."

오실룬은 입 주변의 웃음은 내버려 둔 채 눈의 곡선을 억지로 폈다. 입 끝에도 살짝 힘을 주어 굳게 만들었다. 이를테면, 긴장한 웃음이란 것을 연출한 것이다.

카닌이 오실룬의 표정을 놓칠 리 없었다. 금방이라도 터질 듯한 웃음보의 주둥이를 꽉 죄며 무거운 목소리로 말했다.

"모르긴 해도 세리들이 달려들면 2, 30만 루블은 손해를 볼 게야. 안 그런가?"

"그야……."

"그걸 다 달라고는 않겠네."

"예, 말씀하십시오."

더 이상 진지한 표정을 유지하기 힘들다는 듯 카닌이 갑자기 웃음을 터뜨렸다.

"푸하핫! 좋아, 사냥이다. 나랑 사냥을 한번 가세나."

오실룬이 얼빠진 얼굴을 했다.

"예?"

"크하! 그 표정, 걸작이구먼!"

"무슨 말씀을 하시는지 잘 모르겠습니다."

어안이 벙벙해 있는 오실룬을 놀리듯 카닌이 말했다.

"그러니까, 자네가 그런 표정을 할 거라곤 생각도 못했단 말일세. 제법 똑똑한 듯 굴더니만, 30만 루블쯤 되는 돈이 왔다 갔다 하니 긴장하기도 하는구먼."

"그야 아무리 제가 몇 백만 루블을 쥐락펴락하고 있다 해도 30만은 작은 돈이 아니지 않습니까?"

"맞네, 맞아. 30만이 아니라 3루블, 아니, 1페키아니라도 가볍게 보면 안 되지."

"그렇습니다."

오실룬은 카닌에게 맞장구를 치곤 다시 물어보았다.

"그런데 사냥이라니 무슨 말씀이십니까?"

"아, 나는 자네의 장사를 방해할 생각이 없단 말일세. 그러니까 입막음의 대가로 나를 사냥에 초대하게나. 그 경비는 자네가 대기로 하고."

그제야 오실룬의 얼굴이 펴졌다.

"아!"

"하하! 자자, 마시게나."

키예프 후작가의 주인 카닌과 북쪽에서 굴러들어 온 귀족(?) 베스카 사작의 술자리는 해가 완전히 진 후에야 파했다. 그것도 후작가의 하인이 주인을 찾으러 왔기 때문이었지 아니라면 언제 끝났을지 짐작할 수도 없었다.

"그럼 3일 후, 그때 보세나!"

카닌은 오실룬에게 사냥 일정을 재확인한 후, 하인에게 이끌려 자리를 떠났다. 오실룬은 그가 마차에 탈 때까지 거리에 정중한 태도로 서 있다가 마차가 사라진 후에야 한숨을 내쉬었다. 제법 마신 모양인지 입김에도 술 냄새가 섞여 있었다.

오실룬이 다음으로 향한 곳은 묵고 있는 호텔이 아닌 올란 거리였다. 어두침침한 뒷골목으로 접어들며 오실룬은 털모자를 깊게 눌러썼다. 추워서가 아니라 신분을 감추기 위해.

골목 깊은 곳까지 간 그는 희미한 불빛이 새어 나오는 작은 문 앞에 섰다. 똑똑 짧게 두 번, 길게 한 번 문을 두들겼다. 부산스럽게 한 사람이 문 쪽으로 다가와 걸쇠를 여는 소리가 들렸다.

"들어오세요."

그녀는 다름 아닌 얼마 전 클럽 올란에서 고용한 창녀였다. 그리고 사우나에서 유림스키 폼 항켈스크라는 젖비린내 나는 꼬마에게 붙여준 아냐라는 이름의 여인과 동일 인물이었다.

오실룬이 집 안에 들어오자 아냐는 문밖으로 고개를 내밀어 좌우를 살폈다. 따라붙은 사람이 없나 확인하기 위해서였다. 골목 안에 있는 거라곤 어둠뿐이었다. 그제야 그녀는 문을 잠그며 안으로 들어왔다.

그녀가 지금 머물고 있는 집은 전형적인 서민의 방이었다. 몇 가구가 모여 한 채를 이룬, 비교적 가난한 평민들이 사는 집이었지만 각 집마다 독립적인 구조였기에 한두 명이 살기에는 그리 나쁘지 않았다.

간단한 조리기구가 있는 부엌과 문 하나를 사이에 둔 응접실 겸 침실. 고작 그것뿐이었지만 지금까지 그녀가 살아왔던 환경에 비한다면 천국이라 할 만했다.

"아휴, 술 냄새. 어디서 이렇게 술을 많이 들고 오셨어요?"

아냐는 오실룬의 외투를 벗겨주며 호들갑스럽게 떠들었다.

"이리 앉으세요. 술이 깰 만한 차라도 한 잔 드릴까요?"

오실룬은 물끄러미 아냐가 하는 꼴을 지켜보다가 툭 한마디 던졌다.

"살 만한가 보네? 말이 많아졌다."

"그야, 나으리 덕분이죠. 요즘 제가 얼마나 호강하는지 아세요? 그 항켈스크의 바보 도련님이 얼마나 열심히 구애를 하시는지, 어쩔 때는 정말 제가 그의 애인이라도 되는 양 느껴진다니까요. 호호호!"

오실룬이 눈살을 찌푸렸다. 신나게 떠들던 아냐가 어색하게 웃음을 거둔다. 오실룬이 그녀 곁으로 다가갔다. 손가락으로 그녀의 명치 언저리 갈빗대를 따라 살랑살랑 간지럼을 태웠다.

"사람은 정말 쉽게 죽어. 그렇지? 고작 요만한 쇠붙이로 요기를 살짝 긁어주기만 해도 되니까."

아냐는 식은땀을 흘렸다. 속삭이는 듯 오실룬이 그녀의 뺨에 자신의 뺨을 붙이며 말했다.

"애인 노릇을 하건 정부가 되건 네 맘대로 해. 하지만 들떠서 내 일을 망치면 널 다섯으로 나누어 하수구에 내버릴 거야."

그녀의 어깨가 오들오들 떨기 시작했다. 고개를 주억거리고는 방으로 들어가 몇 가지 물건을 가지고 나왔다. 오실룬이 부엌의 탁자에 앉자 그녀가 그 앞에 물건을 내려놓았다. 그녀가 내놓은 것은 쥘부채나 목걸이 따위의 장신구들이었다.

"그 바보 도련님한테 받은 선물은 이게 다예요."

오실룬은 아냐가 내놓은 선물을 하나하나 살펴보았다.

오실룬이 찾고 있는 것은 항켈스크 자작가의 약점이 될 만한 것이었다. 자작가의 실권없는 2세가 돈이 있을 리 없었다.

눈앞에 쌓여 있는 이 '선물들'은 분명 집안에서 훔쳐 온 것들일 테다.

나름 값어치있는 것이지만 오실룬이 찾는 것은 없었다. 눈짓으로 치우라고 명령하자 아냐가 재빠르게 탁자 위의 패물들을 챙겼다.

"쯧, 역시 우연에 맡기기엔 무리가 있나?"

혀를 차고 뒷목에 깍지를 낀다. 그런 오실룬을 보며 아냐가 조심스럽게 말했다.

"그는 매일 산호 장식을 자랑하고 있어요. 어느 왕으로부터 받았다고."

오실룬의 눈이 반짝였다.

"그거다! 그걸 빼내와."

"하지만……."

"할 수 있지?"

웃음 지으며 오실룬이 묻는다. 아냐는 감히 '아니요'라고 말할 수 없었다.

"좋아, 성공한다면 1만 루블을 주지. 그리고 그것으로 네 일도 끝이야."

아냐의 머릿속에서 무서운 생각들이 사르르 녹아내렸다. 만 루블이라니! 그 정도 돈이 있다면 가게와 영원히 작별할 수 있다.

그러고 나면 지금 있는 이 집을 이용해 자신이 직접 손님을 받을 수도 있을 것이다. 한 손님당 100루블. 그 전부를 이익으로 남긴다면? 생각만 해도 벌써 부자가 된 기분이었다.

"해볼게요. 아니, 꼭 해내겠어요!"

오실룬은 다시 대로로 나왔다.

모든 것이 얼어붙을 듯한 밤이었다. 하늘을 보았다. 구름 한 점 없이 별이 가득한 그곳을. 그리고 땅을 보았다. 진흙과 뒤섞여 지저분하기 짝이 없는 눈들. 그 사이에 위치한 인간들의 도시 라누아.

손을 뻗었다. 땅으로 자라는 얼음 기둥, 고드름 한 줄기를 처마에서 떼어냈다. 자신의 이름이기도 한 투명한 결정체. 모든 것이 하늘로 자라날 때 홀로 땅으로 머리를 치켜드는…….

따앙—

어딘가의 열 파이프가 울어 성안에 메아리쳤다. 오셀루나가 했던 이야기가 떠올랐다. 그녀의 아버지가 도열감시청장 자리를 내놓았다는 그 이야기가.

속죄인가? 죄책감?

사과할 일이라면 애초에 하지 마라.

하긴, 그를 탓해 무엇 할까? 도열의 죄는 구시대의 모순이 낳은 균열 중 하나인 것을. 다만 원망할 뿐. 아버지가 죽임을 낭하든 그렇지 아니하든 백작에겐 이득 될 것도 손해 될 것도 없건만.

왜 굳이 자신의 직무를 수행했느냐고 원망할 뿐이었다.

"비틀린 건 나뿐이 아니니까."

먼 곳에 왕성이 보였다. 라누아의 가장 북쪽, 높은 곳에 위치한 아름다운 은백색의 싱이.

사시사철 뜨거운 물이 쏟아지고, 중앙의 홀에는 온천의 분수가 솟아오르는 그곳.

허리를 굽혔다. 벽을 붙잡고, 목구멍에 손가락을 쑤셔 넣었다. 토해 버려야지. 역겨운 이 세계에 오물을 더하자.

비틀리지 않은 것 하나 없는 세계를 취기 어린 눈으로 보자니 어지러울 지경이다.

큰 길가에서 구토를 하는 그를 손가락질하며 코를 막고, 혹은 멀찌감치 돌아서 사람들이 지난다.

오실룬은 기분이 좋았다. 그들이 자신을 혐오하는 것이 기뻤다. 다시 가면을 쓰고 웃음을 보이면 누구나 자신에게 호의를 보일 것이다. 그 만들어진 관계들이라니! 어느 것이 실재하고 어디서 어디까지 진심인지, 만든 자신조차 구분할 수 없다. 전부 거짓처럼만 느껴지는 무성의한 감정의 교환들.

하지만 적어도 지금 자신을 향해 여러 비난의 감정을 쏟아 보이는 그 순간만큼은 서로에게 정직하다. 그것이 우습게도 반갑기까지 했다.

더 이상 게워낼 것이 없다는 듯 헛구역질이 올라왔다. 몸을 일으켰다. 토한 후여서인지 세상이 한층 더 핑그르르 돌았다. 그런 오실룬 앞에 누군가 손수건을 들이밀었다.

"역시 오실룬님이군요."

부옇게 보이던 사물들이 초점을 맞춰가고, 오실룬은 눈앞에 한 여인이 있는 것을 발견했다.

"아버지가 그런 건가요? 함께 나가셨다는 이야기는 들었는데, 무슨 술을 그렇게 많이……."

나댜 필 키예프. 주홍색 머리칼의 그녀는 걱정스런 얼굴로 오실룬을 바라보았다. 밤의 어둠을 사이에 두어서일까, 그녀는 용기가 가상하게도 오실룬을 정면으로 보며 말을 꺼내고 있었다.

오실룬의 머리가 회전하기 시작했다. 뒤엉켜 있던 감정을 재빨리 감추고, 나댜의 프로필을 떠올렸다.

손수건을 받았다. 손끝이 살짝 닿고, 나댜가 시선을 피한다.

오실룬은 손수건으로 입가를 닦았다. 알코올에 무뎌진 신경들을 깨워 미소를 만들었다.

"고맙습니다, 나댜 양."

"학술원에서 공부를 하고 돌아가던 길이었어요. 오실룬님

같이 생기신 분이 이곳에서… 그래서 마차를 멈춘 거예요."

나댜는 왜 이 시간에 이곳에 있는지를 변명했다.

"변변치 못한 모습을 보였습니다. 아까까지만 해도 괜찮았는데 갑자기 취기가 올라서……."

부끄러움을 뜻하는 표정을 만들었다. 정말 그런 얼굴이 되었는지 자신없었다. 술이 종종 일을 망치곤 해왔으니까.

나댜의 반응을 보니 아직 안면의 근육들이 말을 잘 듣고 있는 모양이었다.

"아네요. 남성들은 종종 그럴 때가 있으니까요. 아버지도……."

그녀는 말꼬리를 흐렸다. 집안의 허물을 밖에 이야기할 수는 없다.

나댜는 오실룬에게서 눈을 살짝 피한 채 그를 훔쳐보았다. 그 순간 그녀는 계속 이야깃거리를 찾았다. 새로 나온 진 윙즈, 그가 보았다는 방직기, 죠세피나의 사상, 철학……. 그와 이야기하고 싶었던 주제들은 산더미 같았지만 그 어느 것도 지금은 어울리지 않을 듯했다.

우물쭈물하는 나댜를 보던 오실룬이 고개를 꾸벅 숙였다.

"손수건 감사했습니다. 이미 더럽혀졌으니… 제가 다음에 새것으로 사 드리겠습니다. 그럼 이만 실례하겠습니다."

흐트러지지 않은 몸가짐, 올곧은 걸음걸이로 오실룬이 나냐의 곁을 떠났다. 나냐는 그의 뒷모습에 무슨 말을 해야 할지 도무지 떠올리지 못했다. 루흐노프 왕립대학에서 석사 학위를 받고 돌아왔건만 아무짝에도 쓸모가 없다.

나냐는 그가 밤거리의 저편으로 사라진 후에야 가볍게 한숨을 내쉬었다. 차라리 자신이 남자였다면 아버지를 대신해 함께 술을 마시며 그 많은 이야기들을 할 수 있었을 텐데.

아쉬운 마음을 달래며 그녀는 다시 마차에 올랐다. 두 마리의 예카가 끄는 마차가 밤거리를 달린다.

2

호텔의 1층에서 기다리던 스토바 백작은 안달이 날 지경이었다. 괘종시계와 손목시계를 번갈아 보다 보니 1초가 흐르기 버겁다.

알뤈 산맥의 시계 장인이 만든 최고급 손목시계지만 오늘따라 제값을 못하고 있다. 5분이 멀다 하고 밥을 주고 또 주어도 더디게만 흐른다.

"도대체 왜 이렇게 안 오는 겐가? 벌써 네 시간이나 기다리고 있는데⋯⋯."

스토바 백작은 미리 약속을 잡지 않고 온 것을 뼛속 깊이 후회하고 있는 중이었다. 계약을 서두를 생각만으로 정찰대의 소식을 진해받자마자 달려오다 보니 이 꼴이었다.

"백작님, 고정하십시오. 제가 다시 한 번 알아보고 오겠습니다."

그나마 백작은 편안한 소파에 앉아 네 시간이지, 그 옆에 꼿꼿이 시립해 있던 집사는 무슨 죄가 있단 말인가? 주인의 기분을 맞춰주며 집사가 호텔의 카운터로 향했다.

"베스카 사작님으로부터 아직 연락이 없습니까? 몇 시에 돌아온다거나……."

집사의 물음에 호텔의 종업원은 고개를 저었다.

"저희들에게는 알려오신 바가 없습니다."

"백작님께서 벌써 네 시간째 기다리고 계십니다."

"그건 안타깝게 생각합니다만……."

말을 하던 종업원이 갑자기 로비 쪽으로 시선을 쏟았다. 집사도 덩달아 그쪽을 바라보았다. 은발의 남자 한 명이 술에 취한 듯 얼굴을 불그스름하게 물들인 채 걸어 들어오는 모습이 보였다.

"혹시 저분이?"

"베스카 사작님 본인이십니다."

종업원의 대답에 집사는 한숨을 내쉬었다. 이제야 주인에게 시달리는 괴로움에서 벗어날 수 있다.

집사가 곧바로 오실룬에게 다가갔다.

"베스카 사작님이십니까?"

그 물음에 오실룬은 집사의 모습을 살펴보았다. 지금까지 제법 많은 귀족들과 안면을 쌓았지만 한 번도 본 적 없는 모습이다.

"스토바 백작님을 모시는 사람입니다."

오실룬은 '아!' 하고 짧은 탄성을 냈다.

"고린포프의 귀족인…… 그런데 무슨 일이지?"

"저희 주인님께서 사작님을 만나고 싶어하십니다. 지금 이곳에 와서 기다리신 지 벌써 네 시간이 흘렀습니다."

"저런! 빨리 안내하게."

오실룬의 서두르는 말에 집사는 고개를 꾸벅했다. 그리고 오실룬을 스토바 백작이 앉아 있는 자리로 이끌고 갔다.

"이분이 스토바 백작님이십니다. 백작님, 베스카 사작입니다."

스토바 백작은 기다린 시간만큼이나 얼굴이 일그러져 쉽사리 펴지질 않았다. 중요한 거래 상대라는 것을 뻔히 알면서도 오실룬을 보는 눈빛에 불쾌감이 섞였다.

오실룬은 이미 스토바 백작이 어떤 사람인지 정도는 조사해 두었다. 그리고 과연 평 그대로의 인물이었다. 이런 사람일수록 오히려 다루기가 쉽다.

곧바로 머리를 꾸벅 숙였다. 오실룬은 미안하단 감정을 얼굴에 잔뜩 띠며 말했다.

"스토바 백작님, 이렇게 기다리시게 하여 죄송합니다. 미리 기별을 주셨다면 최고의 자리에서 오히려 제가 기다렸을 텐데… 정말 죄송합니다."

그의 과장된 사과를 들으며 스토바 백작의 마음이 조금이나마 풀렸다. 간신히 미소를 만들어 그가 오실룬의 말을 받았다.

"아, 서로 시간이 맞지 않았을 뿐 아니오? 어디로 간다고 호텔에 기별이라도 해두었으면 이렇게 기다리는 일도 없었을 텐데……."

"말씀대로입니다. 누가 찾아올 것이라고는 생각을 하지 못하여서……. 제 불찰입니다."

"그만 하시게. 자, 자리에 앉지 그러나?"

스토바 백작이 호쾌하게 웃었다. 이 이상 상대를 타박하는 것도 꼴이 말이 아니라 생각했기에 백작은 웃음으로 분위기를 바꾸었다.

"그렇게 말씀해 주시니 저도 조금은 마음이 놓입니다."

감사를 표하며 오실룬은 스토바 백작의 건너편에 조심스럽게 앉았다. 앉으며 상대를 슬쩍 살펴보았다. 30대 중반가량? 듣던 대로 평범한 귀족에 불과했다. 유난히 장신구가 많은 것으로 보아 과시욕이 있을 듯 보였다.

"그런데 저를 찾아오셨다 들었습니다."

"아아, 그렇다네."

스토바 백작은 집사를 흘끗 바라보고는 말을 이었다.

"자네도 알다시피, 우리 스토바 가문은 오래전부터 치눈크 광산 주변의 땅 때문에 키예프 후작가와 다툼이 있어왔네. 그런데 듣자 하니 최근 키예프 후작이 그 땅을 자네에게 팔았다더군."

"예, 맞습니다. 정식으로 계약서를 주고받았고, 제3자에게 공증도 받았습니다."

"허허, 그래서 말인데… 광산을 내게 되팔지 않겠나?"

"예? 어째서……."

"값은 후하게 쳐주겠네."

오실룬은 팔짱을 끼며 턱을 쓰다듬었다.

"이해가 가지 않습니다."

"뭐가 말인가?"

"백작님도 아실 텐데요. 치눈크 탄광은 이제 곧 폐광이 될 것이란 걸."

백작이 싱긋 웃었다.

"알고 있지. 알다마다."

오실룬이 말을 이었다.

"저야… 쓸 곳이 있어서 구입했다고 하지만, 백작님께서 무슨 이유로 그 탄광을 구입하시겠다는 건지……."

"그런 것까지 자네에게 말해야 하나?!"

스토바 백작이 오실룬의 말을 끊는다. 그리고 목소리를 낮춰 말했다.

"게다가 시치미 뗄 것 없네. 알 만큼 조사해 보고 온 것이니까."

오실룬은 고개를 갸웃했다. 무슨 말인지 통 모르겠다는 그의 표정에 스토바 백작이 입술을 손으로 가리며 속삭였다.

"금… 말일세."

"아아, 그것 말입니까?"

별것 아니라는 듯 오실룬이 말한다.

"제가 가져다 놓은 겁니다. 어떻게 하다 보니 금광석을 잔뜩 떠안게 되어서 말이죠."

스토바 백작이 황당해하며 '허' 하는 탄성을 냈다.

"그게 무슨 말인가?"

오실룬이 딱 자르듯 말했다.

"치눈크 광산은 탄광일 뿐입니다."

스토바 백작이 오실룬의 얼굴을 뚫어져라 쳐다보았다. 관찰이라도 하는 듯한 눈빛으로 오실룬의 표정에서 조그맣지만 불안감이라는 감정을 찾아냈다.

"알겠네. 탄광, 탄광일세."

오실룬이 주변을 두리번거린다. 늦은 시간이었지만 호텔 1층의 레스토랑은 곳곳에 사람들이 음식을 먹는 중이었다.

"그러니까 그 탄광을 내게 넘기란 말일세."

오실룬은 허리 굽혀 백작에게 거절의 말을 꺼냈다.

"죄송합니다. 그렇게 할 수는 없습니다. 하실 말씀이 그것뿐이라면 이만 일어나겠습니다."

말을 마치며 일어나는 오실룬을 스토바 백작이 다시 억지로 끌어 앉혔다.

"허, 젊은 사람이 왜 이리 서두르는 건가? 좀 더 내 얘기를 들어보게."

강제로 다시 자리에 앉혀진 오실룬은 살짝 기분이 상했다는 듯한 표정을 지었다. 불과 수 분 전에만 해도 제멋대로 찾아와 성질을 부리는 스토바 백작과 그의 기분을 맞추기 위해 살살거리는 오실룬이라는 것이 두 사람 사이의 관계였건만 지금은 정반대였다.

스토바 백작이 다시 오실룬을 설득했다.

"자네 말대로 폐탄광이라면 팔지 않을 이유가 없지 않은가? 그것도 상당히 비싼 가격을 주고 샀다고 들었는데……."

"가격이라는 건 파는 사람과 사는 사람이 정하는 것 아닙니까? 전 결코 비싸게 샀다고는 생각지 않습니다."

"아아! 물론 그렇지. 자네도 다 생각이 있으니까 그랬겠지.

금맥을 찾을 자신이 있었더라면……."

또 한 번 금에 대한 얘기가 나오자 오실룬이 근심 어린 얼굴로 좌우를 살피며 성을 냈다.

"자꾸 왜 금이 어쩌고 하는 말씀을 하십니까? 세리들의 귀에 들어가기라도 한다면 전 제 사업을 모두 날리게 됩니다. 그곳은 그냥 탄광입니다. 금 따위와는 아무런 관계가 없습니다."

스토바 백작은 자신의 입을 틀어막았다.

"미안하네, 미안해. 그러니까 그러지 말고 내 얘기를 좀 들어보지 그러나? 자네가 광산을 매입한 가격에 30만 루블을 더 쳐주겠네. 어떤가? 겨우 한 달 만에 자네는 30만 루블을 벌게 되는 걸세."

오실룬이 단호한 얼굴로 거절했다.

"제가 전에 계산한 바로는 겨우 그 정도 이익이 아닙니다. 그 '탄광'은 보물이나 마찬가지입니다."

탄광이라는 말에 방점을 찍는 오실룬을 보며 스토바 백작의 얼굴에 화색이 띠었다. 처음으로 탄광에 금이 있다고 인정하는 말을 했으니 말이다. 물론 오실룬은 전혀 다른 뜻으로 한 말이었지만.

"얼마면 되겠나? 50만? 60만?"

오실룬은 계속 고개를 저었다. 액수가 커지지만 스토바 백작은 오히려 희색을 띠었다. '그 금맥이 그 정도 규모였다니! 하는 생각에서였다.

"스토바 백작님, 왜 절 자꾸 곤란하게 하십니까. 그곳을 팔 생각이 없다는데도……."

"100만 어떤가? 100만 루블을 더 얹어주겠네."

오실룬의 반응이 바뀌었다.

"100만 루블 말입니까? 그건… 그 폐광을 275만에 사겠다고 하시는 겁니까?"

"그렇다네."

"거짓말하지 마십시오. 어느 누가 석탄조차 제대로 나지 않는 광산을 275만 루블에 산다는 겁니까?"

"허허, 내가 아무리 한가하다고 해도 국경을 넘어 라누아까지 와서 자네에게 실없는 소릴 하겠나?"

"이해가 가질 않습니다. 왜 그 탄광을……."

오실룬은 눈살을 찌푸리며 중얼거렸다. 하지만 이미 의심을 잊은 스토바 백작의 눈에는 오실룬의 찌그러진 표정이 자신의 제안에 대한 고민으로 보였다.

"게다가 백작님은 모르시겠지만, 그곳에는 금광석이 많습니다. 전 그걸 제련해 팔아 자금을 회수해야 하는데… 지금 백작님께 광산을 넘긴다면 50만 루블 정도는 손해를 보게 됩니다. 물건 값까지 포함한다면 80만 루블가량이죠."

뜬금없는 소리였다. 스토바 백작은 오실룬이 한 말의 의미를 되뇌었다. '지금까지처럼 무언가를 빗댄 말일 것이다'라고 생각하며.

오실룬은 지금 스토바 백작 앞에서 거짓말이라고는 한마디도 하지 않고 있었다. 백작뿐 아니라 그 옆에 있는 집사까지 훗날 중인이 되어줄 데니까. 결코 백작을 속인 적이 없다고. 뭐, 그전에 해놓은 공작들이야 증거가 남지 않으니…….

한참 동안 고민한 스토바 백작이 나름 결론을 내렸다.

"아아, 이미 채굴한 것들에 대해서는 자네가 소유권을 주장할 수도 있겠구먼그래. 그건… 하지만 그 부분은 서로 조사를 해 가격을 맞추어야 하지 않겠나?"

"그래서 팔지 않겠다고 하는 것 아닙니까? 전 제 광산을 이 사람 저 사람에게 공개하고 싶지 않습니다."

쐐기를 박는 듯한 오실룬의 말을 들으며 스토바 백작은 결단의 시기가 다가왔음을 느꼈다. 그의 제안을 모두 수용해 광산을 인수할 것인가, 아니면 손을 뗄 것인가?

금, 금이다!

금이 나오는 광산을 소유한다는 것이 얼마나 가문에 큰 이익이 될지는 굳이 고민할 필요도 없었다. 매장량이 정확히 얼마일지는 알 수 없지만, 부하들의 보고에 따르면 하루에 반 오즈(약 16그램)씩 산출되고 있다고 한다. 금액으로 치면 최소한 3천 루블, 좀 더 욕심을 낸다면 4천 루블 정도에 팔 수 있다.

열흘이면 4만, 100일이면 40만 루블이다. 1년에 140만 루블 이상의 이익이 손에 들어오게 된다. 생산비를 빼더라도 절반 정도는 순익으로 남길 수 있다.

더도 필요없다. 딱 4년만 지금의 산출 양을 유지해 주어도 투자금을 모두 회수할 수 있다.

막 발견한 금맥이 고작 4년 동안만 금을 뱉을 리 없었다. 20년? 어쩌면 100년! 이 지역 최고의 금광으로 자리매김할지도 모른다.

정확한 매장량은 주신이신 테미시아님만 아실 것이다. 물경 350만 루블이 걸린 한판의 도박.

스토바 백작은 도박이라는 단어를 떠올리고는 몸을 부르르 떨었다. 전 재산의 1할에 해당하는 거금을 들여 한판 도박을 벌일 참이다. 그것을 떠올리는 것만으로도 희열이 느껴졌다.

"350만 루블, 자네에게 주면 되나?"

오실룬이 입을 쩍 벌린다. 스토바는 어쩐지 승리한 듯한 고양감이 느껴졌다.

"이미 입 밖에 낸 말이니 주워 담진 않겠지? 이 이상은 나도 낼 생각이 없네. 자네도 귀족이라면 말에 책임을 지게나!"

"정말로… ㄱ 탄광과 그곳에 있는 금광석을 350만 루블에 구입하시겠다는 말씀입니까?"

되묻는 말에 백작이 힘차게 고개를 끄덕였다.

"물론이네."

"계약서를 쓰실 수 있습니까?"

"당연한 이야기를 또 해 무엇 하겠나?"

말이 떨어지자마자 백작이 집사에게 눈짓을 했다. 가방에 고이 쌓아온 계약서를 세 장 꺼냈다.

"이미 알겠지만 자네 것 한 장, 내 것 한 장, 그리고 공증인 용을 위한 한 장이네. 어떤가? 거래하겠나?"

오실룬은 우물쭈물거릴 뿐 섣불리 대답을 하지 않았다.

"베스카 사작, 생각이 없다면 나는 그냥 돌아가겠네."

이번에는 스토바 백작이 배짱을 튕겼다. 그게 제대로 된 배 짱인지는 차치하고, 집사가 계약서를 치우려 했다. 오실룬이 계약서 위에 손을 턱 얹었다.

"저도 귀족입니다. 한번 꺼낸 말을 뒤집을 생각은 없습니다."

"좋네, 좋아!"

"하지만… 추가로 한 장의 문서를 더 받았으면 합니다."

오실룬의 말에 스토바 백작이 눈살을 찌푸렸다.

"뭘 말인가?"

"그게… 자꾸 요즘 이상한 소문이 돌아 저도 곤란하던 차입니다만. 치눈크 광산을 누군가 금광이라고 소문을 내고 다니고 있습니다. 그래서 세리들에게 시달리는 터인데, 이런 비싼 가격에 팔았다간 엄청난 세금이 붙을지도 모릅니다. 아니, 국가의 허가 없이 금광을 거래했다고 감옥에 갈지도 모르지요."

스토바 백작이 고개를 끄덕거렸다.

"듣고 보니 그것도 그렇구먼그래."

"그래서 드리는 말씀인데, 이 거래가 탄광의 거래임을 문서로서 확인해 주십시오."

"그 정도야 어렵지 않지!"

생각해 보니 탄광으로서 거래를 하는 게 자신에게도 유리했다. 금광의 국가 간 거래는 오실룬이 이야기했듯 그리 녹록한 일이 아니었다. 금이란 것은 늘 그렇듯 특별한 자원이다.

스토바 백작이 집사에게 다시 눈으로 신호를 했다. 집사가 한 장의 종이와 만년필을 백작 앞에 내려놓았다.

백작은 친필로 오실룬이 요구한 사항을 적어 내려갔다. 마지막에 서명까지 마치고 난 후 백작은 그 종이를 오실룬에게 건네주었다. 오실룬이 눈으로 그것을 읽었다.

"대금은 루호노프 은행의 어음 수표면 되겠지?"

안달이 난 듯 스토바 백작이 말을 꺼냈다.

"예, 그거라면 저도 안심입니다."

"자, 그럼 계약서에 서명하게나."

오실룬이 고개를 끄덕했다. 터져 나오려는 조소를 감추느라 고개를 푹 숙였다. 스토바 백작은 그 모습에 빙그레 미소를 지었다. 이제 재산 목록에 금광이 하나 추가되었다는 기쁨을 만끽하며.

서명을 마친 후 스토바 백작은 손을 내밀었다. 악수를 청하는 몸동작이었다.

오실룬이 그의 손을 맞잡으며 미소를 보였다. 늘 보이는 편안하고, 그래서 상대를 안심시키는.

3

다음날, 오실룬은 치눈크 광산으로 편지를 보냈다. 레반을 불러들이기 위해서였다. 비록 거래 자체는 이미 끝이 났지만, 이다음부터가 중요했다.

남의 돈을 꿀꺽하긴 쉽지만 소화하는 건 어려운 법이다. 게다가 그것 말고도 처리할 일이 산더미 같았다.

레반이 라누아에 도착한 섯은 해질 무렵의 일이었다. 개썰매를 타고 다섯 시간이나 질주한 레반은 온몸이 꽁꽁 얼어 동태가 될 지경이었다. 호텔방 안에서 몸을 녹이며 레반이 입을 열었다.

"아무튼 리더의 말솜씨는 알아줘야 한다니까. 스토바 백작을 그렇게 간단히 제칠 줄이야 누가 알았겠어?"

"이번 같은 경우에는 상대가 멍청했다고 봐야지. 뭐, 사전 준비가 길기도 했고. 그보다 이 어음 수표 빨리 해결해야 할 거야."

오실룬이 레반에게 거래 대금을 넘겨주었다. 350만 루블짜리 수표였다.

"예전에 키예프 후작과 거래를 할 때 장난질을 쳐둔 어음도 들통 나지 않게 이 돈으로 막고."

"맡겨줘. 언제 내가 리더의 믿음을 저버린 적이 있던가?"

"뭐, 너라면 믿을 만하지. 같이 지낸 지도 언 8년인가?"

8년이라는 말에 레반은 새삼 오실룬을 바라보았다.

"괴물 같은 녀석."

툭 뱉는 말에 오실룬은 웃었다.

"나? 내게 한 말이야?"

"그래, 너. 도망자 신세가 됐다 싶더니만, 갑자기 돈이나 벌어야겠다고 큰소릴 치고, 벌써 4년이나 사기꾼 노릇이냐?"

오실룬이 허리에 찬 돈주머니를 손으로 툭 건드렸다. 찰랑 소리가 두 사람의 귓전에 울렸다.

"돈이 최고야. 봐봐, 돈 말고 뭐가 있다는 거야? 우릴 배신

하지 않는 게."

레반은 오실룬을 물끄러미 응시했다. 오실룬보다 네 살 많은 레반은 나이와 별개로 그를 따르고 있었다.

사기꾼 짓을 시작할 때도 비록 범죄였지만 아무런 죄책감 없이 오실룬을 좇았다. 죄를 저지른다는 거부감보다 그에 대한 믿음이 더 컸으니까.

"뭐야, 그 눈은. 징그럽게. 꽃다발이라도 내놓고 청혼할 것 같은 기세다?"

오실룬의 실없는 소리에 레반이 툭 던져 물었다.

"그 일 때문이냐?"

그의 물음에 오실룬이 웃는다.

"레반."

"응?"

"너라도 죽일 수 있어, 나는."

해맑게 웃으며 하는 말에 레반은 고개를 돌려 시선을 피했다.

"미안, 리더."

오실룬이 레반의 어깨를 툭 쳤다.

"자자, 그런 얘기는 관두자. 어서 일을 처리해야지. 나는 모레 키예프 후작을 데리고 사냥을 나가야 하니까 그 준비만으로도 바빠."

"알겠어."

"그리고 펠리페와 하바툴은 스토바 백작 가문의 사람들이 오면 그들과 교대해 이곳으로 돌아오라 일렀으니까 그렇게 알고 있고."

레반이 고개를 끄덕거리며 주제를 바꿨다.

"그나저나 언제쯤이나 스토바 백작가가 사기를 당한 걸 알게 될까?"

"뭐, 우리가 사둔 금광석들이 두 달은 족히 버텨줄 거야. 앞으로 두 달 정도는 신경 안 써도 될걸."

"그래주면 좋겠지만……."

"신경 쓰지 마. 당한 걸 알았다 해도 섣불리 입 밖에 내진 않을 테니까. 체면이란 게 있잖아?"

오실룬의 말에 레반이 웃었다.

"하긴, 리더가 극구 탄광이라고 말하는 걸 제멋대로 그 돈을 주고 산다고 우겼으니 할 말 없긴 할 거야."

오실룬도 끝내 웃음을 터뜨렸다.

"돈을 버는 건 둘째 치고, 멍청이들이 내 손바닥에서 놀아나다 파멸하는 걸 보는 게 재미있어서 이 일을 그만두지 못하겠다니까."

"하여간 가학증이야, 리더도."

이야기를 끝낸 후, 두 사람은 각기 자신의 일을 위해 숙소를 빠져나왔다.

오실룬이 향한 곳은 삼림관리청이었다. 사냥과 목재 채취 등 르에페의 거의 유일한 자원인 숲은 국가가 도맡아 관리하고 있었다. 사유림에서조차 사냥과 벌채를 할 때엔 국가의 허가증이 필요했다.

특히, 산림에 대해서는 더욱 까다로웠다. 르에페를 비롯한 인근 국가 최대의 재앙은 산사태였고, 숲은 그것과 직접적인 상관 관계에 있었다.

서리의 안내에 따라 오실룬은 사냥 허가증을 발급받기 위한 서류를 작성하는 도중 실없는 웃음을 터뜨렸다. 갑자기 어렸을 때의 일이 생각난 것이다.

스승의 종자로서 그는 종종 사냥에 참가하곤 했다. 맡은 일이야 동물을 몰아오는 것이었지만, 워낙 근방의 지리에 능통한데다가 사냥에도 소질이 있어 늘 칭찬을 받곤 했다.

가끔 어린 크세리온 여우를 손으로 잡아 귀여운 것을 너무나도 좋아하던 그…….

좋았던 기분이 곧바로 역류했다. 모든 기억들의 중심에 있던 건 늘 그녀였다. 기억들이 연쇄적으로 꺼져 나갔다. 종내엔 나쁜 기억에까지 닿는다.

쯧, 하고 혀를 찼다. 그에게 서류 작성 요령을 안내하던 서리가 긴장했다. 귀족의 심사를 틀어지게 해서 무슨 좋을 꼴을 볼까?

하지만 별 말 없이 오실룬은 삼림관리청을 떠났다. 서리의 안도의 한숨이 들리든 말든 그는 곧바로 키예프 후작가로 걸음을 옮겼다.

도중 오실룬이 한 가지를 떠올렸다. 방향을 바꾸어 그가 도착한 곳은 한 잡화상이었다. 잡화상이라는 허름한 이름과는 달리, 최고급의 제품만을 모아둔 사치품점이라 할 만했다.

오실룬은 그곳에서 쉬에리엔에서 수입해 온 자수 손수건을 한 장 샀다. 엷은 하늘색 비단에 쉬에리엔에서만 볼 수 있는 보라색 꽃을 자수 놓은 손수건의 가격은 무려 200루블이었다. 도시 노동자의 한 달 임금 평균이 400루블 안팎인 걸 생각한다면 손수건의 값으로는 터무니없을 정도였다.

포장까지 정성스럽게 한 그 손수건은 나댜에게 선물할 것이었다. 그녀에게 전날 받았던 손수건은 지금 품 안에 고이 챙겨놓았다. 적당한 순간에 그녀에게 살짝 보이는 것만으로도 호감을 얻을 수 있는 좋은 소도구니까.

벌써 몇 번이나 방문한 탓에 키예프 후작가의 집사 이하 모든 하인들이 오실룬의 얼굴을 알고 있었다. 정문에서 현관까지 몇 사람의 인사를 받을 뿐 제지는 전혀 없었다.

집사가 안내한 곳은 후작의 서재였다. 카닌은 안락의자에 앉아 책을 읽으며 오실룬을 맞이했다.

"어서 오시게, 베스카 사작."

"밤새 편안하셨습니까? 다름이 아니라 사냥회 때문에 이렇게 찾아뵈었습니다."

"딱딱한 소리는 집어치우게나. 뭐 때문이 아니라 언제라도 놀러 오게나. 이야기하지 않았나, 나는 자네가 마음에 든다고. 하하하!"

"과분하신 말씀, 언제나 감사하게 생각하고 있습니다."

카닌은 오실룬이 고개 숙여 자신에게 인사하는 모습을 흐뭇하게 바라보다가 안락의자에서 상체를 일으켰다.

"말이 나와서 말인데, 사냥 말일세. 그게 날짜가……."

"아, 일이 있으시다면 저는 어느 때라도 상관없습니다."

"그런가? 그게 아니라……."

잠시 고민하는 듯하다가 카닌이 손바닥을 주먹으로 내려쳤다.

"맞다. 그래, 그렇게 하면 되겠네. 별문제없을 것 같아."

밑도 끝도 없는 말에 오실룬은 눈을 끔뻑거렸다.

"후작님은 사람을 놀리는 데 취미가 있으신 모양입니다. 늘 그렇게 뜬금없는 말씀을 하시니……."

"하하, 미안하네. 그러려고 그러는 게 아니라……. 아, 물론 사람을 놀리는 것은 좋아하네만. 하하핫!"

카닌은 의자에서 일어나 창가로 다가가 밖을 내다봤다.

"실은 나흘 후에 왕실 수렵회가 있을 듯하네. 후작이란 자리에 앉아 있으니 나도 참석해야 하지. 하지만 아무리 나라 해도 하루 걸러 연속으로 사냥을 나갈 수는 없지 않겠나?"

"내일모레의 사냥이야 어차피 술자리에서 흥이 올라 한 이야기 아닙니까. 취소하신다 해도……."

오실룬의 말에 카닌은 단호한 거절의 말을 했다.

"키예프 가문의 남자가 한 입으로 두말을 할 수는 없는 일일세. 그래서 생각해 낸 건데, 자네도 함께 가겠나?"

오실룬은 깜짝 놀랐다.

이것만큼은 오실룬에게도 정말 의외의 일이었다. 겨우 알고 지낸 지 한 달도 못 되는 자신을 그런 자리에 초대하다니!

만약 자신이 암살자라면 어떻게 할 셈인가? 암살이 성공하든 실패하든 간에 키예프 후작의 실각은 불을 보듯 뻔하다. 아니, 실각 정도가 아니라 멸족을 당해도 할 말이 없다.

예를 잃어 왕의 노여움을 산다면? 그것 역시 키예프 후작의 정치적 입지를 좁히는 일이 될 것이다.

키예프 후작의 신임을 얻기 위해 나름 노력을 해온 것도 사실이지만, 이건 너무나 큰 신뢰였다.

그런 생각을 하자니 얼른 할 말이 떠오르지 않았다.

"그, 그······."

오실룬이 자신이 예상했던 것보다 훨씬 더 감동하는 듯 보이자 키예프 후작은 기분이 좋아졌다.

"'그, 그' 그게 뭔가? 같이 가겠지? 알겠지만 거부는 없네."

"여부가 있겠습니까? 그런 영광된 자리에 초대해 주시다니 뭐라 드릴 말씀이 떠오르질 않습니다."

오실룬이 허리를 굽혔다. 적어도 지금 이 순간 오실룬이 느끼고 있는 고마움은 거짓이 아니었다.

원하는 곳까지 한 발, 아니 두 발은 더 다가간 셈이다. 수많은 생각이 머리에 떠올랐다. 왕실과의 친분, 후작가의 후원 그 모두를 손에 넣는 날엔······.

"하하, 그렇게 알고 그에 맞춰 준비를 해두게. 튼튼한 예카 한 마리도 구해놓고. 왕실 수렵회에서 망신을 당하지 않으려면 말이네. 사냥용 총은 있나? 종자는 또 어떻고."

오실룬의 좋아하는 모습에 카닌 후작 그 자신도 들떴다. 늘 따분하기만 하던 수렵회건만 이번만큼은 만끽할 수 있을 듯했다.

"아아, 준비하겠습니다. 준비하고 말고요. 지금 당장······."

조금 전의 기쁨이 진짜였다면, 이 허둥거림은 만들어낸 것이다. 오실룬은 걸음까지 꼬아가며 서재를 나가려 했다. 웃음 띤 카닌이 그의 등 뒤에 말한다.

"가는 것도 좋은데, 그전에 잠시 내 딸아이의 말상대가 되어주지 않겠나?"

몸을 틀다 말고 오실룬이 멈춰 섰다.

"예?"

"나댜 말일세. 그 아이 요새 통 웃지를 않는구먼. 아무래도 자네가 원인인 것 같은데……."

오실룬은 도통 모르겠다는 듯한 얼굴을 했다. 카닌이 쓴웃음을 지으며 말했다.

"아무튼 가보게. 정말 아무것도 모르는 순진한 아이일세. 알지? 나와 내 아내가 그 아이를 얼마나 애지중지하는지."

알아들었다는 듯 오실룬이 긴장한 표정을 지었다.

"그래, 그럼 잘 부탁하네."

"예, 영애의 말벗이 되는 것 정도가 무어 어렵겠습니까? 키예프 후작님께 받은 은혜에 비한다면 정말 말할 거리도 못 되는 일입니다. 그럼 이만 물러가 보겠습니다."

키예프 후작의 서재를 벗어난 오실룬은 하녀의 안내를 받아 2층의 응접실로 향했다. 1층 응접실이 외부 손님을 맞기 위한 곳이었다면, 밖으로 불쑥 돌출되어 온통 빛으로 가득한 이곳은 늘 나다의 독차지였다.

8각형의 방이 유리창으로 둘러싸여 그 가운데엔 둥근 소파가 놓여 있었다. 이미 하녀들로부터 오실룬이 온다는 이야기를 전해 들은 나다는 짐짓 관심없는 척 소파에 앉아 책을 읽고 있었다.

"잠시 실례해도 괜찮겠습니까?"

오실룬이 말을 걸었다. 그녀가 고개를 반쯤 틀어 오실룬을 바라보았다. 그는 한쪽 무릎을 살짝 굽혀 예를 표하고 있었다.

반갑지만 내색하지 않았다. 그러는 것이 좋을 듯했다. 이런 쪽은 도통 몰랐지만, 본능이 그렇게 시키고 있었다.

"아, 오실룬님. 어서 오세요. 아버님을 만나뵈러 오셨나요?"

"네, 후작님은 이미 만나뵈었습니다."

"그렇다면 제게는 무슨 일로······."

오실룬이 품 안에 있는 선물을 꺼냈다.

"이걸 전해 드릴까 해서요."

나다의 뒤쪽에 서서 대기하고 있던 하녀가 줄 것이 있단 말에 오실룬 곁으로 다가왔다. 오실룬이 그녀에게 선물을 주었고, 하녀는 다시 그것을 나다에게 전해주었다.

"이게··· 무언가요?"

"열어보십시오."

오실룬의 말에 나댜가 조심스럽게 포장지를 열었다.

"아!"

"어제 말씀드렸지 않습니까? 손수건을 선물해 드리겠다고."

나댜의 뺨이 빨개졌다. 늦은 밤, 우연이라고는 하지만 그와 잠시 만났던 것이 떠올랐다. 그리 아름다운 풍경은 아니었지만.

"잊지 않았군요."

"물론입니다. 실례를 범한 데다 약속까지 잊는다면, 그런 부끄러운 일이 또 어디 있겠습니까?"

나댜는 오실룬이 준 손수건을 쓰다듬었다. 태어나 지금까지 그녀의 손끝에 닿은 것들 중 귀하지 않은 것이 어디 있을까? 그렇기 때문에 그녀는 이 손수건이 얼마나 가치있는 것인지 금세 알 수 있었다.

"이건……."

자수되어 있는 꽃을 쓰다듬었다.

"난이라고 합니다. 쉬에리엔의 꽃이지요."

"예뻐요."

"마음에 드시니 다행입니다."

오실룬은 고개를 살짝 숙였다. 나댜는 두 눈을 한 장의 손수건에서 떼지 못했다. 그를 계속 바라볼 자신은 없었으니까.

손수건은 그 대신이었다.

하녀가 나댜의 귀에 소곤거렸다. 오실룬조차 들을 수 없는 작은 목소리였다. 나댜는 깜짝 놀랐다가 이내 담담한 얼굴로 오실룬에게 눈을 돌렸다.

"이런 실례가……. 오실룬님, 그곳에 앉으세요. 하녀에게 차를 내오도록 시키겠어요."

하녀가 오실룬이 앉을 자리를 지정해 주었다.

"감사합니다. 다과회에 기꺼이 참석하겠습니다."

나댜는 오실룬과 대화할 기회를 얻었다는 게 너무나 좋았다. 손바닥을 간질이는 비단 손수건의 느낌이, 무엇보다 그가 자신에게 했던 말을 잊지 않았다는 것이 기뻤다.

아직은 그 기쁜 마음이 어디서 온 것인지는 몰랐지만.

Chapter 05

고색(古色), 바래다

OSELRUNA
&
OSILUN

내일 있을 왕실수렵회 탓일까. 항켈스크 자작 가문은 눈코
뜰 새 없이 바쁘게 움직이고 있었다. 그동안 쓰지 않던 총을
분해해 청소하고 예카들에게 주던 여물도 평소보다 콩의 비
중을 높였다. 몰이꾼의 선발에 보조 사수까지 준비해야 할 것
이 한둘이 아니었다.

　"이 녀석은 또 어딜 간 거야!"

　항켈스크 자작이 한 하인을 닦달했다.

　"저도 잘 모르겠습니다."

　"이 바쁠 때 아비를 돕지는 못할망정… 에잉!"

아무리 눈에 넣어도 아프지 않은 게 자식이라지만, 유림스키는 영 마뜩찮은 아들이었다. 인맥을 넓히라고 보내는 살롱, 무도회마다 적만 늘리고 있으니……. 오랜 거래 상대인 얀그라드 남작가의 아들 정도 말고는 변변한 친구조차 없었다.

"도대체 요즘 뭘 하느라 그리 늦게 싸다니는 게야? 지난번에는 아무 말도 없이 살롱을 빠지질 않나. 그렇다고 학술원을 제대로 다니는 것도 아니고."

지금 자작의 앞에 있는 하인은 아들 유림스키의 몸종이었다. 그는 타박에 바들바들 떨며 허리를 굽힐 뿐 무어라 변명 한마디도 못했다.

"너도 모른다는 게냐? 듣자니 얀그라드 남작의 영식과 어울리는 것도 아니라고 하던데. 시동인 네가 모른다면 누가 안다는 말이냐?!"

"공자님께서 아무 말씀도 없이 가시는 통에……. 괜히 물었다가는 매타작을 당합니다."

"에잉!"

못마땅한 얼굴로 자작이 혀를 찼다. 그때, 내실 쪽에서 한 여인의 호들갑스런 외침이 들려왔다.

"여보! 큰일 났어요!"

"가뜩이나 정신없어 죽겠는데 왜 당신까지 그러시오?"

적당히 살집이 있는 40대의 여자가 빠른 걸음으로 다가

왔다.

"산호 장식이 없어졌어요!"

"산호 장식?"

"선대 국왕 전하께서 아버님께 하사하셨다는 그것 말이에요! 왕실의 낙관까지 찍혀 있는 하사품인데……."

"산호수(珊瑚樹) 장식이? 그게 어디로 갔단 말이오?"

자작이 아내의 얼굴을 살펴보았다. 새파랗게 질린 데다 땀방울까지 맺혀 있었다. 한두 군데 슬쩍 보고 지레짐작하는 말이 아닌 듯했다.

"잘 찾아보았소?"

"찾아보고 아니고, 항상 두는 장식장에 없으면 없는 게 아니겠어요? 장식장의 아래 서랍까지 모두 열어봤지만 어디에도 없었어요."

자작부인은 말을 하며 입술을 지그시 깨물었다. 무언가 할 말을 참는 것처럼 머뭇거리다가 결국 입을 연다.

"요 며칠 자질구레한 장신구니 노리개 따위가 몇 개 없어졌어요. 처음에는 하녀들의 짓인가 하고 몇 명을 다그쳐 봤는데……."

"범인을 찾지 못한 것이오?"

자작부인은 고개를 가로저었다.

"범인은 찾아냈어요."

그리곤 한 걸음 그에게 다가가 귀엣말로 이름을 속삭였다. 항켈스크 자작의 얼굴이 일그러졌다.

"그 자식이……."

"여보오, 어떻게 하면 좋아요? 왕실의 하사품을……."

"당신은 지금까지 뭘 한 것이오! 애가 그런 버릇없는 짓을 하면 붙잡아 혼을 내야지! 눈감아주니 이런 짓까지 저지르는 게 아니오!"

자작이 성을 내자 자작부인이 풀 죽은 목소리를 냈다.

"몇 푼 되지도 않는 장신구 따위에 어떻게 화를 내겠어요? 이렇게 큰일을 저지를 줄 어디 알았나요?"

항켈스크 자작은 머릿속이 터질 것 같았다. 가뜩이나 내일 있을 큰일로 정신이 없어 죽겠는데 자식까지 말썽을 부리 니…….

"우선 산호수가 없어진 것은 비밀로 해두고, 당신이 좀 찾아 보시오. 꼭 찾아야 하오. 만약 그게 암거래상 같은 쪽에 팔려 나가기라도 한다면 망신을 당하는 것은 물론이요, 예전부(禮典 府:왕실의 비서실)로부터 고소를 당할지도 모르오."

자작부인이 고개를 끄덕거렸다.

"알겠어요. 당장 사람을 풀어 찾아보겠어요."

한편, 집안에 그런 난리가 났는지도 모르고 유림스키는 올란의 뒷거리를 찾았다. 품에는 손바닥만 한 산호 장식을 감추고 있었다.

아냐가 호들갑스럽게 그의 방문을 맞이해 주며, 현관문을 닫는 둥 마는 둥 그의 입술을 물었다. 유림스키는 정신이 붕 뜨는 듯했다. 부엌을 지나 침실로, 아냐의 손이 그를, 그리고 그가 그녀를 점점 더 잠식해 갔다. 몽롱해저 사물까지 제대로 보이지 않았다.

유림스키의 눈에 주위가 보일 즈음, 그의 가슴팍에는 아냐 가 기대어 엎드려 있었다. 뽀얗고 보드라운 그녀의 피부에 밀착되어 있는 느낌은 황홀할 지경이었다.

"아참, 보여줄 게 있어."

아냐가 고개를 들어 유림스키를 올려다본다. 발갛게 상기 된 뺨, 그 모습은 여신 같았다. 적어도 유림스키는 그렇게 느끼고 있었다.

"전에 이야기했지? 우리 집안의 보물 말이야. 비록 널 줄 수는 없지만 보여주고 싶어서 가지고 왔어."

유림스키는 침대 아래로 손을 뻗었다. 다른 손으로 이불을 당겨 하반신을 가리느라 웃옷을 집어 올리는 것도 쉽지 않았다.

안주머니에 두 손 안에 꼭 들어올 만한 크기의 물건이 잡혔다. 두툼하게 싸여 있는 천을 풀자 수정 구슬이 모습을 드러냈다.

수정 구슬의 안에 있는 것은 수십 갈래로 가지를 뻗은 산호였다. 흡사 나무처럼 서 있는 산호의 가지가지마다 온갖 보석들이 열매처럼 열려 있었다.

아냐는 수정 구슬을 보자마자 숨이 턱 막히는 듯했다. 평생 무슨 인연이 있어 이런 물건을 눈으로 보기나 했을까? 지금까지 유림스키가 집에서 가져온 브로치나 노리개들도 값나가는 것들이었지만 진짜 보물은 풍기는 느낌부터가 달랐다.

아냐의 놀라는 모습에 유림스키의 입이 쭉 찢어졌다.

"어때? 멋지지?"

"정말… 정말로 아름다워요!"

"하하, 당연하지. 자작 가문의 보물이라고. 상인들이 아무리 부유하다고 해도 이런 건 손에 넣을 수 없어!"

아냐의 눈이 산호수에서 떨어질 줄을 몰랐다. 유림스키는 아냐의 상반신을 뚫어져라 바라보고 있었다. 흐릿한 유등 아래 드러난 그녀의 반라에 침을 꼴깍꼴깍 삼켰다.

그녀가 이끌어준 세계는 벗어날 수가 없다. 마음 같아서는 가문의 보물이고 뭐고 다 줘도 전혀 아까울 것이 없었다. 손 안의 보물을 버려두고 그의 손끝은 어느샌가 아냐의 몸을 더듬고 있었다.

"너는 정말이지, 예뻐."

바로 그때였다.

복면을 한 남자 두 명이 아냐의 집 안으로 들이닥쳤다. 온몸을 두툼한 털옷으로 감싸고 있어 겉모습조차 구분이 가지 않았다. 아냐가 비명을 지르려 하자 한 남자가 칼끝을 그녀의 목에 가져갔다.

유림스키는 눈앞에서 벌어지고 있는 일이 무엇을 의미하는지 아직까지도 파악하지 못한 듯 눈만 끔뻑이고 있었다. 그러다 칼날이 희번덕이는 광경에 겁을 집어먹었다. 손에 있는 보물을 슬금슬금 이불로 덮어 감추려 했다. 아무리 철이 없다고 해도 그것이 어떤 것인지는 잘 알고 있었으니까.

"누, 누구세요?"

덜덜 떨며 아냐가 물었다. 이불을 당겨 몸을 감추고, 유림스키의 어깨 뒤로 숨었다. 하지만 떨고 있는 것으로 치면 그의 몸이 한층 더했다.

복면을 한 자들은 단 한 마디도 입을 열지 않았다. 한 명이 칼로 아냐를 위협하는 동안 다른 하나가 유림스키에게 다가갔다. 몸을 움츠리며 산호수를 감추지만, 오히려 보물의 존재감만 키울 뿐이었다.

유림스키에게 다가가던 도석이 다짜고짜 그의 얼굴에 주먹을 날렸다.

"우욱!"

뺨을 움켜쥔 손의 틈으로 피가 주르륵 흘러나왔다. 도적이 그런 유림스키의 손에서 산호수를 빼내었다.

"아, 안 돼, 그건!"

손을 뻗어보지만 돌아오는 것은 주먹 세례였다. 유림스키는 콧등에 정타를 얻어맞고 비명을 내지르며 쓰러졌다.

나타났던 것만큼 재빠르게 두 도적이 철수해 갔다. 마지막으로 칼날을 한 번 들어 보여 무언의 협박을 한 후, 어두운 올란 거리 너머로 모습을 감추었다.

도적들이 사라진 후에도 한참이나 두 사람은 멍하니 있었다.

유림스키는 가문의 보물을 잃어버렸다는 생각에 망연자실했지만 어떻게 해야 할지조차 감을 잡지 못했다. 그들을 쫓아갈 엄두가 나지 않았다. 콧등이니 턱이니 얻어맞은 자리가 욱신거렸지만 그 감각조차 느껴지질 않았다.

반면, 아냐는 그자들의 정체를 알 듯했다. 덕분에 한발 먼저 마음을 진정시킬 수 있었다. 약상자를 꺼내어 유림스키의 얼굴을 매만져 주었다.

정성스럽게, 그리고 부드럽게. 전라의 여인이 바로 앞에서 움직이며 얼굴을 어루만져 주자 유림스키는 잠시 동안이지만 보물에 대한 걱정을 머릿속에서 날려 버렸다.

"정말 아프겠어요. 괜찮은가요?"

근심 가득한 그녀의 물음에 유림스키는 호기를 드러냈다.

"괜찮아, 이 정도는. 귀족들의 검술 수업이 얼마나 험한지 알아? 승마 중에 떨어지면 팔이 부러지기도 하는데."

"어머, 끔찍해라!"

"하하, 다들 귀족 하면 여리다고만 생각하지만 결코 그렇지 않아. 다음에 내가 에카를 다고 딜리는 모습을 보여주지. 또 한 번 내게 반할걸?"

아냐는 빙그레 미소를 지었다.

"아이, 그러면 안 되는데. 더 이상 유림스키님에게 반한다면 내 마음을 제어할 수 없게 되어버릴 거예요."

"하하, 아얏!"

보듬고 쓰다듬으며 유림스키는 다시금 아냐의 몸을 탐닉했다. 집에 돌아가 한바탕 야단을 맞겠구나 하는 생각을 머릿속에서 억지로 지우며.

아냐의 집에서 나온 두 도적은 으슥한 곳에서 겉옷을 벗어 던졌다. 안에 입고 있는 것은 그리 두껍지 않은 정장이었다. 한 명은 부유한 상인들이 입을 만한 외출복 차림이었고, 다른 하나는 집사들이 즐겨 입는 슈츠였다.

사람이 없다는 것을 확인한 후, 둘은 좁은 골목의 담을 넘고 곧바로 건물의 옥상에 매달렸다. 들고양이처럼 날쌘 몸놀림이었다.

다시 건물의 옥상을 넘어 이번에는 난간에 매달려 한 층 아래의 창문으로 들어갔다. 어지간한 곡예꾼들도 못할 듯한 재주를 부리며 두 사람이 들어간 곳은 어느 가게의 화장실이었다.

화장실의 거울을 보며 옷매무새를 고치고, 미리 감추어두었던 가방에서 나무 상자를 꺼내 든다. 한 명이 그러한 준비를 하는 사이 다른 하나가 화장실의 문을 열고 나갔다.

그곳은 사치와 음악이 흐르는 한 술집이었다. 술집의 이름은 살롱 야츠크. 라누아 최고급의 술집이었다.

도적 중 한 명은 꼿꼿한 걸음걸이로 소파 사이의 복도를 걸어 한 자리에 도착했다.

"베스카 사작님, 펠리페에게 준비해 오도록 일렀습니다."

"아아, 수고했네. 그런데 겨우 송로버섯을 가져오라고 이야기하는데 왜 이리 시간이 걸려? 벌써 10분이 지났잖아."

소파에 앉아 있던 베스카 사작 오실룬이 회중시계를 보며 도둑질을 하고 돌아온 남자를 타박했다.

"저는 괜찮습니다. 이곳으로 앉으십시오."

오실룬의 앞쪽에 앉아 있던 남자 토르파 폼 얀그라드가 한 자리로 손을 뻗었다. 그 도적은 토르파에게 감사의 말을 하며 자리에 앉았다. 그리곤 오실룬에게 변명의 말을 꺼냈다.

"하바툴이 마차를 먼 곳에 세워놔 갔다 오는 데 조금 시간이 걸렸습니다."

그 도적은 다름 아닌 레반이었다. 레반이 이곳 라누아 성에서 연기하고 있는 직업은 베스카 상회의 사장이었다.

오실룬이 토르파에게 고개를 숙였다.

"직원들이 무얼 하든 이렇게 허술합니다. 얀그라드님이 이해해 주십시오."

"무슨 말씀이십니까, 베스카 사작님! 이런 곳에서 접대를 해주시는 것만으로도 고마울 따름인데 선물까지 준비하셨다니요! 그저 감동입니다. 폼츠크 백작님과 거래를 하게 된 것도, 분에 넘치게 이런 곳에서 술을 마시는 것도 다 당신 덕분입니다."

"하하, 제가 한 거라곤 다리를 놓아 드린 것뿐입니다. 평소 가죽 공방의 관리를 철저히 하신 얀그라드님의 사업 수완이 부른 행운입니다."

그때, 베스카 사작의 하인 펠리페가 도착했다. 숨까지 조금 헐떡이며 나무 상자를 품에 안고 있었다.

"늦어서 죄송합니다. 베스카 사작님."

먼지 주인에게 사죄의 말을 한 후, 펠리페가 나무 상자를 소파 테이블 위에 올려놓았다. 오실룬이 상자의 뚜껑을 열어 토르파 앞으로 내밀었다. 주먹 두 개를 합쳐 놓은 듯한 크기의 거무튀튀한 나무뿌리 같은 것이 그 안에 있었다.

"알칸사스에서 미식으로 유명한 송로버섯입니다."

오실룬의 설명에 토르파는 탄성을 냈다. 그도 어쨌거나 귀족 나부랭이였다. 이름을 모를 리 없었다.

"이런 귀한 걸……."

토르파는 말끝을 흐렸다. 오실룬의 미소를 보며 다시 입을 열었다.

"듣자니 훈련시킨 개나 돼지를 이용해 땅속에서 찾아낸다던데, 그게 사실입니까?"

"예. 그렇다고 하더군요. 전문적으로 송로버섯을 캐러 다니는 채집꾼도 있다고 합니다."

"아아!"

탄성을 내며 잠시 입을 다물고 있던 토르파가 오실룬을 쳐다보았다.

"왜 이렇게까지 제게 잘해주시는지……."

"무슨 말씀이십니까? 이젠 사업상의 파트너 아닙니까? 게다가 전 라누아에는 기반이 없는 사람입니다. 언젠가는 토르파님께 신세를 질지도 모르는 일이니, 하하! 다 좋은 게 좋은 것 아니겠습니까?"

사실 오실룬이 토르파를 지금 이 시간에 불러낸 것은 두 부하의 알리바이 공작을 위해서였다. 이것으로 이 시간 오실룬과 그 주변 인물들은 모두 도르파와 함께 있었던 것이 되는 셈이었다. 항켈스크 자작이 조사를 해보았자 재판에서 쓸 수 있을 만큼 결정적인 증거는 나오지 않을 것이다.

"말씀이라도 정말 감사합니다."

토르파가 고개를 푹 숙였다. 오실룬이 그의 어깨를 잡아 일으켰다.

"너무 예를 차리고 그러지 마십시오."

"아닙니다. 나중에 베스카 사작님이 필요로 할 때는 언제든지 불러주십시오."

오실룬이 '하하' 하고 웃다가 입을 열었다.

"아, 도울 일이라고 하시니, 모피 공방을 운영하시려면 솜씨 좋은 사냥꾼들을 많이 알고 계시겠습니다?"

"그야 그렇습니다만?"

"그게, 제가 내일 있을 왕실수렵회에 참석을 하게 됐는데, 솜씨 좋은 사수가 필요해서 그렇습니다."

"그런 거라면 제게 맡겨주십시오. 얀그라드 가에서 일하는 사냥꾼 중 솜씨 좋은 사람을 한 명 소개해 드리겠습니다."

"덕분에 한시름 놓았습니다."

오실룬이 인사를 하고, 토르파는 손바닥을 저었다.

"무슨 말씀이십니까. 겨우 이 정도 일에 머리까지 숙이시다니요."

"아무튼 앞으로 레반이 저를 대신하여 여러 가지 일을 처리할 테니, 얀그라드님, 잘 부탁드립니다."

오실룬의 말에 토르파가 레반에게 살짝 고개를 숙였다. 예를 올리며 레반은 '잘 부탁드립니다' 라고 인사를 했다.

한 시간여쯤 술잔을 기울이던 오실룬이 자리를 털며 일어났다. 다음날 있을 수렵회를 핑계 삼아서였고, 아쉽다는 듯 토르파도 몸을 일으켰다.

2

"하여간 리더는 사람 참 험하게 부린다니까! 치눈크에서 돌아온 게 오늘 아침인데 저녁때 바로 강도짓을 시키는 거야?"

호텔로 돌아오자마자 펠리페가 겉옷을 벗어 던지며 투덜거렸다. 그사이 레반이 자그마한 주머니에 담겨 있는 보물을 오실룬에게 건네주었다.

"수정 구슬 안에 보석이 열린 산호 나무라……. 가져다 팔아도 1, 2백만 루블은 받겠는걸."

오실룬은 부하들이 강탈해 온 보물을 이리저리 돌려보았다. 바닥 부분의 오닉스제 받침 아래에 전나무의 문양이 새겨져 있었다. 아직 눈꽃 무늬를 넣기 전 르에페 왕실의 문장이다.

"그냥 팔아버릴까?"

펠리페의 물음에 오실룬이 웃었다.

"겨우 200만 정도를 노리고 이곳까지 온 게 아니야."

"광산 거래로 벌어들인 150만에 200만이면 350만 루블이 잖아! 지금까지 모은 돈이랑 비슷할 정도라고. 평생 놀고먹어도 충분할 거금인데……."

레반이 펠리페의 말을 받아쳤다.

"그러니까 평생 가도 좀도둑을 벗어나지 못하는 거 아냐."

"뭐가 좀도둑이야! 8백만 루블이면 어지간한 귀족들의 전 재산이랑 비슷할 정돈데."

오실룬이 툭 한마디 내뱉었다.

"뭐, 가난하단 말은 듣지 않을 정도지."

펠리페는 두 손바닥을 위로 들어 올렸다. 질렸다는 표정이다.

어지간한 전문직들, 변호사니 의사니 하는 사람들이 년에 버는 돈이 3만 루블 안팎이다. 하급 노동자는 그 5분의 일이나 6분의 일 정도로 생활을 꾸려간다. 심지어는 2천 루블의 연봉으로 연명해 가는 사람도 적지 않다.

"기다려 봐. 1년 안에 두 배로 늘려놓을 테니까. 내일이면 왕실과의 인연도 생기게 될 거야. 나라의 부를 박박 긁어모아야지."

오실룬은 웃었다. 펠리페는 그의 웃음이 섬뜩하게 느껴졌다.

레반이 오실룬에게 말했다.

"그런데 아냐던가? 만 루블을 주기로 했다지?"

"아, 그 여자 말인가."

"어떤 식으로……."

"뭐, 줘야지. 주기로 했으니까. 돈 문제는 확실한 게 뒤끝이 없고 좋아. 돈을 쥐어주고 알칸사스 쪽에 일자리를 알아봐줘. 싫다고 하면 좀 더 먼 곳으로 보내."

펠리페가 오실룬을 쳐다보았다.

"설마 그거 또 나 시킬 건 아니지?"

표정에 불만이 어렸다.

"시체를 처리하는 것도 큰일이야. 얼마나 기분 더러운지 알아?"

"그러니까 잘 설득해야지."

레반이 펠리페의 어깨를 툭하고 쳤다.

"이번에는 내가 처리할게. 넌 아무래도 말하는 게 서투니까."

펠리페가 한시름 놓았단 얼굴로 한숨을 내쉰다.

"휴우— 오랜만에 쓸만한 의견을 내놓는구나."

오실룬이 모두에게 말했다.

"그럼 다들 내일 있을 수렵회의 준비나 철저히 해놓도록 해. 레반은 이곳에 남아서 지금까지 벌여놓은 일의 뒤처리를 하고, 펠리페는 종자로 날 따라와. 하바틀은 레반을 도와."

모두들 유쾌하게 오실룬의 명령을 받았다. 사소한 말다툼 따위는 할 일이 생기면 잊는다. 벌써 4년이나 호흡을 맞춰왔으니까.

얀그라드 가문의 토르파는 아침 일찍 사수를 한 명 보내주었다. 수염이 덥수룩한 40대 초반의 남자였다. 갈색 빛깔 그대로의 가죽을 몇 겹이나 겹쳐 입고, 두 자루의 소총과 탄약 주머니, 화약통을 좌우로 빗겨 맸다. 헤 웃는 입술 사이로 누런 이가 보인다. 그나마도 이가 두 개나 부러져 나갔다.

영 못 미더운 생김새였지만, 몸집이 작고 몸놀림도 재빨랐다. 얌카라는 웃기는 이름에서 알 수 있듯, 알칸사스 쪽의 개척민들이 오기 전 크세리온 지협 쪽에 살았던 원주민의 피가 많이 섞인 듯 보였다.

얌카와 펠리페 두 사람의 수행원을 데리고 오실룬은 예카의 등에 올랐다. 총과 방한 장비들을 실은 예카의 고삐는 얌카가 쥐었다.

오전 6시를 조금 넘긴 이른 시간이건만, 라누아 거리는 사냥 행렬로 분주했다. 백여 마리의 예카와 그 몇 곱절은 되는 사람들이 두툼한 털옷을 입고 도열했다. 오실룬은 수행원들과 함께 키예쁘 후작의 무리에 섞여 들어갔다.

"오, 왔나!"

반갑게 맞이하는 후작에게 오실룬이 허리를 굽혔다.

"이런 영광된 자리에 초대해 주셔서 정말 감사드립니다."

"너무 그러지 말게나. 같이 사냥을 하자는 거니 편하게 함세."

그렇게 모여든 사람들 중 여자는 거의 없었다. 사냥이 비단 남자들의 스포츠이기 때문이 아니라 르에페에서의 사냥은 목숨을 걸어야 할 만큼 거칠었다. 예카나 순록보다 큰 짐승은 없었지만, 자연 그 자체가 사람들의 목에 이빨을 들이대고 있었으니까.

왕궁으로 이어진 대로(大路), 하라눈프 거리의 끝에서 나팔소리가 울려 퍼진 것이 바로 그때였다. 웅장한 팡파르가 눈 쌓인 거리로 메아리치자 사람들이 일제히 허리를 굽혔다. 오실룬도 능숙한 몸놀림으로 길의 중앙 쪽으로 몸을 숙였다. 펠리페와 얌카는 무릎까지 반쯤 굽혔다.

뭇 귀족들, 후작 이하 하급 귀족들까지 모두가 예를 표하는 상대는 다름 아닌 르에페의 현왕 카이레 2세였다. 르에페 왕실의 복장인 백색의 망토를 입고, 십여 명의 근위대를 거느린 그는 오만한 표정으로 하라눈쁘 거리를 따라 내려왔다.

왕의 등에 아로 새겨진 녹색의 문장은 전나무와 눈꽃. 예카의 등에도 왕실의 문양이 새겨진 천을 뒤집어씌웠다.

근위대는 요즘 알칸사스 쪽에서 유행한다는 드라군(Dragoon:용기병)이었다. 총신을 길게 늘여 사거리와 명중도를 높인 특수한 소총, 드래건(Dragon)이 주무기로, 단권총과 샤벨 등을 장비하고 있었다.

그들의 복식 역시 흰색으로 오른쪽 어깨에는 왕실의 문장이, 왼쪽 어깨에는 부대의 문양이 각기 붙어 있었다.

왕의 곁에는 한 남자가 반보쯤 뒤에서 예카를 타고 있었다. 오십을 갓 넘긴 듯한 그는 눈이 깊고 콧날이 날카로웠는데, 이곳 중년들의 상징이라 할 수 있는 수염을 기르지 않았다. 복식도 금색이 많이 섞여 있는데다가 치렁치렁한 사제건 장식이 온통 늘어져 있었다.

오실룬은 기억 속에서 그 남자를 꺼냈다. 라누아로 돌아온 후의 기억이 아닌 훨씬 이전의 것이었다. 자신의 기억이 맞는다면 저 남자는 르에페의 주임사제이자 추기경인 레줄란이었다.

왕과 그 이하 십여 명의 수행원은 천천히 예카를 몰아 라누아의 동문쪽 융토크 거리로 향했다. 그 뒤로 귀족들이 하나둘 예카의 등에 올랐다. 후작가, 백작가, 각자 작위 순으로 왕과 가까운 곳을 차지했고, 100여 미터의 행렬이 거리를 따라 쭉 이어졌다.

라누아 성의 동문 밖에는 이미 많은 인마들이 모여 있었다. 양쪽으로 도열한 그들은 다름 아닌 라누아의 기병대였다. 한 나라의 왕이 움직이는데 군대가 따르지 않을 리 없었다. 500여 명의 기마대가 반으로 나뉘어져 절반은 왕의 앞을, 나머지 반은 왕과 귀족들 사이에서 경호를 했다.

"정말 장관입니다!"

오실룬이 감탄하는 표정으로 말했다.

"하하, 왕실의 사냥에는 참가한 경험이 없는 모양이구먼."

키예프 후작 카닌의 말에 오실룬이 웃는다.

"사작 나부랭이가 어디 감히…… 오늘도 후작님의 수행원으로서 참가할 수 있었던 것 아닙니까."

처음 보는 진귀한 풍경에 얼이 빠진 듯 구는 오실룬을 보며 카닌은 다시 웃음을 터뜨렸다. 노련한 장사꾼인 양 굴던 그가 가끔 보이는 간격 큰 모습들은 키예프 같은 고위 귀족에겐 더할 나위 없는 유희거리였다.

"자자, 너무 촌스럽게 굴지 말고 의연하게 있게나."

오실룬이 정신을 차리며 고개를 끄덕였다.

"초대해 주신 후작님께 창피를 드릴 수는 없는 일이지요."

"하하하! 그렇지. 만약 그랬다가는 자네를 가만 놔두지 않을 걸세."

　왕실 수렵회의 목적지는 성에서 10킬로미터가량 떨어진 테헤랄 산 인근이었다. 테헤랄 산은 광맥이 보고되지 않아 수도에서 가까웠음에도 개발의 손길이 닿지 않고 있었다. 왕실 소유의 땅으로, 종종 사냥터로 쓰이곤 하는 곳이었다.

　눈 쌓인 길을 헤치며 세 시간 넘게 행군한 끝에 선두가 진군을 멈추었다. 테헤랄 산의 발치였다. 병사들이 익숙한 몸놀림으로 땅을 다지고 천막을 세우기 시작했다.

　귀족의 종자들도 베이스캠프로 삼을 천막을 세우기 시작했다. 천막은 가문의 흥성에 따라 그 크기가 확연히 달랐다. 카닌 후작의 종자들은 높이가 2미터에 열 사람이 족히 들어갈 만한 모피 천막을 세웠다. 속으로 투덜대며 펠리페가 그들을 도왔다.

　몰이꾼들과 길잡이가 사방으로 흩어졌다. 그들이 사냥감을 찾고, 또 모는 동안 귀족들의 파티가 시작되었다. 수렵회라고는 하지만 줄곧 산속을 헤매며 동물을 쏘아 맞추는 그런 종류의 것은 아니었다. 오히려 사교 파티가 주를 이루는 귀족들의 도락이다.

　왕당파와 입헌파 둘로 나뉘어 세워진 천막들은 중간에 커다란 공터를 형성했다. 병사들이 그곳에 화톳불을 지폈다. 활활 타오르는 불꽃에 주변의 눈이 녹아 도랑을 이루었다. 귀족들이 삼삼오오 불길 곁으로 모이고, 시종들은 귀족들이 앉을 의자와 간이 탁자를 세팅하기 시작했다.

오실룬은 그 모든 무리 중 가장 화려하고 커다란 탁자 주변에 있는 한 남자를 바라보았다.

국왕 카이레 2세.

그는 비쩍 말랐다. 양 뺨이 홀쭉하고 깊은 눈두덩에는 짙은 그림자가 어려 있었다. 고작 마흔일곱임에도 수염과 머리칼이 반쯤 세어 있었다. 혹한의 땅 르에페를 다스린다는 것이 얼마나 어려운지, 그리고 그가 걸어온 길에 얼마나 많은 원망 어린 주검이 있어왔는지…….

오실룬은 웃었다. 모든 감정을 지워주는 가장 완벽한 가면을 둘러썼다. 그가 싫다. 도열감시청을 만든 그와 그의 가족을 증오한다. 다른 꿈이 없다면, 단 한 가지 소원하는 것이 없었다면 그 증오가 날뛰었을 터다.

가면이 잘 감추어주고 있을까 두려운 생각에 오실룬은 초점을 조금 옆으로 돌렸다.

그런 오실룬의 눈에 한 여인의 모습이 보였다. 은색의 머리칼을 길게 기른 그 여인은 왕의 바로 곁에 시립해 있었다. 왕실근위대의 부사령관인 오셀루나. 열네 살까지 자신과 남매처럼 늘 붙어 있던 그녀다.

"뭘 그렇게 뚫어지게 보고 있나?"

카닌의 목소리가 들렸다.

"아! 후작님."

"오셀루나 양이구먼. 전에 무도회에서 그녀와 춤을 추었지?"

"에, 그랬지요."

카닌 후작이 오실룬의 옆구리를 툭 쳤다.

"한눈에 반하기라도 한 겐가?"

정색을 하며 오실룬이 손을 저었다.

"무슨 말씀이십니까?"

"하하, 오셀루나는 내게는 조카 같은 아이이네. 어렸을 때 병 때문에 자주 만나지 못했지만, 내 딸아이와 친해진 후로는 우리 집에도 자주 오고 그랬지. 하지만 원체 병의 뿌리가 깊어서……. 의사들이 다들 그랬네. 서른 살을 넘기기 힘들 거라고."

"아! 저런……."

"뭐, 하지만 왕실근위대에 들 정도로 펄펄한 걸 보면 이제 괜찮을지도 모르네."

정작 말을 꺼내면서도 카닌은 가능성 적은 이야기라는 듯 어깨를 으쓱했다. 그가 한마디 더 말을 붙였다.

"백작가의 영애인데다가 콧대가 높아 접근하기가 쉽지 않을 게야."

헤실거리는 웃음으로 카닌이 하는 말에 오실룬이 고개를 저었다.

"오셀루나 양에게 그런 마음은 품은 적 없습니다. 제가 지금 마음에 두고 있는 사람은······."

"사람은?"

오실룬이 귀밑을 살짝 붉혔다. 헛기침을 하며 말을 돌린다.

"흠흠, 그런 것보다 후작님, 저와 내기를 하시지요."

카닌도 방금 전의 이야기에는 더 이상 미련을 두지 않았다. 곧바로 오실룬의 말에 흥미를 보였다.

"내기? 무슨 내기 말인가?"

"사냥회에서의 내기라면 뻔하지 않습니까? 사냥감의 무게를 재는 겁니다."

"오, 그거 좋구먼!"

후작의 말에 이어 다른 귀족 하나가 내기에 뛰어들었다.

"그런 거라면 저도 참가하고 싶습니다."

단단한 체구에 롱소드를 패용한 남자. 검술로 유명한 우볼프 폼 카르카잔스키가 그의 정체였다.

"우볼프님!"

"오, 카르카잔스키 자작이 아닌가!"

오실분과 카닌에게 고개를 꾸벅 숙여 인사를 하고 우볼프가 입을 열었다.

"저도 그 사냥 내기라는 데에 참가하겠습니다."

카닌이 눈살을 찌푸렸다.

"검술에 미쳐 사는 무관과 사냥 내기라니! 그것도 카르카잔스키 자작이라면 그레이트 그린 남쪽에서는 당할 자가 없다는 검술가 아닌가."

"무슨 말씀이십니까. 사냥과 검술이 무슨 관계가 있다고."

"무슨 관계냐니? 체력부터가 다르지 않나. 나는 펜 이상의 무거운 것은 들어본 적이 없는 몸일세."

우볼프가 웃었다.

"하하, 후작님도! 과장이 심하십니다. 젊었을 때 사냥꾼 무리와 함께 전국을 떠돈 일을 제가 기억하지 못할 것 같습니까? 우리를 속여서 내기 돈을 빼앗으려고 그런 말씀을 하시는 겁니까?"

"허허, 벌써 20년 전 일 아닌가."

오실룬이 두 사람 사이에 끼어들었다.

"제가 먼저 꺼낸 말이니 제가 수습해야겠습니다. 서로 봐주거나 하는 것 없이 같은 조건으로 시작하도록 하지요. 무게를 재어 가장 많이 나가는 사람에게 1만 루블씩. 어떻습니까?"

만 루블이라는 금액에 우볼프 자작이 조금 놀란 표정을 지었다. 카닌이 웃으며 오실룬의 제안에 찬성을 하고 나섰다.

"좋아, 좋아! 역시 대륙에서 장사를 하던 사람이라 통이 크구먼. 어떤가, 우볼프?"

"에잇, 제가 검술에 미쳐 가업을 다 말아먹고 있기는 하지만 1만 루블 정도에 꼬리를 내릴 수는 없지 않습니까? 저도 내기를 받겠습니다!"

먼 곳에서 뿔 나팔 소리가 울렸다. 몰이꾼의 신호였다. 아마도 짐승 떼를 발견한 것일 테다.

우볼프가 먼저 몸을 돌리고, 카닌과 오실룬도 자신의 예카로 향했다.

"그럼 있다 보세나!"

카닌의 말을 뒤로한 채 오실룬은 사냥꾼 얌카를 대동하고 뿔 나팔 소리가 들려온 쪽으로 달리기 시작했다.

말이 종종걸음 치는 속도밖에 못 내는 예카였지만, 눈밭에서만큼은 그 무엇보다 빨랐다. 넓적한 예카의 발바닥은 눈밭에도 잘 빠지지 않았다. 기름진 긴 털 덕분에 몇 번이나 눈 더미를 뒤집어썼음에도 보송보송했다. 정말 눈에서 살기 위해 진화한 생물 그 자체였다.

오실룬은 완만하게 비탈진 사면을 따라 예카를 몰아갔다.

사냥을 세내로 즐길 셈이었나면 사냥꾼 얌카와 보조를 맞춰야 했다. 하지만 오실룬의 진짜 목적은 사냥 따위가 아니다.

그리 멀지 않은 곳, 빽빽하게 자란 전나무 숲 저편에 한 무리 사람들이 보였다. 네 명의 용기병에 둘러싸인 한 명의 남자. 르에페의 왕 카이레 2세였다.

그를 둘러싼 병사들이 밀찍이서 경계를 서고, 왕은 가장 안전한 곳에서 예카를 몰았다. 오래간만에 설원을 달려서인지 은근한 웃음이 왕의 입가에 매달려 있었다. 오실룬은 꽤 떨어진 곳에서 그와 보조를 맞추었다.

왕실과 친분을 쌓는 것. 오실룬이 머릿속에, 그리고 있는 커다란 계획의 틀 안에서 그것은 필요불가결한 일이다. 하지만 상대는 왕, 자신은 정체조차 불분명한 사작이었다. 친분이란 것이 생길 리 없었다.

그렇기 때문에 지금 이렇게 기회를 재고 있는 중이었다. 단 한 번, 무어라도 좋으니 자신이 끼어들 수 있는 어떠한 일이 일어나길 기도하는 마음으로 기다렸다. 이것만큼은 그의 머리로도 짜낼 수 없는 부분이었다.

오래잖아 사냥꾼 얌카가 오실룬의 곁에 도달했다.

"나으리, 저쪽에 사냥감이 있습니다."

오는 길 중간에 무언가를 본 듯 얌카가 눈 쌓인 숲으로 손짓을 했다.

"아아, 잠깐 기다려 보게. 예카가 지쳐 잠시 쉬어야겠네."

"알겠습니다, 나으리. 너무 무리하지 마십시오."

고개를 꾸벅 숙이는 얌카에게 오실룬이 알겠다며 고개를 끄덕했다.

다시 왕이 움직였다. 오실룬이 거리를 유지하며 그 뒤를 따랐다. 얌카는 머리를 갸웃거렸다.

"나으리, 그쪽이 아닙니다. 그쪽은 국왕 전하께서 사냥을 하시는 곳과 가까워서 사냥감을 쫓기 힘듭니다."

오실룬이 잠시 머뭇거렸다. 쓸데없는 행동으로 의심을 사서는 안 된다. 얌카는 얀그라드 쪽의 사람이지 자신의 종자가 아니었다.

"아아, 그런가? 어쩐지 사람들이 많다 했더니⋯⋯."

"꼭 사람이 많은 곳에 짐승이 많은 게 아닙니다요."

얌카는 말을 하며 주변을 살폈다. 이미 한 떼의 인마가 짓밟아놓은 탓에 눈에서 흔적을 찾는 것은 난망했다. 여기저기서 총성이 울리기 시작했다. 본격적으로 사냥감을 쫓기 시작한 팀이 생긴 것이다.

조급한 맘에 얌카가 서두른다. 얀그라드 가의 주인으로부터 특별히 잘 모시란 말을 들었다. 빈손으로 돌려보냈다가는 불호령이 떨어질 판이었다.

탕탕—

가까운 곳에서 총성이 들렸다. 왕이 쏜 총인 모양이었다. 총성이 한참 동안 메아리치다 숲 안으로 사그라졌다.

총성에 자극을 받았는지 나무에서 눈덩이들이 툭툭 떨어져 내렸다. 오실룬의 어깨에도 툭 하고 한 덩이가 떨어졌다. 오실룬은 장갑 낀 손으로 눈을 털어냈다. 습기를 잔뜩 먹고 있는 눈이 장갑에 끈적하게 눌어붙었다.

"그러고 보니 오늘 날씨가 꽤 따듯한걸."

오실룬의 말에 얌카가 하늘을 올려다보았다. 해가 창창했다. 그러던 얌카의 안색이 바뀌었다. 갑자기 땅에 납작 엎드리더니 귀를 바닥에 붙였다. 오실룬은 그가 왜 그런 행동을 하는지 단번에 이해했다. 이곳 출신이니까.

"어때? 커?!"

오실룬의 뜬금없는 질문에 얌카가 손을 입으로 가져가며 쉿, 하는 소리를 냈다.

"피하시는 게 좋을 것 같습니다. 상당합니다."

오실룬은 속으로 쾌재를 불렀다. 얌카가 알아챈 것은 눈사태였다.

산 위쪽의 눈사태가 이렇게 먼 곳까지 피해를 입히기는 힘들 것이다. 그렇게 예상했기 때문에 사냥터로 이곳을 정한 것이다. 그럼에도 불구하고 미리 알아채 왕에게 알리는 것이 의미없을 리 없다. 오실룬은 예카를 왕과 그 수행원이 있는 곳으로 몰아 달렸다.

"얌카! 너는 피해라! 나는 국왕 전하께 이 소식을 알리겠다!"

얌카가 오실룬에게 외쳤다.

"상당히 큽니다! 나으리도 빨리 피하시는 게 좋을 것 같습니다!"

"걱정 말아라! 눈사태라면 나도 익숙하니까!"

얌카가 다시 말리기도 전에 오실룬은 벌써 왕이 있는 곳으로 100미터 이상 달려 올라갔다. 머뭇대던 얌카는 혀를 한 번 차고는 산 아래쪽으로 달아나기 시작했다.

3

눈이 허물어지는 모습은 장관이다. 눈 쌓인 가파른 사면이 툭, 툭 끊어지고 조금씩 흔들린다. 그러다 어느 순간 푹 하고 한 부분이 꺼지고, 갈라진 틈으로 위의 눈 더미가 미끄러진다. 자그맣던 눈덩이가 사면을 따라 굴러 바윗덩이처럼 커지기도 하고, 또는 어딘가에 부딪쳐 눈가루로 흩어진다.

그러다 갑자기 산의 일부가 무너져 내린다. 쏟아지는 눈의 무리가 성난 파도처럼 사면을 따라 치달린다. 바위와 부딪쳐 솟구쳐 오르고, 나무를 덮쳐 산산조각 내기도 한다.

엄청난 눈의 해일이 한번 질주하기 시작하면 그 무엇으로도 막지 못한다. 점점 더 많은 눈을 무너뜨리고, 때론 산의 발치까지 폭주가 이어지기도 한다. 숲이 우거진 곳이라면 다행이건만, 그러지 못했다간 사람들의 마을을 덮치기도 했다.

오실룬이 예카를 타고 다가오자 근위기사 중 두 명이 앞으로 달려나왔다.

"멈추십시오!"

근위기사의 외침에 오실룬이 되받아쳤다.

"눈사태입니다!"

"이쪽에서도 파악하고 있으니 걱정 마십시오."

"생각보다 클 듯합니다. 국왕 전하를 어서 안전한 곳으로 모셔야 합니다."

"전하를 모시는 삼림전문가가 괜찮을 것이라 했습니다. 전하의 몸을 걱정하시는 마음은 이해하지만, 경호상의 문제로 경을 더 이상 접근시킬 수 없습니다. 양해해 주십시오."

물러나라는 말을 완곡하게 전달했음에도 오실룬은 떠나지 않았다. 막말로 국왕의 안전 따위 알 바 아니었다. 다만 자신의 목소리가 국왕의 귀에 들어가기를, 그래서 관심을 한 번이라도 보여주길 바랄 뿐이었다.

"산을 우습게 보면 큰일 납니다. 먼저 피한 다음에 다른 일을……."

두 기사 뒤쪽으로 또 한 명이 모습을 드러냈다. 하지만 오실룬이 기대하던 왕은 아니었다.

"무슨 일인가?"

그 사람의 물음에 근위기사들이 경례를 하며 답했다.

"수렵회에 참가하신 귀족 분인 듯합니다. 눈사태를 경고하고 있습니다."

오실룬 앞에 선 그 사람이 마스크를 내리고 고글을 올렸다. 하지만 그러기도 전부터 오실룬은 상대가 누구인지 알았다.

"에카노프 양."

오셀루나는 자신의 이름을 부르는 오실룬을 바라보았다.

"눈사태가 시작되었다는 것은 우리도 이미 알고 있습니다. 전하께서 피할 길을 확보하고 나면 우리들도 그쪽으로 이동할 것입니다."

그를 보는 그녀의 눈은 차갑기 이를 데 없었다. 아직까지도 찻집에서 만나 했던 이야기가 머릿속에 고스란히 남아 있었다. 애틋하던 맘이 컸던 만큼 실망했다. 평범하게 대하겠다고 마음먹었지만 어느샌가 목소리에까지 얼음 같은 냉기가 감돌고 있었다.

오실룬은 그녀의 변화에 쓴웃음을 지었다. 오셀루나가 한층 더 차갑게 내뱉었다.

"무슨 생각으로 이러는지 모르겠지만, 국왕 전하의 안전은 우리 근위대가 책임지고 있습니다. 이대로 물러나 주십시오."

그녀를 앞에 두고 오실룬은 머릿속을 빠르게 회전시키는 중이었다. 더 이상 소란을 피웠다가는 왕에게 좋은 인상을 남기기는커녕 의심을 살지도 몰랐다.

물러나는 수밖에 없나.

입술을 깨물며 예카의 머리를 돌리려던 오실룬의 입가에 미소가 피어났다.

한바탕 운을 건 이 승부에서 승리했다.

카이레 2세가 근위대원들과 함께 오셀루나와 오실룬이 있는 곳으로 다가오는 모습이 보였다.

테헤랄 산은 숲이 우거졌다. 게다가 사냥이 이뤄지고 있는 곳은 산이라고 할 수도 없는 기스락 어귀였다. 먼 산 위에서 무너지기 시작해 눈안개를 만들어내는 눈사태를 보며 어쩌면 조금이나마 여유를 가질 수 있던 것도 그 때문이다.

국왕은 근위대 부사령관과 이야기를 나누고 있는 젊은 귀족을 흘끗 보았다. 오실룬도, 오셀루나도 예카에서 내려서 국왕에게 머리를 조아리고 있었다. 귀하기 이를 데 없는 은발 둘이 나란히 고개를 숙이고 있는 모습에 국왕은 조금이지만 흥미를 느꼈다.

근위대 사령관이 오셀루나에게 다가섰다.

"에카노프, 무슨 일인가?"

"국왕 전하의 안전을 걱정하여 이곳으로 달려온 귀족이 있었습니다. 근위대원들이 그를 막고 있는 중이었습니다."

근위대장이 오실룬을 흘끗 보았다. 그때, 국왕이 입을 열었다.

"둘 다 은발이구나. 그래, 자네는 이름이 무언가?"

국왕의 물음에 오실룬이 머리를 더 낮게 숙이며 답했다.

"루흐노프로부터 기사 작위를 받은 베스카 땅의 사작 오실룬이라고 합니다."

"오호, 그것참 재미있구나. 너는 얼음의 요정, 그리고 너는 눈의 요정이라고? 그리고 둘 모두 은발이고."

국왕이 오셀루나와 오실룬을 나란히 가리켰다.

"눈과 얼음이라……. 그야말로 르에페 그 자체로구나. 하하하!"

오실룬은 온몸이 짜릿한 느낌이었다. 안면을 익힌 것뿐 아니라 이름까지 각인시켰다. 비록 증오스럽기 짝이 없는 르에페 왕실의 주인이었지만 원한을 생각하지 않기로 한 이상 목적에만 집중했다. 오늘의 만남은 정말이지 성공적이다.

"전하께서 한 번 웃어주신 것만으로도 저 오실룬은 이러한 머리를 갖고 태어나게 해주신 어머님과 이름을 지어주신 아버님께 감사를 드려야 할 것입니다."

"허허, 설사 그런 것이 없다 하더라도 부모님께는 늘 감사하는 마음을 가져야 할 것이다."

근위대장이 오실룬에게 말했다.

"이제 그만 물러나시게. 국왕 전하께서는 갈 길이 바쁘시네."

"알겠습니다. 국왕 전하께 위험을 알려 드리고자 하는 마음에 결례를 범했습니다. 이만 물러나겠습니다."

오실룬은 인사를 하며 뒷걸음쳐 왕의 곁에서 떠났다. 흘끗 눈을 들어 왕을 훔쳐보았다. 눈에 가벼운 경련이 일었다. 너무 오랫동안 한 가지 표정을 유지한 모양이다.

국왕이 예카를 몰아 산 아래쪽으로 향했다. 이어 근위대 사령관과 그 이하 근위대원들이 국왕의 뒤를 쫓았다. 오실룬이 다시 예카에 오른 것은 그들이 꽤 멀어진 다음이었다.

오실룬이 고개를 돌려 뒤쪽을 바라보았다. 모두가 예상했던 대로 눈사태는 진정의 기미를 보이고 있었다. 꽤 떨어진 곳에서 숲과 정면으로 충돌한 듯 엄청난 눈보라가 산 전체를 휘감고 있었다. 흡사 오랜 전설 속에서처럼 은빛의 용이 산을 삼키기라도 한 듯.

"휴우."

오실룬은 할 일을 모두 마쳤단 생각에 한숨을 내쉬었다. 세상이 뒤집힌 것은 바로 그때였다.

이미 끝이 난 줄 알았던, 아니, 끝이 났던 눈사태가 2차 사
태를 불러일으켰다. 하나의 숲을 들이받은 눈사태의 충격파
가 숲 아래쪽 사면을 뒤흔든 것이다.

이것만큼은 오실룬도, 아니, 이곳의 숙련된 사냥꾼 중 어느
누구도 예상하지 못했다.

예카들이 먼저 치달리기 시작했다. 사람을 들쳐 메고 있다
는 것조차 잊은 채 미친 듯이 아래로 달렸다. 고삐를 당겨도,
등자를 걷어차도 무시했다. 그저 조금이라도 안전할 듯한 곳
으로 뛰고 또 뛰어갔다.

오실룬이 타고 있던 예카도 마찬가지였다. 등뼈가 부러질
듯한 충격을 몇 번이나 느끼면서도 오실룬은 예카의 등에 간
신히 매달려 있었다. 예카의 등에서 굴러떨어지는 게 몇 배는
더 위험할 듯했다.

흘끗 돌아본 뒤쪽은 지옥이었다. 나무의 허리 부분쯤 차올
라 쏟아져 내려오는 순백의 파도가 금방이라도 그를 덮치려
했다. 등에 소름이 돋고, 어깨가 움츠러들었다.

튀어 오른 눈이 머리를 때리고, 나뭇가지에 목덜미를 긁혔
지만 아무 느낌도 없었다. 공포로 온몸의 신경이 죽어버린 모
양이다.

"제기랄!"

오실룬이 욕지거리를 뱉었다. 사냥꾼의 말을 들을 걸. 정작 산을 깔보고 있는 것은 자신이었다.

그런 오실룬의 눈에 저 멀리 사방으로 흩어져 달아나는 예카의 무리가 보였다. 왕실근위대와 국왕이 타고 있던 예카들이었다.

그들 중 몇 마리의 등에는 사람이 없었다. 그리고 하필 오실룬의 눈에 국왕이 타고 있던 예카가 들어왔다.

국왕이 예카에서 떨어졌다!

이대로라면 분명 국왕은 죽을 것이다. 이 눈사태에 휘말려 살아남는다는 게 어디 가당키나 한 일일까? 그런 그를 구한다면? 겨우 몇 마디 나눈 것 따위에 기뻐했던 조금 전의 자신을 비웃어줄 수 있다!

좋은 기회지만…….

오실룬은 망설였다. 이대로 예카의 등에 매달려 있는 게 살아남을 가능성이 훨씬 높다. 하지만…….

"에잇, 살아야지! 산 다음에 돈이지, 죽고 나서 돈이 무슨 소용이야!"

다시 예카의 등에 잔뜩 엎드렸다. 고개를 푹 숙였다. 아무리 다시 만나기 힘든 호기(好期)라지만 목숨을 걸 것까지는 없다. 목숨을 거는 정도가 아니라 99퍼센트는 죽는다.

예카가 다시 달린다.

눈사태의 속도, 거리, 예카의 달음박질 솜씨. 여러모로 주판을 튕겨보았다. 위험하지만 최악의 경우에도 죽을 것 같지는 않았다. 이대로 예카의 등에서 떨어지지만 않는다면 말이다.

그러던 오실룬이 갑자기 고개를 들었다. 무엇을 본 것일까?

왕을 구하는 일에 그렇게나 많은 계산을 하고, 결국 하지 않겠다는 결론을 내려놓고는 무슨 이유에서인지 그 결정을 바꾸는 데 잠시 잠깐의 주저함도 없었다.

힘차게 달리던 예카의 등에서 오실룬이 뛰어내렸다. 그 충격에 그는 몇 바퀴나 눈밭을 뒹굴었다.

오실룬은 벌떡 자리에서 일어나 뒤를 보았다. 여전히 무시무시한 기세로 눈이 쏟아져 내렸다. 제어할 수 없던 예카의 등에서 뛰어내리자마자 오실룬은 어느 한 방향을 정해 달리기 시작했다.

옆에 쓰러져 있는 나뭇가지를 낚아채듯 들어 올렸다. 길고, 그래서 눈의 흐름을 조금이나마 제어할 수 있을 지팡이였다.

미끄러지듯 달리며 나뭇가지로 눈밭을 긁어 몸을 틀었다. 이윽고 그는 목적지에 도착했다. 들고 있던 나무를 버리고, 그곳에 죽은 듯 쓰러져 있는 한 사람을 덮치듯 안았다. 두 사람이 눈밭을 데굴데굴 굴러 내려가기 시작했다.

뒤엉켜 구르던 오실룬이 나무뿌리를 꽉 붙잡았다. 꽤 큰 나무의 등걸이었다. 그가 멈추자 함께 뒹굴던 다른 사람은 눈에 미끄러져 주르륵 아래로 흘러내렸다. 오실룬이 손을 뻗어 그의 겨드랑이를 움켜쥐고 힘껏 잡아당겼다.

바둥바둥 오실룬은 그를 끌어 자신의 앞까지 당겼다. 힘껏 안아 머리를 자신의 품 안에 넣었다. 그리고 나뭇등걸 밑으로 상대를 밀어 넣었다.

쿠구구궁—

온 세상이 온통 하얗게 물들었다. 폭음과 엄청난 충격이 온몸을 뒤덮고, 의지했던 커다란 나무마저 산산조각으로 부서졌다. 오실룬은 한 손으로 품 안의 사람을 꼭 안고 다른 손으로 나무뿌리를 움켜잡았다. 눈에 섞여온 단단한 얼음, 나뭇가지 따위가 사지를 때려댔다.

더, 더 꼭 안았다. 죽어서는 안 된다. 안고 있는 사람도, 자신도.

나무뿌리를 움켜쥐고 있던 손이 저려왔다. 눈에 또 눈. 아무것도 보이지 않아 무슨 일이 벌어지고 있는지는 알 수 없었다. 저릿하던 손의 감각이 커다란 통증으로 변했다. 의지와는 상관없이 손이 힘을 잃었다. 몸이 흔들리고, 눈의 격류에 휩싸여 들어갔다.

그 가운데서 오실룬은 품 안의 사람을 두 팔로 부여안았다.

"오셀루나!"

느껴지는 것은 무언가에 온몸이 던져져 부딪치는 엄청난 통증이었고, 그는 결국 정신의 끈을 놓쳤다.

오실룬이 다시 눈을 뜰 때까지 흐른 시간은 고작해야 5분 정도일 것이다. 기절 상태에서 깨어나자마자 오실룬은 두 팔을 살짝 열어보았다. 새파랗게 질려 기절해 있는 은발의 여인 오셀루나가 보였다.

오실룬은 손가락을 꼼지락거려 보았다. 오른팔이 말을 잘 듣지 않았다. 골절, 염좌……. 몇 가지 증상이 떠올랐다. 왼쪽 손을 억지로 끌어올려 장갑의 중지를 깨물었다. 장갑을 벗겨 낸 손을 오셀루나의 코 밑으로 가져갔다.

"후……."

미미하게 느껴지는 그녀의 호흡에 오실룬은 안도의 한숨을 내쉬었다. 곧바로 주변을 살폈다.

오실룬과 오셀루나가 있는 곳은 바위의 그림자 부분이었다. 커다란 너럭바위 두 개가 기대듯 겹쳐 지붕처럼 놓여 있었다. 그 틈, 눈이 많이 쌓이지 않은 곳으로 두 사람이 떨어진 것이다.

오셀루나를 놓으며 오실룬이 억지로 몸을 일으켜 세웠다. 주변은 온통 눈뿐이었다. 바위와 바위 사이 두세 명이 간신히 있을 만한 공간을 제외하곤 전부 눈으로 뒤덮여 있었다. 시상, 아니, 설상까지 높이는 작게 잡아도 4미터가량. 지금의 체력으로는 올라가기 힘들 듯했다.

몸을 일으키자마자 바짓단에서 뜨끈한 것이 주르륵 흘러나왔다. 보지 않아도 알 수 있었다. 피다. 어딘가 몸의 한 부분이 찢어져 피가 나왔고, 그것이 고여 있다가 바지를 통해 흘러내린 것이다.

현기증이 났다. 열도 나는 듯했다. 하지만 이대로 있다간 자신도 그녀도 얼어 죽게 될 것이다.

오실룬은 주변의 벽처럼 쌓여 있는 눈을 파냈다. 태울 것을 찾기 위해서였다. 한참 동안 이곳저곳에 왼팔을 넣어 휘저었다. 그러다 딱딱한 무언가에 손끝이 닿았다.

희색을 띠며 눈 속으로 파고들었다. 팔뚝만 한 나무였다. 이번 눈사태로 부서진 듯 수액이 엉켜 있는, 꽁꽁 얼어붙은 나무였다. 불을 붙일 자신이 없었다.

오실룬은 그 나무를 땅에 내던지며 다시 눈 속을 뒤졌다. 그러다 무언가 이질적인 것에 손이 닿았다. 까실까실한 무언가의 털 같은 것이었다. 손을 살짝 더 뻗어 더듬으니 얼굴의 윤곽이 만져졌다. 시체다.

입술을 찌그러뜨리며 다시 손을 뺐다. 토할 것 같았다. 그러다 문득 한 가지 사실을 떠올리곤 시체 쪽으로 다시 손을 뻗었다. 상반신까지 눈 속으로 밀어 넣었다. 병사의 복장을 한 남자가 눈에 들어왔다.

"신께서 좋은 곳으로 데려갈 거야."

제문(祭文)인지 뭔지 모를 말을 한마디 중얼거리곤 그의 옷을 벗겨냈다. 겨드랑이에 걸려 벗겨지지 않아 주머니칼을 꺼내 옷을 찢었다. 생각했던 대로 속에 받쳐 입은 옷은 눈에 젖지 않았다. 마른 천인 셈이다.

오실룬은 마른 천을 오셀루나 옆에 내려놓고 다시 병사 근처를 뒤적거렸다. 그가 찾고 있는 것은 화약통이었다. 다행히 병사의 허리춤에서 그것을 찾을 수 있었다.

"죽으란 법은 없구나."

구할 것을 다 찾고 나서 오실룬은 눈을 끌어당겨 병사를 덮었다. 죽은 자에 대한 예의니 뭐니 따질 것 없이 일단 보기 싫었다.

오실룬은 화약을 젖은 나무 한쪽에 집중적으로 부었다. 그리고 부싯돌을 켜 불을 붙였다. 맹렬한 기세로 화약이 타오르고, 나무 한쪽 표면이 검게 그을렸다. 약간 식은 후 만져 보니 한 뼘가량이지만 나무가 말랐다.

주머니칼로 나무에 흠을 냈다. 잘게 찢어 보푸라기가 일게 했다. 모든 작업은 불이 잘 붙게 하기 위한 것이었다.

병사의 옷을 마른 나무 옆에 놓고 남은 화약을 뿌려 불을 붙였다. 또 한 번 불꽃이 힘차게 타올랐다 사그라졌다.

긁어 보푸라기를 일으킨 나무의 옆면에 붙을 듯 붙지 않을 듯 불티들이 너울거렸다. 오실룬은 입을 그곳에 붙이고 힘껏 바람을 불어넣었다. 간절한 염원을 알아듣기라도 한 듯 드디어 나무에 불이 붙었다.

"아직 이 실력 어디 안 갔구나."

오실룬은 문득 어릴 때의 일을 떠올렸다. 그녀와 함께 설원으로 놀러 나갔다가 눈보라가 심해지면 이런 식으로 불을 피우곤 했다.

고개를 들어 그녀를 보았다. 10년, 훌쩍 커버려 이제는 성숙한 여인이 된 오셀루나를.

오실룬은 현기증이 일어 눈을 찌푸렸다. 몸의 상태가 좋지 않다는 것이 확 와 닿았다.

간신히 불을 붙이긴 했지만, 이걸로 얼마나 버틸지 자신없었다. 좀 더 나무를 구해야 한다.

그 뒤로 30여 분간 오실룬은 주변의 눈을 샅샅이 뒤졌다. 엄청난 규모의 산사태. 그것을 만난 것은 불행이었지만, 산사태의 규모가 컸던 만큼 함께 쓸고 내려온 것들도 많았다. 잔나뭇가지에서 제법 두툼한 것까지 한 줌은 족히 넘을 나뭇가지를 구할 수 있었다.

비교적 가느다란 것부터 간신히 불꽃을 유지하고 있는 모
닥불에 올려놓았다. 하나둘 말라 불이 붙을 때까지 기다리며
천천히 불을 키워갔다. 어느 정도 불에 힘이 생기자 오실룬은
제법 큰 가지 두 개를 턱 하니 걸쳐 올렸다.

"후우."

자신도 모르게 한숨이 나왔다. 오셀루나를 불가로 옮겨 눕
히곤 자신도 벌렁 드러누웠다. 옆구리, 허벅지 어느 한 곳 아
리지 않은 데가 없었다.

상처를 봐야 하는데 하는 생각이 들었지만, 갑자기 열이 끓
어오르며 정신을 잃고 말았다.

4

깨어나 울혈을 뱉었다. 예카에서 떨어진 국왕 전하를 발견
하고, 그분을 구하기 위해 뛰어든 것까지는 기억에 남아 있었
다. 운이 나빴나? 그 순간 무언가에 얻어맞고 기절했다.

오셀루나는 침을 모아 입안을 헹구었다. 뱉은 침이 새빨갰
다. 하지만 더 이상 발작은 일어나지 않았다. 이 정도 폐의 통
증은 새삼스러울 것도 없었다.

서너 차례 헛기침을 토하고 주위를 둘러보았다. 눈으로 만
든 커다란 동굴 같은 곳에 누워 있는 자신을 발견했다. 뒤쪽

을 보니 거나란 너럭바위가 지붕을 이루고 있있다. 운이 좋게
도 바위틈에 떨어져 더 이상 눈에 휩쓸리지 않은 모양이었다.

그런 생각을 하던 그녀가 온기에 깜짝 놀랐다. 틱틱, 불티
가 소리를 내며 타오르고 있었다. 모닥불이 이런 곳에서 혼자
타오를 리 없었다.

"오실룬……."

그리고 그녀는 한 남자를 발견했다.

그녀는 무릎을 당겨 끌어안았다. 모닥불의 온기가 너무나
도 기분 좋았다. 어딘지도 모를 눈 속에 갇혀 있었지만 이상
하게도 편안한 기분이 들었다.

모닥불 곁에 쌓여 있던 잔 나뭇가지를 몇 개 더 불 안으로
넣었다. 수천 방울의 불티가 안개처럼 피어난다.

"나를 살려준 거구나."

10년 만에 다시 만난 그에게 받았던 불편한 느낌, 그의 차
가운 말투. 모든 것이 머릿속에서 사라졌다.

차분히 가라앉는 마음에 오셀루나는 몸의 이곳저곳에서
미미한 통증을 느끼기 시작했다. 눈사태에 직격당하고 몸이
멀쩡할 리 없다. 팔을 들어 보니 팔꿈치 언저리에 찰과상과
멍 자국 따위가 있었다. 솜을 넣어 누빈 겉옷 따위는 진작에
찢어져 나갔다.

내가 이 정돈데 자신을 보호하며 눈사태를 헤쳐 나온 그가

멀쩡할 리 없었다. 죽은 듯 잠들어 있는 그의 모습이 불안이
되어 가슴을 때렸다.

손을 뻗어 그의 뺨을 만져 보았다. 뜨거웠다. 사람의 체온
이라고는 생각되지 않을 정도의 고열에 오셀루나는 정신이
번쩍 들었다.

그녀는 오실룬의 몸을 살펴보았다. 바지의 오른쪽 다리 부
분이 말라붙은 피로 검었다. 등허리에 차고 있던 대검을 뽑아
피가 난 듯한 바지 부분을 찢어냈다. 피딱지가 엉겨 붙어 거
무죽죽하게 변한 상처가 보였다.

"이런……."

제법 출혈량이 많아 보였다. 하지만 이미 상처의 피가 굳어
더 이상 손쓸 방법이 없었다. 괜히 건드렸다가 또 한 번 핏줄
이 터지면 그게 더 위험할 것이다.

그때, 오실룬이 신음을 뱉으며 몸을 움직였다. 오셀루나는
깜짝 놀라며 상처 근처에서 손을 뗐다. 고개를 돌려 오실룬
을 보았다. 눈을 반쯤 떠 자신을 응시하고 있다.

"오실룬! 괜찮아?"

오실룬이 파르르 떨리는 손을 들어 올렸다. 오셀루나가 그
의 손을 붙잡았다.

"무리하지 마. 괜찮은 거야? 정신이 들어?"

"오… 셀루나?"

"응, 나야."

오실룬이 힘없이 웃었다. 오셀루나는 그의 미소에 왈칵 눈물을 쏟았다. 그의 웃음이다. 십 년 전과 똑같은, 짝짝이로 왼쪽 보조개가 살짝 파인 다정하기 이를 데 없는 눈빛의······.

"어서 돌아가야지. 주인 어르신께서 찾으실 거야. 너무 오랫동안 집을 비웠어."

오실룬이 중얼거리듯 말하기 시작했다.

"로포노프 스승님께서 곧 주무실 테니까··· 잠자리도 봐드려야 하고."

"오실룬······."

"그런 표정 하지 마. 내일 또 같이 놀면 되잖아. 또··· 이곳에서 모닥불을 피우고······."

오셀루나의 손에서 손을 빼어 오실룬이 그녀의 뺨을 어루만졌다. 힘이 하나도 없어 파들파들 떨리는 손끝에 그녀의 눈물이 닿았다.

"오셀루나··· 우는 거야?"

오셀루나가 고개를 젓는다.

"아니야. 아니, 울지 않아."

그녀는 자신의 뺨을 어루만지고 있는 그의 손을 잡았다. 지금 그가 보고 있는 것은 자신이 아니었다. 그는 10년 전에 있었다. 통증으로 제정신이 아닌 것이다. 보이고 있는 다정한 눈빛, 손길, 따듯한 말. 그 모든 것이 추억의 재현일 뿐이었다.

"키스… 해줄게. 울지 마."

오실룬이 그녀의 뺨에 닿았던 손을 끌어당겼다. 오셀루나는 순순히 그의 손에 자신을 맡겼다.

그의 입술이, 입술의 굴곡이 느껴졌다. 순진하던 어린 시절의 입맞춤. 오셀루나는 조용히 눈을 감았다. 그 시절의 감촉을, 느낌을, 기억을, 촉각에서 향기까지 모든 것을 떠올렸다.

그가 있지 않았던 10년이 꿈이라는 듯, 가까워 또렷함에도 환상이라도 되는 듯 머릿속에서 허물어져 갔다.

착각이면 어떤가.

그도, 그에게도 남아 있는 거다. 자신과 보냈던 시간들이. 이렇게나 선명히 기억해 낼 만큼. 나 혼자만 가지고 있는 게 아니었다. 홀로 상상했던 게 아니었다.

우리에게 선연히 흔적 되어 있는 추억이다.

서서히 떨어져 가는 그의 입술과 다시 감긴 눈. 오셀루나는 살며시 그를 흔들어보았다. 반응이 없었다. 호흡이 고르니 당장의 위험은 없을 듯했다.

뭐라도 해야 했다. 눈을 파고 지상으로 올라가 사람들을 부른다거나, 혹은 그를 들쳐 업고 의사에게 데리고 가야 했다.

하지만……

오셀루나는 그의 가슴에 귀를 가져갔다. 그에게 기대어 몸을 눕혔다. 잠깐만, 아주 잠깐만 이대로 있고 싶었다. 10년 전의 오실룬에게 기대고 싶었다.

10년 전, 늘 함께했던 그때처럼……

조금만 더 그의 체온을 느끼고 싶었다.

"윽, 제길!"

깨어나 욕지거리를 뱉었다. 모닥불을 지피고 오셀루나의 상세를 살핀 것까지는 기억에 남아 있었다. 긴장이 풀렸었나? 갑자기 머리가 핑 돌며 기절했다.

다리가 화끈했다. 발가락을 움직여 보았다. 다행히 발끝까지 감각이 이어진다. 심하게 찢어지긴 했지만 상처가 피부에 그친 모양이었다.

이어서 오른손. 손가락 끝을 까딱이는 것만으로 신음이 터져 나왔다. 당분간은 못 쓸 듯했다.

그러다 문득 누군가 자신의 가슴을 누르고 있는 것을 느꼈다. 오셀루나였다. 제법 다정한 자세로 자신에게 기대어 잠들어 있다. '이 여자가 왜 이러고 있지?'라는 생각이 들었다.

떼어 밀쳐 내려 했지만 포기하고 다시 누웠다. 바위와 눈으로 만들어진 천장 틈으로 검은 하늘이 보였다. 밤이 된 모양이었다.

기절해 있던 사이 꾼 꿈이 어렴풋이 떠올랐다. 꿈에서 자신은 10년 전으로 돌아가 있었다.

그 무렵의 자신에겐 그녀 말고는 아무것도 없었다.

로포노프 스승님의 곁방에서 깨어나 그의 아침 수발을 들고 곧바로 오셀루나와 만났다. 스승님의 강의를 함께 듣고, 쉬는 시간에는 그녀와 이야기했다. 놀러 가자고 떼를 쓰면 따라갔다. 성안, 성 밖, 어느 곳 할 것 없이 늘 그녀와 함께했다.

한날한시에 태어나 눈과 얼음이라는 이름을 가진 두 사람이 흰색으로 반짝이는 은발을 나란히 하여……. 남매 이상으로 가깝게 지냈다.

오실룬이 실소를 뱉었다.

"과거 따위……."

왼손을 움직여 그녀를 흔들었다. 깔 듯 베고 있는 자신의 팔을 빼는 것으로 충분했다. 오셀루나가 천천히 잠에서 깨어났다. 깨어난 그녀는 첫마디 말로 그를 불렀다.

"오실룬."

"에카노프 양. 정신 차리십시오."

오셀루나가 오실룬을 멍하니 바라보았다. 오실룬은 그 표정이 너무나 불안했다. 무언가…….

뭔지 모를 것이 자신이 기절했던 그 잠깐 사이에 벌어진 모양이었다. 눈앞에 있는 이 여인은 스물네 살의 어른이 아니라 열네 살의 소녀였다. 감정 조절이 전혀 되지 않고 있는, 감성이 예민한 사춘기 소녀 그 자체였다.

주르륵, 그녀의 눈에서 눈물이 흐른다. 오실룬은 당황했다.

"왜, 왜 그러십니까?"

오셀루나는 답하지 않았다. 그저 오실룬을 보며 눈물을 흘릴 뿐이었다. 수많은 책략, 분위기를 전환할 수 있을 말들, 지어낼 수 있는 수십 개의 표정, 떠올리고 또 떠올렸지만 이 난국의 타개점이 보이지 않았다.

그러다 문득 왜 수렵회에 왔는지가 머릿속에서 번뜩였다. 왕족과 친분을 만든다. 그 대전제가 생각난 것이다.

현 국왕 카이레 2세는… 죽었다. 분명 그럴 것이다. 눈에 익숙하기 이를 데 없는 자신도 이런 부상을 입고 운에 의지해 살아났다. 말에서 떨어진 나이 든 왕이 죽지 않았으리라고는 상상할 수조차 없었다.

애써서, 간신히 만들어낸 조그마한 관계가 의미없게 된 것이다.

다음 왕을 떠올렸다. 100퍼센트 현 왕위 계승 서열 1위인 에멘탈 공주였다. 여자였고, 귀한 몸이었기에 알현한 사람이 손에 꼽을 만한 신비의 여인. 남자인 자신이 어떻게 해야 그녀와 인연을 만들 수 있을까?

그 해답이 지금 자신의 품 안에 있다.

왕실근위대 부사령관이자 에멘탈 공주 친위대의 총사령관인 오셀루나 필 에카노프!

오실룬은 웃었다. 웃을 수밖에 없다. 뭔지 모르지만 에카노프 백작가의 영애가 눈앞에서 울고 있다.

여자가 아무 남자 앞에서나 울지 않는다는 것 정도는 알고 있다. 연애 사기 비슷한 것도 몇 건 해치웠으니까 너무나 잘 안다.

그녀를 이용하면 단번에 국왕과 관계가 만들어진다. 바보, 하바툴이라도 떠올릴 수 있는…… 조금 자신없는 비유지만 아무튼 좋은 기회임은 틀림없다.

"오셀루나, 그만 울어."

오실룬은 미소를 조합했다. 그녀는 처음부터 주특기로 써먹는 웃음을 싫어했다. 정확하게 어떤 것을 바라는지는 몰랐지만 아마도 10년 전의 미소를 떠올리는 듯했다. 그때의 미소를 만들면 된다.

억지로 짓자니 어려웠다. 너무 많은 표정들을 연습해서일까? 그저 아무 생각 없이 기분 좋게 웃으면 나올 본연의 미소일 텐데 잘되지 않았다.

좀 더 연습해야겠다고 생각하며 오셀루나에게 말했다.

"내가 잘못했어. 그러니까 울지 마."

오셀루나는 아직까지노 옛 추억에서 허우적거리고 있있다. 깨어나 차갑게 뱉는 그의 첫마디가 너무나도 서럽게 느껴졌다. 그래서 터져 나온 눈물이었건만, 마음이 가라앉는 데도 쉽사리 멎지 않았다.

"뭐야, 그건? 네 맘대로 경어를 쓰다가 다시 그만됐다가! 제멋대로 구는 것도 적당히 해!"

"미안해, 정말 미안해."

쩔쩔매는 표정을 지으며 그녀에게 사과했다. 눈으로 그녀의 얼굴, 몸짓 하나하나를 살핀다. 관찰한 것들을 토대로 할 말을 골랐다.

"오셀루나, 너도 알잖아. 내가 이곳에 어떤 마음으로 돌아왔는지."

"몰라, 그런 것! 아무것도 말해주지 않았으니까."

"더 이상 어린아이일 수 없는걸. 나는 이곳에선 범죄자니까. 내가 오실룬 이브델이라는 것이 알려지면 사형을 당하게 되잖아."

오실룬의 말에 오셀루나가 다시 눈물을 쏟았다. 한번 마음이 허물어져서일까? 오셀루나의 감정은 이성의 제어를 완전히 잃어버렸다.

"왜… 또 우는 거야?"

이성에서 벗어난 감정은 자기 자신도 이해할 수 없는 것.

타인이 이해할 수 있을 리 없었다. 오실룬은 또 한 번 대웅의 갈피를 놓쳤다.

"미안해, 오실룬. 미안해. 우리 아빠가… 아빠가……."

오실룬은 웃음이 터져 나오려는 것을 간신히 참았다. 스물네 살이나 먹은 귀족 영애의 입에서 '아빠' 같은 유치한 단어가 나오리라고 전혀 상상하지 못했다.

"오셀루나."

'이 정도면 다정한 목소리지?' 라고 생각하며 오실룬이 입을 열었다.

"그 일은 우리 둘 다 잊자. 나는 그렇게 생각해. 그건… 그저 시대가 낳은 비극이라고. 에카노프 백작님도 하고 싶지 않으셨을 거야. 네가 말했잖아. 그 일 이후 도열감시청장의 자리를 그만두셨다고."

이번에는 미소가 나올 차례다. 이제는 정말 아무렇지도 않다는 듯 시원한 미소.

"나는 이제 정말 그 일이 아무렇지도 않아."

덜컥, 마음속 어딘가에서 제동 장치가 걸리는 느낌이었다. 눈가의 근육이 말을 듣지 않았다.

이거 좋지 않다. 입가만 웃는 웃음이라니, 기분 나쁘다.

오실룬은 눈을 가리려고 괜히 머리를 쓸어 넘기는 척했다. 다시 근육들이 명령을 따르기 시작했고, 미소는 완벽했다. 속으로 한숨을 내쉬었다.

"고마워, 오실룬."

응어리 하나가 풀린 듯 오셀루나는 편안한 표정을 지었다. 자신의 몸에 기댄 그녀의 손도 그에 따라 따듯해졌다. 그 온기에 오히려 오실룬은 마음이 차가워졌다.

당장에라도 했던 말을 다 취소하고 그녀의 아버지에게 욕을 퍼붓고 싶었다. 하지만 그런 비이성적인 행동이 무슨 이득이 될까?

"그보다 사람들이 그러던걸. 오실룬 이브델은 그날 처형당했다고."

오셀루나가 고개를 끄덕였다.

"응, 내가 아버지께 부탁드렸어. 그렇게 해달라고."

"덕분에 베스카 사작으로 라누아에 쉽게 정착할 수 있었어. 그건 고맙게 생각해."

이 말만큼은 사실이었다. 오셀루나가 뺨을 붉혔다.

"내가 해줄 수 있는 거라곤 그 정도뿐이었는걸. 쿨럭!"

그녀가 갑자기 기침을 토해내기 시작했다. 가뜩이나 체력이 떨어져 있는 상태에 감정까지 요동을 치다 보니 병의 뿌리를 건드린 모양이었다. 쉽사리 진정되지 않았다.

오실룬이 눈살을 찌푸렸다. 자신의 품에 반사적으로 손을 넣었다. 하지만 안주머니에 들어간 손은 쉽사리 나오지 않았다. 고통스럽게 피 섞인 기침을 하는 그녀를 바라보기만 한다.

품에 넣은 손과 다시 나오지 않는 손. 그 균형이 무너지는 데까지는 그리 긴 시간이 걸리지 않았다.

오실룬이 품에서 꺼낸 것은 자그마한 나무 상자였다. 어른 손바닥 절반만 한 크기의 단단한 상자는 검은색 유약으로 칠해져 있었다. 보석처럼 반짝이는 그 상자는 조개의 속껍질로 눈의 무늬가 상감되어 있었다.

오실룬은 한 손으로 끙끙대며 상자를 열었다. 코르크로 만든 틀이 상자 가득 들어 있고, 그 틈으로 자그마한 유리병들이 보였다. 오실룬은 고민하다 그중 하나를 집어 오셀루나에게 건넸다.

"이걸 마셔."

허리를 굽히고 기침을 하던 오셀루나가 오실룬을 보았다.

"약이야."

오셀루나는 더 이상 고민 않고 약병을 받아 단숨에 삼켰다. 기침 때문에 마시기 힘들었지만, 액체가 식도를 타고 넘어가는 것이 느껴졌다.

약의 효과는 순식간에 나타났다. 기침이 잦아들고, 폐가 안정을 되찾았다. 거칠게 두어 번 숨을 삼키고 나니 통증도 말끔히 가셨다. 마법의 약처럼 느껴질 정도였다. 지금까지 수많

은 약을 입에 달고 살았지만 이것만큼 효과가 좋은 것은 없었
다.

"이건……."

오셀루나는 손에 남아 있는 보석과도 같은 약병을 바라보
았다. 오실룬은 자개 장식의 나무 케이스를 다시 품 안에 챙
겨 넣었다.

"응급약 같은 거야."

"응급약이라니……."

"그야, 세계를 떠돌며 상인 일을 하다 보면 어떤 부상을 입
을지 모르잖아. 최후의 최후를 위해 남겨둔 귀한 약이야."

"거짓말!"

오셀루나의 외침에 오실룬이 고개를 갸웃했다.

"내 병에 듣는 약이야, 그건. 오실룬, 나도 너와 함께 로포
노프 선생님의 학문을 배웠어. 어떤 병에나 듣는 약 따위는
세상에 존재하지 않아."

"그, 그러니까, 꼭 네 병의 증세에 듣는 약이 아니라, 이를
테면 폐에 있는 병에 작용하는 약 같은 거야. 심한 감기나 폐
렴 따위 말이야. 그레이트 그린은 추운 곳이니까 폐병은 그리
귀하지 않아. 물론 네 병은 특이한 케이스지만."

오셀루나는 더 이상 그를 추궁할 수 없었다. 이치에 닿는
말이었으니까.

"하긴… 네가 왜 내 약을 가지고 다니겠어?"

"내 말이 그거야."

오실룬의 대답에 오셀루나는 쓸쓸한 미소를 지었다.

"정말 변했구나."

오실룬은 아차 했다. 그녀의 병 때문에 잠시 방심을 한 사이 지금 연기하고 있는 역을 잊고 있었다. 그녀와의 친분을 다시 이어야 한다. 조금 더 친해져야 하는데, 방금 전의 대화는 오히려 그녀와 멀어질 만한 종류의 것이었다.

"그게……"

변명하려는 그를 무시하며 오셀루나가 말을 이었다.

"옛날에는 내 병을 꼭 고쳐 주겠다고 몇 번이나 다짐했으면서. 남쪽 끝으로 가 불사조의 꽃을 구해오겠다고… 무슨 소원이라도 들어준다는 그 꽃으로 내 병을 고쳐 주겠다고 말했잖아."

오실룬이 웃었다.

"푸훗, 나도 기억 나. 그땐 참 어렸지? 바보 같은 소리나 하고."

오셀루나가 화를 냈다.

"바보 같지 않았어!"

당황하는 오실룬에게 오셀루나는 속삭이는 듯한 목소리로 되뇌었다.

"바보 같지 않아. 지금의 오실룬보다 그때의 네가 몇 배나 더 멋졌어."

"오셀루나, 나도 어린 시절의 추억은 아름답다고 생각해. 하지만 지금은 기사도의 시대가 아니잖아. 너도 선생님께 배웠잖아. 기억 안 나? 200여 년 전만 해도 알칸사스의 데르텐 지방과 그라나다 사이에 교역이 선혀 없었다는 이야기. 불과 마차로 열흘 거리, 숲을 하나 지나기만 하면 되는 거리야. 그런데도 그곳에 드래곤이 살고 있다는 전설 때문에 사람들은 그 숲에 들어갈 생각도 하지 못했어. 알칸사스의 지도가 그런 이상한 모양이었던 것도 드래곤의 전설 때문이잖아."

오실룬이 조소 섞인 말을 뱉었다.

"신화, 전설, 미신 따위에 의지해서는 안 돼. 앞으로는 자연과학의 시대야. 스승님께서도 비이성을 타파하여 탈신성[Profane]해야 한다고 늘 말씀하셨잖아."

"하지만 불사조는 있어."

오셀루나의 말에 오실룬이 고개를 저었다.

"그것까지 잊은 거야, 오실룬?!"

"음?"

"함께 봤잖아. 먼 하늘을 날던 거대한 하얀 새를. 그것이 떨어뜨린 깃털을 함께 가지고 놀았잖아."

오셀루나의 말에 오실룬이 고개를 갸웃했다.

"오셀루나… 꿈이라도 꾸었던 것 아니야? 생각해 봐. 전설 속의 새가 정말 있고, 그 깃털을 가지고 놀았다면 지금 그건 어디에 있어? 전설대로 기스락을 날개로 덮을 만큼 커다란 새라면 깃털의 크기도 엄청나게 클 텐데…….."

이야기를 하던 오실룬은 온몸에 소름이 돋는 것을 느꼈다. 어렴풋이 기억이 난다.

분명 일고여덟 살 때의 일이었다. 눈 내린 숲에서 거대한 깃털을…….

솟아오르는 기억을 애써 부정했다.

"꿈일 거야, 분명."

"그 깃털이 어디로 갔는지는 기억하지 못해. 하지만 그건 분명 꿈이 아니었어. 생각나지 않는 거야? 함께 깃털로 눈집을 만들었잖아. 비단보다 부드러운 감촉의 깃털이었잖아."

"기억 안 나. 꿈이라니까."

오실룬이 단정 짓듯 말했다.

"아무튼 남쪽의 소원을 들어주는 꽃 따위, 나는 믿지 않아. 이제는 상인이니까 현실 속에서 살아갈 거야."

오셀루나는 입술을 깨물었다. 오실룬이 그녀의 표정을 잠시 관찰하다 대화를 바꾸었다.

"오셀루나, 10년이야. 네게도 많은 일이 있었고, 내게도 그런 시간이야. 지금의 너와 나를 인정해야 하잖아? 10년 전의 나만 보고 있으면 너를 어떻게 대해야 할시 모르게 되어버려."

"그건… 그렇겠구나. 시간이 흘렀으니까."

오셀루나는 수긍하는 말을 했다. 그의 말이 맞았다. 혼수상태의 그에게 자극받아 감상적인 기분이 흘러넘쳤지만, 그렇게 한번 토해내고 나니 오히려 차분해졌다.

오실룬이 웃으며 왼손을 내밀었다.

"그럼 다시 친구가 된 거야. 미안, 오른손을 다쳐서 왼손으로 악수해야겠어."

오셀루나는 머뭇거렸다. 오실룬이 재촉하듯 손을 까딱였고, 오셀루나는 그의 손을 맞잡았다.

악수를 받아주자 웃으며 오실룬이 말을 꺼냈다.

"어렸을 때처럼, 그때는 아무것도 모를 때였으니까, 허물없이 지내는 건 힘들겠지만……."

말을 하는 도중 한 장면이 떠올랐다. 말을 이어가는 것조차 잊을 정도로 충격적인 기억의 파편이었다.

왜 자신이 오셀루나에게 입을 맞추고 있는 거지? 그것도 어렸을 때의 그녀가 아닌 지금 눈앞에 있는 그녀에게?

상상이 아닌 실재했던 일이다. 기억에 남아 있지도 않건만, 불쑥 떠오른 그 장면이 실재했다는 감각만큼은 선명하게 떠올랐다.

"왜 그래? 갑자기 말을 하다 말고……."

"아, 아니야! 아니아니, 흠흠, 그러니까, 어디까지 이야기했지? 아, 그래, 친하게 지내자고."

당황하는 그의 모습에 오셀루나는 고개를 갸웃했다. 어딘가 재미있다는 생각에 웃음을 터뜨렸다.

더 이상 과거의 오실룬에게 집착하는 것은 관둬야겠다. 비록 상상했던 모습은 아니지만 눈앞에 그가 있으니까. 너무나 많이 변해 어색했지만, 적어도 오늘 그가 목숨을 걸고 자신을 구해준 것만큼은 사실이니까.

오셀루나는 이런 생각을 하며 고개를 끄덕거렸다.

5

오실룬과 오셀루나가 그 눈 속에서 빠져나온 것은 해가 완전히 뜬 후였다. 땔감이 아직 남아 있던 데다 한밤에 눈밭으로 올라가 보았자 그 후의 일을 장담할 수 없었기 때문이다.

비교적 부상이 경미했던 오셀루나가 계단 모양으로 눈을 파내고 다져 올라갈 길을 만들었다. 오실룬이 다리를 절뚝이며 기다시피 그녀의 뒤를 따랐다. 워낙 추운 날씨였기에 눈은 딱 알맞게 얼어 있었고, 두 시간 동안 애를 쓴 끝에 지상으로 나올 수 있었다.

지상으로 나간다 해도 별다른 뾰족한 수가 없을 것이란 생각은 오산이었다. 지상은 지금 수많은 사람들로 북적이고 있었다. 눈밭 아래에서 눈을 파고 나온 두 사람을 향해 사람들이 다가왔다.

오실룬과 오셀루나에게 다가온 사람들은 복장이 허름하고 손에 긴 작대기 같은 것을 들고 있었다. 이번 눈사태 이후로 생존자를 찾기 위해 동원된 평민들인 듯했다.

그들 중 한 사람이 함께 끌고 온 개썰매에서 두툼한 모포를 꺼내 오셀루나와 오실룬의 어깨를 감쌌다. 다른 사람이 따뜻한 수프를 한 그릇 가득 담아 챙겨준다. 오실룬과 오셀루나는 감사를 표하며 그들의 호의를 받았다.

오실룬은 개썰매의 의자 부분에 털썩 걸터앉았다. 다리의 통증이 심해 더 이상 서 있을 수가 없었다. 갑작스레 허기가 느껴졌기에 그는 수프를 호호 불어 마셨다.

오셀루나가 오실룬의 곁에 털썩 주저앉았다. 그녀도 탈진하기 직전인 것은 마찬가지였다. 두 남녀는 한마디 말도 없이 서로에게 기대어 수프를 마셨다. 몸속이 따듯해지니 마음까지 편안해졌다.

그들이 쉬는 사이 수색원 중 한 명이 하늘로 신호를 쏘아 보냈다. 팡 터지는 소리와 함께 흰 구름이 한 줌 피어오른다.

눈사태가 소리에 민감하다고는 하지만, 한바탕 쏟아진 직

후인데다 이곳은 산으로부터 상당히 떨어진 곳이었다. 신호
탄을 쏘는 정도로는 아무 일도 일어나지 않았다.

오래잖아 예카를 탄 한 쌍의 남자가 나타났다. 복장으로 보
아 라누아의 기병대였다.

두 병사는 예카에서 내려 오실룬과 오셀루나에게 다가왔
다. 개썰매에 의지해 평화로운 표정을 짓고 있는 두 사람. 어
딘가 접근하기 어려운 분위기였다.

그러던 중, 병사가 오셀루나의 어깨에 있는 문장을 발견하
곤 큰 동작으로 경례를 올려붙였다. 뒤따르던 다른 병사도 엉
겁결에 경례를 했다.

"왕실에 영광을! 3연대 소속 중사 테이반입니다!"

오셀루나가 앉은 채 경례를 받았다.

"왕실근위대 부사령관 오셀루나다."

"알고 있습니다. 두 분을 지금 당장 구조 캠프로 모시겠습
니다."

"그보다 간단히 상황을 보고해 주겠나? 국왕 전하는 어찌
되셨나?"

테이반 중사가 잠시 머뭇거리다가 답했다.

"아직 전하의 행방은 찾지 못했습니다. 그리고 왕실근위대
장님의 유체를 조금 전 발견했습니다. 국왕 전하의 사냥 그룹
을 제외하고는 그렇게까지 깊이 올라간 분들이 없었기에 귀

족들 중 실종자는 극히 일부입니다."

오셀루나는 눈살을 찌푸렸다. 아직까지 찾지 못했다면……. 머리를 흔들어 불길한 생각을 애써 치웠다.

그사이 오실룬이 물었다.

"키예프 후작님은 어떻게 되셨지?"

"아, 그분은 무사하십니다. 지금 구조 캠프에서 병사들을 지휘하고 계십니다."

오실룬은 '후!' 하고 한숨을 내쉬었다. 라누아에 와서 가장 많은 공을 들인 키예프 후작과의 관계가 아직 살아 있다는 생각에 안도감이 들었다.

개썰매를 빌려 병사들의 호위를 받으며 오실룬과 오셀루나는 설원을 가로질렀다. 눈사태로 인근이 온통 새하얗게 변해 있었다. 커다란 전나무 숲도 절반이나 눈에 파묻혀 버렸다.

개썰매는 대부분 1인승이었다. 하지만 뒤쪽의 짐칸 스키 부분에 사람이 타는 일도 적지 않았다. 지금 운전석에서 썰매를 모는 것은 오실룬이었고, 오셀루나는 뒤쪽 발판에 섰다.

반 시간가량 썰매를 몰아가자 저 멀리서 수십 동의 천막이 보이기 시작했다. 수렵회의 베이스캠프 역할을 하던 그곳이다.

병사와 개썰매가 돌아오는 것을 발견하곤 몇몇 사람들이 캠프 밖에까지 모여 마중을 했다. 그들은 대부분 실종자의 가족이나 관계자들이었다.

오실룬은 그 안에서 반가운 얼굴을 발견했다. 펠리페였다. 그는 지금 키예프 후작과 몇몇 사람들 옆에서 이쪽을 바라보고 있었다.

오실룬이 손을 흔들며 마차를 그쪽에 세웠다. 개썰매의 뒤쪽에 있던 오셀루나가 내려서 오실룬을 부축해 주었다.

사람들 틈에서 한 사람이 뛰쳐나왔다. 두툼한 털외투를 무릎까지 늘어뜨리고, 후드 같은 털모자를 눌러쓴 주홍색 머리칼의 여인이었다. 그녀는 오셀루나에게로 뛰어들어 허리를 꼭 안았다.

"오셀루나 언니!"

오실룬을 부축하던 오셀루나가 웃으며 그녀를 마주 안아주었다.

"나다!"

"언니! 살아 있었군요!"

"그야 물론이지."

나다가 오셀루나의 허리를 더 꼭 껴안았다. 목소리가 거의 울먹이고 있었다.

"언니가 실종됐다는 소식을 듣고 이곳으로 달려왔어요. 만

하루 동안 아무 소식도 없어 얼마나 걱정한 줄 알아요?!"

오셀루나가 나댜의 눈물을 닦아주었다.

"울지 마려무나. 다 큰 여자 아이가 이렇게 사람이 많은 곳
에서 울어서야 되겠니?"

오셀루나의 상냥한 말이 오히려 나댜의 눈물샘을 자극한
모양이었다. 오셀루나는 나댜의 얼굴을 품으로 가려주었다.

오실룬이 두 사람 사이에 끼어들었다. 품에서 손수건을 한
장 꺼내 나댜에게 건네주었다. 나댜는 오셀루나의 품속에 숨
은 채 손만 빼꼼이 내밀어 손수건을 받았다. 오셀루나 못지않
게 오실룬의 생환도 기뻤지만 내색할 수는 없었다.

오실룬이 건네준 손수건으로 눈가를 매만지던 나댜는 깜
짝 놀랐다. 이건 언젠가 그에게 주었던 바로 그 손수건이다.

"이걸… 가지고 계셨던 거예요?"

오실룬은 멋쩍은 얼굴로 목덜미를 긁적였다. 나댜가 다시
손수건을 보았다. 깨끗하게 빨고 다려진데다 은은하게 향수
의 냄새까지 났다. 어지간히 소중히 여긴 게 아니라는 티가
눈에 확 띌 정도였다.

오실룬은 두 여자에게서 벗어나 쩔뚝이며 키예프 후작에
게 다가갔다. 나댜가 먼저 법석을 피우는 통에 나설 순번을
놓친 카닌은 어정쩡한 자세로 서 있었다.

무슨 말을 꺼내야 할지 고민하는 카닌을 향해 오실룬이 먼

저 입을 열었다.

"내기는 어떻게 되었습니까? 보시다시피 전 한 마리도 못 잡았습니다."

미소 띠며 한 오실룬의 말에 카닌이 이를 보였다.

"하하하! 내기! 그래, 내기! 나도 못 잡았네. 사람이라면 몇 구했지만."

함께 오실룬을 마중 나왔던 세 번째 내기 참가자 우볼프도 박장대소했다.

"푸하하! 하루 밤낮을 눈 속에 갇혀 있다 와서는 한단 소리가 내기 얘깁니까! 두 손 두 발 다 들었습니다. 나는 깨끗이 패배를 인정하겠습니다."

"그렇구먼. 승자는 자네로 하세."

오실룬이 고개를 끄덕거렸다.

"하루 밤낮 오들오들 떨고 2만 루블이라면, 그것참 괜찮은 벌이입니다. 이번 수렵회는 크게 이익 봤습니다."

남자들의 대화가 이어지는 동안에도 나댜와 오셀루나가 도란도란 말을 나누고 있었다.

"언니, 어떻게 된 거예요? 하루 동안 어디에 있었나요?"

"국왕 전하를 모시다 눈사태에 완전히 휘말렸단다. 오실룬이 목숨을 걸고 구해주지 않았다면 아마 이렇게 살아 돌아오지 못했을 거야."

"아! 오실룬님이······."

나댜의 얼굴이 새빨갛게 물들었다.

"그런데 그 손수건이 어쨌다는 거야? 그러고 보니 남자들이 가지고 다닐 만한 물건이 아닌데······."

"아녜요, 언니. 이건 언니라 해도 말씀드릴 수 없어요. 너무 창피한 이야기예요."

정색을 하고 도리질 치는 통에 오셀루나는 더 이상 손수건에 대해 묻는 것을 그만두었다. 나댜가 오셀루나를 올려다보며 말을 이었다.

"언니는 정말 운이 좋았던 거예요. 지금 근위대 분들은 대부분··· 돌아가셨어요. 모두들 입 밖에 내고 있지는 않지만 국왕 전하의 안위도 불투명해요."

오셀루나도 얼굴에 근심을 드리웠다. 불길한 생각이 자꾸 머릿속에 떠올랐다.

바로 그때, 저 멀리서 십여 명 정도로 편성된 기마대 한 부대가 빠른 속도로 달려오는 모습이 보였다. 그들 중 선두와 최후미의 두 사람은 커다란 깃발을 들고 있었다. 전나무와 눈꽃, 르에페 왕실의 깃발이었다. 그런데······.

구조 캠프가 술렁였다. 사람들이 비명을 질렀다. 오셀루나는 얼굴을 굳혔다.

오실룬의 두 눈도 그 깃대에서 떨어질 줄을 몰랐다. 깃대의 깃발은 폭 절반쯤 내려 매단 조기였다.

역시 돼졌나!

이 땅에서 태어났지만 다른 신민들처럼 그를 경애하는 마음은 갖고 있지 않았다. 어느 쪽이냐고 하면 오히려 증오에 가까우리라. 스스로의 손에 피를 묻힌 것은 아니지만 분명 그는 자신의 가족을 죽였다.

애써 잊으려 하고 있었다. 이 땅을 다시 밟은 것은 어디까지나 돈을 위해서니까. 돈으로 자신의 꿈을 이루기 위해서였으니까.

하지만…….

적어도 그가 이런 식으로 사라지기를 원한 적은 없다.

이제 누구를 증오하고 원망해야 할까?

르에페에 돌아와 지내는 시간들이 점점 길어질수록 오실룬의 가슴속에 맺혀 있는 무언가는 점점 갈피를 잃어가고 있었다.

문득 곁에 있는 오셀루나를 보았다. 그녀는 어금니를 질끈 물고 있었다. 양 뺨이 긴장으로 굳어 있다.

잊자.

적어도 르에페에서 하는 일을 마무리 지을 때까지만이라도.

문득 오실룬은 지금 자신이 어떤 표정을 짓고 있을지 궁금해졌다. 어떤 표정도 만들고 있지 않은 지금, 감정이 얼굴에 그대로 드러나 있을 것이다.

거울을 본다면 지금 자신의 마음을 알 수 있을 텐데…….

르에페 국왕 카이레 2세의 치세는 허무하리만치 조용히 저 물었다.

〈제1권 끝〉

The LORD

성진 게임 판타지 소설

더로드

간절한 갈망은 기적을 만들고
기적은 결코 만들어질 수 없는
연결 고리를 만든다.

그렇게 이어진 연결 고리.
그것은 새로운 시작이었다.

자, 일인군단(一人軍團)의
독보천하(獨步天下)가 지금부터 시작된다.

유행이 아닌 자유추구 ─
WWW. chungeoram.com

Book Publishing CHUNGEORAM

저작권 보호!!
장르문학의 성장에 힘이 되어주십시오.

저작물의 무단 전재와 복제, 불법 다운로드!
이것은 관심이 아니라 무관심입니다!

작가님들은 창의적 열정과 시간을 투자해 자신의 꿈과 생계를 유지합니다.
한 권의 책을 만들어 많은 사람들은 자신의 인생과 미래를 설계합니다.

저작물 속에는 여러 사람의 노력과 희망이
담겨 있습니다!

저작물의 무단 전재와 복제, 불법 다운로드는 여러 사람들의 꿈과 생계를
위협함으로써 장르문학을 심각한 상황에 빠뜨리고 있습니다.

이제는 무관심이 아니라 관심으로 장르문학의
성장에 힘이 되어주세요.

[도서출판 청어람은 항시적인 저작권 보호를 통해 장르문학과
여러분의 희망을 지키겠습니다.]

도서출판 청어람

War Mage

워메이지

김재한 퓨전 판타지 소설

사람들이 인식하는 상식의 세계 이면,
짙은 어둠이 드리워진 그곳에 사는 괴물들이 있다.

문명이 드리운 그림자 속에서, 전투기계들과
인간의 사념으로부터 태어난 마물들이 격돌한다.
마법과 주술이 난무하는 초현실적인 전장,
소년은 그곳에 서는 대가로 인생을 잃었다.
운명의 노예가 되어 가족과 인성을 잃어버린 소년, 진유현.

총염(銃炎)과 검광(劍光)이 뒤얽히는
어둠의 거리에서, 운명의 족쇄를 끊고 나온
소년의 눈이 살의를 발한다.

유행이 아닌 자유추구 -
WWW.chungeoram.com
Book Publishing CHUNGEORAM

참마도 新무협 판타지 소설

鬼弓士
귀궁사

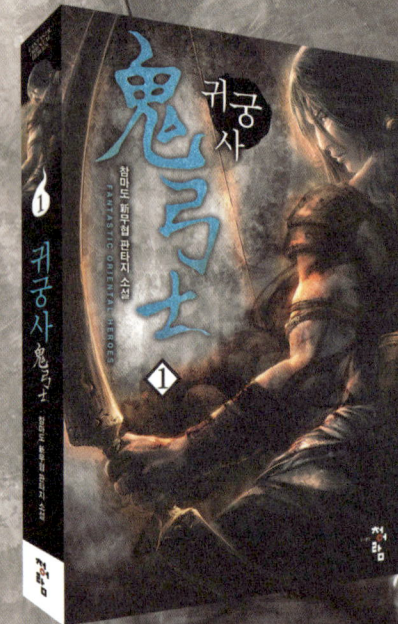

참마도 작가!! 그가 『무사 곽우』에 이어
다섯 번째 강호 이야기를 새롭게 풀어내다!!

"길의 중앙에서 멋지게 서서 당당히 걸어가래.
사람으로 태어난 이상 그 누구도 당당하게 살아갈 권리는 있다고 말이야."

단야의 오른손이 꽉 쥐어졌다. 별것도 아닌 말이다.
하나 이토록 마음에 남는 소리는 없었다.
사람으로 태어나서…….

요물, 괴물.
나이를 먹지 않는 월홍과 얼굴이 징그럽게 망가진 단야.
그들 앞에 펼쳐진 강호란……!

유행이 아닌 자유추구 -
WWW.chungeoram.com
Book Publishing CHUNGEORAM

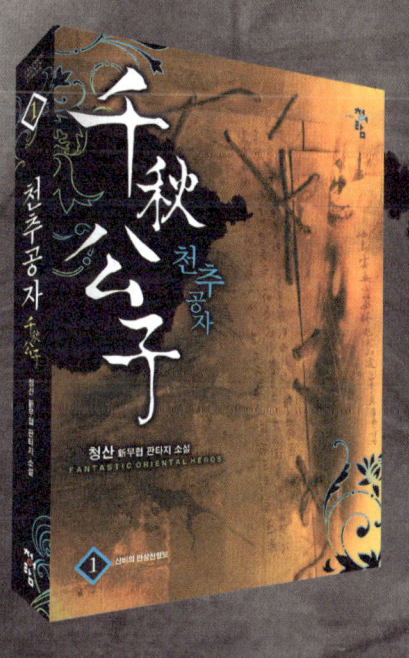
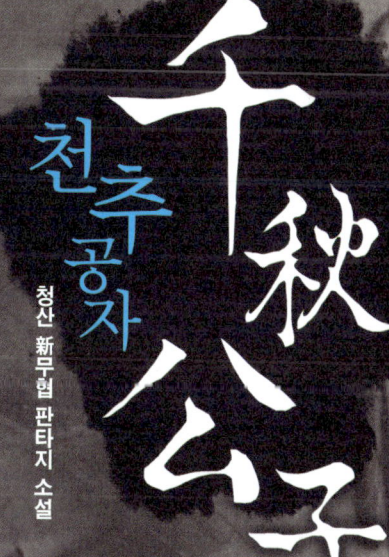

少林棍王
소림곤왕

한성수 新무협 판타지 소설

감동의 행진을 멈추지 않는 작가 한성수!

구대문파 시리즈의 두 번째 이야기 『소림곤왕』!!
그 화려한 무림행이 펼쳐진다

"너는 지금부터 날 사부님이라 불러야만 하느니라.
소림사의 파문제자인 나, 보종의 제자가 되어서 앞으로 군소리없이 수발을 들고 모진
고통을 이겨내며 무공 수련을 해야만 한다."

잡극계의 천금공자 엽자건!
소림의 파문제자 보종의 제자가 되다!!

역사와 가상,
실존의 천하제일인과 가상의 천하제일인에 도전하는 주인공!
이제부터 들어갑니다. 부디 마음껏 즐겨주시기 바랍니다.
– 작가 서문 中에서.

유행이 아닌 자유추구 –
WWW.chungeoram.com
Book Publishing CHUNGEORAM

인공지능시대 윤리적 쟁점들

지은이

정원섭 鄭元燮 Jung Won-sup

서울대학교 철학과에서 학사·석사·박사를 마친 후 미국 Purdue University에서 박사후과정을 거쳤다. 한국윤리학회 회장을 역임하였으며, 현재는 한국포스트휴먼학회 회장 그리고 한국철학회와 한국동양철학회 부회장으로 활동하고 있다. 정의와 인권 그리고 민주주의의 시각에서 인공지능 등 첨단 과학 기술이 현대 사회에 초래하는 다양한 변화에 대해 연구하고 있다. 주요 저서로는 『롤즈의 공적 이성과 입헌민주주의』(2008), 『좋은 삶의 정치 사상』(2014), 『현대정치철학의 테제들』(2014), 『인공지능과 새로운 규범』(2018) 등이 있다. 주요 논문으로는 "Property-owning Democracy or Democratic Socialism?"(1998), 「인권의 현대적 역설」(2012), "AI ethics on the road to responsible AI plant science and societal welfare"(2024) 등이 있다.

인공지능시대 윤리적 쟁점들

초판발행 2025년 5월 30일

지은이	정원섭
펴낸이	박성모
펴낸곳	소명출판
출판등록	제1998-000017호
주소	서울시 서초구 사임당로14길 15 서광빌딩 2층
전화	02-585-7840
팩스	02-585-7848
이메일	somyungbooks@daum.net
홈페이지	www.somyong.co.kr

ISBN	979-11-5905-485-3 93300
정가	16,000원

문명과
시민

7

인공지능시대
윤리적 쟁점들

Ethical Issues in the Age of Artificial Intelligence

정연섭 지음

2023년 11월 OpenAI에서 챗GPT를 공개한 이후 등장한 다양한 생성형 인공지능 기술은 새로운 패러다임을 제시하고 있는 듯하다. 텍스트뿐만 아니라 이미지나 동영상도 거침없이 생산한다. 주어진 명령에 따라 그럴듯하게 시를 짓고 작곡도 하고 도표도 깔끔하게 그린다. 엑셀이나 코딩 실력은 엄청나다. 아무리 어려운 질문에 대해서도 불과 몇 초 만에 그럴듯한 대답을 척척 내놓는다. 그러나 그 답이 참이라는 보장은 전혀 없다.

그렇기 때문에 생성형 인공지능 기술이 특히 교육 현장에 미칠 영향은 즉각적이고 심각해 보인다. 그 활용 여부를 두고 외국 대학은 물론이고 국내 대학들이 심각한 고민에 빠져 있다. 인공지능에 대한 교육을 전폭적으로 확대해야 한다는 주장이 이제 지극히 당연한 것으로 설득력을 더욱 얻고 있는 가운데 많은 대학에서 인공지능 관련 교수학습가이드라인을 발표하는 등 발빠르게 대처하고 있다. 그러나 생성형 인공지능 기술을 학생들에게 허용하는 것에 대한 반대의 목소리도 결코 적지 않다. 왜냐하면 생성형 인공지능 기술은 '진리추구'와 '노력'이라는 교육의 본원적 가치를 근본적으로 훼손하는 것처럼 보일 뿐만 아니라 학생들의 창의력 증진을 방해하면서 표절에 대해 무감각하게 만들어 결국은 지적 절도 행위를 조장하여 윤리의식 자체를 훼손할 수 있기 때문이다.

특히 세계적 권위를 인정받고 있는 학술지 『사이언스*Science*』에서는 학술 논문 심사에 대한 새로운 가이드라인을 발표하면서 챗GPT가 생산한 도표나 이미지를 사용할 경우 연구 부적절 행위로 간주하겠다고 선언하였다. 이와 쌍벽을 이루는 『네이처*Nature*』 역시 인공지능은 책임 능력과 설명 능력이 없다는 이유 때문에 학술 논문의 저자가 될 수 없다고 선언하였다. 세계적인 언어학자인 노엄 촘스키 역시 챗GPT는 '거짓 약속'에 불과하며 결국 우리의 학문과 윤리를 격하시킬 것이라고 경고한다.

그럼에도 불구하고 챗GPT와 더불어 다양한 인공지능 기술이 지속적으로 등장하면서 다양한 디지털 정보들이 폭발적으로 재생산될 것이다. 그런데 최근 한 보고에 따르면 전문학술지의 심사자들조차 챗GPT 등 인공지능 기술을 통해 재생산된 자료 중 60% 정도밖에 확인하지 못하였다고 한다. 이런 상황에서 무엇보다 중요한 것은 디지털 리터러시이다. 디지털 리터러시란 디지털 정보를 제대로 이해할 수 있는 능력을 말한다.

챗GPT는 OpenAI에서 스스로 밝히고 있듯이 '그럴듯한' 이야기를 너무나도 생생하게 제시하고 있지만 현실이 정말 그렇다는 보장은 전혀 없다. 그래서 환각이 나타나는 것이다. 따라서 인공지능이 재생산한 내용이 현실과 일치하는지 냉철히 판단할 수 있는 능력, 즉 통계적 가능성을 바탕으로 앵무새처럼 지저귀는 것이 아니라 '사이비' 정보에 현혹되지 않는 건강한 이해 능력을 갖추는 것이 무엇보다 시급하다.

이러한 논란에도 불구하고 인공지능 기술이 현대 사회의 거의 모든 측면에서 근본적 변화를 이끌고 있는 강력한 기술임은 부정할 수 없다. 의료, 금융, 교육, 교통 등 다양한 분야에서 인공지능은 인간의 능력을 확장하면서 문제 해결의 새로운 가능성을 열어가고 있다. 그러나 인공지능의 발전은 단순한 기술적 성과에 그치지 않으며, 우리의 가치, 윤리적 신념, 사회적 규범을 재고하게 만드는 중요한 문제들을 제기한다. 이러한 배경에서 인공지능 윤리는 기술의 개발과 사용이 인류 전체의 이익에 기여할 수 있도록 하기 위해 필수적으로 다뤄져야 하는 주제이다.

인공지능 시스템은 데이터와 알고리즘을 바탕으로 의사결정을 내리기 때문에, 데이터와 알고리즘의 특성으로 인해 의도하지 않았던 편향, 차별, 그리고 불평등을 초래할 수 있는 가능성을 배제할 수 없다. 물론 인간이 내리는 대부분의 의사결정에도 이런 위험이 상존한다. 문제는 인간이 판단을 내리는 경우와 달리 인공지능에 기반을 둔 의사 결정에 대해서는 이런 위험에 대해 의식하기 힘들 수 있다는 점이다. 이런 점에서 우선 전통적으로 제기되어

온 윤리적 쟁점들이 인공지능 기술이 본격화되면서 새롭게 제기되는 방식에 대해 근본적으로 성찰하는 것이 시급하다.

그뿐만 아니라 인공지능의 자율성과 인간의 통제 사이의 균형, 프라이버시와 데이터 보안 문제, 책임 소재의 불명확성처럼 인공지능이라는 기술 자체의 특성상 새롭게 등장하는 윤리적 쟁점들을 총체적으로 살펴볼 필요가 있다. 나아가 인공지능이 우리의 삶에 더욱 깊이 통합됨에 따라, AI 기술이 인류에게 초래할 수 있는 해악을 미연에 방지하면서 우리 사회뿐만 아니라 인류 전체에 바람직한 영향을 미치도록 유도할 수 있는 적절한 가이드라인과 규범을 마련하는 것이 시급하다.

따라서, 인공지능 윤리는 AI 기술의 잠재적 위험과 혜택을 모두 고려하여 공정성, 투명성, 책임성, 프라이버시 등의 원칙을 세우고, 이를 AI 시스템의 설계, 개발, 배포, 사용 전반에 걸쳐 반영하는 과정을 의미한다. AI가 윤리적 원칙에 따라 개발되고 사용될 때, 우리는 AI를 통해 더 나은 사회를 만들어 나갈 수 있는 가능성을 극대화할 수 있을 것이다. 인공지능 윤리에 대한 논의는 기술적 혁신과 인간의 가치 사이의 균형을 찾기 위한 중요한 출발점이자, 미래를 향한 책임 있는 방향 설정의 핵심 요소이다.

인공지능 윤리에 대한 졸고를 통해 포스텍 융합문명연구원의 융합문명총서와 함께하게 된 것은 과분한 영광이라고 아니 할 수 없나. 원고를 준비하는 동안 하루가 다르게 인공지능과 관련된 새로운 기술이 등장하면서 인공지능 윤리와 관련된 쟁점 역시 끊임없이 새로운 모습으로 등장하였다. 특히 챗GPT로 대변되는 생성형 인공지능 기술은 지속적으로 다양한 윤리적 논쟁을 제기하고 있다.

20여 년 전 '정보 사회와 사이버 윤리'라는 강좌를 처음 개발하면서 컴퓨터 기술이 제기하는 윤리적 문제들에 대해 꾸준히 관심을 기울이고 있지만 지금과 같은 급속한 기술 발전은 인문학자인 저자에게는 참으로 난감한 상황이라 아니할 수 없다. 이에 더하여 본인의 능력 부족으로 처음 약속했던 것보다 책의 출판이 참으로 많이 지체되었음에도 여전히 부족한 글을 내놓게 되어 포스텍 융합문명연구원과 독자들에게 양해를 구한다. 탈고를 하는 순간까지 따뜻하게 격려해 주신 김진희 융합문명원장님과 작은 부분까지 섬세히 살펴 주신 조아라 선생님께 큰 감사의 말씀을 드린다.

인문학자인 저자가 이 책을 발간할 수 있던 것은 무엇보다도 2015년부터 지금까지 꾸준히 진행 중인 한국포스트휴먼학회 콜로키움 덕분이다. 이 콜로키움은 인공지능 기술 개발의 최전선에서 활동하는 엔지니어와 공학자들이 전문 분야 기술 현황에 대한 발표를 한 후 다양한 배경의 청중들과 자유롭게 토론하는 것이다. 이 콜로키움에서 발표를 한 분들뿐만 아니라 다양한 방식으로 함께 해 주신 모든 분께 깊이 감사드린다. 이 콜로키움에 꾸준히 참석하면서 인공지능 기술에 대해 길을 열어 주신 유원대 박충식 교수님께 큰 감사의 말씀을 드리고자 한다.

나아가 2019년부터 2022년까지 한국연구재단 일반공동연구 지원사업의 일환으로 '인공지능 기술 편향성 최적화 연구단'에 참여한 모든 분께도 큰 감사를 표한다. 특히 연구 과정에서 공동연구원으로 참여한 국민대 인공지능학부 강승식 교수님으로부터 인공지능 기술을 이해하는데 많은 도움을 받았다. 그리고 인공지능이 의료 분야에서 실제로 어떻게 활용되는가에 대해 국립암센터 암생존자헬스케어연구단장 장윤정 교수님으로부터 생생하게 배울 수 있었다. 특히 장 교수님께는 의료 분야에서 인공지능 활용 과정에서 발생할 수 있는 편향과 관련된 공동 연구 성과를 이 글에 활용하도록 기꺼이 허락해 주신 점에 대해 깊은 감사를 드린다.

다양한 연구 과정에 학생연구원으로 참여한 인연으로 이 책을 준비하는 과정에서 자료 조사와 교정 작업 등 여러 번거로운 일을 맡아 준 서울대 이현우 박사, Purdue University 박사과정 서세동 선생님, 서울대 박사과정 김한나 선생님, 박현우 선생님, 이한주 선생님의 섬세한 도움 역시 꼭 기억하고 싶다. 그리고 일본 정부에서 발표한 「인공지능 윤리기준」 번역을 기꺼이 맡아 준 서울대 규장각 박성일 박사님과 이 번역의 감수 작업을 흔쾌히 맡아 준

경남대 이길산 교수님께도 큰 감사를 표하고자 한다. 그리고 불비한 글을 출판해 주신 소명출판 대표님께서 깊은 감사를 드리며 편집과 교정 과정에서 무한한 인내와 한없는 배려를 아낌없이 베풀어 주신 이선아 선생님의 노고도 꼭 기억하고자 한다.

이 글은 인공지능에 대한 한 인문학자의 이해 방식을 보여 주는 것일 뿐이다. 아마도 부족한 부분이 적지 아니할 것이다. 그럼에도 불구하고 이 글이 앞으로 다만 인공지능 윤리에 대한 다양한 논의 과정에서 여러 개념을 섬세히하는 데 조금이나마 기여하기를 바랄 뿐이다.

2025년 5월

정원섭

차례

인공지능 윤리의 주요 쟁점

1. 윤리적 쟁점들

우리 사회에서 인공지능 윤리는 이세돌과 알파고의 대국을 통해 인공지능의 엄청난 위력을 실감하면서 본격적으로 논의되기 시작하였다. 더욱이 '4차산업혁명 담론'이 유독 우리 사회에서 광범위하게 형성되면서 인공지능이 인간의 일자리를 대신할 것이라는 우려와 함께 여러 위험들에 대한 논의가 본격화되었다.[1]

인간의 노동을 대신할 수 있는 기계가 광범위하게 사용될 경우, 많은 사람들이 당연히 일자리를 잃게 된다. 그런데 인공지능은 지금까지 인간이 하던 일을 훨씬 더 잘 수행하면서 인간을 '쓸모없는' 존재로 전락시킬 뿐만 아니라 머지 않아 인간을 지배할 것이란 전망이 속출하면서 이에 대한 실질적인 대책이 시급한 과제로 대두되었다.

증기기관을 도입함으로써 생산력을 급진적으로 증대시킨 18세기 산업혁명 이래 새로 도입된 기계는 인간의 기존 노동을 대체

---

1   4차산업혁명이란 '스마트 팩토리(smart factories)', 즉 첨단 기술을 통해 각종 공정 과정을 상호 자율적으로 결합하여 효율성을 극대화하고자 하는 것을 의미한다. 이런 변화에 대해 '4차산업혁명'이라는 표현 자체가 적절한가에 대한 다양한 논란에도 불구하고 현재 우리 사회가 인공지능 기술을 중심으로 중대한 기로에 있다는 점에 대해서는 일정 정도 이상 공감이 이루어지고 있다는 점에서 '4차산업혁명'이라는 용어를 사용하고자 한다.

하였다. 그 결과 새로운 기술 도입을 반대하는 '러다이트운동'은 그 모습을 달리하면서 지금까지 지속되고 있다, 왜냐하면 새로운 기계를 만들 때 일차적 관심은 기존의 노동을 '얼마나 잘 수행하는가?', 즉 효율성이라는 점에서 노동 시장이 재편되는 것은 피할 수 없는 일이기 때문이다. 그런데 이렇게 도입된 새로운 기술은 단지 기존 노동을 대신하는 것을 넘어 노동의 특성 자체를 근본적으로 변화시키면서 노동 시장뿐만 아니라 사회구조에 전면적 변화를 초래한다.

대체로 전면적인 사회 변화는 기존의 관행이나 법률로는 적절히 해결할 수 없는 것처럼 보이는 상황, 즉 규범적 공백normative vacuum 을 초래한다. 이러한 규범적 공백 상황에 대처하는 방식은 크게 두 가지 유형으로 구분된다. 첫째 유형은 기존의 규범을 재해석하거나 확장하여 이러한 상황에 대응하는 것이다. 둘째 유형은 과거와는 근본적으로 다른 새로운 종류의 규범을 모색하는 것이다. 사물인터넷과 인공지능 그리고 합성 생물학이 상호 결합하여 온갖 것이 융합하는 4차산업혁명 과정에서 규범적 공백 상황이 불가피하게 등장할 것이다. 이렇게 초래된 규범적 공백 상황에 우리는 어떻게 대처해야 하는가?

이를 위해 우선 세계경제포럼에서 제시한 인공지능시대에 당면하게 될 다음과 같은 9가지 주요 윤리적 사안을 실마리로 삼아

보고사 한다.[2]

① 실업 : 인공지능 기술의 발달로 기존 인간의 일자리가 사라지면 어떤 사태가 일어날 것인가?[3]

② 불평등 : 인공지능 기술이 이용하여 거대 기업은 엄청난 부를 창출하지만 대부분의 개인은 극심한 빈곤 상황으로 놓일 경우, 어떻게 대처해야 하는가?

③ 인간관계 : 인공지능 기술을 활용하는 과정에서 인간의 행동 양식은 어떻게 변화할 것이며 그 결과 인간성 자체에 어떤 변화가 나타날 수 있을까?

④ 인공 바보[4] : 인공지능 기술을 사용하는 과정에서 인간이 어리석게

---

[2] https://www.weforum.org/agenda/2016/10/top-10-ethical-issues-in-artificialintelligence/(검색일 : 2017.12.10).

[3] 미래 사회에서 실업이 확산될 것이라는 우려와는 달리 오히려 이와 상반되는 전망도 적지 않다. 그러나 새로운 유형의 일자리가 등장하더라도 고용의 안정성이 약화될 것이라는 점에 대해서는 대체로 동의하는 듯하다.

[4] '인공 바보(artificial stupidity)'란 용어는 'artificial intelligence'와 반대어로 인공지능 프로그램이 해당 과제를 적절히 수행할 수 있는 능력을 갖지 못한 상황을 표현하는 용어이다. 컴퓨터 과학 분야에서 이 용어는 오류를 고의적으로 유발하기 위해 컴퓨터 프로그램을 '의도적으로 바보처럼 만드는(dumbing down)' 기술을 일컫기도 한다. 또한 이 표현은 컴퓨터 프로그램을 의도적으로 바보처럼 만드는 것뿐만 아니라 상식을 파악하고 활용하는 과정에서 인공지능의 근본적인 한계를 의미하기도 한다. Jay, Liebowitz, "If There is Artificial Intelligence, Is There Such Thing As Artificial

저지른 실수가 초래할 수 있는 상황으로부터 어떻게 우리를 보호할 수 있는가?

⑤ 편향과 차별 : 인공지능 기술 활용 과정에서 사회적 편견이 등장할 가능성은 없는가? 만일 있다면 사전에 어떻게 대응할 수 있는가?

⑥ 안전 : 인공지능이 초래할 수 있는 다양한 위험으로부터 우리를 어떻게 보호할 수 있는가?

⑦ 악의 정령[5] : 판도라의 상자처럼, 범죄 단체에서 인공지능을 악용하는 것을 어떻게 막을 수 있는가?

⑧ 특이성 : 인공지능 기술이 현재 인간의 인지력으로는 상상조차 할 수 없는 상황을 초래할 가능성은 없는가? 인공지능이라는 복잡한 시스템을 앞으로 어떻게 통제할 수 있는가?

⑨ 로봇의 권리 : 인공지능 기술을 바탕으로 인간의 모습으로 등장하고 있는 휴머노이드와 같은 로봇을 어떻게 대우하는 것이 적절한가?

Stupidity?", *SIGART Newsletter*, 1989.7, p.109.

[5]   '악의 정령(evil genies)'의 문제란 '인공 바보'와 달리 악성 바이러스를 유포하는 것처럼 누군가 의도적으로 해악을 초래하고자 하는 것을 말한다. Robert Phillip, R. Edward Freeman·Andrew C. Wicks, "What Stakeholder Theory is not", *Business Ethics Quarterly* Vol.13, issue 4, pp.482~483.

2. 윤리적 쟁점들에 대한 접근 방식

실업과 불평등은 산업화 이후 항상 심각한 사회적 문제로 간주되어 왔다. 끊임없는 기술 발전 과정에서 일부 일자리가 사라지는 것은 항상 있었다. 그러나 이와 더불어 새로운 양질의 새로운 일자리가 더욱 많이 생기는 것이 일반적이었다. 실업에 대한 정부의 과세는 개인들이 새로운 산업 환경에 잘 적응할 수 있는 다양한 직업 역량을 구비하도록 지원하는 것이었다. 또한 직업을 자유롭게 선택할 수 있는 권리를 지닌 개인들이 새로운 직업을 구할 때까지 안정적인 생활을 할 수 있도록 실업 관련 각종 복지정책을 통해 사회적 안전망을 구축하는 일이었다.

그러나 이미 '고용없는 성장'은 현실이 되었고 각종 의료 기술의 눈부신 발전 덕분에 평균 수명이 폭발적으로 확장되면서 새로운 일자리를 창출하는 방식으로 실업에 대처하고자 하던 기존의 정책 기조가 한계를 직면하면서 사회적 불평등은 더욱 심화되고 있다. 그 결과 노동과 소득의 분리를 통해 기본 삶을 보장하고자 하는 기본 소득basic income에 대한 논의가 본격화되었고 최근 들어서는 기본 자산basic capital이라는 개념까지 등장하여 격론을 벌이고 있다.[6] 이 글 후반에서는 기본소득에 대한 담론 과정에서 복지와 정의에 대한 철학적 담론이 어떤 역할을 할 수 있을지에 대해 다루고자 한다.

인공지능 기술은 사람들끼리 소통하는 양상에도 큰 변화를 초래하면서 특히 도덕 및 윤리 분야에 큰 영향을 준다. 주지하다시피 근대 과학 문명은 기계론적 물리주의mechanical physicalism를 기반으로 외부 대상 세계뿐만 아니라 인간 내적 작용까지 설명하고자 한다. 데카르트가 제시한 심신이원론은 이러한 물리주의의 도전 앞에서 도덕적 영역을 새롭게 정의하고자 하는 시도이었으나, 그 이후 기계론적 사유가 확산되면서 정신세계 혹은 도덕세계는 끊임없이 축소되어왔다.

한때 물리주의와는 매우 이질적인 것으로 간주되었던 생물학적 영역에서조차 이제는 물리주의가 각광받으면서 자율성을 근간으로 하는 규범적 도덕 철학조차 경험적 관찰에 입각하여 도덕적 문제에 접근하고자 하는 도덕 심리학의 위세 앞에서 점점 위축되고 있다. 물리적인 혹은 생물학적인 자동성spontaneity의 영역이 확장할수록 도덕적 자율성autonomy은 축소될 수밖에 없는 것처럼 보인다. 그렇다면 물리주의가 더욱 확산되고 있는 인공지능시대에 도덕적 결정은 어떤 의미를 지닐 수 있을 것인가?

---

6   Basic Income Earth Network http://basicincome.org/(2017.12.10), 기본소득한국네트워크 http://basicincomekorea.org.(2017.12.10) 참고.

그뿐만 아니라 사물인터넷IOT과 더불어 각종 인체 정보는 팬데믹을 거치며 생생히 보았듯이 공공 보선을 위해서뿐만 아니라 당장 범죄 예방을 위한 공공 치안을 위해서라도 불가피하게 수집 및 활용될 수밖에 없다. 이러한 상황에서 생물공학은 슈밥의 지적처럼 사회적 규범과 규제를 만드는 데 가장 어려움이 많을 것으로 예상되는 분야이다. 인간이란 무엇인지, 자신의 신체 및 건강 관련 데이터와 정보를 타인과 공유할 수 있는지 또는 공유해도 되는지, 다음 세대를 생각했을 때 우리에게 유전자 코드를 변형할 수 있는 권리가 있는지, 그렇다면 우리가 져야 할 책임은 무엇인지 등에 관한 새로운 질문들이 우리 앞에 있다.[7]

편향과 차별, 안전성, 악의 정령 등의 문제들은 전통적으로 알고리즘 윤리 혹은 컴퓨터 전문직 윤리로 간주되어 온 것들이다. 컴퓨터 프로그램의 경우 최근 다양한 유형의 사전 시뮬레이션 인증 방안이 제시되고 있지만, 프로그램의 구체적인 작동 과정을 확인할 수 없다는 점에서 비가시성invisibility 문제를 피할 수 없다. 그 결과 알고리즘 윤리로서 인공지능 윤리는 이 분야 엔지니어들이 고도의 전문 기술을 의도적으로 악용하지 않도록 교육하는 일종의 전문직 윤리 성격이었다. 그래서 이런저런 도덕 원칙을 제시하

---

7   클라우스 슈밥, 송경림 역, 『클라우스 슈밥의 제4차혁명』, 메가스터디Books, 48면.

는 것을 넘어 성실성, 책임감, 정확성 등과 같이 개발자들에게 덕목을 강조하는 덕 윤리가 주목받기도 하였다.

그런데 무인자율주행 자동차처럼 자기 학습을 통해 자율적 판단이 가능한 로봇들과 인간의 모습을 한 휴머노이드들이 등장하면서 인공지능 윤리에 대한 논의는 새로운 국면을 맞이한다. 가령 자율자동차 운행 중 사고가 발생한 경우, 책임 문제를 해결하기 위해 단순히 개발자나 운영자의 책임을 어떻게 설정할 것인가를 넘어 인공지능 자체를 하나의 행위자로 고려할 필요성이 다양한 시각에서 등장하고 있다. 그 일환으로 인공지능을 하나의 법인으로 설정하여 기업처럼 책임과 권한을 부여하는 방안을 현실적으로 모색하게 되었다. 이러한 과정에서 인공지능과 관련하여 도덕적 주체, 나아가 행위 주체의 특성에 대한 철학적 문제가 새롭게 부각되고 있다.

1942년 아시모프Issac Asimov의 단편소설에서 소위 로봇 3원칙이 제시된 이래 로봇 윤리에 대해 많은 논의가 진행되었다.[8] 이에 더

---

8   아시모프의 원칙(Asimov's Laws)은 미국의 작가 아이작 아시모프가 로봇에 관한 소설들 속에서 제안한 로봇의 작동 원리이다. 1942년, 그의 단편소설 "Runaround"에서 다음과 같은 세 가지 원칙이 제시되었다.
제1원칙 : 로봇은 인간에 해를 가하거나, 혹은 지시를 무시함으로써 인간에게 해가 가도록 해서는 안 된다.
제2원칙 : 제 1원칙에 어긋나지 않는 한 로봇은 인간의 제 1원칙에 어긋나지 않는 지시

하여 1985년 아시모프가 나시 '로봇은 인류에게 해를 가해서는 안 된다'는 소어 로봇 0원칙을 추가할 때까지 로봇은 철저하게 도구로 간주되었다.[9] 그러나 SF소설이나 영화 등을 통해 인간과 상호 작용하는 것처럼 보이는 로봇이 등장하면서 2004년 일본 후쿠오카 세계 로봇 선언에서는 로봇이 인간과 공존하는 존재로 이해되면서 로봇에 대한 인간의 책임 개념이 싹트기 시작하였다. 이제 인간과 신체뿐만 아니라 정서적으로 소통하는 로봇을 인간과 공존하는 파트너로서 인정해야 한다는 주장이 등장하기 시작한 것이다.

이러한 맥락에서 2006년에는 유럽연합[EU] 산하기구인 유럽연합로봇연구협회[EURON]에서는 로봇의 윤리 문제를 다루기 위한 로드맵을 설계하면서 로봇 개발 과정에서 등장할 수 있는 윤리적 쟁점에 대한 체계적 평가systematic assessment를 시도하였다.[10] 이 로드맵은 로봇을 개체라기보다는 하나의 시스템system으로 이해하면서, 구체적인 당위를 제시하는 것이 아니라 로봇 개발자들을 위한 가

에 복종해야 한다.

제3원칙 : 로봇은 제1원칙과 2원칙에 어긋나지 않는 한 자신의 존재를 보호해야만 한다. Isaac Asimov, "Runaround," *I, Robot*(The Isaac Asimov Collection ed.), Doubleday. 1950, p.40.

9   Isaac Asimov, *Robots and Empire*, Mass Market Paperback, 1985.

10   Gianmarco Veruggio, *EURON Robotics Roadmap Atelier* Release 1.1, Genova, 2006.7.

이드라인을 제공하고자 하였다. 인간의 존엄과 인간의 권리, 평등과 정의, 이익과 손실, 문화적 다양성 존중, 차별과 낙인 금지, 자율성과 책임, 주지된 동의, 프라이버시, 기밀성, 연대와 협력, 사회적 책임, 이익의 공유, 생물에 대한 책임 등은 이후 로봇 설계자들에게 중요한 가이드라인이 되고 있다. 이에 발맞추어 우리나라 산업자원부에서도 2007년 세계 최초로 국가 차원에서 로봇윤리헌장 초안을 제정하였으나 공식 발표는 유보하였다. 2010년 영국공학물리학연구위원회EPSRC에서도 로봇 원칙을 발표하였는데[11] 여기서는 특별히 인공지능 설계의 투명성에 주목하였다. 그리고 2017년에는 바이오 기술, 핵, 기후 그리고 AI 문제를 4대 과제로 삼아 킬러로봇에 대해 지속적으로 문제 제기를 하던 미래 생활 연구소 FLI가 아실로마 AI 23 원칙을 통해 지금까지 제시된 로봇 윤리에 대한 총괄적인 가이드라인을 제시하였다.[12] 특히 이 원칙에서는 AI가 무기로 전환될 수 있는 가능성을 끊임없이 경계하면서 인간의 지능을 뛰어 넘는 초지능 AI 문제까지 거론하고 있다. 이러한 과정에서 우리 정부는 기존의 초안을 보완하여 2020년 "인간성을 위한 인공지능AI for Humanity"이라는 인공지능 윤리 가이드라인을 국

---

11 Engineering and Physical Sciences Research Council.

12 futurelife.org.

가 차원에서는 세계 최초로 발표하였다. 그러나 이 가이드라인이 현재 국내 인공지능 및 로봇 개발자들에게 실질적인 지침으로 안내 지침을 역할을 하고 있는가에 대해서는 다시 상세히 논의하고자 한다.[13]

인간의 노동을 대신하기 위해 개발한 로봇이 점점 발전하여 초지능superintelligence이라는 표현에서 보듯 특정 분야에서는 인간의 능력을 초월하면서 과거의 기준으로는 상상할 수도 없는 문제들이 등장할 수 있다. 그뿐만 아니라 4차산업혁명 관련 거의 모든 담론은 설령 당위적 선언에 머무는 것일지라도 항상 공유 경제와 인류의 공동선에 대해 주목하고 있다. 그렇다면 앞으로 예상되는 첨예한 사회적 갈등을 인류 전체의 공동선이라는 견지에서 어떻게 조화시킬 수 있을까? 이러한 갈등을 조정하는 과정이 복잡해질수록 인공지능에 의한 의사 결정에 의존하는 정도는 확장될 것이다.

공공 사안에 대한 의사 결정은 경제적 효율성보다는 시민의 참여를 통해 민주주의를 심화하는 것을 목표로 한다. 그러나 인공지능에 공공 사안에 대한 의사결정을 위임할 경우 참여보다는 효율성이 부각될 것이며 이러한 사회를 어떤 의미에서 민주적이라고

---

13 2020년 당시 주무부처인 과학기술정보통신부 최기영 장관은 2024년 6월 한 모임에서 "이 가이드라인이 기대했던 것과 달리 현장에 거의 영향을 주지 못하고 있는 듯하여 아쉽다"고 그 소회를 밝혔다.

할 수 있겠는가?

나아가 심층 학습을 통해 일정 정도 이상으로 독자적인 행위 능력을 갖춘 챗봇 등 다양한 사회적 로봇이 본격적으로 활용될 경우 일상생활 역시 크게 변화될 것이다. 만일 로봇이 독자적인 방식으로 우리와 소통한다면, 그럼에도 불구하고 로봇은 여전히 단순한 하나의 기계에 불과한 것일까 아니면 동물처럼 독특한 방식으로 배려 받을 수 있는 모종의 도덕적 지위를 지닐 수 있을 것인가?

인공지능에 대한 우려 대부분은 범용 인공지능Artificial General Intelligence, 즉 알파고처럼 바둑이라는 특정 업무만을 하는 것을 넘어 글을 쓰고 그림을 그리는가 하면 작곡과 노래 등 여러 일을 두루두루 할 수 있는 강한 인공지능strong Artificial Intelligence에 대한 것이다. 그리고 이러한 우려는 '지능 폭발' 가능성과 맞물려 멀지 않아 등장지도 모르는 초지능Super Intelligence에 공포에 이어지고 있다. 그런데 초지능에 대한 이러한 공포는 스티븐 호킹, 엘론 머스크, 빌 게이츠와 같이 인공지능 분야에 대한 기술적 경험이 없는 사람들이 제기하고 있다는 점이다. "진짜" 전문가들은 대체로 강인공지능의 출현이 말도 안 되는 것이라고 생각한다는 점이다.[14]

그런가 하면 국내 언론을 통해 휴머노이드 '소피아'가 최초로 로봇 시민권을 부여받았다고 알려지는가 하면 EU 의회에서 "인공지능AI을 가진 로봇의 법적 지위를 '전자 인간electronic person'으로 인정하고, 이를 로봇시민법으로 발전시킨다"고 알려지기도 했다.[15] 하지만 이것은 '로봇 제작에 대한 일반 법률Civil law rules in robotics'을 자의적으로 해석한 결과라고 할 수 있다. 물론 반려 로봇과 같은 경우 사용자와 상당한 정서적 친밀감을 형성할 수 있을 뿐만 아니라 휴머노이드의 경우 인간의 모습을 하고 마치 다양한 교감을 하는 것처럼 다가오는 것이 사실이다. 이러한 사안들에 대한 논의가 중요한 것은 분명하지만 경우에따라서는 지나치게 사변적이며 임신한 태아를 위해 결혼식 예복을 장만하는 것같은 느낌을 주기도 한다. 따라서 이글에서는 인공지능 기술이 초래하고 있는 실업, 차별, 불공정, 편향성, 등 지극히 실천적인 문제들을 다루는 것으로 한정하고자 한다.

---

14   Ryan Calo, "Artificial Intelligence Policy : A Primer and Roadmap"(2017). Available at SSRN : https://ssrn.com/abstract=3015350 or http://dx.doi.org/10.2139/ssrn.3015350.

15   https://www.aitimes.com/news/articleView.html?idxno=46898

인공지능 편향성 논쟁들

1. 네이버 사례

2020년 10월 6일 공정거래위원회에서는 네이버㈜에 대해 자사의 검색 알고리즘을 인위적으로 조정·변경한 것에 대한 시정명령과 함께 약 267억의 과징금을 부여하였다.[1] 공교롭게도 같은 날 미국 하원에서도 아마존, 애플, 페이스북, 구글 등 4대 온라인 업체에 대해 디지털 시장에서 지배력 남용을 비판하는 보고서를 발표하였다.[2] 우리나라 디지털 시장을 사실상 독점하고 있는 네이버는 이미 뉴스 배치의 편향성과 관련하여 지속적으로 논쟁의 대상이 되어왔다는 점에서 이번 사태는 디지털 거대 기업의 공정성에 대해 시사하는 바가 적지 아니하다.

기업 내부자의 인위적인 조정으로 인하여 시장에서 불공정성이 초래되었다는 것은 공정경쟁이라는 시장의 기본 원칙을 위반

---

[1] 물론 네이버는 즉각 반발하였지만, 공정거래위원회는 이 사건을 "네이버가 자신의 검색알고리즘을 조정·변경하여 부당하게 검색결과 노출 순위를 조정함으로써 검색결과가 객관적이라고 믿는 소비자를 기만하고 오픈마켓 시장과 동영상 플랫폼 시장의 경쟁을 왜곡한 사건"으로 규정하였다. 공정거래위원회 보도자료 2020년 10월 6일 배포, "부당하게 자사 서비스를 우선 노출한 네이버 쇼핑·동영상 제재-온라인 플랫폼 사업자가 검색알고리즘을 조정·변경해 자사 서비스를 우대한 행위를 제재한 최초 사례".

[2] Jerrold Nadler et al., "Investigation of Competition in Digital Markets".(Majority Staff Report and Recommendations, Subcommittee on Antitrust, Commercial and Administrative Law of the Committee on the Judiciary)

한 것이라는 점에서 그 해결 방향은 어느 정도 뚜렷해 보인다. 이 경우 대기업의 전형적인 일탈 내지 횡포라는 점에서 위법 행위자를 처벌하고 전문직 윤리를 강조하거나 내부 고발자를 보호하면서 시장에서 공정경쟁을 보장하는 각종 법률과 제도를 정비하는 등 상당 부분 전통적인 방식으로 해결할 수 있는 길을 모색할 수 있을 듯하기 때문이다. 그런데 이번 사건의 경우 알고리즘에 대한 인위적 조정이 그 핵심이라는 점에서 최근 부각되고 있는 인공지능 기술의 편향성에 대한 국내외 논란과 연동되는 측면이 적지 아니하다.

이미 우리는 2016년 3월, 마이크로소프트사의 챗봇 테이^{Tay}로부터 전혀 다른 방식으로 큰 충격을 받았다. 빅데이터를 통해 학습된 것으로 알려진 테이는 출시 후 하루도 되지 않아 여성, 흑인, 유태인 등 사회적 약자에 대해 거침없이 온갖 혐오 발언을 하였다. 테이로부터 충격이 더욱 컸던 것은 바로 직전 구글 딥마인드 Google Deep Mind의 알파고가 이세돌과의 대국에서 보여준 엄청난 위력 때문에 인공지능에 대해 두려움을 가질 수밖에 없었기 때문이었다.

더욱이 테이가 이런 발언을 하게 된 것은 일부 트위터 사용자들이 테이를 특정 방향으로 적극적으로 학습시킨 결과라는 점이 알려지면서 이런 두려움은 다음과 같이 두 가지 형태로 구체적으로 부각되었다. 첫째, 두려움은 인공지능 기술이 특정 집단에 의해 해킹을 당해 조직적으로 악용될 가능성이다. 최근 대규모 자동차 회사들이 무인 자율주행 자동차 상용화와 관련된 일정을 앞다투어 발표하고 있는 상황에서 테이가 특정 방향으로 학습당했다는 소식은 인공지능 기술에 대한 안전성에 대한 두려움을 더욱 심화하였다. 그뿐만 아니라 인공지능 기술이 킬러로봇 등 군사용 살상 무기로 전환될 수 있다는 점이 인공지능 윤리 및 거버넌스에 대한 논의를 폭발시키면서 이와 관련된 다양한 가이드라인이 국내외에서 봇물 터지듯 쏟아지고 있다.[3]

둘째, 두려움은 바로 기계학습 기술, 더 나아가 인공지능으로 인해 기존의 이러저런 사회적 편견이나 고정 관념이 완화 내지 제거되는 것이 아니라 오히려 정당화 내지 악화될 수도 있다는 점이다. 사실 새로운 기술은 해당 분야의 기존의 골치 아픈 문제를 해결하면서 대체로 환대받아 왔다. 원자력 발전소는 도입 초기 화력 발전소와 달리 저비용 친환경 기술로 환영받았다. 그러나 원자력 발전기술에서 보듯 어떤 기술이 사회 전반으로 확산되면 도입 초

---

3 2018년 인공지능 기술을 선도하고 있는 세계 50여 명의 저명 인사들은 카이스트의 인공지능 연구가 킬러로봇 연구로 이어질 수 있다는 우려를 제시하면서 카이스트와의 공동연구를 거부하는 선언을 발표하였다.(https://www.hani.co.kr/arti/international/international_general/839235.html)

기 생각하지 못한 문제들이 부각되기 마련이다. 인공지능 기술 역시 마찬가지이다. 알파고가 바둑에서 보여 준 엄청난 위력은, 다양한 해석이 있을 수 있지만, 근본적으로 연산능력에 기반하고 있다. 이에 비해 우리의 언어는 연산 능력뿐만 아니라 '지금 여기'라는 특정한 사회 문화적 맥락에서 새롭게 태어난다. 테이 사건은 인공지능 기술을 연산 분야를 넘어서 '사회적 영역'으로 확장할 경우 등장할 수 있는 새로운 문제들을 잘 보여 주고 있다. 왜냐하면 테이가 학습한 언어는 지금까지 인류가 가지고 있었던 온갖 편견이나 혐오 혹은 갈등을 그대로 담고 있기 때문이다.

더욱이 '사회적 영역'에서 인간의 결정은 이해관계의 상충, 문화적 상대성, 정보의 한계, 판단력 부족, 가치관의 차이 등으로 인해, 선의지를 바탕으로 최선을 다하더라도 동일 사안에 대해 사람마다 다를 수 있다. 그뿐만 아니라 판단의 부담으로 인해 경우에 따라 오류가 있을 수 있다.[4] 그러나 기술, 특히 인공지능 기술의 경우 이해관계의 상충이나 문화적 상대성 혹은 특정 가치관과 상관없이 결정할 수 있을 것이라는 막연한 기대를 할 수도 있다. 그뿐만 아니라 어떤 사안은 고려할 요소가 너무나 많고 복잡하여 토론을 통한 사회적 합의에 맡길 수 없는 경우도 비일비재하다. 그래

---

4   John Rawls, *Political Liberalism*, Colombia University Press, 2016, pp.36~37·55~57.

서 사회적으로 논란이 되는 복잡한 사안에 대해서 인공지능 기술에 의한 결정이 자연인의 결정보다 더 공정할 것이라고 기대하면서 골치아픈 결정을 인공지능에게 위임하고자 하는 유혹에 더욱 솔깃할 수 있다.

인공지능이라는 말이 오늘날처럼 널리 퍼지기 이미 오래전부터 세금, 대출, 치안, 입시 등 다양한 분야에서 그 분야 업무를 잘 수행할 수 있는 여러 종류의 소프트웨어가 활용되어 왔으며 또한 축적된 데이터를 바탕으로 더욱 향상된 결정을 제시하는 수많은 알고리즘이 활용되고 있다. 코로나 사태로 인해 고등학교 졸업시험을 실시할 수 없게 된 영국 정부는 인공지능 기술을 활용하여 성적을 부여하고자 하였다.[5] 인공지능이 예측한 바에 대해 주로 서민층인 공립학교 학생들이 부유층 자녀인 사립학교 학생들에 비해 불리하다는 주장이 제기되면서 이것은 하나의 해프닝이 되고 말았다. 그러나 이런 결과가 "전국적인 차원에서는 공정하다고 주장할 수 있으나, 개인별로는 공정함을 완전히 상실한 것"이라는 옥스퍼드 컴퓨터 공학과 선임연구원인 헬레나 웹의 발언은 인공지능 기술 활용과 관련하여 분명 또 하나의 중요한 쟁점을 시사한다.[6]

---

5   https://www.axios.com/england-exams-algorithm-grading-4f728465-a3bf-476b-9127-9df036525c22.html

6   https://edition.cnn.com/2020/08/23/tech/algorithms-bias-inequality-intl-gbr/

이 글에서는 우선 인공지능 편향성과 관련하여 현재 논쟁의 초점이 되고 있는 주요 사례들의 특성을 살펴보고자 한다. 이를 바탕으로 제2장에서는 인공지능 편향성이 등장하는 이유와 유형들을 데이터 마이닝의 특성과 연관지어 살펴보고자 한다. 제3장에서는 컴퓨터 기술의 비가시성과 논리적 변용성의 관점에서 알고리즘 편향성에 대해 살펴보겠다. 제4장에서는 인공지능 기술 응용과정에서 등장하는 편향성과 관련하여 인공지능 전문가들의 역할 및 사회의 공동 대응 방안을 제시하고자 하였다.

2. 데이터 편향성

수학과 컴퓨터 과학에서 알고리즘이란 '어떤 문제를 해결하기 위해 명확히 정의된 유한 개의 규칙과 절차의 집합, 즉 명확히 정의된 한정된 개수의 규제나 명령의 집합으로서 한정된 규칙을 적

---

index.html. 그러나 디지털 정보 남용 방지 단체인 '폭스글러브'의 창립자인 코리 크라이더는 미국 〈시엔엔(CNN)〉에 "영국의 A 레벨 시험은 빙산의 일각"이라며 알고리즘은 사용된 원자료에서 발견된 편향을 복제한다고 지적했다. 하지만 그는 알고리즘 기술에 책임을 돌릴 일이 아니라고 경고했다. 그는 "기술적인 문제라고 말하는 어떤 사람도 거짓말을 하는 것"이라며 "영국 고교 학점 사태는 학점 인플레를 막기 위한 정치적인 선택이었지, 기술적인 문제가 아니었다"고 지적했다.

용함으로써 문제를 해결하는 것[7]을 말한다. 다시 말해 특정 문제를 해결하거나 연산을 수행하도록 컴퓨터가 작동하는 일련의 한정된 단계들의 집합이라고 할 수 있다. 인공지능 알고리즘은 그 목적에 맞게 다듬어진 데이터를 기반으로 자동화된 추론automated reasoning이라고 할 수 있다.[8] 그래서 인공지능을 통해 추론된 결과는 이 알고리즘과 입력된 데이터에 의존할 수밖에 없기 때문에 GIGO, 즉 '쓰레기를 넣으면 쓰레기가 나온다Garbage in, garbage out'는 표현이 상식처럼 간주된다. 인공지능이 제시한 결과가 편향적이라고 한다면 그 원인은 알고리즘이나 데이터 혹은 이 양자 모두에 있을 수밖에 없다.

최근 뉴럴 네트워크neural network와 딥러닝deep learning과 같은 기계학습 기술이 폭발적으로 발전하고 있다. 또한 데이터 마이닝을 통해 거의 모든 분야에서 빅데이터가 하루가 다르게 쌓여 가고 있다. 이와 더불어 엄청난 컴퓨팅 파워가 맞물리면서 인공지능은 적용 영역을 세금이나 대출 업무 등 수리적 분야를 넘어 면접이나 치안, 재판 등 훨씬 민감한 사회적 사안으로 확장하면서 정확성과 효율성뿐만 아니라 공정성까지 담보할 수 있을 것이라는 기대를 받고 있다.

---

7   컴퓨터인터넷IT용어대사전, 일진사, 2011.1.20.
8   Math Vault, *The Definitive Glossary of Higher Mathematical Jargon – Algorithm*, 2020.10.29.(https://mathvault.ca/math-glossary/#algo)

그러나 구글에서 이미지 처리를 하며 흑인을 고릴라로 분류하자[9] 인공지능이 정확성에 대한 의문은 말할 것도 없거니와 인종차별을 하고 있다는 비난을 받으면서 해당 서비스는 중단되었다. 이와 함께 인공지능 판사라고 일컬어지는 컴파스COMPAS 알고리즘에 대해서도 문제 제기가 본격화되었다. 미국 법원과 교도소에서 형량, 가석방, 보석 등의 판결에 널리 사용되던 컴파스 알고리즘이 흑인들에게 불리하게 판단하는 주장이 등장하면서 이와 관련 논쟁이 지금도 심각하게 진행 중이다.[10]

그러나 이와 반대로 모기지 승인과정에서 인간을 통한 거래를 줄이거나 아예 없애면서 유색인종, 독신여성, 동성애부부 등 전통적으로 집을 사기 힘들었던 계층에게 유리한 방향으로 대출 승인이 증가하였다는 주장도 있다. 2016년 발족하여 현재 미국 44개 주에서 운영되고 있는 디지털 대출 전문 사이트 베터닷컴Better.com에 따르면 대출이 30~40대 히스패닉 고객들의 경우 532%, 동일 연령대 흑인들의 경우 411% 확장되었다. 또한 결혼한 동성애자들의 경우에도 10배 이상 확장되었다. 피부색이나 성적 지향 때문에 전통적인 모기지 승인 면접 심사 과정에서 의식적으로 혹은 무의

---

9   'Google Photos, ……' https://twitter.com/jackyalcine/status/615329515909156865
10 오요한·홍성욱, 「인공지능 알고리즘은 사람을 차별하는가?」, 『과학기술학연구』 18(3), 2018 참고.

식적으로 피할 수 없었던 불쾌함과 무기력함을 느꼈던 고객들이 이제 좋은 이율로 집을 마련할 수 있게 된 것이다. 대출 과정이 상당 부분 자동화되었지만 대출 여부를 판단하는 문지기는 여전히 있다. 그러나 그 판단을 인간이 아니라 숫자가 하면서 대출 기회가 다양한 계층으로 널리 확대되었다는 것이다.[11]

인공지능이 불편부당한 결정을 내릴 수 있기 위해서는 알고리즘 자체가 공정하게 구성되어야 할 것이다. 지금 네이버가 의심받는 것처럼 알고리즘에 대한 인위적 조작이 있어서는 물론 안 될 것이다. 그뿐만 아니라 초기 입력값, 즉 입력 데이터가 공정하게 선별되어야 하지만 데이터를 정제하는 다음과 같은 세 단계의 과정에서 자의성arbitrariness이 개입할 수 있다.

첫째, 목표 변수를 정의하는 과정에서 특정 집단이 과잉 혹은 과소 대표되거나 아예 배제될 수도 있다. 이런 경우 표본 편향과 배제 편향으로 인해 인공지능은 공정성과 정확성 모두에서 위기에 처하게 된다.

둘째, 데이터를 수집하여 다듬고 레이블링labeling하는 과정에서 적절한 평가를 하지 못하여 편향성이 발생할 수 있다. 흔히 측정에서 문제가

---

11 "Is an Algorithm Less Racist Than a Loan Officer?", *The New York Times.* (https://www.nytimes.com/2020/09/18/business/digital-mortgages.html?fbclid=IwAR0gacBq0oOps0yIoRoMuuoRa9fUyuyml9tZBkBGyJAVsUqb4kFaVlzqp-4)

발생하고 이것이 시정되지 못한 결과 측정 편향과 회상 편향이 발생하면 인공지은 전혀 다른 결론으로 나아갈 수 있다.

셋째, 특징 선택feature selection 단계이다. 인종적 편향이 등장하는 것은 바로 이 단계라고 할 수 있다. 여러 특징들을 상호 비교 연결함으로써 예상하지 못한 정보나 혹은 노출되어서는 안 되는 개인 신상 정보가 나타날 수도 있다. 이런 정보들이 마지막으로 모델을 바탕으로 의사 결정을 하는 단계에서 특정한 방향으로 결론을 유도할 수도 있다. 이처럼 각각의 단계에서 다양한 편향이 개입될 수 있다.[12]

게다가 빅데이터 내 수많은 상호 관계로 인해 수집이 금지된 혹은 전혀 새로운 종류의 정보를 추론할 수 있다. 그리고 이렇게 추론된 정보는 차별이나 편향의 근거로 이용될 수 있다. 빅데이터에 존재하는 수많은 정보가 개별로 존재할 경우 큰 의미를 찾기 힘들지만 이런 정보가 상호 연결될 경우 차별의 근거로 사용될 수 있기 때문이다. 이미 널리 알려진 사실이지만 미국 월마트 빅데이

---

12 기계 학습과 관련된 데이터 편향은 분류 방식에 따라 매우 다양한 방식으로 제시되고 있다. 가령 다음과 같은 7가지 편향이 제시되기도 한다. 표본 편향(sample bias), 배제 편향(exclusion bias), 측정 편향(measurement bias), 회상 편향(recall bias), 관찰자 편향(observer bias), 인종 편향(racial bias), 결합 편향(association bias). https://lionbridge.ai/articles/7-types-of-data-bias-in-machine-learning/ https://lionbridge.ai/articles/7-types-of-data-bias-in-machine-learning/

터 전문가들은 고객의 구매 행태를 일정 기간 분석하면 고객의 현재 상황을 상당히 정확하게 예측할 수 있다는 사실을 확인했다. 예를 들어 향이 나는 로션을 사던 여성이 무향의 로션으로 바꾸거나, 평소 사지 않던 미네랄 영양제를 갑자기 사들이는 경우 그 여성이 임신하였을 가능성이 매우 높다는 것이다. 개별 구매만으로는 임신 여부를 알 수 없지만 소비 패턴을 다른 사람들과 비교 분석함으로써 임신이라는 전혀 생각하지 못한 상황을 예측할 수 있었던 것이다.[13]

이와 마찬가지로 현재 정부나 공기업의 채용 과정에서 공정성을 증진하고 개인의 사생활 보호를 위해 가족 관계, 경제 형편, 성적 지향 등에 대한 직접적인 질문을 엄격히 금지하지만 여전히 유관 간접 질문을 통해 이런 정보들을 충분히 추론할 수 있다. 그리고 이렇게 수집된 정보는 의사 결정 과정의 공정성을 훼손할 수 있다. 여기서 우리는 정보의 양이 증가할 경우 판단의 정확성은 향상될 수 있을지언정 그 공정성도 함께 증진되기는 힘들다는 점을 인식할 수 있다.

여기서 우리는 현대의 대표적인 정치 철학자인 롤스의 기획에

13　「부모도 모르는 딸의 임신, 대형마트는 알고 있다」, 『한겨레』.(http://www.hani.co.kr/
arti/economy/economy_general/729868.html#csidxc9258ae5e702bb8b717e188
3a218873)

주목할 필요가 있다. 그는 사회 전체를 위한 정의의 원칙에 대한 합의를 할 수 있기 위해서는 먼저 그 합의 당사자들이 공정한 입장에 있어야 한다는 점을 강조한다. 이를 위해 그는 의사 결정 과정의 공정성에 부정적 영향을 줄 수 있는 다음과 같은 두 가지 종류의 우연들을 배제하고자 한다. 첫째는 재능·체력·용모 등 선천적 우연이며, 둘째는 재산·계급·환경 등 사회적 우연이다. 적어도 인간은 자신의 특수한 사정을 알면 알수록 자기에게 이로운 결정을 하기 마련이며 그 결과 공정한 결정을 기대하기 어렵다.

3. 알고리즘 편향성

2017년 인공지능 전문가들을 대상으로 한 설문 조사에서 인공지능 윤리 문제에서 가장 심각한 사안으로 63%가 "인종적 편견이나 특정 종교적 입장이 프로그램 되는 것"이라고 응답했다. 이 문제는 해결될 수 있을까? 해결 가능하다면 어떻게 해결할 수 있을까? 불가능하다면 왜 불가능하며, 우리는 어떻게 해야 하는가? 그 답을 찾기 위해서는 두 가지 요인을 검토해 볼 필요가 있다.

첫째, 인공지능 알고리즘의 특성.

둘째, 인공지능 진문가의 특성.

인공지능 알고리즘은 컴퓨팅의 논리적 변용성logical malleability에 기초한다. 논리적 변용성이란 음성이나 텍스트 혹은 영상처럼 과거 아날로그 정보처리 과정에서는 서로 이질적인 것으로 간주되던 정보들을 0과 1과 같은 가장 단순한 단위로 환원하여 처리한 후 상이한 양상으로 재현하는 것을 의미한다.[14] 논리적 변용성 덕분에 컴퓨터 연산에서는 온갖 종류의 정보가 상호 융합한다. 오늘날 여러 가지 이질적인 활동을 통합적으로 수행할 수 있는 소위 범용인공지능artificial general intelligence을 기대하는 것 역시 이러한 논리적 변용성에서 출발한다.

논리적 변용성을 통해 성취한 탁월한 성과 덕분에 복잡한 논쟁이 지속되고 있는 윤리와 도덕 그리고 종교 분야 사안들에 대해서도 인공지능이 간결한 답을 구할 수 있을 것이라는 기대가 나타난다. 그러나 여기서 선결 문제는 '인공지능이 윤리나 예술 등 가치와 연관된 영역에서 어떤 역할을 할 수 있는가?'이다. 이러한 영역에서 인공지능을 어떻게 활용할 것인지 결정해야 한다. 그리고 인공지능을 어디까지 활용할지 정하는 이용자의 태도가 중요한 것이다.

---

14   James Moor, "What is Computer Ethics?", *Metaphilosophy*, Vol.16, No.4, 1985, p.269.

인공지능을 구성하는 알고리즘과 관련된 윤리의 핵심은 알고리즘을 구성하는 전문가 윤리다. 인공지능 알고리즘은 알고리즘 전문가에 의해 구성되고 운영되고 변용되며 또한 그렇게 될 수 있기 때문이다. 오늘날처럼 기능적으로 세분화된 상황에서 전문가들이 그 고유한 전문 영역에서 전문 지식과 장인 정신을 바탕으로 성실성과 정직성과 같은 덕목을 실천해 주기를 우리는 희망한다. 일반인들이 전문가의 결정을 존중하는 것은 그들이 전문 지식을 선의로 활용할 것이라는 기대 아니 적어도 의도적으로 악용하지는 않을 것이라는 사회적 바람이 광범위하게 존재하기 때문이다.

그런데 알고리즘이 작동하는 컴퓨터 연산 과정은 근본적으로 비가시성을 지닌다는 점에서 인공지능 윤리에서 전문가 윤리는 특히 중요하다. 즉 어떤 과정을 거쳐 그런 결론에 이르게 되었는지 일반인으로서는 도저히 알 수 없는 경우가 비일비재하다. 그래서 알고리즘 윤리는 곧 알고리즘 전문가의 도덕성을 바탕으로 출발한다. 투명성이 인공지능 윤리에서 대두되는 것은 바로 이런 비가시성 때문이다. 그러나 이때 투명성은 조직의 투명성처럼 회계 장부를 공개하거나 회의록을 공개하는 것으로 달성될 수는 없다. 알고리즘 자체를 공개한다고 하더라도 그 알고리즘이 워낙 방대하여 그것을 가시적으로 확인할 수 없기 때문이다.[15]

그 결과 알고리즘 자체가 아니라 알고리즘을 구성하는 주요한 원칙을 공개하도록 하는 간섭적인 방식으로 접근할 수밖에 없다. 나아가 이러한 원칙이 제대로 구현되었다는 것을 확인하는 절차로 알고리즘이 실제 작동하였을 경우를 상정하여 다양한 시뮬레이션을 제시하고 이에 대한 인증 절차를 거치는 방법이 현실적일 것이다.[16] 그리고 실제로 알고리즘이 작동되었을 때 등장할 상황에 대해 엄격한 책임을 묻도록 함으로써 비가시성을 부분적으로 해소할 수 있을 것이다.

연산 과정의 비가시성은 두 가지 더욱 심각한 문제를 파생한다. 의도적 악용의 문제이다. 여기서 우리는 두 가지 상황을 다시 구분할 필요가 있다. 우선 전문가 개인의 윤리 문제다. 전문가가 개인적 차원에서 알고리즘을 악용하지 않도록 다양한 안전장치와 적절한 교육이 요구된다. 히포크라테스 선서와 같은 의료인들의 전문직 윤리 강령이나 1980년에 발표된 「미국 컴퓨터장비협회ACM의 행동규약」은 좋은 사례라고 할 것이다. 이러한 전문직 분야 윤리 강령을 통해 해당 분야 전문직의 종사자들에 대한 사회적 신뢰를 강화할 수 있을 것이다.

사실 전문직 윤리와 관련하여 더 중요한 문제는 오늘날 전문가

---

15   James Moor, op. cit., p.272.

16   David J. Dougall, "Applications and benefits of real-time simulation for PLC and PC control systems", *ISA Transactions*, Vol.36, 1997, pp.305~311.

들이 단순히 개인으로 활동하는 것이 아니라 기업이나 조직의 일원으로서 일하고 있다는 점이다. 니부어가 잘 지적하고 있듯이 윤리적인 개인이라고 할지라도 집단의 일원이 되는 순간 집단의 요구로 인해 윤리의식이 무감각해지거나 비윤리적 행위를 강제 받을 수도 있다.

> 모든 인간의 집단은 개인과 비교할 때 충동을 올바르게 인도하고 때에 따라 억제할 수 있는 이성과 자기 극복 능력, 그리고 다른 사람들의 욕구를 수용하는 능력이 훨씬 결여되어 있다. 게다가 집단을 구성하는 개인들이 개인적 관계에서 보여주는 것에 비해 훨씬 심한 이기주의가 모든 집단에서 나타난다.[17]

전문가들을 그들이 소속된 집단의 이기주의적 행위로부터 보호하기 위해서는 소속된 집단의 기존의 관행에 연루되지 않도록 보호할 필요가 있다. 서구의 경우 1980년대 이후 기업 윤리에 대한 다양한 논의를 거쳐 적어도 기업 활동이 합법적 틀 안에서 이루어져야 한다는 점은 분명히 한 듯하다. 기업 윤리에 대한 논의 과정에서 얻은 중요한 성과는 사회적 공헌 활동이나 기업 내 윤리

---

17   R. 니버, 이한우 역, 『도덕적 인간과 비도덕적 사회』, 문예출판사, 2017, 10면.

전담 기구 설치와 같은 내적 조치뿐만 아니라 내부고발이라는 외석 안전장치를 적극적으로 수용하는 기업 문화가 형성되었다는 점이다. 물론 내부고발이 적절한 것으로 승인되기 위해서는 여러 요건이 충족되어야 하지만, 내부고발의 필요성이 인정된 것 자체가 하나의 큰 진전이라고 할 수 있다. 내부고발은 집단주의의 오랜 전통 등 특수한 사정으로 말미암아 우리 사회에서 매우 부정적으로 간주되고 있기는 하지만 긍정적으로 고려할 필요가 있다.

비가시성이 지닌 더욱 근본적 문제는 윤리 자체의 특성에 있다. 일상의 윤리적 관념들은 지금까지 누적된 그 시대의 소산이라는 점에서 그 시대적 한계 내에 있다. 가령 오늘날 보편적 가치로 간주되는 인간의 존엄성 역시 서양 근대 이후 일반화된 역사적 산물이며, 일부 동물해방운동가들로부터 종차별주의에 불과하다는 비난을 받고 있다. 만일 일부 공상과학 영화에서 볼 수 있는 것처럼 인간의 모습으로 인간과 친밀한 정서적 교류를 지속적으로 할 수 있는 로봇에 대해 호모 사피엔스가 아니라는 이유로 단순한 도구로만 생각할 수 있을까? 그렇다고 다른 인간과 동일하게 존엄한 존재로 간주해야 할까? 머지않은 장래에 인간의 존엄성이란 윤리적 가치가 인종차별주의처럼 폐기될 가능성이 전혀 없는 것은 아니다. 그럼에도 지금 여기서 인간존엄성은 윤리적 사고를 전개하는 과정에서 아르키메데스의 점일 수밖에 없다.

그런데 문제는 윤리가 지금까지 역사적 경험을 바탕으로 해왔지만 그 역사적 경험을 넘어서고자 한다는 점이다. 가령 지금까지 인류가 생산한 모든 텍스트를 그대로 빅데이터로 축적한 챗봇을 생각해 보자. 이런 챗봇은 어쩌면 욕설이나 인종차별적인 발언들을 더 자주 할지도 모른다. 따라서 인공지능에 구축될 알고리즘은 단순히 과거 자료를 집적하는 것을 넘어 현재 우리 문화 속에서 가령 자유와 평등과 박애처럼 수용되고 있는 가치들을 정합적으로 반영해야 한다. 물론 이러한 가치들을 정합적으로 반영할 수 있는 알고리즘이 쉽게 구현될 수는 없을 것이다. 이런 점에서 인공지능 알고리즘은 지속적으로 보완되고 수정될 수 있도록 개방적으로 구성되어 한다. 알고리즘 구성 원칙에서 언급되는 개입 가능성이란 바로 이러한 개방성을 의미한다고 할 수 있다. 또한 어떤 가치들이 어떻게 반영되어 있는지에 대한 설명의 요구 역시 수용될 수 있어야 한다. 인공지능 알고리즘의 설명가능성이란 단순히 기능적 효율성에 대한 설명가능성뿐만 아니라 이러한 문화적 요소에 대한 것까지 포괄하는 것으로 이해되어야 한다. 인공지능 윤리는 단순히 지금까지 축적된 자료와 결과를 바탕으로 확보된 빅데이터를 넘어 이를 바탕으로 미래 지향적 가치들에 대한 성찰을 기반으로 현재에 대해 끊임없이 개입하는 과정을 거쳐야만 하는 것이다. 이 점에서 알고리즘을 구성하는 전문가들은 우리 시대

정신과 무관한 단순한 기능인이 아니다. 당면한 윤리적 요구에 민감해야 할 뿐만 아니라 장차 시향하고자 하는 가치에 대한 예민한 문제의식을 공유하는 자율적인 건강한 민주시민으로 자리매김해야 한다.

현재까지 발표된 인공지능 윤리와 관련된 문건들 대부분은 그 표현상의 사소한 차이에도 불구하고 대체로 인공지능을 제작하고 운용하는 전문가들에 대한 이러한 사회적 기대를 반영하는 것이었다. 다만 국내에서 최근 생산되고 있는 일부 문건의 경우 주요 원칙을 밝히는 것을 넘어 지나치게 엄밀하게 세세한 규정들과 함께 벌칙 규정까지 나열함으로써 인공지능 전문가들의 자율성을 침해하면서 인공지능과 관련된 윤리적 사안을 타율적 방식으로 해결하고자 하는 것처럼 보인다는 점에서 우려하지 않을 수 없다. 2000년대 초반 정보통신윤리위원회라는 정부기구가 인터넷 및 정보통신과 관련된 윤리 문제에 법률 조항과 각종 행정 규제를 통해 접근하려다가 위헌 판결을 받은 선례가 있다.[18] 이와 같은 '윤리의 법제화'는 윤리가 지닌 근본적 자율성을 훼손함으로써 우리 사회 안에서 윤리적 사안에 대한 비판적 성찰 기회를 박탈하여 결국 윤리를 왜소화할 수 있기 때문이다. 특히 고도의 전문성을 지

---

18   99헌마480(헌재, 2002.6.27), 전기통신사업법 제53조 등 위헌 확인.

닌 전문직과 관련된 윤리적 사안의 경우 관련된 어떤 규정을 단순히 잘 준수하도록 하는 것뿐만 아니라 그들 스스로 규정의 정당성을 끊임없이 성찰하며 자율성을 신장하는 것이 무엇보다 중요하기 때문이다.

4. 인공지능과 신뢰

인공지능 기술에 대한 사회적 기대와 우려가 교차하는 현재 상황에서 규범이라는 이름으로 그 기술의 발전 방향을 예단하거나 인위적으로 유도하는 것은 가능하지도 않을 뿐만 아니라 바람직하지도 않다. 현재 상황에서 인공지능을 구현하는 다양한 기술이 상식처럼 우리 사회에 확산되고 있지만 이러한 기술을 활용하여 실제로 인공지능 시스템을 구축하는 것은 여전히 인공지능 기술 전문가들의 몫이다. 인공지능 기술의 기반의 되는 컴퓨팅 연산이 지닌 논리적 변용성과 비가시성이란 특성으로 인해 인공지능 소프트웨어가 실제로 작동하기 전에는 어떤 상황이 등장할지 예견하는 것 역시 쉽지 않다. 최근 보듯이 빅데이터와 딥러닝, 기계학습 등이 어우러져 인공지능 시스템의 자율성이 강화될수록 예측 가능성은 더욱 낮아질 것이며 그 결과 인공지능에 대한 기대와 불안은 더욱 과잉될 것이다.

과잉 기대와 과잉 불안을 해소하며 인공지능 시스템에 대한 사회적 신뢰를 증진할 수 있는 하나의 방안이 인공지능 전문가 윤리다. 인공지능 전문가 윤리는 단순히 윤리 조항을 법조문처럼 나열하는 것이 아니라 인공지능 전문가들이 자신들의 건강한 윤리 의식을 발휘하여 최대한 자율적 활동을 할 수 있도록 그 길을 열어주는 것이어야 한다.

이를 위해서는 첫째, 정부는 인공지능 전문가들을 위한 구체적인 법안이나 세세한 시행 세칙 혹은 매뉴얼을 일방적으로 만들기에 앞서 학계, 산업계, 시민 사회와 더불어 우리 사회 전체가 공감할 수 있는 문제 상황 자체를 공유하여야 한다.

둘째, 인공지능 기술을 주도하고 있는 기업이나 단체에서는 자신들이 어떤 원칙에 입각하여 인공지능 기술을 구현하고자 하는지에 대해 스스로 윤리 강령을 개발하고 선포해야 한다. 또한 조직 내부에 윤리적 문제가 발생하거나 비윤리적 관행들이 존재할 경우 해당 사안에 대해 호소할 수 있는 내부 의사소통 통로를 적극적으로 개발하고 이를 고지해야 한다. 나아가 내부 고발이 열려 있음을 적극 알려야 한다. 내부 고발은 궁극적으로는 내부 인력의 자율성과 윤리 의식을 증진하면서 회사 문화를 민주화하여 결국 경쟁력을 강화할 것이기 때문이다.

셋째, 인공지능 기술 전문가들은 인공지능 전문직 종사자이면서 동시에 자율적 민주시민임을 인식해야 한다. 즉 인공지능 기술 관련 매뉴얼이나 윤리 강령을 숙지하고 수동적으로 준수하는 것을 넘어서 개선할 여지가 없는지 끊임없이 비판적 문제의식을 견지하며 스스로 윤리 강령의 저자가 되고자 해야 한다.

인공지능 기술 활용에서
편향성과 윤리적 쟁점

1. 챗봇 스캔들 테이와 샤오빙 그리고 이루다

2016년 3월, 마이크로소프트사의 챗봇^{chatter robot} '테이^{Tay}'로부터 우리는 큰 충격을 받았다. 빅데이터를 통해 학습한 것으로 알려졌던 '테이'가 등장하자마자 여성, 흑인, 유태인 등 사회적 약자에 대한 갖은 혐오 발언을 거침없이 하다가 하루도 되지 않아 스스로 멈추었기 때문이다. '테이'가 준 충격이 우리 사회에서 더욱 컸던 것은 바로 직전 구글의 '알파고'가 바둑 '불패소년' 이세돌을 제압하면서 인공지능의 위력을 생생히 지켜보았기 때문이었다.

그런데 '테이'가 이런 발언을 하게 된 것은 일부 트위터 사용자들이 '테이'를 특정 방향으로 의도적으로 학습시킨 결과라는 점이 알려지면서 인공지능의 부작용 혹은 악용 가능성에 대한 우려가 현실화되었다. 그러면서 인공지능 윤리 혹은 거버넌스에 대한 관심이 본격적으로 대두하였다. 더욱이 대규모 자동차 회사들이 무인 자율주행 자동차 상용화와 관련된 일정을 앞다투어 발표하고 있는 상황에서 '테이'가 불특정 다수에 의해 특정 방향으로 학습당한 결과로 어처구니없는 발언을 했다는 사실은 킬러로봇과 같은 군사용 살상 무기조차 해킹 등 여러 가지 이유로 통제 불능의 상황에 놓일 수 있다는 우려가 현실화되는 것처럼 보였던 것이다.

이런 상황에서 챗봇은 온라인 환경에서 기업이 소비자들과 24

시간 언제 어디서나 가장 효율적으로 소통할 수 있는 수단이라는 점에서 현재 빠르게 팽창하며 일상생활에 깊숙이 다가오고 있다. 2016년 3월 마이크로소프트 CEO 사티아 나들러가 "2016년은 봇의 해"라고 선언한 이래 모든 해가 '봇의 해'로 새롭게 선언되고 있다. 한 통계에 따르면, 이미 2024년 4월 현재 전세계에서 15억 이상의 사람들이 챗봇을 사용하고 있다고 한다. 간단한 상담이나 각종 예약 서비스에서부터 소비자 불만 처리 등 챗봇이 활동하는 영역은 꾸준히 확장하고 있다.

그런데 문제는 '스몰톡 챗봇', 즉 '테이'처럼 특별한 목적 없이 심심풀이로 이런저런 잡담을 주고받는 개방형 챗봇의 경우 가끔 맥락과 무관하거나 상식과 어긋나는 발언뿐만 아니라, 심지어는 우리 사회에서 금기가 되는 혐오 발언들을 거리낌 없이 한다는 점이다. 중국어 챗봇인 '베이비Q'는 2016년 처음 등장하였을 때 이용자가 "공산당 만세"라고 입력하자, "부패하고 무능한 정치가 오래 갈 것으로 생각하느냐"라고 대응하였다. 비슷한 시기 또 다른 중국어 챗봇인 'QQ샤오빙' 역시 "중국몽은 헛된 백일몽이자 악몽"이라고 대답하기도 하였다. 공산당에 대한 일체의 비하가 금지된 중국에서 이런 대답을 한 것은 그 당시 이 챗봇들이 미국 마이크로소프트사가 만든 데이터에 기반을 두었기 때문이었다.

이제 진화를 거듭한 결과 중국어 챗봇 '샤오빙小氷'은 춤을 추며 작곡도 하고, 그림을 그리고, 글도 쓰며, 디자인까지 하는 종합 AI 아티스트로 활동하고 있다. 그러나 중국의 사회·정치 문제에 대해서는 아예 대답을 회피하거나 전혀 엉뚱한 소리를 한다. 하지만, 온라인 음란물에 대해서는 기막히게 정확하게 정보를 제공하고 있다고 한다. 지금 '샤오빙'이 민감한 정치적 사안에 대해서는 일체 외면하면서도 디지털 환경에서 저렇게 현란하게 활동을 할 수 있는 것은 그 동안 엄청나게 발전한 인공지능 기술뿐만 아니라, '철저한 사상 교육' 역시 적지 않은 기여를 했을 것이다.

그런데 표현의 자유가 존중받는 자유민주주의 국가 대한민국에서 2020년 12월 23일 20대 여성 컨셉의 챗봇 '이루다'가 등장하였다. 이 챗봇을 출시한 스타업 기업에서는 6개월간의 베타 서비스를 거쳤다고 주장했다. 그 덕분인지 '이루다'는 짧은 시간에 40만 명에 가까운 이용자를 확보하며 대단한 인기를 끌었다. 그러나 개인정보 유출과 혐오 발언 논란에 휩싸이면서 20여 일 만에 서비스를 중단하였다. 그리고 2021년 4월 개인정보보호위원회에서는 이 챗봇의 개발사에 대해 1억여 원의 과징금과 과태료를 부과하였다.

이 조치는 각종 벤처 기업이나 스타트업들을 어떻게든 지원해야 한다는 우리 사회에 팽배한 분위기를 생각해 볼 때, 인공지능 기술 기업의 무분별한 행위를 제재한 첫 사례라는 점만으로도 나름대로 의미가 있다. 물론 개인정보보호위원회의 이런 결정이 있고난 후에도 일각에서는 "벤처란 이런저런 시행착오를 거치며 발전하는 것"이라며 챗봇 이루다의 반사회적 발언을 문제삼는 것에 대해 불편함을 드러내기도 했다. 그런가 하면 국내 벤처 기업의 역차별을 방지하기 위해서는 오히려 현행 개인정보보호법의 규제를 완화해야 한다는 주장조차 꾸준히 등장하고 있다.

그러나 우리가 더욱 주목할 점은 바로 기계학습 기술, 더 나아가 인공지능을 통해 기존의 다양한 사회적 편견이나 고정 관념이 해결되는 것이 아니라, 오히려 심화 혹은 정당화될 수 있다는 점이다. 사실 '테이'와 '샤오빙' 그리고 '이루다' 사례는 단순히 알고리즘을 정교화하거나 데이터를 많이 축적하는 것만으로는 해결될 수 없는 문제가 엄연히 존재한다는 점을 상징적으로 보여주고 있다. 왜냐하면 '테이'와 '이루다'의 바탕이 되는 데이터, 즉 말뭉치는 바로 장구한 역사를 통해 누적된 것으로 미래를 위한 출발점에 불과하기 때문이다.

그래서 누구나 이용할 수 있는 인공지능 챗봇을 학습시킬 때 이런 말뭉치를 그대로 사용해서는 아니 된다. 왜냐하면 이 말뭉치 속에는 이제는 당연히 금기나 터부로 간주되지만 과거에는 큰 문제없이 사용되었던 성차별이나 인종차별적인 혐오표현들이 그대로 있을 수 있기 때문이다. 이런 표현들을 골라 제거하는 사전 정지작업을 해야 한다.[1] 물론 어떤 표현을 제거할 것인지에 대한 기준을 정하는 과정에서 사회적 논란은 물론 피할 수 없을 것이다. 이 과정에서 아무런 합의에도 도달하지 못한 채 지난한 논쟁들이 더욱 치열하게 확대할 수도 있다. 설령 어떤 합의에 이르지 못한다고 할지라도 이런 과정을 통해 우리 사회의 다양한 구성원들이 지닌 서로 다른 가치관을 확인하면서 상호 존중을 심화할 수 있는 실마리를 마련할 수 있을 것이다.

이해관계의 갈등, 문화적 상대성, 정보의 한계, 가치관의 차이 등등으로 인간은 서로 다르게 판단할 수 있으며 경우에 따라서는 심각한 오류가 있을 수도 있다. 게다가 인간은, 개인이건 집단이건, 의식적으로건 혹은 무의식적으로건 특정 개인이나 집단을 선호하거나 차별하는 불공정한 결정을 하는 경우도 없지 않다. 그리고 우리는 이런 가능성을 잘 알고 있다. 그렇기에 우리는 인간이 내린 결정을 맹목적으로 수용하는 것이 아니라 비판적으로 검증하고자 한다. 인간은 자신이 내린 결정이 공정하며 효율적인 최선

---

1   네이버에서 대규모 언어 모델을 지속적으로 업데이트하면서 금기어 데이터 베이스를 공개한 것은 바람직한 일이다. 특히 소버린 AI 프로젝트를 통해 다양한 공동체의 고유한 역사와 맥락을 바탕으로 자체 데이터와 인프라를 활용하고, 나아가 그 국가나 지역의 제도, 문화, 역사, 가치관을 정확하게 이해하는 AI를 개발하고 운영하고자 하는 것은 AI 발전 과정에 새로운 전기가 될 수 있을 것이다.(https://clova.ai/tech-blog)

의 결정이라는 점을 설득해야 하는 입증의 부담을 스스로 감당하고자 한다.

그런데 인공지능이 특정 개인이나 집단을 의도적으로 차별할 것이라고 생각하기는 쉽지 않다. 인공지능에게 특정한 개인이나 집단을 의도적으로 차별해야 할 동기를 찾기 힘들기 때문이다. 알고리즘이나 빅데이터와 같은 표현들을 통해 우리는 인공지능이 다양한 선택지 중 최선의 결정을 했을 것이라고 기대하게 된다. 그래서 사회적으로 논란이 되는 사안에 대해서 인공지능이 특정 개인이나 사회 집단보다 더욱 공정하게 결정할 것이라고 기대하면서 골치 아픈 결정을 인공지능에게 위임하고자 하는 유혹에 더욱 솔깃할 수 있다. 그 대표적인 경우가 소위 의료와 법률 영역이라고 할 수 있다.

'인공지능 의사'로 일컬어지는 IBM의 왓슨과 '인공지능 판사'로 일컬어지는 콤파스COMPAS 프로그램은 기대 못지 않게 다양한 논란을 촉발하였다. 특히 구속적부심사에 적극 활용된 콤파스 프로그램의 경우 백인에 비해 흑인이 불리한 처분을 받았다는 주장이 제기되면서 심각한 사회적 논란을 초래하였다. 이와 마찬가지로 건강 보건 분야의 경우에도 논란은 결코 적지 않다.

2. 헬스케어 분야 인공지능 편향성[2]

헬스케어 분야의 경우, 데이터를 활용한 인공지능 기술은 '임상적 의사결정 지원도구'로서 영상이나 질환 진단, 예후 예측, 신약개발 등 다양한 영역으로 활용분야를 넓히고 있다.[3] 우리나라에서는 2018년 인공지능에 기반한 의료영상분석장치 소프트웨어가 의료기기로 첫 식품의약품안전처 승인을 받은 이후로, 다양한 인공지능 기술을 의료에 활용하기 위한 연구가 급속도로 진행 중에 있다.[4] 정부에서는 의료 AI 연구개발 4대 중점 투자 분야로 ① 중증질환, 핵심진료행위, 복합데이터 대상 고부가가치 인공지능 개발, ② 인공지능학습 성능 향상을 위한 고품질 학습 데이터 및 데이터 처리기술 개발, ③ 인공지능 유효성 검증을 위한 실증 지원 연구개발, ④ 초고령 사회 전환 대비 문제해결형 인공지능 개발을 선정하고 집중 투자함으로써, 실증적 분야의 연구개발 사업을 활성화하기로 하였다.[5]

---

[2] 2019년부터 2022년까지 인공지능편향성 연구단에 함께 하면서 보건의료 분야 편향성 연구를 함께 한 국립암센터 장윤정 교수님께 깊은 사의를 표한다.

[3] Ashraf Abdul et al., 03-09, 2021.

[4] 식품의약품안전처 1, 2018.

[5] 보건복지부 3-47, 2021.

우리나라 정부에서는 인공지능 기술의 블랙박스로 인한 설명 불가능성unexplainable과 불투명성, 학습에 활용된 데이터에서 비롯된 편향, 알고리즘에 의한 차별 등 인공지능이 내포한 위험과 기술적 한계를 해결하고, 신뢰할 수 있는 인공지능 기술을 구현하기 위한 환경을 조성하기 위해 다양한 노력을 기울이고 있다.[6] 물론 인공지능이 스스로 편향을 진단하고 제거할 수 있는 '공정' 분야 원천 기술을 개발하는 등 다양한 방안을 마련하기 위해 고심하고 있으나, 인공지능의 편향에 대한 현재까지의 고려는 많이 미흡하다. 윤리적이고 과학적인 인공지능 개발과 활용을 위해서는 이와 관련된 편향에 대한 더욱 섬세한 이해가 반드시 필요하다. 헬스케어 인공지능의 편향의 경우 다음과 같이 4단계로 나누어 살펴 볼 수 있다.

1) 보건의료 현장에서의 편향

보건의료 분야에서도 현실 세계에 존재하는 편향이 데이터에 그대로 반영될 수밖에 없다. 현실에서는 다음과 같은 다양한 편향

---

[6] 과기정보통신부는 2021년 5월 13일 정부 관계 부처 합동으로 대통령 직속 4차산업혁명위원회 제22차 전체 회의에서 "사람이 중심이 되는 인공지능을 위한 신뢰할 수 있는 인공지능 실현 전략(안)"을 발표하였다. 이 전략은 2020년 12월 발표한 "사람이 중심이 되는 인공지능(AI) 윤리기준"의 실천 방안을 구체화한 것이다.

이 있다.

　지역과 국가, 사회경제적인 차이에 따라 피할 수 없이 등장하는 차별적인 의료이용절차discriminatory healthcare processes는 의료 서비스의 공정한 배분을 저해하는 주요한 원인이다. 설령 이용절차에서 편향이 없다 하더라도, 사회경제적 격차, 성별·인종·연령·지역 등의 차이는 생존율과 완치율, 사망률 등 건강과 관련된 다양한 결과에 직접적인 영향을 주는 것으로 알려졌다. 그뿐만 아니라 보건의료 분야 의사결정에서도 편향이 있다. 또한 환자의 인종, 성별, 행동, 사회경제적 지위, 성향에 따라 의료진의 태도와 의사결정에 대한 환자 편향patient bias 역시 존재한다.

　나아가 다양하고 복잡한 프로세스를 거친다고 하더라도 현장 의료진의 판단 과정에서도 편향human bias도 배제할 수 없다. 예를 들어 망막판독이나 영상판독에 있어 판독자의 재판독 일치도나 판독자간 일치도가 60~65%로 낮으며, 판독 시 망막 병변을 16~36% 정도 놓친다는 보고도 있다. 보건 의료 현장 의료진이 정확하고 공정한 윤리적 태도를 견지하도록 지속적으로 의료 윤리 교육을 받지만 실수를 하지 않는 완벽한 인간이란 불가능하다는 점에서 오진misdiagnosis이나 잘못된 치료mistreatment가 등장할 수 있는 가능성을 완벽히 배제할 수 있는 없다. 그 결과 치료 효능을 저하시킬 수 있는 요인을 완벽하게 제거할 수는 없다.

2) 데이터 편향 헬스케어 데이터 수집과 집적, 가공에서의 편향

이러한 보건의료 현장에서의 다양한 편향은 데이터 편향에 그대로 반영되게 된다. 더욱이 보건의료 데이터의 수집collection과 집적pile, 가공processing의 과정에서 편향이 발생하게 된다. 인공지능 개발을 위해서 개발자는 실제 현실에서 수집된 데이터를 기반으로 인공지능 개발용 데이터셋의 구축하고 학습훈련에 활용한다. 그러나 이 데이터셋에 포함된 데이터는 특정 기관이나 특정 지역, 특정 서비스를 이용한 일부 계층만을 포괄한다는 점에서, 전체 인구를 대표할 대표성representativeness이 부족하기 때문에 결국 선별 편향selection bias이 등장할 수 있다.

우리나라는 2021년 기준으로 스마트폰 보급률이 일반 국민의 93.5%로 전세계 1위 국가이나, 취약계층인 장애인에서는 83.6%, 60대 이상에서는 81.5%, 농어민에서는 83.4%로 격차를 보인다.[7] 따라서 디지털 헬스의 기본적인 장비인 스마트폰 보급률의 격차가 디지털 헬스 데이터 생산과 활용의 격차에 그대로 반영되게 된다.

보건의료 데이터의 낮은 데이터 품질과 개인정보 침해에 대한 우려가 있으나, 누구는 건강보험 청구자료 등 행정자료와 민간의료기관의 전자의무기록Electric Medical Records(EMR) 등을 기반으로 인공지

---

7   과학기술정보통신부 48-50, 2021.

능 연구용 데이터셋 구축을 추진하고 있다.[8] 보건의료 빅데이터로 가장 흔하게 사용되는 것은 청구자료이나. 한 연구에 의하면 청구자료의 진단명인 경우, 의무기록내 진단명과의 일치도가 종합병원의 경우 60.4%로 낮은 편인데, 병원급은 49.03%, 의원급은 9.24%로 진단명 데이터의 일치도와 정확도는 매우 낮은 편이다. 이러한 진료현실과 다르게 기록되는 데이터상에서의 진단명 데이터의 오류와 편향은 이를 기반으로 하는 인공지능 개발에 그대로 반영된다.

진단기능을 하는 인공지능 프로그램을 개발하기 위해 마련되는 데이터 관련 편향으로는 대상자들에게 일관된 한가지의 참고표준을 적용하지 않고 여러 종류의 참고표준을 적용하여 발생하는 차별검증편향differential verification bias, 확인에 사용하는 참고표준은 동일하나 모든 대상자를 참고표준으로 확인하지 않아서 발생하는 부분검증편향partial verification bias, 평가대상 검사의 결과가 참고표준reference standard에 포함되어 발생하는 혼합편향incorporation bias, 평가대상검사와 참고표준검사가 서로 독립적으로 시행되지 않아 서로의 결과에 영향을 주는 편향test review bias and diagnostic review bias 등을 예로 들 수 있다.

8 　보건복지부 3-47, 2021.

3) 설계와 알고리즘 개발에서의 편향

알고리즘 편향은 헬스케어 현장에서 존재하는 인종, 성별, 인구사회적 차이가 인공지능 알고리즘의 설계 과정을 통해 불평등을 가중하게 된다. 인공지능 개발에 있어서는 우선 개발의 목적이 되는 주제를 선정agenda setting하고 발굴하는 데 있어서 편향이 등장할 수 있다. 또한 선정된 주제에 따라, 인공지능 모델을 디자인하고 설계하는데 편향이 나타날 수 있다. 모델 개발하는 데 사용되는 학습 데이터셋의 특성에 따라 편향은 가중된다. 또한 이 모델을 검증하고 운영을 모니터링하는 시스템의 개발에서도 편향은 생길 수 있다. 알고리즘 편향은 기술적인 이슈만이 아니라, 보건의료 데이터의 차별을 극복하고 형평성을 확보하기 위해 인공지능 개발용 학습 데이터를 다룰지에 대한 전략적인 이슈도 관련한다. 더욱이 알고리즘 편향을 줄이기 위해 인공지능 개발의 과정을 공개하는 투명성과 인공지능 알고리즘에 대한 설명가능성explainability을 높이기 위한 방안도 중요시되고 있다.

편향이 등장할 수 있는 자동화된 인공지능 알고리즘의 프로세스에서 최종 결정은 '인간'에 의해 시행되도록 하는 체계인, '루프 속의 인간human in the loop'을 설정하는 것이 중요하게 제시되고 있으나, 데이터의 빠른 처리를 통해 자동화된 시스템의 제안에 '인간'이 얼마나 독립적이고 자율적인 결정을 내릴 수 있을지에 대한 실제적인 이문이 있다.

또한 인공지능 설계와 개발 과정에서의 편향은 기반을 만드는
데이터 연구자와 인공지능 개발자의 성향과 편향이 반영될 수 있
다. 최근에는 의사를 위한 '히포크라테스 선서Hippocrates Oath'를 개정
하여 데이터 과학자의 윤리적인 인식을 고양하고 편향을 줄이기
위한 상징적인 방안으로 '데이터 과학 선서Data Science Oath'가 제안되
고 있다.

4) 헬스케어 인공지능의 사업과 사용에서의 편향

헬스케어 인공지능의 활용에 있어 어떤 사업, 적절한 장소와
이용자를 대상으로 활용되는지가 중요하다. 때로 인공지능의 활
용은 지역적 차별이거나 사회경제적 수준, 직업적, 성별, 인종, 성
적취향 등에 차별을 가지고 비윤리적으로 적용되며 편향이 가중
될 수 있다. 인공지능 기술을 사용한 경우, 적용된 장소, 절차, 결과
에 편향이 있는지 살펴봐야 하며, 설명 가능한지 검토해야 한다.
설명 가능한 인공지능explainable AI과 투명한 인공지능transparent AI은 인
공지능 사업에서의 윤리적으로 중요한 가치와 방향으로 언급되
고 있다. 건강 차별health inequity이 있는 보건의료 현장에 인공지능 시
스템의 차별적 사용으로 건강 차별이 가중되고 있다. 아무리 좋은
인공지능을 사용한 디지털 헬스케어 서비스가 있다 하더라도, 취

약계층의 스마트폰과 인터넷 사용 및 온라인 네트워크 활용서 존재하는 격차가 있으므로 그 서비스 혜택에 대한 접근성의 격차로 이어지며, 데이터 생산에서 제외되어 맞춤형 프로그램 개발에서 배제되는 악순환에 빠지게 된다.[9]

자동화는 인간이 반복적으로 시행했던 일들을 기계가 하면서 업무적 편리를 높이고 인간에 의한 편차와 오류를 줄이는데 기여한다는 장점이 있다. 그러나, 인공지능의 편향과 불완전성을 알고 있음에도, 인공지능 기술이 헬스케어 분야에 적용되었을 때 그 자동화에 과도하게 의존을 하게 되면서 인간의 주의집중 감소와 자율적 업무 수행에 악영향을 주는 자동화 편향automation bias이 발생하게 된다. 특히 헬스케어 분야에서는 영상 판독 등의 진단diagnosis에 적용될 때 많이 발생하게 되며 환자모니터링 등의 적용에서도 발생하며, 복잡한 업무에 적용될 때 더 가중되는 경향이 있다. 또한 중환자실에서의 인공지능 자동 모니터링은 환자에 대한 감지 과도sensory overload와 오류로 인한 과도한 알람 신호는 추가적인 업무 부담과 알람 피로alarm fatigue를 유발하기도 한다.

---

9   과학기술정보통신부, 2021.

5) 팬데믹에서 AI 활용과 윤리적 과제

헬스케어 인공지능의 개발과 활용 관련 윤리적인 원칙에 권고 안[10]이 제시되고 있으나, 헬스케어 현장에서 발생하는 편향과 관련된 문제에 대해 윤리적인 문제로 적절히 이해하고 적용하기 어렵다. 지난 코로나 팬데믹을 겪으며 개발되고 활용된 코로나19 관련 헬스케어 인공지능 기술을 활용하는 과정에서 당면했던 상황들을 살펴보며 발전 방안을 모색해 보고자 한다.

정의justice적 관점에서 헬스케어 인공지능의 적용과 활용에 있어 차별적 요소가 발생하지 않도록 하는 것이 중요하다. 코로나 19 감염병은 전세계적으로 다양한 분야에 영향을 주었으며, 특히 각 나라의 보건의료 현황이 단기간에 전 세계적인 여파로 퍼지는 것을 겪으며, 국제적으로 백신 및 치료제의 개발에 대한 협력뿐만 아니라, 환자정보의 취합과 교류에 대해 많은 관심을 갖게 되었다. 또한 이렇게 모아진 환자 정보를 기반으로 코로나 진단 및 예후 예측 분야에 인공지능 기술을 개발함으로, 제한된 보건의료 자원을 효율적으로 활용하고자 하는 많은 기대를 가졌으나, 오히려 그 기술의 적용이 잘못된 판단과 차별을 가중시킬 수 있다는 것을 알게 되었다. 따라서 인공지능 헬스케어 개발과 적용에 있어 불평등

---

10   World Health Organization, 2021.

을 야기시킬 수 있는 부분을 인지하고 이를 보완하기 위한 정책적 방안이 함께 제시되어야 한다.

헬스케어 인공지능 윤리원칙 중 투명성의 확보는 상호 신뢰를 기반으로 지속가능한 성장을 가능하도록 하는 것이 매우 중요하다. 2020년 1월부터 7월까지 개발되어 게재된 코로나감염증 관련 37,421개 중, 169개 연구의 232개의 진단과 예측 알고리즘의 편향을 분석한 한 연구에 따르면, 대상 알고리즘 중 편향을 검증하기 위한 프리즈마PRISMA를 이용한 평가에 따라 임상적 활용으로 적합한 알고리즘은 없으며, 2개 정도만 검증 가능성이 있다고 평가했다. 이러한 검증은 그 이후 지속적으로 업데이트를 하고 있으며 2022년 말 현재까지 238개의 알고리즘을 분석하여 그 결과를 공개하고 있다. 이러한 투명성 확보를 위한 노력은 기술의 한계를 인정하고 이를 공개함으로써 기술지향주의를 경계하고 합리적인 이해와 활용에 관한 소통을 이끌어 낼 수 있다.

특히 인공지능 방식이 딥러닝으로 고도화되며 인공지능의 설명가능성에 대한 필요성이 증가되고 있다. 2020년 1월에서 10월까지 주로 코로나를 진단하고 흉부 X선과 CT 스캔으로 환자의 위험을 예측하는 딥 러닝 모형 관련 출판연구 2,121개에서 선별한 415개의 모형을 PROBAST 기준으로 분석한 결과 적합한 대상은 하나도 없었다. 중증도를 예측하는데 있어, 중증환자에서 흉부촬

영을 누운 상대로 촬영하게 되는 것이 학습되어 폐에서의 영상소견 보다는 촬영방식으로 중증도 예측이 학습되는 등 예측하지 못했던 다양한 예측사유가 확인되기도 하였다. 인공지능 기술을 헬스케어에 적용할 때는 자동화된 의사 결정에 있어 일고리즘 등에 대해 설명하도록 제시해야 한다.

세계 보건의료 관점에서 헬스케어 인공지능의 궁극적인 목적은 기술의 활용을 통한 포괄성inclusiveness과 평형성equity의 확보로 보건의료 자원의 효율적 활용과 보편적인 보건의료의 질의 향상이라 할 수 있다.[11] 그러나 지난 코로나19 팬데믹 시기에 헬스케어 인공지능의 개발과 적용에서 발견된 편향은 보건의료 체계가 열악한 지역적 분포, 인종적 차이, 소수 인종과 고령의 노인 등 취약 집단에서의 코로나19 진단과 진료에 대한 접근성의 격차와 백신과 치료의 차별이 알고리즘으로 반영되어 편향이 가중된 것으로 보인다. 이를 극복하기 위해 최근 이러한 편향을 극복하기 위해 개인 정보 등 민감한 임상 데이터를 서로 직접 공유할 필요 없이 개발자와 조직이 협업을 통해 여러 위치에 분산된 학습 데이터를 사용하여 심층신경망Deep Neural Networks(DNN)을 훈련하는 방식인 연합학습Federated Learning을 활용하여 50여 명의 국제 공동 연구팀이 연합학

---

11   World Health Organization, 2021.

습을 사용해 데이터 공유 없이 영국과 중국의 23개 병원에 있는 약 3,300명의 환자로부터 얻은 9,000건 이상의 CT 스캔 데이터를 기반으로 코로나19^{COVID-19}를 진단할 수 있는 새로운 인공지능 모델을 개발하여 성별, 연령, 인구 통계 및 환경 등 데이터 편향으로 인한 인공지능편향을 최소화하기 위한 다양한 방법론이 시도되고 있다. 헬스케어 인공지능의 개발과 활용에 있어 책임성^{acountability}과 지속가능성^{sustainability}이 확보되기 위해 기술의 개발과 활용에 관여된 개발자와 연구자, 환자, 의료현장, 정책전문가, 윤리전문가 등 다양한 분야가 소통하고 참여하며 편향을 줄이기 위한 노력을 지속해야 한다.

인공지능 기술을 의료 현장에 본격적으로 활용할 경우 등장할 긍정적 효과에 대한 기대는 참으로 크다. 그러나 이에 대한 적절한 검증이 아직 이루어지지 않았다는 점에서 인공지능 기술을 의료현장에 광범위하게 적용하는 것은 단순한 시기상조를 넘어 의료에서 지금까지와는 매우 다른 새로운 유형의 오진과 차별을 초래할 것이다.

인공지능 기술 개발에서의 알고리즘 편향을 줄이고 윤리적인 개발을 하기 위하여 설명가능한 인공지능을 지향하며 정부뿐만 아니라 인공지능 관련 기업 그리고 전문가 단체 등에서 다양한 시도를 하고 있다. 보건의료 분야에서 인공지능 기술을 개발과 활용을 위해서는 우선 개발과 학습 과정에서 필수불가결한 데이터의 적절성과 형평성, 투명성을 높이기 위한 다양한 노력과 방법론의 개발과 활용 정책이 필요할 것이다. 그러나 끊임없이 진화하고 있는 인공지능 기술을 의료 현장에 적용할 경우 다음과 같은 구체적인 문제와 대면할 수밖에 없다. 즉 "무엇이 적절한가?", "진료 과정에서 공정하게 활용하였는가?", "그 과정이 투명하게 전개되었는가?" 등등의 문제를 항상 대면할 수밖에 없다.

이러한 문제에 실천적으로 대응하는 방안은 우선 의료 분야 인공지능 기술 전문가들이 이 분야에 새롭게 등장하는 다양한 정보를 교환하며 끊임없이 소통하는 것이다. 이런 소통의 과정이 어쩌면 인공지능 기술의 엄청난 발전 속도를 따라가지 못할 수도 있을뿐만 아니라 설령 의사소통이 잘 된다고 하더라도 여전히 의견의 차이가 사라지지 않을 것이며 오히려 새로운 차이가 나타날 수 있을 것이다. 그러나 이런 소통의 과정을 통해 인공지능 기술에 편향의 문제가 있을 수 있다는 사실 자체를 의료 전문가들이 분명하게 인식함으로써 의료 전문가로서의 전문직 수행을 한 차원 높은 단계로 고양할 수 있을 것이다.

주요 인공지능 가이드라인

인공지능이 지닌 엄청난 위력과 악용 가능성에 대한 우려가 확산되면서 우리나라뿐만 아니라 미국이나 일본, 중국은 물론이고, 특히 유럽을 중심으로 각급 기관과 단체에서 인공지능 윤리와 관련된 다양한 선언과 가이드라인을 계속 발표하고 있다. 우리나라의 경우 다음 카카오에서 2018년 알고리즘 윤리헌장을 발표하였고,[1] 2021년 네이버에서도 'AI 윤리준칙'[2]을 발표하는 등 인공지능 개발 기업들에서 발 벗고 나섰다.

기업의 사회적 책임이 강조되면서 대부분의 기업들은 고유한 윤리 강령을 발표하고 기업 활동과 관련된 윤리 사안을 전담하는 부서를 두고 있다. 뿐만 아니라 많은 기업들이 단순히 윤리적 요구를 실천하는 것을 넘어 사회 공헌 활동을 다양하게 펼치는 것도 사실이다. 그런데 문제는 '우아한' 윤리 강령들을 발표한 후 이를 준수하는 것이 아니라, 책임 회피의 수단으로 삼거나 '윤리세탁'으로 악용한 일 역시 적지 않다는 점이다. 그래서 기업의 자발적인 윤리 강령이나 보편적인 윤리기준이 구체적인 행위를 규율하

1   https://www.kakaocorp.com/page/responsible/detail/algorithm?lang=KOR&tab=all
2   https://www.navercorp.com/media/pressReleasesDetail?seq=30368

는 실질적인 구속력을 지닐 수 있는가에 대해 근본적 의구심이 꾸준히 있어 왔다.

게다가 인공지능 기술같은 분야의 디지털 기술 전문가들의 경우 급속한 기술의 발전과 더불어 사회적 요구 역시 지속적으로 변화하기 때문에 잦은 이직은 말할 것도 없고 근무 형태 역시 매우 다양하다. 따라서 전통적인 전문직 종사자들에 비해 직업 결속력 professional integrity이 상대적으로 낮다는 점에서 기업의 윤리 강령이나 해당 직종의 전문직 윤리가 실질적인 행동 강령 역할을 할 수 있을 것이라고 기대하는 것은 더욱 쉽지 않다. 그럼에도 불구하고 인공지능 기술이 앞으로 거의 모든 분야에 활용될 것이라는 점에서 우리 공동체 전체에 적용될 수 있는 규범의 준거를 마련하는 것은 시급한 일이 아닐 수 없다. 이 때문에 직접적인 규제의 주체인 정부에서도 다양한 의견을 모아 인공지능 관련 법률을 제정하는 것뿐만 아니라 '인공지능 윤리기준'을 발표하였다.[3]

그런데 법률과 달리 강제성이 없는 이와 같은 윤리기준들이 인공지능 개발자 및 운영자들에게 실질적 효력이 있는지에 대해서는 많은 논란이 있다. 사실 이런 논쟁은 실정법과 구별되는 윤리

---

3   https://ai.kisdi.re.kr/aieth/bbs/B0000085/view.do?nttId=325&menuNo=400014&pageIndex=

가 사회적 규범으로서 어떤 역할을 할 수 있는가에 대한 오랜 논란의 연장선에 있는 것이다. 특히 오늘날과 같은 다원주의 사회에서는 일견 사회마다 서로 다른 윤리 규범들이 있는 것처럼 보이며 경우에 따라서는 이런 윤리 규범들이 서로 상충하여 사회적 갈등을 심화시키는 것처럼 보이기조차 한다. 그래서 윤리는 아무 쓸모도 없을 뿐만 아니라 오히려 기술 발전의 발목을 잡는다고 생각하는 사람들도 없지 않다.

이런 점에서 인공지능 윤리기준은 앞으로 다가올 인공지능시대라는 미래를 위한 지향이라는 점이다. 즉 윤리 규범은 규제적 이념인 것이다. 가령 현실에서 많은 사람들이 거짓말을 하고 있을 뿐만 아니라, 거짓말을 할 수밖에 없는 것처럼 보이는 상황은 너무나도 많이 있다. 그럼에도 불구하고 '거짓말을 하지 말라'는 윤리 규범은 누구나 희망하는 좋은 삶을 살아 가는 과정에서 여전히 의미가 있기 때문이다. 마찬가지로 현재까지 발표된 대부분의 인공지능 윤리기준에서 등장하는 안전성, 투명성, 혹은 신뢰나 설명 가능성과 같은 원칙들은, 여전히 논란이 되고 있지만, 현재의 인공지능 기술을 평가하는 기준일뿐만 아니라 미래의 인공지능 기술이 나아갈 지향점이다.

물론 인공지능 기술의 특성 및 활용 분야에 따라 중요하게 간주되는 원칙들이 서로 다를 수 있다. 나아가 각급 기관과 단체에서 발표하고 있는 인공지능 윤리기준에 대해 살펴볼 때 어떤 원칙이나 지침이 제시되고 있는가를 살펴보는 것 못지 않게 중요한 점은 인공지능 기술과 연관된 이해관계 당사자들의 다양한 요구 사항을 적절히 조율하는 과정이다. 이런 점에서 볼 때 2020년 우리나라 정부에서 발표한 「인간성을 위한 인공지능 윤리기준」과 2021년 유네스코 제 41차 총회에서 만장일치로 채택된 「인공지능 윤리 권고」는 그 내용뿐만 아니라 준비 과정 역시 면밀히 살펴볼 필요가 있다.

1. 우리나라 인공지능 윤리기준

1) 준비 과정

2020년 12월 23일 관계부처 합동으로 우리나라 정부는 사람이 '중심이 되는 인공지능 윤리기준'을 발표하였다. 인공지능 기술의 급속한 발전으로 제조·의료·교통·환경·교육 등 거의 모든 분야에서 인공지능이 활용·확산되면서, 인공지능 기술의 오남용이나 편향성 그리고 프라이버시 침해 등 인공지능 윤리 이슈가 다양하게 대두하고 있다는 점에서 어떤 대책이 필요한 것은 분명하였다.

이미 밝힌 것처럼 EU, OECD, UNESCO 등 다양한 기관에서 인공지능과 관련된 각종 윤리기준들을 발표하였다. 가까운 일본에서는 2019년 통합혁신전략추진회의 명의로 '인간 중심의 인공지능 사회 원칙'을 발표하였다. 물론 우리나라에서도 '정보문화포럼'에서 민간이 중심이 되어 2018년 4월 「지능정보사회윤리가이드라인」을 발표하였고 2019년 11월에는 방송통신위원회에서 「이용자중심의 지능정보 사회를 위한 원칙」을 발표하였다. 문제는 이러한 기존의 기준들이 '범국가적 차원의 인공지능 윤리원칙이라기에는 다소 제한적인 측면'이 있다고 정부 당국자들이 느낀 점이다.

그 결과 정부에서는 2020년 4월부터 8월까지 인공지능 기술 및 윤리 분야 전문가들을 중심으로 '인공지능 윤리연구반'을 구성하여 주요국가, 국제기구, 학회, 기업 등에서 발표된 국내외 주요 인공지능 윤리 원칙 25개를 주체, 목적, 특징 별로 비교 및 분석하는 작업을 수행하였다고 한다. 이들이 분석한 주요 원칙들은 다음과 같다.

- OECD[2019년 5월], "Recommendation of the Council on AI"

OECD '디지털경제정책위원회' 주관 하에 신뢰가능한 AI를 위한 5개 원칙으로 여기서는 포용적 성장, 지속가능한 발전, 인간중심 가치, 공정성, 투명성, 설명가능성, 견고성, 보안 및 안전, 책무성 등과 같은 원칙이 등장한다.

- EU^{2018년 12월}, "Ethics Guideline for Trustworthy AI"

EU 산하 AI 고위 전문가 그룹 주도로 발표한 7개 윤리 원칙 및 각 원칙 별 평가리스트로 여기서는 인간행위자의 감독, 기술적 견실성^{Technical robustness}, 안전, 사생활, 데이터 관리, 투명성, 다양성, 차별금지, 정당성, 사회환경적 복지, 책무성 등이 주요 원칙으로 나타난다.

- 일본^{2019년 3월}, 「인간 중심의 AI 원칙」

일본의 '인간 중심의 AI 사회 원칙 위원회'에서 25명의 산학연 전문가를 중심으로 발표된 AI 연구개발 목표 및 산업화 로드맵이다. 여기서는 인간 중심 인공지능, 교육 평등 제공, 개인정보 보호, 보안 확보, 공정성, 경쟁, 공정·책임·투명성, 혁신 등이 원칙으로 제시되었다.

이러한 연구를 토대로 '인간성^{Humanity}'을 최고의 가치로 설정한 후 모든 인공지능은 '인간성을 위한 인공지능^{AI for Humanity}'이어야 한다고 주장하였다. 뿐만 아니라 '인간성을 위한 인공지능^{AI for Humanity}'이 지녀야 할 4단, 3강, 15륜을 다음과 같이 제시하였다. 여기서 4단四端이란 인공지능이 인간성 실현을 위해 근본적으로 지니고 있어야 할 속성이라고 규정한 후 인권보장, 공공선 증진, 인간 능력의 향상, 기술윤리적 좋음으로 제시하였다. 3강三綱이란 인간과 인공지능의 관계에서 인공지능이 마땅히 준수해야 할 기본원칙이라고

정의한 후 인간존엄성의 원칙, 사회의 공공선의 원칙, AI의 목적성 원칙으로 제시하였다. 15준칙表倫이란 앞에서 제시한 3가지 기본원칙三綱을 실행하는 세부적인 기준이라고 정의한 후 행복추구 원칙, 인권보장 원칙, 개인정보보호 원칙, 다양성 존중 원칙, 해악금지 원칙, 공공성 원칙, 개방성 원칙, 연대성 원칙, 포용성 원칙, 데이터 관리 원칙, 책임성 원칙, 통제성 원칙, 안전성 원칙, 투명성 원칙, 견고성 원칙으로 제시하였다.

이 초안에 대해 2020년 9월부터 11월까지 학계와 기업 그리고 시민단체의 다양한 전문가들의 의견을 수렴하였다고 한다. 학계에서는 대체로 전자전기공학, 컴퓨터공학, 법학, 인문사회학, 윤리학, 의료법윤리학 등의 분야 전문가들이 의견을 제시하였으며 대표적인 이해당사자라고 할 수 있는 기업 부문에서는 네이버, 카카오, 삼성전자, LG전자, IBM, 통신3사, 현대차, 기업 관련 협회와 단체의 의견을 수렴하였다고 한다. 또한 소비자시민모임, 진보네트워크센터, 오픈넷, 녹색소비자연대 등과 같은 시민단체의 의견도 경청한 것으로 알려져 있다. 그리고 2020년 12월 7일 공청회를 개최하여 마지막으로 의견을 청취한 후 최종 문안을 2020년 12월 23일 발표하였다.

그리고 이 윤리기준를 구체화하기 위한 계획을 다음과 같이 세 가지로 나누어 제시하였다.

첫째, 주체별 체크리스트 마련하겠다고 하였다. 즉 이 윤리기준을 적극적으로 활용하고 사회적으로 확산하기 위한 일환으로 AI 개발 및 활용 과정에 참여하는 개발자, 제공자, 이용자 등등을 위한 윤리 점검 체크리스트 개발하여 보급하겠다고 약속하였다. 둘째로는, 전문인력, 일반시민, 개발자 등 다양한 사회구성원으로 구분하여 생애단계별로 다양한 인공지능 윤리 교육 커리큘럼 연구하고 개발할 것을 약속하였다. 마지막으로, 이 윤리기준을 기본 플랫폼으로 새로운 인공지능 윤리 이슈에 대해 지속적으로 논의하고 필요시 윤리기준 보완 및 세부 기준 마련하고 관련 분야 입법 활동을 지원하겠다고 밝혔다.

2) 인공지능 윤리기준의 구성과 내용

이 기준은 서문과 3대 기본원칙 그리고 10대 핵심 요건 그리고 부록으로 구성되어 있다. 우선 이 윤리기준의 전반적 취지를 담고 있는 서문에서 그 목표를 다음과 같이 명시하고 있다.

인공지능 개발과 활용 전 단계에서 정부·공공기관, 인공지능 기술 개발자, 인공지능 기술을 활용한 제품·서비스 공급자·활용자 등 모든 사회 구성원이 '사람 중심의 인공지능' 구현을 위해 고려해야 할 기본적이고 포괄적인 기준을 제시하는 것을 목표로 한다고 밝히고 있다.

뿐만 아니라 '사람 중심의 인공지능' 구현을 위해 지향되어야 할 최고 가치로 '인간성Humanity'을 설정한 후 "모든 인공지능은 '인간성을 위한 인공지능AI for Humanity'을 지향하고, 인간에게 유용할 뿐만 아니라 나아가 인간 고유의 성품을 훼손하지 않고 보존하고 함양하도록 개발되고 활용되어야 한다"고 주장한다. 인공지능은 인간의 정신과 신체에 해롭지 않도록 개발되고 활용되어야 하며, 개인의 윤택한 삶과 행복에 이바지하며 사회를 긍정적으로 변화하도록 이끄는 방향으로 발전되어야 한다. 또한 인공지능은 사회적 불평등 해소에 기여하고 주어진 목적에 맞게 활용되어야 하며, 목적의 달성 과정 또한 윤리적이어야 하고, 궁극적으로 인간의 삶의 질 및 사회적 안녕과 공익 증진에 기여하도록 개발되고 활용되어야 한다는 것이다.

이를 위해 인공지능의 윤리기준을 다음과 같이 3대 기본원칙과 10대 핵심요건으로 제시한다. 기본원칙이란 인공지능 개발 및 활용 과정에서 고려될 원칙으로서 '인간성을 위한 인공지능AI for Humanity'을 위해 인공지능 개발에서 활용에 이르는 전 과정에서 고려되어야 할 기준으로 다음과 같다.

① 인간 존엄성 원칙

인간은 신체와 이성이 있는 생명체로 인공지능을 포함하여 인간을 위해 개발된 기계 제품과는 교환 불가능한 가치가 있다는 것이다. 이를 근거로 인공지능은 인간의 생명은 물론 정신적 및 신체적 건강에 해가 되지 않는 범위에서 개발 및 활용되어야 한다고 주장한다. 즉 인공지능 개발 및 활용은 안전성과 견고성을 갖추어 인간에게 해가 되지 않도록 해야 한다는 것이다.

② 사회의 공공선 원칙

공동체로서 사회는 가능한 한 많은 사람의 안녕과 행복이라는 가치를 추구한다고 전제하고 있다. 따라서 인공지능은 지능정보사회에서 소외되기 쉬운 사회적 약자와 취약 계층의 접근성을 보장하도록 개발 및 활용되어야 한다는 것이다. 즉 공익 증진을 위한 인공지능 개발 및 활용은 사회적, 국가적, 나아가 글로벌 관점에서 인류의 보편적 복지를 향상시킬 수 있어야 한다는 것이다.

③ 기술의 합목적성 원칙

인공지능 기술은 인류의 삶에 필요한 도구라는 목적과 의도에 부합되게 개발 및 활용되어야 하며 그 과정도 윤리적이어야 한다는 것이다. 따라서 인류의 삶과 번영을 위한 인공지능 개발 및 활용을 장려하여 진흥해야 한다는 것이다.

이러한 3내 기본 원칙을 실현하기 위해 인공지능 전체 생명 주기에 걸쳐 충족되어야 할 10대 핵심요건을 다음과 같이 제시하고 있다.

① 인권보장

인공지능의 개발과 활용은 모든 인간에게 동등하게 부여된 권리를 존중하고, 다양한 민주적 가치와 국제 인권법 등에 명시된 권리를 보장하여야 한다는 것이다. 따라서 인공지능의 개발과 활용은 인간의 권리와 자유를 침해해서는 안 된다는 것이다.

② 프라이버시 보호

인공지능을 개발하고 활용하는 전 과정에서 개인의 프라이버시를 보호해야 한다는 것이다. 즉 인공지능 전 생애주기에 걸쳐 개인 정보의 오용을 최소화하도록 노력해야 한다는 것이다.

③ 다양성 존중

인공지능 개발 및 활용 전 단계에서 사용자의 다양성과 대표성을 반영해야 하며, 성별·연령·장애·지역·인종·종교·국가 등 개인 특성에 따른 편향과 차별을 최소화하고, 상용화된 인공지능은 모든 사람에게 공정하게 적용되어야 한다는 것이다. 따라서 사

회적 약자 및 취약 계층의 인공지능 기술 및 서비스에 대한 접근
성을 보장하고, 인공지능이 주는 혜택은 특정 집단이 아닌 모든
사람에게 골고루 분배되도록 노력해야 한다는 것이다.

④ 침해금지

인공지능을 인간에게 직간접적인 해를 입히는 목적으로 활용해
서는 안 된다는 것이다. 따라서 인공지능이 야기할 수 있는 위험과
부정적 결과에 대응 방안을 마련하도록 노력해야 한다는 것이다.

⑤ 공공성

인공지능은 개인적 행복 추구 뿐만 아니라 사회적 공공성 증진
과 인류의 공동 이익을 위해 활용해야 한다는 것이다. 따라서 인
공지능은 긍정적 사회변화를 이끄는 방향으로 활용되어야 하며
인공지능의 순기능을 극대화하고 역기능을 최소화하기 위한 교육
을 다방면으로 시행하여야 한다는 것이다.

⑥ 연대성

다양한 집단 간의 관계 연대성을 유지하고, 미래세대를 충분히
배려하여 인공지능을 활용해야 한다는 것이다. 따라서 인공지능
전 주기에 걸쳐 다양한 주체들의 공정한 참여 기회를 보장하여야

하며 윤리적 인공지능의 개발 및 활용에 국제 사회가 협력하도록 노력해야 한다는 것이다.

⑦ 데이터 관리

개인정보 등 각각의 데이터를 그 목적에 부합하도록 활용하고, 목적 외 용도로 활용하지 않아야 한다는 것이다. 즉 데이터 수집과 활용의 전 과정에서 데이터 편향성이 최소화되도록 데이터 품질과 위험을 관리해야 한다는 것이다.

⑧ 책임성

인공지능 개발 및 활용 과정에서 책임 주체를 설정함으로써 발생할 수 있는 피해를 최소화하도록 노력해야 한다는 것이다. 이를 위해 인공지능 설계 및 개발자, 서비스 제공자, 사용자 간의 책임 소재를 명확히 해야 한다는 것이다.

⑨ 안전성

인공지능 개발 및 활용 전 과정에 걸쳐 잠재적 위험을 방지하고 안전을 보장할 수 있도록 노력해야 한다는 것이다. 따라서 인공지능 활용 과정에서 명백한 오류 또는 침해가 발생할 때 사용자가 그 작동을 제어할 수 있는 기능을 갖추도록 노력해야 한다는 것이다.

⑩ 투명성

사회적 신뢰 형성을 위해 타 원칙과의 상충관계를 고려하여 인공지능 활용 상황에 적합한 수준의 투명성과 설명 가능성을 높이려는 노력을 기울여야 한다는 것이다. 따라서 인공지능 기반 제품이나 서비스를 제공할 때 인공지능의 활용 내용과 활용 과정에서 발생할 수 있는 위험 등의 유의사항을 사전에 고지해야 한다는 것이다.

이 윤리기준을 발표하기까지 정부 관련 부처에서는 해외 관련 사례를 조사하고 이를 바탕으로 초안을 마련한 후 국내 관련 분야 전문가의 의견을 듣는 등 참으로 많은 노력을 기울였다. 그 결과 인공지능 윤리를 논의하는 과정에서 거론되는 주요한 원칙들은 대부분 제시되고 있는 듯하다. 앞으로 인공지능 분야 개발자나 이용자 등 영역별로 구체적인 체크리스트를 작성하여 이 기준을 실천할 수 있는 방안을 마련하겠다고 약속하였다. 그럼에도 불구하고 이 윤리기준은 강제성을 지닌 법률이나 지침이 아니라는 점을 누차 강조하면서 현장에서 기술 개발을 가로막는 규제로 오해될 수 있는 가능성을 여지를 차단하고자 많은 노력을 기울이고 있다.

이 윤리기준과 관련하여 몇 가지 언급해 두고자 한다. 첫째, 이 윤리기준을 작성한 사람들을 명시하고 있지 않다는 점이다. 이와 달리 유네스코 인공지능윤리권고안이나 일본의 윤리기준에서는 그 작성 작업에 참여한 사람들의 이름과 소속을 명시하고 있다. 누가 어떤 역할을 했는지 모든 내용을 일일이 밝힐 수는 없지만 적어도 이런 중요 작업에 참여한 사람들을 정확히 밝힘으로써 한 편으로는 그 노고에 대해 감사를 표시하면서 다른 한 편으로는 이에 대한 책임을 분명히 할 필요가 있다. 해당 위원회에 참석하고 있는 구체적인 인물들을 살펴볼 수 있을 때 비로소 우리는 그 위원회가 적절한 대표성을 갖는지 판단할 수 있기 때문이다.

둘째, '인간성을 위한 인공지능'이란 표현은 지나치게 추상적이며 다의적이라는 점에서 그 의미가 매우 불분명하다. 그 의미에 대해 서문에 어느 정도 구체화하고 있지만 직관적 거북함을 불식하기에는 여전히 부족하다. 불필요하게 현학적이거나 학문적으로 여전히 논쟁의 소지가 있는 표현을 다양한 배경을 지닌 온 국민이 다 함께 생각해 볼 준거가 되는 윤리기준의 표제로 삼는 것이 과연 적절한지 의문을 지울 수 없다.

셋째, 이 윤리기준 제정하는 과정에서 인공지능 기술을 활용하는 다양한 이해관계당사들의 의견을 듣고자 한 점은 높이 평가한다. 또한 공청회를 열어 일반 시민의 의견까지 청취하고자 한 점 역시 매우 진전된 모습이다. 이것은 결국 윤리란 한 공동체 안에서 당면한 문제를 풀어가는 방식에 대한 구성원들간의 약속이라는 것을 잘 보여 주고 있다. 이런 점에서 윤리란 무엇인가에 대해 다양한 학설들을 살펴보면서 윤리를 하나의 약속, 즉 계약으로 이해하는 관점이 지닌 의의와 한계를 살펴보고자 한다.

2. 인공지능시대, 윤리란?

1) 윤리의 의미

"무엇을 해야 하는가? 그리고 무엇을 해서는 안 되는가?", 즉 "윤리란 무엇인가?"라는 질문은 인간이 사회 생활을 하면서부터 언제나 함께 해 왔다고 할 수 있다.[4] 이에 대한 답은 서양 윤리학의 전통에서 보자면 크게 두 가지 방식으로 제시되었다. 그 하나는 먼저 우리 삶의 궁극적인 목적을 제시하고 이 목적을 잘 실현하는 것이 윤리라고 주장하는 입장이다. 이런 입장을 목적론teleology 이라고 한다. 가령 아리스토텔레스의 경우, 우리의 최고의 목적은

---

[4] 한자 문화권에서 전통적으로 사용해 온 윤(倫)이라는 글자를 구성하는 侖은 어원 상 묶음 혹은 덩어리를 의미한다. 윤(倫)이란 사람들의 모임이라는 자구적 의미를 넘어 다른 사람들과 함께 살면서 마땅히 해야 하는 것과 해서는 안 되는 것, 즉 예의 범절이나 규범을 의미하였다. 대체로 윤리로 번역되는 ethics의 어원인 희랍어 ethos 역시 대체로 공동체의 관습을 의미한다는 점에서 크게 다르지 않다. 이것은 매우 넓은 의미에서 윤리, 즉 일반적인 의미에서 당위를 말한다.

행복일 수밖에 없으며 행복을 잘 추구해야 한다고 주장한다는 점에서 ㄱ의 입장은 대표적인 목적론이라 할 수 있다. 인공지능 기술과 연관지어 보자면, 인공지능을 만든 목적에 맞게 활용하여야 한다는 것이다. 인공지능 윤리기준에서 종종 등장하는 기술합목적성이란 표현이 이러한 발상과 깊이 연관되어 있다 할 수 있다.

반면 다른 한 가지 방식은 궁극적인 목적과는 상관없이 어떤 법칙이나 의무를 제시하고 이를 마땅히 따라야 한다고 주장하는 입장이 있을 수 있다. 이런 입장을 의무론^{deontology}이라고 한다. 가령 "네 이웃을 네 몸과 같이 사랑하라"는 기독교의 가르침이나 살생을 금지하는 불교의 가르침과 같은 경우 의무론의 좋은 본보기가 될 수 있을 것이다.

그런데 목적론과 의무론 두 이론 모두 윤리 학설로서 실천적 설득력과 함께 이론적 난점을 동시에 지니고 있다. 목적론이나 의무론이 지닌 설득력은 우리가 어떤 행동을 할 때 대체로 어떤 목적 혹은 법칙을 염두에 두고 있다는 점에서 일상적인 윤리적 경험과 잘 부합한다는 점이다. 그러나 동시에 이점은 목적론과 의무론 모두의 가장 큰 어려움이 되기도 한다. 왜냐하면 모든 인간에게 두루 맞을 수 있는 목적이나 의무가 객관적으로 존재할 수 있는지가 도대체 불분명하기 때문이다.

나아가 설령 이런 것이 존재한다고 해도 그것이 왜 "지금 여기에 살고 있는 나"의 목적이나 의무가 되어야 하는지에 대해서는 별도의 설명이 필요하다. 뿐만 아니라 만일 이런 목적이나 의무가 하나가 아니라 복수로 존재하고 그리하여 그 목적들끼리 혹은 의무들끼리 서로 상충할 경우 이들간의 우선 순위를 정하는 문제 역시 해결이 간단하지 않다. 특히 목적론의 경우 만일 누군가가 자신이 좋아 하는 것을 궁극적인 목적으로 추구할 경우 그것이 그 사람의 선택이라는 점은 분명하지만 이를 윤리적 당위라고까지 말하기는 힘들기 때문이다.

이러한 문제들을 해결하기 위해 고전적 윤리학설들은 대체로 특정한 존재론이나 형이상학 혹은 종교에 호소하였다. 특히 중세의 경우 "무엇을 해야 하는가?"에 대한 해답을 찾는 과정에서 기독교가 결정적 역할을 수행하게 되면서 오늘날까지 윤리와 종교는 아주 밀접한 관련이 있는 것처럼 간주되고 있다. "무엇을 해야 하는가?"라는 질문에 대해 답은 이와 관련된 존재론이나 형이상학 혹은 종교를 통해 모색되었던 것이다. 그 결과 윤리학은 이론 철학에 대한 일종의 하위 개념처럼 응용 철학applied philosophy으로 이해되기도 한다.

윤리학을 이처럼 응용철학의 한 분야로 간주하는 입장은 도덕신명설에서 분명하게 나타나고 있다. 윤리신명설divine command theory이란, 특히 기독교에서, "무엇을 해야 하는가?"에 대한 대답을 신의 명령을 통해 찾고자 하는 입장이다. 즉 신명설을 따를 경우 "해야 하는 것"이란 "신이 명령한 것"이며 "해서는 안 되는 것"이란 "신이 금지한 것"이다. 이러한 신명설은 윤리적 실천의 문제를 해결하는데 큰 장점이 있다. 윤리적 실천의 문제란 옳은 것을 제대로 알지 못하거나 의지가 부족하여 그것을 성공적으로 실천하지 못하는 문제를 말한다. 그러나 윤리신명설은, 누구나 예견할 수 있듯이, 신의 존재에 대하여 의구심을 품는 사람들에게는 아무런 위력도 발휘할 수 없다는 치명적 난점을 지니고 있다.

뿐만 아니라 설령 신의 존재를 받아들인다 할지라도 "신의 명령"과 "윤리"와의 상관관계에 대한 질문이 여전히 남게 된다. 이 문제는 이미 플라톤의 『에우티프론*Euthyphro*』에서 다음과 같은 형식으로 분명하게 제기되었다. 즉 "어떤 행동이 옳은 이유는 그것을 신이 명령했기 때문인가 아니면 그 행동이 옳기 때문에 신이 명령을 한 것인가?" 여기서 문제는 이 질문에 대해 어떻게 답변을 하건 우리는 딜레마에 빠지고 말게 된다는 점이다. 만일 어떤 행동의 옳고 그름이 신의 명령과 상관없이 이미 결정되어 있다면, 신의 명령은 옳고 그름을 명료화하는 것 이외의 윤리학적 의의는 없게 될 것이다. 즉 신의 명령은 없어도 무방한 하나의 무의미한 첨언에 불과한 것이 되고 만다. 만일 어떤 행동이 옳은 이유가 오로지 신의 명령 때문이라면, 윤리는 전적으로 신의 의지에 의해 좌지우지 될 것이다. 그러나 이때 문제는 더욱 신의 본성과 관련된 더욱 난해한 문제로 빠지게 된다. 즉 "신은 비윤리적인 것을 명령할 수 있는가?" 그리고 만일 신이 비윤리적인 것을 명령할 수도 있다면 신의 비윤리적인 명령을 "왜 해야 하는가?"라는 또 다른 문제를 만나게 된다.

이처럼 고전윤리학의 여러 학설들은 그 나름대로의 존재론이나 형이상학 혹은 종교를 통해 "우리는 무엇을 해야 하는가?"에 대한 답을 제시하고자 하였다. 그러나 이러한 시도는 바로 다음과 같은 또 하나의 중요한 문제를 초래하게 된다. 즉 "왜 해야 하는가?" 이 질문은 "무엇을 해야 하는가?"라는 처음의 질문과 더불어 당위에 관한 학문으로서 윤리학, 즉 규범 윤리학에서 답변해야만 하는 가장 중요한 두 가지 문제이다. 윤리가 일종의 사회적 합의이라는 시각에서 접근하고자 하는 계약론적 윤리설이 지닌 가장 큰 매력은 위의 두 질문에 대해 간결하면서도 설득력있는 답변을 제시하는 것처럼 보인다는 점이다.

2) 합의의 중요성과 사회계약론

이런 계약론적 발상이 명시적으로 등장한 것은 T. 홉스의 『리바이어던』[1651]이다. 그러나 그 기본적인 발상은 이미 플라톤의 『크리톤』에서 찾아 볼 수 있다. 잘 아는 것처럼 소크라테스는 처형되기 전날 밤 감옥으로 찾아 온 친구 크리톤으로부터 탈옥을 권유받는다. 히지민 소크라테스는 자신이 왜 탈옥을 해서는 안 되는가에 대해 다양한 논기를 들어 오히려 그리톤을 설득한다. 즉, 만일 자신의 모든 재산을 가지고 폴리스를 떠날 수도 있었지만 계속 머물면서 폴리스가 제공하는 다양한 혜택을 누리면서 살아 왔다면, 그것은 폴리스의 법률을 준수하겠다는 무언의 약속을 폴리스와 한 것과 다름없다는 것이다. 그런데 이제 와서 소크라테스 자신이 탈옥을 할 경우 자신은 폴리스와 한 이러한 약속을 어기는 행위를 하게 된다는 것이다. 소크라테스가 제시하고 있는 이런 발상은 계약론적 사고의 원형을 보여 준다.

이런 계약론적 사고가 그 당시 아테네에서 일반적으로 받아들여지고 있었는지 여부는 불분명하다. 왜냐하면 "정의란 무엇인가?"에 대해 글라우콘과 논쟁을 벌이고 있는 『국가』 II편에서 소크라테스는 계약론적 발상에 대해 자못 부정적이기 때문이다. 여하튼 분명한 것은 근대 사회계약론자들이 등장할 때까지 폴리스 (즉 정치공동체)와 시민의 관계를 설정하는 과정에서 이런 계약론적 사고는 거의 아무런 역할도 하지 못했다는 점이다. 4세기 로마에서 기독교가 국교로 승인된 이래 세속의 정치권력인 왕권은 소위 왕권신수설이라는 종교적 교설을 통해 정당화되었다. 그러나 르네상스와 종교개혁을 거치면서 정치와 종교가 점차 분리되면서 왕권신수설은 더 이상 설득력을 유지할 수 없게 된다. 특히 부르주

아지로 대변되는 신흥 계급은 한편으로는 자유로운 교역을 방해하는 세습적 봉건 귀족들의 특권들을 청산하고자 하면서 다른 한편으로는 국가와 새로운 방식으로 관계를 설정함으로써 자신들의 경제적 이해관계를 확실히 보장받고자 한다. 사회계약론은 이러한 시대적 상황에서 홉스, 로크, 루소 등 서양 근대 계몽 사상가들을 통해 등장한다. 그러나 이러한 사회계약론은 19세기 들어 헤겔과 흄의 신랄한 공격을 받으면서 신기할 정도로 깔끔하게 사라졌다가 20세기 후반 롤즈와 고티에를 통해 다시 부활한다.

이런 점에서 계약론은 우선 시대를 기준으로 보자면 홉스에서 흄에 이르기까지 근대 계약론과 롤즈와 고티에 이후의 현대 계약론으로 구별된다.[5] 대체로 근대 계약론은 국가 권력이 존재하지 않는 자연상태라는 가설적 상황을 설정한다. 그리고 이곳에 살고

---

5   흄은 당시의 사회계약론에 대해 명백하게 반대 입장을 취하였기 때문에 일반적으로 계약론자와는 대비되는 의미에서 공리주의자로 이해되고 있다. 나는 흄을 반계약론자(anti-contractarian)로 간주하는 일반적인 이해를 존중하고자 한다. 그러나 D. 고티에는 흄을 계약론의 범주에 포함시키고자 한다. 이를 위해 고티에는 먼저 계약론을 두 가지 입장으로 구분한다. 우선 하나는 홉스, 로크, 루소 등이 제시하고 있는 입장으로서 이들은 대체로 "무엇을 계약할 것인가?"에 주목한다. 일반적으로 계약론자로 일컬어지는 학자들이 대체로 이 범주에 속한다. 그런데 고티에는 흄과 같은 경우 "계약이 어떻게 전개되어 왔는가?"에 주목하고 있다는 점에서 흄 역시 계약론자는 주장을 전개한다. 그러나 이러한 구분은 계약론의 범위를 지나치게 확장하고 있는 것으로 보인다. 흄의 계약론에 대한 고티에의 상세한 논의는 다음 논문 참고. D. Gauthier, "David Hume, Contractarian", *The Philosophical Review*, LXXXVIII, No 1, 1979.1.

있는 자유롭고 평등한 개인들이 자발적인 계약을 통해 사회, 즉 국가를 세우게 된다고 주장한다. 그렇기 때문에 근대의 계약론은 일반적으로 사회계약론social contract theory이라고 일컬어진다. 근대 사회계약론자들이 그 당시 왕의 존재, 즉 군주제 자체를 부인하고자 한 것은 물론 아니었다. 이들이 목표로 한 것은 왕으로 대표되는 국가 권력주권의 정당한 범위를 적절히 설정함으로써 시민의 정치적 권리와 책무를 정립하고자 한 것이라 할 수 있다.

물론 학자들마다 자연상태를 다른 방식으로 묘사한만큼 그로부터 귀결되는 시민과 국가권력간의 계약의 내용 역시 다를 수밖에 없었다. 가령 홉스의 경우 자연상태에 대해 '만인 대 만인이 잠재적인 전쟁 상태'에 놓여 있는 비참한 상황으로 묘사한다. 반면 루소의 경우 "인간은 본래 자유인으로 태어났다. 그런데 인간은 어디서나 쇠사슬에 묶여 있다"라고 주장하면서 『사회계약론』을 시작한다. 중요한 것은 이런 자연상태에서 계약을 통해 사회 곧 국가의 상태로 전환되었다는 것이다. 그리고 국가는 우리의 계약을 통해 등장하게 되었으므로 우리는 국가의 명령, 곧 시민의 정치적 의무를 지켜야만 한다는 것이다. 물론 시민의 정치적 의무가 구체적으로 무엇인가에 대해서는 절대 주권을 주장하는 홉스, 시민의 혁명권을 인정하는 로크, 그리고 일반의지에 의한 공화정을 주장하는 루소 사이에 커다란 차이점이 존재한다.

이러한 근대 사회계약론은 근본적인 비판들을 마주하게 된다. 첫째, 흄과 헤겔이 공히 지적한 것처럼 사회계약론자들이 주장하는 자연상태란 근본적으로 허구이며 따라서 이런 식의 사회계약은 역사적으로 결코 존재한 적이 없었다는 것이다. 흄, 『인간본성론』 3권 2부 2절 뿐만 아니라 만일 오래 전 실제로 이런 계약이 존재했었다고 하더라도 그것은 나의 조상의 약속일 뿐 나의 약속은 아니며 따라서 내가 지켜야 할 이유는 없다는 것이다. 그런데 흄은 여기서 한 발 더 나아가 사회계약론자들에 대해 더욱 치명적인 비판을 가한다. 즉 둘째, 설령 내가 약속을 했다고 해서 그 약속을 준수해야 할 이유가 무엇인가?

첫 번째 질문과 관련하여, 설령 각 학자마다 모호한 면이 없지 않지만, 적어도 칸트의 경우 이때 이루어지는 최초의 계약은 역사적 상황이 아니라 가설적 상황이라는 점을 분명히 하고 있다. 따라서 사회계약론에서 말하는 계약이란 계약 당사자들이 실제로 서명을 했다는 의미에서 계약이 아니라 만일 그런 상황에 놓이게 된다면 기꺼이 서명했을 것이라는 의미에서 가상의 계약을 말하는 것이다. 이 경우 위의 첫 번째 비판을 받아들이는 것이 된다.

그러나 첫 번째 비판을 받아들일 경우 문제는 최초의 사회 계약은 가상의 계약에 지나지 않게 되며 그 결과 약속이 지닌 실제 구속력을 가질 수는 없다는 점이다. 왜냐하면 우리는 실제로 한 약속에 대해 책임을 지는 것이지 약속을 했을 수도 있는 상황에 대해서까지 책임을 질 수는 없기 때문이다. 따라서 만일 사회계약이 가설적 계약으로 이해될 경우 그 약속을 준수해야 하는 것은 그 약속을 한 행위 때문이 아니라 약속의 구체적 내용 때문에 준수하게 된다는 점에서 그 약속은 있으나마나한 것이 되고 만다.

두 번째 비판, 즉 약속을 도대체 왜 지켜야 하는가라는 비판에 맞서 우리는 두 가지 선택지를 마주하게 된다. 우선 결과주의적 답변이다. 즉 사회계약을 준수할 경우, 그렇지 않은 경우와 비교하여, 더 좋은 결과를 산출할 것이라는 점이다. 그러나 이 답변은 사회계약론을 결과주의로 변질시킬 뿐만 아니라, 약속 자체를 무의미한 것으로 만들고 만다. 이와는 달리 칸트식으로 대응할 수도 있을 것이다. 즉 약속은 약속 그 자체로 준수되어야 한다고 응수할 수 있을 것이다. 왜냐하면 약속을 지킬 의사도 없이 약속을 하는 것은 자기모순에 불과하기 때문인 것이다. 그러나 이러한 칸트적 대응이 설득력을 갖기 위해서는 약속에 대한 더욱 정교한 도덕적 논의를 필요로 한다.

3) 현대의 계약론의 두 유형 – 홉스적 유형과 칸트적 유형

현대 윤리학에서 계약론은 공리주의, 칸트주의, 덕윤리설과 더불어 4가지 핵심적인 규범이론으로 간주되고 있다. 이처럼 계약론이 20세기 후반 주요한 규범윤리설로 등장하는데 결정적 기여를 한 것은 J. 롤즈이다. 롤즈 이후 계약론은 합리적 선택 이론을 어떻게 받아들이느냐에 따라 대체로 두 가지 방향, 즉 타산적 계약론과 규범적 계약론으로 뚜렷이 분화되어 전개되고 있다 할 수 있을 것이다. 타산적 계약론contractarianism이란 홉스식의 계약론에서 연원하는 것으로 도덕을 자기 이익의 극대화 전략으로 이해하고자 하는 계약론적 입장을 말한다. 가령 고티어의 『합의도덕론』은 전통적인 사회계약론이 암묵적으로 전제하고 있는 규범적 요소를 거의 완벽하게 배제한 상황에서 오로지 상호이익의 극대화 전략을 통해 도덕 규범을 찾고자 한다는 점에서 도구적 이성 개념에 충실한 전형적인 타산적 계약론이라 할 것이다.[6]

반면 규범적 계약론contractualism은 칸트의 사회계약론에 충실하고자 하는 입장으로, 롤즈와 스캔런에서 볼 수 있듯이 합리성 자체가 이미 타인의 인격에 대한 상호 존중과 같은 규범적 내용을 함축하고 있다고 상정하고 있을 뿐만 아니라 전통적 계약론에 암묵적으로 가정되어 있던 제반 규범적 요소와 인간의 상호의존적 존재 방식에 대한 반성적 성찰을 통해 계약론을 발전시키고자 한

---

[6]   David Gauthier, Morals By Agreement(Oxford; Clarendon, 1987) 참고. 김형철 역, 『합의도덕론』(철학과현실사, 1993). 또한 Jan Narveson과 James Buchanan 등이 많은 학자들이 이러한 맥락에서 꾸준히 합리적 계약론을 발전시키고 있다.

다는 점에시 규빔적 세약본이 할 수 있을 것이다.[7]

인공지능시대에 직합한 윤리를 모색하는 과정에서 이러한 계약론적 윤리설이 특별히 주목하고자 하는 이유는 다음과 같다. 계약론적 윤리설은 공동체 전체에 통용될 수 있는 윤리란 결국 그 공동체 구성원 모두가 이미 합의했거나 혹은 앞으로 합의할 수 있는 것이어야 한다는 점을 잘 보여 주고 있기 때문이다. 사실 법률 역시 결국은 국회에서 합의를 통해 제정된다는 점에서 계약론적 발상에 바탕을 두고 있다 할 것이다. 이런 점에서 인공지능에 대한 거버넌스를 모색하는 다양한 시도들이 결국은 정부와 시민단체 그리고 다양한 국제기구뿐만 아니라 관련 기업까지 포괄하여 다양한 이해관계를 합리적으로 조정하는 모종의 합의에 바탕을 둘 수밖에 없는 것이다. 물론 합의 과정에서 다양한 논쟁이 있을 수 있지만 바로 이런 논쟁이 인공지능에 대한 민주적 통제를 위한 건강한 자양분이 될 것이다.

---

7   T.M. Scanlon, What We Owe to Each Other(Belknap Press of Harvard University Press, 1998) 참고.

인공지능시대 복지와 사회적 안전망

1. 인공지능시대 고용 불안성과 복지

인공지능 기술은 이미 우리 사회의 노동 시장 전반에 엄청난 영향을 미치고 있다. 한동안 우리 사회의 뜨거운 화두였던 4차산업혁명은 '스마트팩토리smart factory', 즉 공장의 작동 전 과정에서 사람의 개입을 최소화하면서 동시에 효율성을 극대화하고자 하는 것을 목표로 한다. 위험하고 힘든 일을 기계로 대체하려는 노력은 이미 산업혁명과 더불어 다양하게 전개되었고 그 덕분에 인류는 오늘날과 같은 번영을 누리고 있다. 그런데 인공지능 기술은 소위 인간의 고유한 영역이라고 흔히 간주되어 온 작곡이나 학술 논문 작업과 같은 고도의 정신 활동에 이르기까지 엄청난 능력을 발휘하고 있다.

물론 인공지능이 앞으로 어떤 일을 어느 정도까지 수행하게 될지에 대해 현재로서는 장담하기 힘들다. 인공지능 활용 분야가 확대될수록 대량 실업 나아가 일자리 자체가 소멸하고 말 것이라는 연구들이 끊임없이 나타나고 있다. 이와는 달리 지금보다 훨씬 좋은 일자리가 새로이 등장할 것이라는 희망적인 기대도 없지는 않다. 그러나 분명한 점은 노동 시장이 과거와는 비교할 수 없을 정도로 불안정할 것이라는 점이다. 새로운 과학 기술이 새로운 일자리를 창출한다고 할지라도 인간 노동자가 이런 환경에 맞는 준비를 인공지능처럼 순식간에 할 수는 없기 때문이다.

따라서 기술의 변화 과정에 맞게 양질의 일자리를 지속적으로 창출하고 고용 안정성을 견고히 하는 것이 물론 중요하지만 불가피하게 일자리를 잃게 되는 사람들 혹은 노동능력을 갖지 못한 약자에 대한 사회적 안전망을 갖추는 것은 필수 요구라고 할 수 있을 것이다. 공동체의 모든 구성원에게 어떤 형식으로건 사회적 최소치를 보장하고자 하는 것은, 구체적인 내용에 대해서는 당연히 수많은 논란이 있을 수밖에 없지만, 현대 복지 국가의 핵심 내용이기 때문이다.

> 모든 현대 국가는 복지 국가이다. 왜냐하면 국민들의 인생 전망이 자연적 사회적 우연에 의해 좌지우지되도록 방치하는 국가는 이제 없기 때문이다. 모든 국가는 질병, 장애, 실업, 빈곤으로부터 남녀노소를 보호하고자 하는 다양한 정책들을 채택하고 있다.[1]

오늘날 이렇게 광범위하게 수용되고 있는 복지 국가라는 발상은 독일어 'Sozialstaat'에서 비롯된다. '사회적 국가'라고 직역될 수

---

1 Amy Gutmann(ed.), *Democracy and the Welfare state*(Princeton university Press. 1988), p.3.

있는 이 용어는 19세기 후반 보수파 정치인 비스마르크가 개혁의 일환으로 추진한 일련의 정책들을 말한다. 물론 이러한 정책들을 처음 고안한 것은 사회주의자들이었다.[2] 영어권에서 복지 국가라는 용어를 처음 사용한 것은 영국 성공회 대주교인 템플William Temple로 알려져 있다. 그는 당시 영국 정부를 복지 국가welfare state로 묘사하였는데 이것은 나치 독일을 전쟁 국가warfare state로 규정하면서 이 양자를 뚜렷이 대비시키기 위한 것이었다.[3] 물론 템플이 이렇게 복지 국가라는 표현을 사용할 수 있었던 것은 영국에서 이미 1845년 보수파인 토리당의 디슬렐리Benjamin Disraeli가 "권력의 유일한 의무는 인민의 사회 복지"라고 갈파한 것과 그 맥을 같이 한다.[4]

역사학자 팍스톤R. Paxton에 따르면, 복지 국가는 대체로 보수파들을 통해 등장하였으며 사회주의자들과 노동조합원들의 경우 초기에는 이러한 복지 정책에 대해 오히려 반대하였다. 1880년대

---

2   S. B. Fay, "Bismarck's Welfare State", *Current History*, Vol. XVIII(January 1950), pp.1~7.

3   Megginson, William L.; Jeffry M. Netter(June 2001). "From State to Market : A Survey of Empirical Studies on Privatization", *Journal of Economic Literature* 39 (2), pp.321~389.

4   디슬렐리는 후일 영국의 총리가 된다. Benjamin Disraeli. *Sybil*(1845), p.273, 원본을 확인하지 못하여 다음 글에서 재인용함. Michael Alexander, *Medievalism : The Middle Ages in Modern England*(New Haven : Yale University Press), p.93.

독일 복지 국가를 주도한 비스마르크 그리고 불과 몇 년 후 이와 유사한 형태인 헝가리의 복지 국가를 고안한 타아프Eduard von Taaffe 역시 보수파였다. 1910년대 영국 복지 국가를 주도한 자유당의 로이드 조지David Lloyd-George 역시 보수파이며 1940년대 프랑스 복지 국가 역시 보수파인 비치 체제the Vichy regime이었던 것이다. 팍스톤은 한발 더 나아가 다음과 같은 주장까지 편다.

> 20세기 유럽의 모든 우파 독재 정권은, 심지어 파쇼 정권까지도, 복지 국가를 주창하였다. (…중략…) 이 국가들은 모두 생산성 증진, 국가의 통합, 그리고 사회적 평화를 유지하기 위해 보건 의료, 각종 연금, 무상 주택, 혹은 공공 교통을 제공하면서 스스로 복지 국가라고 주장하였다.[5]

주지하다시피 비스마르크는 노령연금과 의료 보험 정책을 통해 근대 유럽 복지 국가의 기반을 조성하였다. 그의 복지 정책은 그 당시 독일에 비해 임금은 높았지만 이러한 복지 정책이 거의 없던 미국으로 독일 노동자들의 이탈을 방지하기 위한 것이었다. 결과적으로 그 복지 정책은 다양한 계층으로부터 광범위한 지지

---

5   Robert O. Paxton, "Vichy Lives! : In a way," *The New York Review of Books*, April 25, 2013.

를 얻을 수 있었지만, 이러한 정책을 실행하는 과정에서 격렬한 논쟁은 불가피한 것이었다.[6] 왜냐하면 복지 국가는 그 핵심적 특징인 사회 보장 정책을 통해 모든 국민들에게 일정 수준 이상의 삶을 영위할 수 있도록 사회적 최소치를 보장하고자 했기 때문이다. 그런데 이러한 사회적 최소치를 마련하는 과정에서는 그 재원을 강제로 부담하고 있다고 생각하는 부유층의 불만은 말할 것도 없거니와 실제 제공되는 복지의 수준이 기대치와 다를 경우 복지 수혜자들로부터도 불만을 사게 되는 것이다.

근대 이후 서양에서 사회적 약자를 위한 복지 정책을 실행하는 역사적 과정에서 적극적 역할을 한 것은 대체로 보수주의자들과 사회주의자들이었다. 그 이유는 보수주의자들이나 사회주의자들이 개인으로서 인간 존재의 취약성에 주목하면서 공동선과 같은 공동체적 유대를 중요하게 생각해 왔기 때문이다. 그러나 자유주의자들은 개인이 타인의 도움 없이 자신의 노력을 통해 스스로의 삶을 영위할 수 있다는 (혹은 해야 한다는) 가정 아래 선택의 자유와 그 결과에 대한 책임을 강조하였다. 자유주의자들은 모두를 위한 기본적인 복지보다는 개인의 사유재산권이나 공과merit에 기초한

---

6   E. P.Hennock, *The Origin of the Welfare State in England and Germany, 1850~1914 : Social Policies Compared*(2007).

응분의 몫^{desert} 혹은 절차 상의 공정성을 강조하였다.

특히 고전적 자유주의자들은 국가가 직접 나서서 세금과 같은 강제적인 방법을 통해 그 공동체의 장애인이나 빈자 등 사회적 약자들을 위한 구휼 정책을 펴는 것에 대해 무관심하거나 거부하였다. 이들의 입장에서 보자면 누군가가 선천적인 장애나 사고로 인해 매우 어려운 상황에 처해 있다고 해서 내가 그 사람을 도와야 할 의무는 없는 것이다. 따라서 자신이 원하지도 않는 상황에서 다른 사람을 돕는다는 명목으로 국가가 강제로 나에게 세금을 거두고자 한다면 이것은 자유의 침해이자 강요된 노동이 되는 것이다. 물론 개인이 기부와 같이 자발적으로 사회적 약자들을 보호하는 것에 대해 자유주의자들은 반대하는 것이 아니라 오히려 적극 권장하기도 한다.

그러나 자본주의 경제가 진전되면서 격화된 빈부격차로 말미암아 사회적 불안정이 심각한 수준에 이르면서 사회적 약자의 인생 전망을 부유한 자의 자의적인 자선에만 맡겨 둘 수 없다는 것은 명백하였다. 한 사회 내에서 최소한의 기본적인 생활을 영위할 수 있는 수준의 사회적 최소치를 보장하는 것은 자유주의자들에게도 자신들의 신념이 작동할 수 있는 선결 요건으로 요구되었던 것이다. 특히 유럽의 경우 복지국가의 모습은 사회주의의 거대한 격랑을 마주한 이래 오늘날에 이르기까지 홉스와 로크로 대변되는 고전적 자유주의와는 매우 다른 모습으로 진화를 거듭하고 있다.

우리나라의 경우 해방 이후 줄기차게 자유민주주의를 내세우고 있다. 하지만 현실 속에서 불가피하게 마주할 수밖에 없는 여러 우여곡절을 감안한다고 하더라도 그 실상은 국가의 개입을 최소화하면서 개인의 자유로운 선택과 그에 따른 책임을 강조하는 자유주의의 기본 이념과는 상당한 거리가 있다. 뿐만 아니라 인간다운 생활에 대한 권리를 제시하고 있는 현행 헌법 34조 및 사회적 기본권에 대한 위헌 심사의 기준이 되는 과소보장 금지의 원칙은 국가가 국민에게 기본적 생활 수요를 충족시킬 의무를 규정하는 헌법의 기본 이념이다.[7]

자유주의를 표방하면서도 국민의 기본적 생활 수요를 충족하는 것을 의무로 규정하고 있는 우리나라에서 인공지능이 초래할 수 있는 대량 실업과 고용 불안에 대한 사회적 안전망을 어떻게 제시할 수 있는가? 현대의 주요 정의관들은 사회적 안전망을 어떻게 구축하고자 하는가? 현재 전세계적으로 뜨거운 논란이 되고 있

---

7   김용태, 헌법의 기본원리로서 사회국가원리, 법학논총 제32집(2014년 7월) 숭실대학교 법학연구소(2014), 29~60면 참조. 96헌 가. "자유시장 경제질서를 기본으로 하면서도 사회국가원리를 수용하고 있는 우리 헌법의 이념에 비추어, 일반불법행위책임에 관하여는 과실책임의 원리를 기본원칙으로 하면서 이 사건법률조항과 같은 특수한 불 법행위책임에 관하여 위험책임의 원리를 수용하는 것은 입법정책에 관한 사항으로서 입법자의 재량에 속한다."

는 기본 소득 제도는 사회적 안전망 역할을 할 수 있는가? 현대의 주요 정의관들은 기본 소득에 대해 어떤 태도를 취하고 있는가?

이러한 질문들에 답하기 위해 복지와 관련된 현대의 대표적인 정의관을 다음과 같이 네 가지 유형으로 구분하고자 한다. 첫째 유형은 노직Robert Nozick처럼 개인의 자유, 특히 소유권을 절대적으로 존중하고자 하는 자유지상주의libertarianism이다. 이들은 타인의 복지 문제에 대해 아예 무관심할 뿐만 아니라 복지 재원을 확보하기 위한 일련의 시도들을 온정적 간섭주의Paternalism라고 규정하면서 강력하게 거부한다. 두 번째 유형은 롤즈의 입장으로 평등주의적 자유주의egalitarian liberalism이다. 롤즈는 자유의 우선성을 유지하는 가운데 경제적 평등과 복지를 자유주의 틀 안으로 적극 포용하고자 한다. 현대에 들어와 정의의 문제가 학문적으로 본격적으로 부각된 것은 1971년 롤즈의 『정의론』 덕분이라는 점에서 오늘날 대부분의 정의론은 롤즈의 이론과 긴밀히 연결되어 있다.

셋째 유형은 왈처Michael Walzer와 같은 공동체주의communitarianism이다. 물론 테일러Charles Taylor, 맥킨타이어Alasdair MacIntyre, 센델Michael Sandel과 같은 학자들 역시 롤즈식의 자유주의와 대비되는 의미에서 공동체주의자로 분류될 수 있다. 공동체주의자로 일컬어지는 학자들은 대부분 원자론적 개인주의에 기초하여 개인의 자유를 공동체의 가치와 대립시켜 파악하고자 하는 고전적 자유주의에 대해서 강력히 반대해 왔다. 그러나 이들이 개인의 자유의 가치를 훼손하면서 공동체의 가치를 강조하는 것은 아닐 뿐만 아니라 이들 역시 개인의 자유에 대한 강력한 옹호자라는 점을 부정할 수는 없다. 뿐만 아니라 이들은 공동체와 유대 그리고 전통의 가치에 대해 특별히 비중을 부여하고자 한다는 점에서 이들을 공동체주의자로 부르고자 한다.

넷째 유형은 공리주의이다. 복지를 철학적으로 가장 강력하게 옹호한 것은 바로 공리주의의 원조인 벤담Jeremy Bentham의 효용의 원칙the principle of utility이라 할 수 있다. 효용의 원칙은 한 행위의 옳고 그름을 그 행위가 쾌락을 증진시키고 고통을 감소시키는 경향에 따라 판단하고자 하는 것이다.[8] 이러한 효용의 원칙은 자유를 최상의 가치로 간주하는 전통적인 자유주의의 입장과 상충할 뿐만 아니라 쾌락이나 고통의 질적인 차이를 무시하는 급진성으로 인해 벤담은 그 당시 심각한 사회적 반론을 마주하였다. 그러나 19세기 영국 자유주의를 대변하는 밀John Stuart Mill을 통해 벤담의 공리주의가 지닌 급진성이 순화되면서 공리주의 역시 개인의 자유에 대해 결코 무관심하지 않다는 점이 분명해지게 되었다. 사실 오늘

---

8   Jeremy Bentham, J. H. Burns and H. L. A. Hart(eds.) *Introduction to the Principles of Morals and Legislation*,(London : Athlone Press, 1970(1823)), 제1장 참고.

날 대부분의 공리주의자들이 개인의 자유에 대한 근본적인 신뢰 위에서 그 학문적 논의를 전개하고 있다. 그러나 역사적으로 많은 공리주의자들은 '최대 다수의 최대 이익'이라는 표현에서 보듯 효용의 극대화를 추구하면서 복지 정책의 방향을 제시하였다.

2. 사회적 안전망으로서 기본소득

기본 소득basic income이란 재산 상황이나 취업 여부와 관계없이 보편적으로 개인에게 무조건 정기적으로 현금을 지급하는 것을 말한다.[9] 정기적이라 함은 일회성 지급이 아니라 가령 매월처럼 규칙적으로 지급하는 것을 말한다. 현금지급이라고 함은 특정 용도가 지정된 바우처나 식권과 같은 것이 아니라 현금으로 지급하는 것을 의미한다. 개인이라 함은 가령 가구 단위로 지급되는 것을 배제하고 오로지 개인에게 지급하는 것을 의미한다.

보편적이라 함은 소득이나 재산 증빙 절차없이 모든 이에게 지급되는 것을 의미한다. 무조건적이라 함은 취업 여부 혹은 취업 의사와 관계없이 지급하는 것을 의미한다. 물론 기본 소득에 대한

---

9   http://basicincome.org/basic-income/

현재 다양한 논의는 해당 지역의 역사적 배경에 따라 이와 같은 조건을 부분적으로 변형한 것일 뿐만 아니라, 그 재원의 득성이나 지원 규모에 있어서 많은 차이가 있다.[10]

'무조건적 기본 소득unconditional basic income'이라는 발상은 세 가지 역사적 연원이 어우러지며 구체화되어왔다. 우선 16세기 초 처음 등장한 '최소 수입minium income'이라는 발상이 그 출발점이 된다. 18세기가 되면서 '무조건적 지급unconditional payment'이라는 발상이 등장하였다. 그리고 19세기 중엽 이 두 가지 발상이 결합하여 지금과 같은 '무조건적 기본 소득unconditional basic income'이라는 개념의 대체적인 얼개가 형성되었다. 정부가 공동체의 모든 구성원에게 최소 수입을 보장하겠다는 발상은 토마스 모어의 『유토피아』[1516]에서 도둑을 사형시키지 않으면서 절도를 퇴치하기 위한 일환으로 처음 제시한 것으로 알려져 있다.[11] 그러나 최소 기본 소득 보장이라는 발상의 원조는 토마스 모어의 절친한 벗이자 인본주의자인 바

---

10 Philippe van Parijs, "Basic Income : A Simple and Powerful Idea for the Twenty-first Century", Politics & Sosiety, Vol.32. pp.7~10.

11 판 파레이스는 EU 역내의 부가가치세(VAT)를 통해 기본 소득의 재원을 마련할 수 있다고 주장한다. 현재 EU를 중심으로 로봇에 대한 전자인격(electronic person)을 부여하고자 하는 논의는 로봇의 위상에 대한 철학적 논쟁과 별개로 기본 소득을 위한 재원 확보 방안을 염두에 둔 것으로 보인다. 한국 사회의 경우에서도 기본 소득 재원 확보 방안으로 로봇세 혹 에너지세 등에 대한 논의가 진행 중이다.

이브^{Johannes Ludovicus Vives, 1492~1540}라고 해야 할 것이다.[12] 그는 정의가 아니라 자선을 효율적으로 실행하기 위해서는 도시의 모든 거주자에게 최소 수입을 지원할 책임이 그 도시에 있다고 제안하였다.

심지어 오락이나 매춘 혹은 과도한 사치나 폭식 혹 도박과 같은 방탕한 생활로 자신의 재산을 소모 사람들에게조차 먹을 것은 주어야 한다. 왜냐하면 그 누구도 굶어 죽어서는 안 되기 때문이다.

빈곤의 원인이 무엇이건, 가난한 이들에게 일할 수 있는 기회를 주어야 한다. 심지어 노인과 바보에게조차 불과 며칠만 배우면 할 수 있는 일, 가령 땅을 파거나 물을 긷거나 짐을 나르는 것처럼 단순한 일을 배분하여야 한다. 수혜자들에게 이와 같은 수고를 하도록 요구하는 요지는 우선은 그 재원을 마련하는데 이들이 기여하도록 하는 것이다. 나아가 그들이 일에 몰두함으로써 만일 그들이 아무 일없이 빈둥거리게 될 경우 빠지게 될 수도 있는 사악한 생각과 행동들을 하지 않도록 하는 것이다. 물론 (사람이라면 일을 하도록 하겠다는) 이러한 발상은 부자들에게까지 확대되어야 한다.[13]

---

12 Thomas More, English translation by Paul Turner, *Utopia*(1st Latin edition, Louvain, 1516), Harmondsworth : Penguin Classics, 1963, pp.43~44.

13 Juan Luis Vives, *De Subventione Pauperum, Sive de humanis necessitatibus*,

이러한 주장의 바탕에는 "하느님의 창소물인 모든 존재는 그 자녀로서 평등하다"는 그리스도교의 이웃사랑 정신과 범죄 예방 이라는 실용주의 정신이 자리잡고 있었다. 그의 주장은 살라맨카 학파the School of Salamanca of Francisco de Vitoria and Domingo de Soto, 1536에서부터 잉 글랜드 구휼법England's Poor Laws, 1576에 이르기까지 빈곤을 퇴치하기 위한 다양한 정책에 큰 영향을 주었으며, 복지국가에 대한 그의 선구석 사고방식은 최근 새롭게 평가받고 있다.[14]

18세기 말 유럽에서는 빈곤 퇴치를 위한 다양한 방안이 제시되 면서 기본 소득 개념이 구체화되기 시작한다. 이 과정에서 결정적 역할을 한 것은 콩도르세Marquis de Condorcet와 토마스 페인Thomas Paine이 다. 프랑스 대혁명 당시 눈부신 활동을 펼친 콩도르세는 사회적인 불평등과 빈곤을 완화하기 위해서는 21세가 된 모든 성인에게 기 본적인 자원을 보장할 것을 주장하면서 사회 보장 정책들을 적극

1526. 영어로는 2부만 번역되었다. *Alice Tobriner : On the Assistance to the Poor*(Toronto & London : University of Toronto Press, "Renaissance Society of America Reprints"), 1998, p.62.

14   사회 사상에 대한 바이브의 영향은 1980년대 이후 스페인에서 두드러지게 나타나고 있다. 이러한 영향으로 스페인에서는 두 개의 연구소가 설립되었다. the Fundacion Luis Vives(1987년 설립, 복지 활동 NGO 후원 조직)과 the Instituto de Seguridad Social Juan Luis Vives(1998년 Madrid's Universidad Carlos III에 설립).(http://www.uc3m.es/uc3m/inst/IUSS/dpiuss.html)

제시한다.[15] 콩도르세가 "가난하건 부유하건 모든 성인에게 평등한 기본 자원을 보장하여야 한다"는 주장을 처음으로 펼친 것으로 알려져 있지만 이 발상을 구체적으로 제시한 것은 페인이다. 19세기 들어 이러한 발상은 당시의 공상적 사회주의자들을 통해 적극적으로 제시되었을 뿐만 아니라 J. S. Mill의 저술에도 등장한다.

모든 형식의 사회주의가 가장 정교하게 결합된 것은 푸리에주의 Fourierism이다. 이 시스템에서는 사유 재산이나 상속의 철폐에 대해 고민하지 않는 다. (…중략…) 노동을 할 수 있건 없건 공동체의 모든 구성원에게는 생존을 위 한 일정한 최소치가 우선 분배된다. 이렇게 분배하고 남은 생산물에 대해서 는 노동, 자본, 재능이라는 세 가지 요소에 의해 사전에 결정된 모종의 비율에 배분된다.[16]

뿐만 아니라 B. Russell 역시 사회주의와 무정부주의를 결합한 사회 모형을 제안하면서 그 한 가지 핵심 요소를 "필수요건의 충족"으로 명시하고 있다.

15　Marquis de Condorcet, *Esquisse d'un tableau historique des progrès de l'esprit humain*, pp.273~274. 이 저술은 그가 죽은 다음 해인 1795년에 부인에 의해 출간되었다.

16　J. S. Mill, *Principles of Political Economy*, 2nd ed. 1849, New York : Augustus Kelley, 1987, pp.212~214, Book II, chapter 1.

자유의 견지에서는 무정부주의가 장점이 있다. 노동의 유인에서는 사회주의가 장점이 있다. 이 두 가지 장점을 결합하는 방법을 우리가 찾아볼 수 없을까? 나에게는 가능한 것으로 보인다. (…중략…) 더욱 익숙한 용어로 표현하자면, 우리가 옹호하고자 하는 기획은 근본적으로 다음과 같은 주장에 이르게 된다. 즉 생존의 필수 요건을 충족하기에 충분한 일정한 소득을 노동을 하건 하지 않건 모든 사람에게 보장하는 것이다. 전체 생산물 중 이를 제외한 나머지에서 더 많은 몫은 공동체에서 유익하다고 인정하는 일들을 기꺼이 하고자 하는 사람들에게 주어지게 될 것이다. 그러나 일을 하지 않기로 작정한 사람들도 기본 생활비는 받을 수 있으며 완벽하게 자유롭게 될 것이다.[17]

기본 소득이라는 발상은 실현 불가능한 이상적인 주장에 불과한 것처럼 간주될 수 있지만 1970년대 중반 알래스카에서 대규모 유전이 발굴되면서 전혀 다른 국면을 맞으면서 현실화되었다. 그 당시 공화당 소속 주지사였던 Jay Hammond는 유전 개발의 엄청난 혜택을 당시 알래스카 거주민들만이 누리는 것을 넘어 그 혜택을 후대까지 지속할 수 있는 펀드the Alaska Permanent Fund를 세워서 알래

---

17 Bertrand Russell, *Roads to Freedom. Socialism, Anarchism and Syndicalism*, London : Unwin Books(1918), pp.80~81·127.

스카에 거주한 기간에 따라 배당을 하였다. 이를 통한 인구 유입으로 그는 알래스카로의 발전을 도모하고자 하였다. 우려곡절 끝에 이 프로그램이 정착된 1982년 이래 알래스카에서 공식적으로 6개월 이상 거주한 모든 사람은 나이와 거주 햇수와 관계없이 동일한 형식의 배당금을 받고 있다.[18]

판 파레이스의 옹호 논변

현재 기본 소득을 옹호하는 대표적인 학자는 판 파레이스[Philippe van Parijs]이다.[19] 그의 핵심 주장을 요약하면 다음과 같다.

① 실질적인 삶의 기회를 지속가능한 수준에서 최대한 평등하게 만

---

18 이에 대한 상세한 논의는 J. Patrick O'Brien, Dennis O. Olson, "The Alaska Permanent Fund and Dividend Distribution Program", *Public Finance Review* vol 18(1990) 참고.

19 그 외에도 스튜어트 화이트(Stuart White), 버나드 버틀롯(Bernard Bertlelote), 애커만(Bruce Ackerman), 바바라 버거만(Babara Bergerman), 캐롤 페이트만(Carole Pateman), 에릭 라이트(Erik Olin Wright) 등의 학자들이 기본 소득을 옹호하는 다양한 논변을 전개하고 있다. 이에 비해 맑스주의 철학자들의 경우, '기본소득이 오히려 사회적으로 기생(Parasitentum)과 착취(Ausbeutung, Exploitation)를 정당화하며 확대한다'는 주장을 펼치며 반대하고 있다. 엘스터(Elster), 하욱(Haug), 판 돈젤라(Van Donselaar) 등이 맑스주의적인 입장 내지 좌파적인 입장에서 이러한 반대론을 제시하는 대표적 인물들이다. 참고 곽노완, 「착취 및 수탈의 시공간과 기본소득 – 맑스의 착취 및 수탈 개념의 재구성」, 『시대와 철학』 제21권 3호(2010), 151~152면.

들려면, 실질적인 기회의 수단 내지 자원이 평등하게 분배되어야 한다.[20]

② 이러한 자원에는 각자의 노력을 벗어나는 모든 것들이 포함된다. 외부 천부자연자원, 유산 및 증여, 그리고 기술 및 내부 천부건강, 소질, 외모 나아가 사회적 혹은 시대적 상황이나 국제적인 특권적 선물gift, 그리고 헤아릴 수 없는 우연적인 선물좋은 선생님이나 좋은 친구 내지 이웃과의 만남과 사랑도 포함된다. 고용지대employment rent를 낳는 좋은 일자리도 포함된다.

③ 각자의 노력을 넘어서서 무상이나 우연적으로 주어지는 기회 내지 자원 중에는 분할 불가능한 것들이 많다. 예를 들어 신체에 결부되어 있는 기술, 소질, 건강, 외모, 인종, 성, 특정 모국어, 자기가 사랑하는 사람으로부터 받는 사랑 등이 그렇다.

④ 각자의 노력을 벗어나는 특권적인 자원의 독점적인 소유와 사용으로부터 발생하는 불로소득을 조세 등을 통해 최대한 환수하여 롤즈의 차등의 원칙Difference Principle대로 최소수혜자에게 돌아갈 사회경제적인 기회를 최대화하는 것이 기회의 평등을 최대로 보장하는 분 배정이라 할 수 있다.

⑤ 이 때 자원의 독점에서 유래하는 추가 소득에 대한 과세는 일시적

---

20 Ackerman, B.·Alstott, A.·Van Parijs, P.(2006), 너른복지연구모임 역, 『분배의 재구성 －기본소득과 사회적 지분급여』(나눔의집, 2010), 39면.

인 최대치가 아니라 지속가능한 최대치가 되어야 한다.

⑥ 이를 모두에게 평등하게 기본소득으로 분배하면 실질적인 기회의 평등은 지속가능한 최대치에 도달한다.[21]

기본 소득을 정당화하는 판 파레이스의 논변의 핵심은 첫째 실질적 기회의 평등①, 둘째 운의 중립화 혹은 도덕적 임의성 배제②와 ③, 셋째 기회의 최소극대화④ 그리고 넷째 지속가능한 최대치⑤와 ⑥으로 구성된다. 이렇게 볼 때 판 파레이스의 논변은 본질적으로 롤즈의 정의관과 깊이 연관되어 있다. 그러나 '정부에 의해 무조건적으로 모든 개인에게 보편적인 지급'이라는 기본 소득에 대한 그의 정의는 공리주의적 발상에 훨씬 더 가깝다. 그런데 더욱 흥미로운 점은 그가 '좌파 자유지상주의자left-libertarian'로 일컬어진다는 점이다.[22]

좌파 자유지상주의left-libertarianism란 적어도 세 가지 의미를 지니고 있다. 가장 고전적 의미에서 이 용어는 일반적으로 무정부주의나 특별히

---

21 Van Parijs, *Real Freedom for All*(Oxford University Press, 1995), pp.118~123.

22 Van Parijs, 2010, pp.14~17 참조, 기본 소득에 대한 판 파레이스의 정당화 논변을 이와 같이 소개한 것은 한국 사회에서 기본 소득에게 대한 가장 정밀한 논의를 전개하고 있는 곽노완이다. 곽노완, 「분배정의와 지속가능한 최대의 기본소득─게으른 자에게도 지급되는 기본소득은 정의로운가?」, 『시대와 철학』 제24권 2(2013), 15~17면. 기본 소득에 대한 곽노완의 입장에 대해서는 다음 기회에 다루고자 한다.

사회적 무정부주의를 일컫는다. 그 후 이 용어는 자유 시장체제를 옹호하면서도 자본주의를 반대하는 (가령 개인수의적 무정부주의와 같은) 일련의 움직임을 일컫게 되었다. 셋째 최근 들어 이 용어는 개인의 소유권을 옹호하면서도 천연자원에 대한 평등주의를 일컫는다.

판 파레이스를 위시하여 슈타이너Hillel Steiner, 발렌타인Peter Vallentyne, 오츠카Michael Otsuka와 같은 현대 좌파 자유지상주의자 들은 고전적 자유주의 입장에서 경제적 평등주의를 옹호하고자 한다. 여기서 고전적 자유주의 입장이란 자연 자원에 대한 개인의 점유 과정은 "타인을 위한 양질의 충분한 몫이 남아 있어야 한다"는 로크의 단서 조항을 의미 한다.[23] 노직과 같은 우파 자유지상주의자들right libertarians과는 달리 로크의 이 단서 조항을 엄격히 해석하여 이들은 '모든 개인이 천연 자원에 대한 평등한 몫에 대한 권리를 지닌다'는 논거를 바탕으로 경제적 지대에 대한 재분배 정책을 옹호하면서 사회 복지 프로그램을 정당화하고자 한다.[24]

---

[23] Will Kymlicka. "libertarianism, left-", *The Oxford Companion to Philosophy. In Honderich*, Ted. New York : Oxford University Press(2005).

[24] 이에 비해 노직과 같은 우파 자유지상주의자들은 로크의 단서조항을 실질적 제한 조건으로 간주하지 아니한다. "시민권(citizenship)"에 근거하여 기본 소득을 정당화하는 논변 역시 이 입장을 옹호하는 경우 무정부주의와는 결별한다." Gerald F. Gaus, "Anarchism", Fred, eds.(2012), *The Routledge Companion to Social and Political*

현대의 자유지상주의자들은 좌파이건 우파이건 개인의 자유를 무엇보다 강조하지만 그들이 개인의 자유의 핵심으로 간주하는 소유권이 근본적으로 '노동'에 기초하고 있다는 로크의 발상을 수용하지는 않는다. 그 덕분에 좌파 지상주의자들은 기본 소득을 노동 여부와 무관하게 정당화할 수 있는 배경을 얻게 된다. 그러나 노동 여부와 상관없이 무조건 보편적으로 제공되는 기본 소득이 단순한 빈곤 구제를 넘어 '실질적 기회의 평등이 지속가능 한 최대치에 도달'할 수 있도록 할 수 있는가는 다른 문제이다. 뿐만 아니라 '개인에게 자유로운 교환을 허용할 경우 평등한 분배 상태는 무너질 수밖에 없다'는 노직R. Nozick의 통찰에서 볼 때 판 파레이스가 제시하는 기본 소득이 최소한의 빈곤 상황을 벗어날 수 있는 하나의 방편은 될 수 있을지언정 실질적 평등을 최대치로 보장할 수 있기 위해서는 다른 많은 조건들이 충족되어야 한다.

롤즈를 위시한 자유주의 평등주의자liberal-egalitarian들은 위와 같은 기본 소득에 대해 지지하는가? 판 파레이스는 롤즈가 1987년 자신과의 대화에서 기본 소득에 대해 "놀랍게도" 동의하지 않았다고 말한다.[25] 판 파레이스는 롤즈가 『정의론』1971을 처음 발표했을 때

Philosophy, p.227.

와 사회적 기본 가치 social primary goods 의 목록에 레저를 포함시켰다는 것을 근거로 롤즈가 제시한 차등 원칙은 기본 소득을 함축한다고 주장한다.[26]

그런데 롤즈의 차등 원칙이란 "사회적 경제적 불평등은 이러한 불평등이 최소 수혜자의 이익에 기여할 때 정당하다"는 것을 의미한다. 이 때 최소 수혜자란 다음과 같이 규정된다.

최소 수혜자란 다음과 같은 주요한 세 종류의 우연으로 인해 가장 불리한 위치에 처한 사람들이다. 그 가족(의 태생)과 계급의 기원이 다른 사람들에 비해 더 불리한 사람들이며, 천부적 재능들 때문에 불리한 사람들이며, 행운이 상대적으로 불리한 사람들이다.[27]

이를 바탕으로 판 파레이스는 차등의 원칙을 다음과 같이 적극적으로 해석하고자 한다.

---

25 Van Parijs, "Basic income and social justice Why philosophers disagree", *Joint Joseph Rowntree Foundation/University of York Annual Lecture 2009*, 2009.3.13, p.3. 이 글에서 파레이스는 기본 소득에 대해 드워킨 역시 반대하고 있 다는 점을 밝히고 있다.(file:///C:/Users/GNC/Desktop/Downloads/van-parijs-lecture.pdf)

26 Van Parijs(2009), p.14, 41 Rawls(1988), pp.258~259.

27 Van Parijs, "Basic income and social justice Why philosophers disagree", *Joint Joseph Rowntree Foundation/University of York Annual Lecture 2009*, 2009.3.13, pp.3~4.

> 차등 원칙이 요구하는 것은 결과의 관점에서 최악의 위치에 놓인 사
> 람들조차 생활이 가능하도록 해 주어야 한다는 것이 아니다. 차등의 원
> 칙이 요구하는 바는 가장 불리한 위치에 있는 사람들조차 일생 동안 기
> 대할 수 있는 평균적 기대치를 극대화하는 것이다.[28]

그렇다면 말리부에서 하루 종일 서핑을 하는 사람들에게조차 기본 소득이 보장되어야 하는가? 판 파레이스의 바람과 달리 롤즈의 정의관은 이들에게 기본 소득을 보장하는 것을 근본적으로 반대할 수밖에 없다. 복지주의의 시각에서 보자면 롤즈가 말하는 최소수혜자란 그 사회에서 소득 수준이 가장 낮은 계층을 일컫게 된다. 그래서 롤즈의 정의론은 복지국가에 대한 우아한 옹호론으로 해석되어 왔다. 그러나 복지주의란 근본적으로 공리주의에 근거하고 있으며 롤즈는 공리주의가 공정한 사회적 협력을 정당화할 수 없다는 점에서 민주주의의 사상적 기초가 될 수 없음을 분명히 하고 있다.

오히려 우리는 사회가 정의의 일차적 주제이며, 이때 "사회란 협력의 공정한 시스템"이라는 점이 롤즈의 정의관 전체를 구성하는 핵심 개념the central organizing idea이라는 점을 명확히 해 두어야 한다.

---

28 John Rawls, *A Theory of Justice*(revised in 1999), p.xv.

롤즈에 있어서 최소 수혜자란 단순히 수입이 가장 적은 집단이 아니라 "사회적 협력"과 연결되어 이해되어야 하는 것이다. 이 경우 기본 소득에 대해 사회적 평등을 강화하는 일환으로 접근할 경우 롤즈를 위시한 평등주의적 자유주의자들이 수용할 수 있는 가능성이 사실상 무망하게 된다. 이점은 판 파레이스 자신이 정의한 평등주의적 자유주의에 대한 규정과도 부합하지 아니한다. 그 자신이 평등주의적 자유주의를 다음과 같이 규정하고 있기 때문이다.

"자유주의적 평등주의"란 다음을 의미한다. "자유주의적"이란 좋은 삶에 대한 특정한 입장, 곧 포괄적 교설에 근거하고 있지 않다는 의미이다. "평등주의"라 함은 …… 인간의 삶에 영향을 주는 자원에 대한 불평등한 분배를 허용한다는 것을 의미한다.

그렇다면 기본 소득이란 개념은 폐기되어야 하는가? 인공지능시대 기본 소득이라는 개념을 롤즈의 정의관의 견지에서 살펴보기 위해서는 먼저 두 가지 주목할 점이 있다.

첫째, 인공지능시대 사회는 롤즈가 전제하고 있는 정의의 두 가지 여건two circumstances of justice하에 있는가? 여기서 두 가지 여건이란 재화의 적정한 부족이라는 객관적 여건과 제한된 이기심이라는 주관적 여건을 의미한다. 정의의 객관적 여건이 여전히 지속되는

지 여부는 이미 많은 논쟁이 제기되고 있지만 다양한 경험적 연구를 통해 확인해야 할 것이다.

둘째, 인공지능시대 사회에서 롤즈의 정의관의 핵심 개념인 "사회적 협력"을 어떻게 해석할 것인가? '스마트 팩토리'가 확산될수록 사회 대부분의 구성원은 사회적 협력의 가장 기초가 되는 노동, 특히 임금 노동 활동에 참여할 기회를 상실할 뿐만 아니라 굳이 참여할 필요조차 없을 수도 있다. 이런 상황에서 롤즈식의 자유주의적 정의관이 여전히 의미를 가지기 위해서는 그의 정의론 전체를 구성하는 핵심 개념인 '사회적 협력'이란 발상을 폐기하거나 재해석하는 것이 적절할 수 있다. 왜냐하면 이때 인간의 노동이 갖는 의미는 현재와는 전혀 다를 수 있기 때문이다. 따라서 현재 기본소득에 대한 논의는 롤즈를 위시한 자유주의자들이 요구하는 사회적 평등과는 독립적인 다양한 '사회적 안전장치'의 하나로서 고려될 수 있을 것이다.

인간성을 위한 인공지능 윤리기준

1. 서문

오늘날 인공지능 기술은 컴퓨팅 파워의 성장, 데이터의 축적, 5G 등 네트워크 고도화와 같은 ICT 기술의 발전을 토대로 급성장하고 있다. 인공지능은 제조, 의료, 교통, 환경, 교육 등 산업 전반에서 본격적으로 활용·확산되고 있으며, 우리 생활에서도 쉽게 인공지능 기술을 접할 수 있게 되었다. 이러한 인공지능 기술의 발전·확산은 생산성·편의성을 높여 국가 경쟁력을 높이고 국민의 삶의 질을 높일 것으로 기대되지만, 한편으로는 기술 오용, 데이터 편향성과 같은 인공지능 윤리 이슈도 제기되고 있다. 본 윤리기준은 이러한 시대적 흐름을 고려하여 '인공지능 개발과 활용 전단계에서 정부·공공기관, 인공지능 기술 개발자, 인공지능 기술을 활용한 제품·서비스 공급자·활용자 등 모든 사회 구성원이 사람중심의 인공지능' 구현을 위해 고려해야 할 기본적이고 포괄적인 기준을 제시하는 것을 목표로 한다.

본 윤리기준은 '사람중심의 인공지능' 구현을 위해 지향되어야 할 최고 가치로 '인간성Humanity'을 설정하고 있다. 이는 아래와 같은 사실을 의미한다. 모든 인공지능은 '인간성을 위한 인공지능AI for Humanity'을 지향하고, 인간에게 유용할 뿐만아니라 나아가 인간 고유의 성품을 훼손하지 않고 보존하고 함양하도록 개발되고 활용되어야 한다. 인공지능은 인간의 정신과 신체에 해롭지 않도록 개발되고 활용되어야하며, 개인의 윤택한 삶과 행복에 이바지하며 사회를 긍정적으로 변화하도록 이끄는 방향으로 발전되어야 한다. 또한 인공지능은 사회적 불평등 해소에 기여하고 주어진 목적에 맞게 활용되어야 하며, 목적의 달성 과정 또한 윤리적이어야 하고, 궁극적으로 인간의 삶의 질 및 사회적 안녕과 공익 증진에 기여 하도록 개발되고 활용되어야 한다.

본 윤리기준은 산업·경제 분야의 자율규제 환경을 조성함으로써 인공지능연구개발과 산업 성장을 제약하지 않고, 정당한 이윤을 추구하는 기업에 부당한 부담을 지우지 않는 것을 목표로 한다. 또한 본 윤리기준은 범용성이 있는 일반 원칙으로서 사안별 또는 분야별 인공지능 윤리기준 제정의 근거를 제공하여 영역별 세부 규범이 유연하게 발전해 나갈 수 있는 기반을 조성하고, 나아가 사회경제 및 기술변화와 함께 새롭게 제기되는 인공지능 윤리 쟁점을 반영하여 지속적으로 수정되고 보완되는 일종의 '인공지능 윤리 플랫폼'으로 기능할 수 있다.

본 윤리기준에서 제시하는 원칙과 요건들은 상황에 따라 상충 관계가 발생할 수 있으며, 상충하는 문제의 해결 방식은 개별 맥락과 상황에 따라 달라질 수 있다. 따라서 본 윤리기준에서는 각각 원칙들 사이에 고정된 형태의 우선순위를 제시하지는 않으며, 직간접적으로 영향을 받는 이해관계자가 지속적인 토론과 숙의 과정에 참여하여 절충점과 해결 방안을 모색하도록 권유한다.

2. 인공지능 윤리기준 3대 기본원칙, 10대 핵심요건

1) 3대 기본원칙 – 인공지능 개발 및 활용 과정에서 고려될 원칙

'인간성을 위한 인공지능AI for Humanity'을 위해 인공지능 개발에서 활용에 이르는 전 과정에서 고려되어야할 기준으로 3대 기본원칙을 제시한다.

① 인간 존엄성 원칙

- 인간은 신체와 이성이 있는 생명체로 인공지능을 포함하여 인간을 위해 개발된 기계 제품과는 교환 불가능한 가치가 있다.
- 인공지능은 인간의 생명은 물론 정신적 및 신체적 건강에 해

가 되지 않는 범위에서 개발 및 활용되어야 한다.

- 인공지능 개발 및 활용은 안전성과 견고성을 갖추어 인간에게 해가 되지 않도록 해야 한다.

② 사회의 공공선 원칙

- 공동체로서 사회는 가능한 한 많은 사람의 안녕과 행복이라는 가치를 추구한다.

- 인공지능은 지능정보 사회에서 소외되기 쉬운 사회적 약자와 취약 계층의 접근성을 보장하도록 개발 및 활용되어야 한다.

- 공익 증진을 위한 인공지능 개발 및 활용은 사회적, 국가적, 나아가 글로벌 관점에서 인류의 보편적 복지를 향상시킬 수 있어야 한다.

③ 기술의 합목적성 원칙

- 인공지능 기술은 인류의 삶에 필요한 도구라는 목적과 의도에 부합되게 개발 및 활용되어야 하며 그 과정도 윤리적이어야 한다.

- 인류의 삶과 번영을 위한 인공지능 개발 및 활용을 장려하여 진흥해야 한다.

2) 10대 핵심요건 – 기본원칙을 실현할 수 있는 세부 요건

3대 기본원칙을 실천하고 이행할 수 있도록 인공지능 전체 생명 주기에 걸쳐 충족되어야 하는 10가지 핵심 요건을 제시한다.

① 인권보장

- 인공지능의 개발과 활용은 모든 인간에게 동등하게 부여된 권리를 존중하고, 다양한 민주적 가치와 국제 인권법 등에 명시된 권리를 보장하여야 한다.
- 인공지능의 개발과 활용은 인간의 권리와 자유를 침해해서는 안 된다.

② 프라이버시 보호

- 인공지능을 개발하고 활용하는 전 과정에서 개인의 프라이버시를 보호해야 한다.
- 인공지능 전 생애주기에 걸쳐 개인 정보의 오용을 최소화하도록 노력해야 한다.

③ 다양성 존중

- 인공지능 개발 및 활용 전 단계에서 사용자의 다양성과 대표성을 반영해야 하며, 성별·연령·장애·지역·인종·종교·국

가 등 개인 특성에 따른 편향과 차별을 최소화하고, 상용화된 인공지능은 모든 사람에게 공정하게 적용되어야 한다.

- 사회적 약자 및 취약 계층의 인공지능 기술 및 서비스에 대한 접근성을 보장하고, 인공지능이 주는 혜택은 특정 집단이 아닌 모든 사람에게 골고루 분배되도록 노력해야 한다.

④ 침해금지

- 인공지능을 인간에게 직간접적인 해를 입히는 목적으로 활용해서는 안 된다.
- 인공지능이 야기할 수 있는 위험과 부정적 결과에 대응 방안을 마련하도록 노력해야 한다.

⑤ 공공성

- 인공지능은 개인적 행복 추구 뿐만 아니라 사회적 공공성 증진과 인류의 공동 이익을 위해 활용해야 한다.
- 인공지능은 긍정적 사회변화를 이끄는 방향으로 활용되어야 한다.
- 인공지능의 순기능을 극대화하고 역기능을 최소화하기 위한 교육을 다방면으로 시행하여야 한다.

⑥ 연대성

- 다양한 집단 간의 관계 연대성을 유지하고, 미래세대를 충분히 배려하여 인공지능을 활용해야 한다.
- 인공지능 전 주기에 걸쳐 다양한 주체들의 공정한 참여 기회를 보장하여야 한다.
- 윤리적 인공지능의 개발 및 활용에 국제 사회가 협력하도록 노력해야 한다.

⑦ 데이터 관리

- 개인정보 등 각각의 데이터를 그 목적에 부합하도록 활용하고, 목적 외 용도로 활용하지 않아야 한다.
- 데이터 수집과 활용의 전 과정에서 데이터 편향성이 최소화되도록 데이터 품질과 위험을 관리해야 한다.

⑧ 책임성

- 인공지능 개발 및 활용과정에서 책임주체를 설정함으로써 발생할 수 있는 피해를 최소화하도록 노력해야 한다.
- 인공지능 설계 및 개발자, 서비스 제공자, 사용자 간의 책임 소재를 명확히 해야 한다.

⑨ 안전성

- 인공지능 개발 및 활용 전 과정에 걸쳐 잠재적 위험을 방지하고 안전을 보장할 수 있도록 노력해야 한다.
- 인공지능 활용 과정에서 명백한 오류 또는 침해가 발생할 때 사용자가 그 작동을 제어할 수 있는 기능을 갖추도록 노력해야 한다.

⑩ 투명성

- 사회적 신뢰 형성을 위해 타 원칙과의 상충관계를 고려하여 인공지능 활용 상황에 적합한 수준의 투명성과 설명 가능성을 높이려는 노력을 기울여야 한다.
- 인공지능기반 제품이나 서비스를 제공할 때 인공지능의 활용 내용과 활용 과정에서 발생할 수 있는 위험 등의 유의사항을 사전에 고지해야 한다.

3. 부록

1) 본 윤리기준에서 인공지능의 지위

본 윤리기준에서 지향점으로 제시한 '인간성을 위한 인공지능^{AI}

for Humanity'은 인공시능이 인간을 위한 수단임을 명시적으로 표현하지만, 인간종 중심주의human species-centrism 또는 인간 이기주의를 표방하지는 않는다.

본 윤리기준에서 인공지능은 지각력이 있고 스스로를 인식하며 실제로 사고하고 행동할 수 있는 수준의 인공지능이른바 강인공지능을 전제하지 않으며 하나의 독립된 인격으로서의 인공지능을 의미하지도 않는다.

2) 적용 범위와 대상

본 윤리기준은 인공지능 기술의 개발부터 활용에 이르는 전 단계에 참여하는 모든 사회구성원을 대상으로 하며, 이는 정부·공공기관, 기업, 이용자 등을 포함한다.

3) 인공지능 윤리기준의 실현방안

'인공지능 윤리기준'을 기본 플랫폼으로 하여 다양한 이해관계자 참여하에 인공지능 윤리 쟁점을 논의하고, 지속적 토론과 숙의 과정을 거쳐 주체별 체크리스트 개발 등 인공지능 윤리의 실천 방안을 마련한다.

인간 중심의 AI 사회 원칙[1]

2019년^{平成31} 3월 29일

통합 혁신 전략 추진회의 결정

1. 서론

현대 사회는 지구의 환경 문제, 사회적 격차의 확대, 자원 고갈 등 인류의 존속과 관련된 문제에 직면해 있다. 일본은 저출산·고령화, 노동력 부족, 인구 과소화, 재정 지출 증가 등 성숙한 형태의 사회가 직면하는 다양한 사회적 과제에 가장 먼저 맞닥뜨리는 국가가 되고 있다. AI는 이러한 문제의 해결책을 내놓고, 지속가능개발목표^{SDGs}에서 언급된 목표를 달성하며, 지속 가능한 세계를 구축하기 위한 핵심적인 기술로 고려되고 있다.

일본은 AI를 활용하여 경제 발전과 함께 사회적 과제를 해결하

---

1   박성일(서울대) 번역, 이길신(경남대) 감수.

는 Society 5.0[2]의 실현을 통해, 일본 사회와 경제의 활성화를 실현하고, 국제적으로도 매력적인 사회를 지향함과 동시에, 글로벌 차원에서의 SDGs에 대한 공헌을 달성하고 있다.

많은 과학기술과 마찬가지로, AI도 사회에 매우 큰 편익을 가져오는 한편, 사회에 대한 영향력이 크기 때문에, 적절한 개발과 사회적 수용이 요구된다. AI를 효과적으로 활용하여 사회에 편익을 제공하면서 부정적인 측면을 사전에 피하거나 최소화하려면, 우리는 AI와 관련된 기술 자체의 연구개발을 추진하는 것과 함께, 인간, 사회 시스템, 산업 구조, 혁신 시스템, 거버넌스 등 모든 측면에서 사회를 재설계함으로써 AI를 효과적이고도 안전하게 이용할 수 있는 사회를 구축해야 한다. 즉, 'AI-Ready 사회'로의 변혁을 추진할 필요가 있다.

본 문서에서 중심적인 과제인 'AI[Artificial Intelligence, 인공지능]'의 정의에 대해서는 연구자들 사이에서도 다양한 견해가 존재하며, 현재까지 명확한 정의는 없다. 예를 들어, EC 하이레벨 전문가 그룹 보

---

2 Society 5.0란 정보 사회(Society 4.0)에 이은, 우리나라가 목표로 해야 할 미래 사회의 모습이다. Society 5.0로 실현할 사회란 AI, IoT(사물인터넷), 로봇 등 첨단 기술이 사회에 활용되어 지금까지는 없는(→지금까지 없던) 새로운 가치를 창출하고, 다양한 사람이 각자의 다양한 행복을 서로 존중하며 실현할 수 있는 지속가능한(→지속 가능한) 인간 중심의 사회이다.

고서[3]에서는 AI를 '환경이나 입력에 대응하여 지적인 동작^{일정한 자율성을 지닐 수도 있음}을 수행하는 시스템'으로 보고 있다. 그러나 '지적인 동작'의 실체는 해석에 의존하는 측면도 있다. 또한 2016년 미국에서 발표된 AI100 보고서[4]에서는 학문 분야로 서의 AI를, '지능을 갖춘 기계를 만드는 연구이며, 지능이란 주어진 환경에서 적절하게, 또한 어느 정도의 통찰을 지니고 기능하는 것'이라는 Nils J. Nilsson의 정의[5]를 인용하고 있다. 그렇지만 이러한 정의 역시 상당히 애매한 측면이 있다. 사실 이 AI100 보고서에서는 AI의 정의가 애매하다는 것 자체가 오히려 AI 연구를 가속화시키는 긍정적인 측면이 있다고도 말한다. 이러한 상황을 감안해 보면, 무엇을 가지고 'AI' 또는 'AI 기술'이라고 판단할 것인지에 관해 일정한 합의는 있지만, 이를 지나치게 엄밀히 정의하는 것은 현시점에서는 적절하다고 생각하지 않는다.

---

3   High-Level Expert Group on Artificial Intelligence(AI HLEG), "Draft Ethics Guidelines for Trustworthy AI" & "A definition of AI : Main capabilities and scientific disciplines", European Commission, Directorate-General for Communication, December 2018.

4   Stone, P., et al., "Artificial Intelligence and Life 2030. One Hundred Year Study on Artificial Intelligence : Report of the 2015-2016 Study Panel", Stanford University, Stanford, CA, Sept. 2016.

5   Nils J. Nilsson, *The Quest for Artificial Intelligence : A History of Ideas and Achievements*, Cambridge, UK : Cambridge University Press, 2010.

또한 일반적으로 'AI'라고 불리는 다양한 기술이 단독으로 사용되는 경우는 적으며, 정보 시스템의 일부로 편입되어 사용되는 것이 일반적이다. 본 문서에서는, 고도로 복잡한 정보 시스템에는 광범위하게 어떤 형태로든 AI 기술, 또는 본 원칙을 참조할 경우 동등한 특징과 과제가 포함된 기술이 편입되었다는 전제를 바탕으로 하여, 본 원칙은 이러한 기술을 포함한 '고도로 복잡한 정보 시스템 전반'에 적용될 것으로 생각된다.

이러한 고찰하에, 우리는 특정한 기술이나 시스템이 'AI'인지 여부를 구별하기보다는, 넓게 '고도로 복잡한 정보 시스템 전반'이 이러한 AI의 특징과 과제를 내포한다고 파악한다. 그리고 이것이 사회에 미치는 영향을 논의한 다음, AI 사회 원칙의 하나의 방향성을 제시하고, AI의 연구개발 및 사회적 수용에서 고려해야 할 문제들을 열거한다. 다가올 Society 5.0이 보다 좋은 것이 되기 위해서는, 관련 이해관계당사자들이 대화하며 협력해 나가는 것이 필수불가결하다.

본 문서의 전체 구성은 〈그림 1〉로 제시한다.

제2장 기본 이념

- 인간의 존엄성이 존중되는 사회Dignity

- 다양한 배경을 가진 사람들이 다양한 행복을 추구할 수 있는 사회
  Diversity & Inclusion

- 지속 가능한 사회|Sustainability

제3장 Society 5.0 실현에 필요한 사회 변혁 : 'AI-Ready 사회'[6]

- '사람', '사회 시스템', '산업 구조', '혁신 시스템'혁신을 지원하는 환경', '거버넌스'

제4장 인간 중심의 AI 사회 원칙

4.1 AI 사회 원칙

(1) 인간 중심의 원칙, (2) 교육 및 리터러시의 원칙, (3) 프라이버시 확보의 원칙, (4) 보안 확보의 원칙, (5) 공정 경쟁 확보의 원칙, (6) 공평성, 설명 책임 및 투명성의 원칙, (7) 혁신의 원칙

4.2 AI 개발 이용 원칙

---

6   'AI-Ready 사회'란 사회 전체가 AI에 의한 편익을 최대한으로 누리기 위해 필요한 변혁을 행하며, AI의 혜택을 향수하고 있거나, 필요한 때에 즉시 AI를 도입하여 그 혜택을 얻을 수 있는 상태에 있는 'AI 수용 사회'를 의미한다. 이를 위해 개인, 기업조직, 사회의 혁신 환경 등 사회 전체가 변혁할 필요가 있다. 구체적으로 개인 차원에서는 모든 사람이 일이나 생활에서 AI를 이용할 수 있는 리터러시를 익히고, 기업 차원에서는 AI 활용을 전제로 한 경영 전략에 토대를 둔 비즈니스를 전개하며, 혁신 환경에서는 모든 정보가 AI 해석이 가능한 수준으로 디지털화·데이터화되어 AI 개발이나 서비스 제공을 위해 활용할 수 있는 상태가 되는 것 등을 들 수 있다.

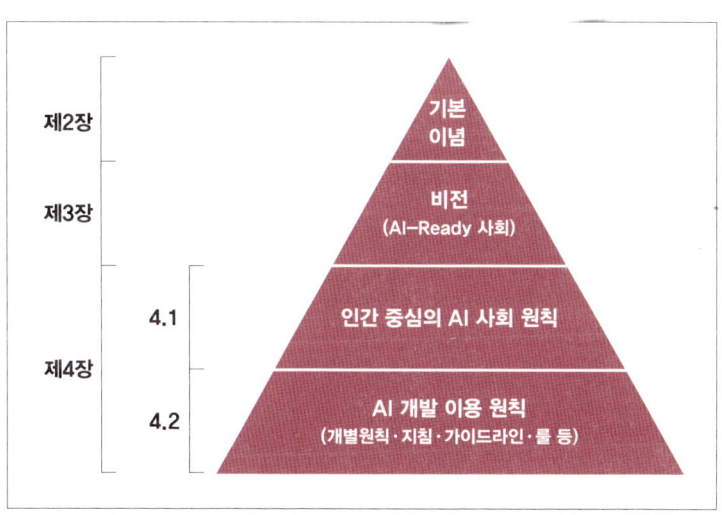

〈그림 1〉 본 문서의 전체 구성

2. 기본 이념

AI는 Society 5.0 실현에 크게 공헌할 것으로 기대된다. 우리는 단순히 AI 활용에 따른 효율성과 편리성 측면에서 얻을 수 있는 이익이 개인과 사회에 환원되는 것에 머물지 않고, AI를 인류의 공공재로 활용하여 사회 본연의 질적인 변화와 진정한 혁신을 통해, SDGs 등에서 지적되는 글로벌 차원의 지속가능성으로 연결하는 것이 중요하다고 생각한다.

우리는 이하의 세 가지 가치를 이념으로서 존중하며, 이념의 실현을 추구하는 사회를 구축해 나가야만 한다고 본다.

1) 인간의 존엄성이 존중되는 사회Dignity

우리는 AI를 활용하여 효율성과 편리성을 추구하는 나머지, 인간이 AI에 과도하게 의존하거나 인간의 행동 통제에 AI가 이용되는 사회를 구축해서는 안 된다. 인간이 AI를 도구로 능숙하게 활용함으로써, 인간의 다양한 능력을 더욱 발휘하는 것을 가능하게 하고, 보다 큰 창조성을 발휘한다든지, 보람 있는 일에 종사한다든지 하여, 물질적·정신적으로 풍요로운 삶을 영위할 수 있는, 인간의 존엄성이 존중되는 사회를 구축할 필요가 있다.

2) 다양한 배경을 가진 사람들이
각자의 행복을 추구할 수 있는 사회Diversity & Inclusion

다양한 배경, 가치관, 사고방식을 가진 사람들이 다양한 행복을 추구하고, 그들을 유연하게 포용한 상태에서 새로운 가치를 창출할 수 있는 사회는 현대 사회의 이상적인 목표이며, 동시에 커다란 도전 과제이다. AI라고 하는 강력한 기술은 이러한 이상에 우리를 접근시키는 하나의 유력한 도구가 될 수 있다. 우리는 AI를 적절하게 개발하고 전개하여, 이같이 사회 본연의 방향성을 변혁해 갈 필요가 있다.

3) 지속 가능한 사회 Sustainability

우리는 AI를 활용하여 비즈니스와 솔루션을 차례로 창출하고, 사회적 격차를 해소하며, 글로벌 차원의 환경 문제 및 기후 변화 등에도 대응할 수 있는 지속 가능한 사회를 구축하는 방향으로 전개시킬 필요가 있다. 과학·기술 선진국으로서 일본은, 축적된 과학·기술을 AI에 의해 강화하고, 그러한 사회를 만드는 데 공헌할 책무가 있다.

3. Society 5.0 실현을 위한 사회 변혁 'AI-Ready 사회'

Society 5.0 실현에 공헌할 것으로 기대되는 기술에는 사물인 터넷 IoT, 로보틱스, 초고속 광대역 통신망 등과 함께 AI가 있다. AI를 활용하여 복잡한 처리를 기계에 일정 부분 맡길 수 있게 되지만, 'AI를 무엇을 위해 사용할 것인가'라는 목적 설정은 인간이 할 필요가 있다. AI는 사회를 좋게 만들기 위해 사용하는 것도 가능하지만, 바람직하지 않은 목적을 달성하기 위해 사용되거나, 의도치 않게 부적절하게 사용될 가능성도 존재한다. 따라서 우리는 'AI를 무엇을 위해 사용할 것인가'라는 질문에 답할 수 있도록, '사람', '사회 시스템', '산업구조', '혁신 시스템', '거버넌스'의 방향성에 대해서 기술 발전과의 상호작용에 유의하며 고려할 필요가 있다. 이러한 다섯 가지 관점은 Society 5.0 실현 측면에서 동등하게 중요하다.

1) '사람'

AI가 사회 전반에 침투해 오는 것에 대응하는 'AI-Ready 사회'에서는, 인간이 AI에 어떻게 대응하느냐가 AI를 충분히 활용할 수 있는 사회를 실현하는 핵심 요소가 된다. 이를 위해 인간에게 기대되는 능력과 역할은 다음과 같다.

A) AI의 장점과 단점을 잘 이해하고 있으며, 특히 AI의 정보 자원인 데이터 및 알고리즘 또는 그 쌍방에는 편향이 포함될 수 있으며, 이를 부적절한 목적으로 이용하는 사람이 존재한다는 사실을 인식할 능력을 사람들이 지니는 것이 중요하다. 한편 데이터 편향에는 주로 통계적 편향, 사회 양태에 의해 발생한 편향, AI 이용자의 악의에 의한 편향이라는 3종류가 있음을 인식하는 것이 바람직하다.

B) AI 활용으로 많은 사람들이 창조성과 생산성 높은 노동에 종사할 수 있는 환경이 실현되는 것이 바람직하다. 이를 위해 출신, 문화, 취향 등의 관점에서 다양한 사람들이 AI의 지원을 통해 각자의 꿈

과 아이디어를 실천할 수 있는 능력을 획득하는 것이 중요하다. 이러한 목표를 실현하기 위해서는 교육 시스템 및 이를 뒷받침할 사회 제도가 실현되지 않으면 안 된다.

C) 데이터 및 AI에 대한 기초 교육부터 도입 및 설계 등의 응용력을 폭넓은 분야를 가로지를 수 있는 복합적이고도 융합적인 구조를 몸에 익힌 인재가 충분히 존재하는 것이 중요하다. 그러한 인재는 사회의 온갖 활동의 원동력이 되며, 또한 그러한 사람들의 능력이 AI를 활용한 생활 환경 조성에도 기여할 것으로 기대된다. 이러한 생활환경을 정비함에 따라, 많은 사람들이 보다 풍요롭고 충실한 인생을 보낼 수 있는 사회제도가 실현되지 않으면 안 된다.

2) '사회 시스템'

AI의 이용을 통해 개별 서비스 및 솔루션의 진화를 촉진하고, 효율성 향상과 개별화로 다양한 이점을 창출할 것이 기대된다. 이러한 변화에서 발생하는 이점을 사회가 충분히 받아들이기 위해서는, 의료, 금융, 보험, 교통, 에너지 등 사회 시스템 전체가 AI의 진화에 맞게 유연하게 변화하고 대응할 수 있도록 준비할 필요가 있다. 여기에는 사회적으로 수용된 기존의 목적^{편의성 향상, 단순 노동에서의}

해방 등에 비추어 봐서 단순한 효율화만이 아니라, 목적 자체의 다변화 및 유동화로 생겨나는 새로운 가치의 실현이나 AI의 진화로 인해 초래될 가능성이 있는 부정적 측면불평등, 사회 격차 확대, 사회적 배제 등에의 대응이 포함된다.

이를 위해 우리는 각 사회 시스템의 소프트웨어적, 하드웨어적 측면 모두에서 확장성과 상호접속성, 발전적인 질서 형성에의 고안 등을 갖춘 유연한 아키텍처 설계를 실현할 필요가 있다. 게다가 우리는 특히 상호접속성과 연계성을 보증하기 위해서, 다양한 사회 시스템으로 공통 데이터 활용 기반을 정비할 필요가 있다.

3) '산업 구조'

다양한 사람들이 다양한 꿈과 아이디어를 실현할 수 있도록 노동 및 고용 환경, 창업 환경이 유연하고 국제적으로 개방되어 있어야 한다. 이를 위해 기업은 공정한 경쟁을 하고, 유연한 근무 방식을 촉진하는 것, 또한 인간의 창조력이 산업을 통해서도 계속 발휘되고 있으며, 스타트업에 대한 투자가 촉진되기를 바란다.

4) '혁신 시스템혁신을 지원하는 환경'

대학, 연구 기관, 기업, 일반 시민까지 분야와 입장을 뛰어넘어 AI 연구 개발, 활용 및 평가에 참가하여 상호 자극하며 혁신이 차례로 발생하는 환경이 조성될 필요가 있다.

이를 위해서는 실제 공간도 포함해 온갖 데이터가 신선하고도 안전하게 AI 분석이 가능한 수준으로 이용 가능하고, 또한 프라이버시 및 보안이 확보되어 누구나 안심하고 데이터를 제공하고 유통시킬 수 있으며, 제공된 데이터에서 편익을 얻을 수 있는 환경이 조성되기를 바란다.

연구 개발자에 더해 사용자도 포함하여 안심하고 AI를 연구개발하고 이용·활용할 수 있는 환경이 정비되고, 연구개발과 이용·활용의 순환이 신속하게 이루어져 바람직한 발전이 가속화되는 것이 바람직하다. 또한 AI의 이용·활용에 의해 새로운 발상과 추가적인 가능성이 생겨나고, 혁신의 지평이 현격히 넓어지기를 희구한다.

5) '거버넌스'

사회 정세의 변화와 기술의 진전에 수반되어 위에서 거론된 '사람', '사회 시스템', '산업 구조', '혁신 시스템'에서 논의될 만한 내용이나 목적 설정은, 항상 계속 갱신될 필요가 있다. 이를 위해 정부, 기업, 대학, 연구기관, 일반 시민 등 다양한 이해관계자가 협력하여 룰, 제도, 표준화, 행동 규범 등의 거버넌스에 대하여 문제를 설정하고 영향을 평가하며, 의사결정을 행함과 함께 도입 가능한 체제가 정비될 필요가 있다. 또한 사회적으로 소리를 내기 어려운 사람들을 포함하여 다양한 이해관계자의 목소리를 모아서, 항상 최우선으로 사회적이고도 기술적인 과제로 임하는 체제를 구축할 것이 요청된다. 이러한 거버넌스의 실현에는 법률에 의할뿐만 아니라, 기술적인 수단을 포함한 기업의 자주적인 노력에 의하는 등, 유연하고도 실효성이 있는 방법을 취하는 것이 필요하다. 또 거버넌스를 위해 국제적으로 의견이 고르게 되는 것이 중요하며, 각국에서의 거버넌스에 더해 국경을 넘는 문제에 대처하기 위한 국제 협력 체제가 정비될 필요가 있다.

4. 인간 중심 AI 사회 원칙

우리는 'AI-Ready 사회'를 실현하고 AI의 적절하고 적극적인 사회적 활용을 추진하기 위해서는, 각 이해관계자가 유의해야 할 기본 원칙을 정하는 것이 중요하다고 본다.

우리는 이 기본 원칙에 대해서 AI가 사회에서 받아들여지고 적절히 이용되기 위한 사회특히 국가 등의 입법 및 행정기관가 유의해야 할 'AI 사회 원칙'[7]과 AI 연구개발 및 사회적 활용에 종사하는 개발자·사업자가 유의해야 할 'AI 개발·이용 원칙'으로 체계화한다. 제2장에서 제시한 세 가지 기본 이념을 구비한 사회를 실현하기 위해 필요한 AI 사회 원칙 및 개발자와 사업자가 고려해야 할 AI 개발 이용 원칙은 다음과 같다.

1) AI 사회 원칙

AI 사회 원칙은 'AI-Ready 사회'에서 국가 및 지방자치단체를 비롯한 일본의 사회 전체, 나아가 다국적 체계로 실현되어야 하는 사회적 체계에 관한 원칙이다.

(1) 인간 중심의 원칙

- AI의 이용은 헌법 및 국제적 규범이 보장하는 기본적 인권을 침해해서는 안 된다.

- AI는 사람들의 역량을 확장하고, 다양한 사람들이 다양한 행

---

[7] 유럽 위원회 '신뢰 가능한 AI를 위한 윤리 가이드라인(안)'에는, 고위급 전문가 회의에서도 합의에 이르지 못한 중대한 우려 사항(Critical Concerns raised by AI)으로, '동의 없는 개인의 특정', '숨겨진 AI 시스템', '동의 없는 일반시민의 평가', '자율형 살상무기 시스템', '미래에 걸친 잠재적인 우려'가 거론되고 있다. 이러한 사항들에 대해서는 일본에서도 향후 필요에 맞게 검토해야 할 과제로 생각된다.

복을 추구할 수 있도록 개발되고 사회에 전개되어 활용되어야만 한다. AI가 활용되는 사회에서 사람들이 AI에 과도하게 의존하거나, AI를 악용해 타인의 의사 결정을 조작하는 일이 발생하지 않도록 우리는 리터러시 교육 및 적절한 이용을 촉진하기 위한 적절한 시스템을 도입해야 한다.

- AI는 인간의 일부 노동을 대체할 뿐만 아니라, 고도화된 도구로서 인간을 보조함에 의해 인간의 능력이나 창조성을 확대할 수 있다.

- AI의 이용 측면에서 사람이 스스로 어떻게 이용할지를 판단하고 결정할 것이 요구된다. AI 이용이 초래할 결과에 대해서는 문제의 특성에 맞게 AI의 개발·제공·이용에 관련된 각종 이해관계자들이 적절하게 책임을 분담해야 한다.

- 각 이해관계자는 AI의 보급 과정에서 이른바 '정보 취약 계층' 및 '기술 취약 계층'이 발생하지 않도록, 모든 사람이 AI의 혜택을 누릴 수 있도록 사용하기 쉬운 시스템 구축에 고려해야만 한다.

(2) 교육·리터러시의 원칙

AI를 전제로 한 사회에서 우리는 사람들 간에 격차나 분열이 발생하거나, 사회적 약자가 생기는 것은 원하지 않는다. 따라서 AI

관련 정책 결정자나 기업 경영자는 AI의 복잡성과 의도적인 악용 가능성을 감안하여, AI를 정확히 이해하고 사회적으로 올바로 이용할 수 있는 지식과 윤리를 지녀야만 한다. AI 이용자는 AI가 종래의 도구보다 훨씬 복잡하게 작동하기에 그 얼개를 이해하고 이를 올바르게 이용할 수 있는 소양을 갖추는 것이 바람직하다. 한편, AI 개발자는 AI 기술의 기초를 당연히 익혀야 하지만, 여기에 더해서 사회에 도움 될 AI의 개발 관점에서 AI가 사회에 어떻게 사용될지에 관한 비즈니스 모델 및 규범 의식을 포함한 사회과학·윤리 등, 인문과학적 소양도 습득하는 것이 중요하다.

이러한 관점에서, 우리는 이하의 원칙에 따른 교육 및 리터러시를 기르는 교육환경이 모든 사람에게 평등하게 제공되어야 한다고 생각한다.

- 사회적 격차를 해소하고, 약자를 만들지 않기 위해 유아교육 및 초·중등 교육에서 폭넓은 AI 리터러시 교육 기회를 제공해야 한다. 또한, 성인과 고령자에게도 재교육(리스킬링·업스킬링) 기회를 확대해야 한다.
- 누구나 AI, 수학, 데이터 과학의 기초를 익힐 수 있도록 교육 시스템을 구축해야 하며, 모든 사람이 문·이과 구분 없이 학습할 기회를 가져야 한다. 또한, 데이터가 내재하는 편향성(Bias), AI의 공정성 및 프

라이버시 보호 문제, AI 기술의 한계 등에 대한 이해를 포함하는 리터러시 교육이 필요하다.

- AI가 보편화된 사회에서는 교육 방식도 변화해야 한다. 기존의 일방적·획일적인 교육에서 벗어나, 개개인의 관심과 역량을 살리는 방식으로 전환해야 한다. 이를 위해, AI를 활용한 맞춤형 교육 환경과 학습자 간 협력 시스템을 구축하는 것이 바람직하다.

- 이러한 교육 환경 구축은 정부와 학교^{교사}에게만 부담을 전가해서는 안 된다. 민간 기업과 시민 사회도 주체적으로 참여하여 AI 리터러시 교육을 활성화해야 한다.

(3) 프라이버시 보호의 원칙

모든 AI가 개인 데이터 이용에 관한 위험을 높이는 것은 아니지만, AI를 전제로 한 사회에서는 개인의 행동 등에 관한 데이터를 바탕으로 정치적 입장, 경제 상황, 취미·기호 등을 고도로 정확하게 추정할 수 있다. 이는 AI의 중요성 및 고려가 필요한 특성에 부합하게, 단순한 개인 정보를 취급하는 이상의 신중함이 요구되는 경우가 있음을 의미한다. 개인 데이터가 본인의 의사에 반하게 유통되거나 이용됨에 따라 개인이 불이익을 받지 않도록 각 이해관계자는 다음과 같은 사고방식에 기초하여 개인 데이터를 취급해야만 한다.

- (정부가 이용하는 것을 포함해) 개인 데이터를 이용한 AI 및 그 AI를 활용한 서비스 솔루션은 개인의 자유, 존엄성, 평등을 침해하지 않아야 한다.

- AI의 사용이 개인에게 해를 끼칠 위험을 증가시킬 가능성이 있는 경우, 이에 대처하기 위한 기술적·비기술적 체계를 마련해야만 한다. 특히, 개인 데이터를 이용하는 AI는 해당 데이터의 프라이버시에 관한 부분에 대해서는 정확성과 정당성을 확보하고, 본인이 실질적으로 관여할 수 있는 체계를 마련해야 한다. 이를 통해 AI 활용에 대해 사람들이 안심하고 개인 데이터를 제공하고 제공된 데이터에서 유효하게 편익을 얻을 수 있게 된다.

- 개인 데이터는 중요성 및 고려가 필요한 특성에 따라 적절히 보호되어야만 한다. 개인 데이터에는 부적절하게 사용될 경우 개인의 권리와 이익에 커다란 영향을 받을 수 있는 가능성이 높은 것^{전형적으로는 사고방식, 병력, 범죄 기록 등}부터 사회생활 속에서 어느 정도 공개된 것까지 다양한 것이 포함되기에, 그 이용·활용과 보호의 균형에 대해서는 문화적 배경이나 사회의 공통 이해를 바탕으로 세심하게 검토될 필요가 있다.

(4) 보안 확보의 원칙

AI를 적극적으로 이용하여 다양한 사회 시스템이 자동화되어

안전성이 향상된다. 한편 적지 않게 현재 상정 가능한 기술의 범위에서는 희소한 현상이나 의도적인 공격에 대해 AI가 항상 적절히 대응하는 것은 불가능하기에, 보안 분야에서 새로운 위험이 발생할 가능성도 있다. 사회는 항상 AI의 이점과 위험 간 균형을 유의하면서 전체로서 사회의 안전성 및 지속 가능성이 향상하도록 힘써야 한다.

- 사회는 AI 이용의 위험을 정확히 평가하고, 이를 줄이기 위한 연구 등, (당면한 대책에서 심도 있는 본질적인 이해까지) AI에 관련한 층이 두터운 연구개발을 추진하고, 사이버 보안의 확보를 포함한 위험 관리를 포함한 노력을 경주하지 않으면 안 된다.
- 사회는 항상 AI 이용에서의 지속 가능성에 유의해야만 한다. 사회는 특히 단일한 혹은 소수 특정 AI에 일률적으로 의존해서는 안 된다.

(5) 공정 경쟁 확보의 원칙

새로운 비즈니스와 서비스를 창출하고 지속적인 경제성장의 유지와 사회 과제의 해결책이 제시되도록, 공정한 경쟁 환경이 유지되지 않으면 안 된다.

- 특정 국가에 AI에 관한 자원이 집중되는 경우에서도, 그 지배적 위

치를 이용한 부당한 데이터 수집이나 주권 침해가 발생하는 사회여
서는 안 된다.

- 특정 기업에 AI에 관한 자원이 집중된 경우에서도, 그 지배적 위치를
  이용한 부당한 데이터 수집이나 불공정한 경쟁을 하는 사회여서는
  안 된다.

- AI의 이용으로 인해 부富나 사회에 대한 영향력이 일부 이해관계자
  에게 부당하게 과도히 집중되는 사회여서는 안 된다.

(6) 공정성, 설명 책임 및 투명성 원칙

'AI-Ready 사회'에서는 사람들이 AI 이용에 의해 개인이 지닌
배경에 의해 부당한 차별을 받거나, 인간의 존엄성에 비추어 부당
한 취급을 받지 않도록 공평성 및 투명성이 있는 의사결정과 그
결과에 대한 설명 책임Accountability이 적절하게 확보됨과 동시에 기
술에 대한 신뢰성Trust이 담보될 필요가 있다.

- AI의 설계 사상思想 하에서 사람들이 자신의 인종, 성별, 국적, 연령, 정
  치적 신념, 종교 등 다양한 배경을 이유로 부당한 차별을 받지 않도록,
  모든 사람들이 공평하게 대우받아야만 한다.

- AI를 이용하고 있다는 사실, AI에 이용되는 데이트의 취득방법이나
  사용방법, AI의 동작 결과의 적절성을 담보하는 시스템 등, 용도나

상황에 맞는 적절한 설명을 얻을 수 있어야만 한다.

- 사람들이 AI의 제안을 이해하고 판단하기 위해서, AI의 이용·채택·운용에 대해, 필요에 맞게 공개적인 대화의 장이 적절하게 마련되어야만 한다.

- 위에서 소개한 관점을 담보하며, AI를 안심하고 사회에 이용·활용하기 위해서, AI와 이를 지탱하는 데이터 내지 알고리즘의 신뢰성 Trust을 확보하는 시스템이 구축되어야만 한다.

(7) 혁신Innovation의 원칙

- 'Society 5.0'을 실현하고, AI의 발전으로 사람도 진화하도록 지속적인 혁신을 목표로 하기 위해, 국경이나 산업·학계와 정부·민간, 인종, 성별, 국적, 연령, 정치적 신념, 종교 등의 차이를 초월하여, 광범위한 지식, 관점, 발상 등에 바탕을 두고, 인재와 연구의 양방향에서 철저한 국제화·다양화 및 산업·학계와 정부·민간 협력을 추진해야 한다.

- 대학·연구기관·기업 간 대등한 협업·연계나 유연한 인재 이동을 촉진시켜야만 한다.

- AI를 효율적이고도 안심하고 사회적으로 활용하기 위해, AI에 관련된 품질 및 신뢰성 확인에 관한 방법, AI에 활용되는 데이터의 효

율적 수집ㆍ정비 방법, AI의 개발ㆍ테스트ㆍ운용의 방법론 능의 AI 공학을 확립해야 한다. 이외 함께 윤리적ㆍ경제직 측면 등을 폭넓게 포함한 학문의 확립 및 발전을 추진해야만 한다.

- AI 기술의 건전한 발전을 위해, 프라이버시나 보안 확보를 전제로 하면서, 모든 분야의 데이터를 독점하지 않고 국경을 넘어 유효하게 이용할 수 있는 환경이 정비될 필요가 있다. 또한 AI의 연구 촉진을 위해, 국제적인 연계를 촉진하고 AI를 가속화하는 컴퓨터 자원이나 고속 네트워크를 공유하고 활용하도록 연구 개발 환경이 조성되어야만 한다.

- 정부는 AI 기술의 사회적 활용을 촉진하기 위해 모든 분야에서 저해하는 요인이 되고 있는 '규제를 개혁하는 등 혁신을 추진해야만 한다.

2) AI 개발ㆍ이용 원칙

우리는 개발자 및 사업자가 기본 이념과 앞서 제시한 AI 사회 원칙을 바탕으로 AI 개발ㆍ이용 원칙을 수립하고 준수해야 한다고 생각한다.

AI 개발 이용 원칙에 대해서는, 현재 여러 국가, 단체, 기업 등에서 활발히 논의되고 있다. 이에 우리는 조속히 공개 논의를 통해 국제적인 컨센선스를 양성하고, 비규제적·비구속적 형태로 국제적으로 공유되는 것이 중요하다고 본다.

5. 결론

'AI-Ready 사회'를 세계에서 선도적으로 구축하기 위해, 일본은 본 원칙을 정부, 관련 기업, 단체 등과 공유하고, 정책 등에 반영해야만 한다.

또한 국제적인 논의의 장에서 일본은 본 원칙을 전 세계 국가들과 공유하고, 국제적인 논의를 주도하며 합의에 달성하는 것을 목표로 해야 한다. 이를 통해 SDGs 실현을 뒷받침하는 Society 5.0의 사회상을 세계에 제시하고, 국제 사회의 협력적이고 창조적인 새로운 발전에 기여해야 한다.

한편 본 원칙은 향후 AI 관련 기술의 발전, 사회 변화, 세계 정세 등에 따라 유연하게 진화·발전시켜 나갈 것이다.

① AI 전략 실행 회의하에, AI를 보다 나은 형태로 사회적으로 활용하고 공유하기 위한 기본 원칙을 검토하여 AI 전략에 반영하는 것을 목적으로 '인간 중심 AI 사회 원칙 회의^{이하, '회의'}'를 설치한다. 회의는 인공지능 기술 전략회의하에서 설치된 '인간 중심 AI 사회 원칙 검토 회의'에서의 논의를 바탕으로, '인간 중심의 AI 사회 원칙'을 검토하고, 통합 혁신 전략 추진 회의에 제안한다.

② 회의의 의장, 부의장 및 구성원은 별지에 명시된 바와 같다.

③ 회의는 원칙적으로 공개한다. 다만, 의장이 회의를 비공개로 하는 것이 적절하다고 판단한 경우에는 예외로 한다.

④ 의장은 회의에서의 심의 내용 등을 의사록 등의 공표 기타 적당한 방법에 의해 공표한다. 다만 의장이 심의 내용 등을 비공개하는 것이 적절하다고 판단한 경우, 그 전체 또는 일부를 비공표로 할 수 있다.

⑤ 회의의 서무는 관계 행정기관의 협력을 얻어 내각부에서 처리한다.

⑥ 앞의 각 조항에서 명시된 이외에, 회의 운영에 관한 사항 및

기타 필요한 사항은 의장이 정한다.

2019년(平成31) 2월 15일

AI 전략 실행 회의 결정

별지_ '인간 중심 AI 시회 원칙 회의' 의장 · 부의상 및 구성원에 대하여

◎ 의장

스도 오사무須藤 修, 도쿄대학교 대학원 정보학 교수, 도쿄대학교 종합교육연구센터장

○ 부의장

키타노 히로아키北野 宏明, 일반사단법인 일본경제단체연합회 미래산업·기술위원회 AI 활용 원칙 TF 주임, 주식회사 소니 컴퓨터사이언스연구소 대표이사 사장

○ 구성원

아타카 카즈토安宅 和人, 야후 주식회사 CSO

이와모토 토시오岩本 敏男, 주식회사 NTT 데이터 상담역

우라카와 신이치浦川 伸一, 손해보험 재팬 니폰코아 주식회사 이사·상무 집행임원

에마 아리사江間 有沙, 도쿄대학교 정책 비전 연구센터 특별강사

오오야 타케히로大屋 雄裕, 게이오기주쿠대학교 법학부 교수

카나이 료타金井 良太, 주식회사 아라야 대표이사 CEO

키다와라 유타카木俵 豊, 정보통신연구기구 지능과학융합연구개발추진센터 연구개발추진센터장

쿠니요시 야스오國吉 康夫, 도쿄대학교 대학원 정보이공학계연구과 교수, 차세대지능과학연구센터장

콘도 노리코近藤 則子, 노인테크놀로지연구회(老テク研究会) 사무국장

세키구치 사토시 関口 智嗣, 산업기술종합연구소 이사

다카하라 이사무 高原 勇, 도요타자동차 주식회사 BR-미래사회공학실장, 쓰쿠바대학교 미래사

회공학개발연구센터장·특명 교수

타케다 하루오 武田 晴夫, 주식회사 히타치제작소 이사, 연구개발그룹 기술장

나카가와 히로시 中川 裕志, 이화학연구소 혁신지능통합연구센터 그룹 디렉터

나가누마 미호 永沼 美保, 일본전기주식회사 기술혁신전략본부 규제조사실 전문가

니오리 히나에 新居 日南恵, 주식회사 manma 대표이사 겸 사장

하토리 유타카 羽鳥 裕, 공익사단법인 일본의사회 상임이사

히구치 토모유키 樋口 知之, 정보·시스템연구기구 이사, 통계수리연구소장

히라노 스스무 平野 晋, 주오대학교 종합정책학부 교수, 대학원 종합정책연구과 위원장

후쿠오카 신노스케 福岡 真之介, 니시무라 아사히 법률사무소 변호사

호리 코이치 堀 浩一, 도쿄대학교 대학원 공학계연구과 교수

마츠오 유타카 松尾 豊, 일본 딥러닝 협회 이사장

마루야마 히로시 丸山 宏, 주식회사 Preferred Networks PFN 펠로우

야마카와 히로시 山川 宏, 주식회사 도완고(Dwango), 도완고 인공지능 연구소장, 전뇌(全脳) 아

키텍처 이니셔티브 대표

CLOVA Studio AI 윤리 가이드는 사용자가 CLOVA Studio를 사용하면서 경험할 수 있는 여러 상황을 AI 윤리적 관점에서 이해하고, 이와 관련한 문제를 예방하고 방지하는 데 도움을 주고자 하는 목적에서 작성되었습니다.

네이버의 모든 구성원은 네이버가 발표한 네이버 AI 윤리 준칙을 준수하여 서비스를 개발하고 이용하며, 네이버는 이를 위해 AI Filter 기능을 개발하여 적용하는 등의 별도 노력과 정책을 시행하고 있습니다. CLOVA Studio를 이용하고자 하는 사용자도 마찬가지로 동일한 원칙과 정책을 준수해야 한다는 점을 말씀드립니다. 아래에서는 네이버 AI 윤리 준칙의 세부 조항과 그 취지를 상세히 설명하고, 이를 실천하기 위한 방안과 CLOVA Studio 사용 시 이행해야 하는 네이버와 사용자의 의무를 안내합니다.

1. CLOVA Studio 사용을 위한 네이버 AI 윤리 준칙의 이해

네이버 AI 윤리 준칙

네이버는 첨단의 AI 기술을 누구나 쉽고 편리하게 활용할 수 있는 일상의 도구로 만들겠습니다. 사용자에게 새로운 연결의 경험을 선보이는 도전을 멈추지 않음으로써 다양한 기회와 가능성을 열어나가겠습니다. 이를 위해 네이버의 모든 구성원은 AI 개발과 이용에 있어 아래와 같은 윤리 원칙을 준수하겠습니다.

전문에서는 '누구나 쉽고 편리하게 활용할 수 있는 일상의 도구'라는 문구를 통해 네이버가 AI를 어떻게 바라보고 있는가에 대한 관점을 제시하고 있습니다. 그와 동시에 연결, 도전 및 다양성이라는 네이버의 기업 철학을 담고 있습니다. 그리고 마지막 문장에서는 네이버 구성원의 AI 윤리 준칙 준수를 명시하고 있습니다.

1) 사람을 위한 AI 개발

네이버가 개발하고 이용하는 AI는 사람을 위한 일상의 도구입니다. 네이버는 AI의 개발과 이용에 있어 인간 중심의 가치를 최우선으로 삼겠습니다.

네이버는 사용자의 일상에 편리함을 더하기 위해 기술을 개발

헤왔고, AI 역시 일상의 <u>도구로</u> 활용될 수 있도록 발전시켜 나가고 있습니다. 네이버는 AI가 우리의 삶을 편리하게 만들어줄 수 있는 기술이지만, 세상의 다른 모든 것처럼 완벽할 수 없다는 점을 인식하고 있습니다. 네이버는 AI가 사람을 위한 일상의 도구가 될 수 있도록, 지속해서 살펴보며 개선해 나가겠습니다.

첫 번째 조항에서는 AI의 개발과 이용에 있어 인간 중심의 가치를 최우선으로 삼겠다는 점을 선언하고 있습니다. 즉, 네이버가 사람을 위한 AI를 개발하고 이용한다는 내용을 담고 있는 것입니다. 그리고 AI가 우리의 삶을 편리하게 만들어줄 수 있는 기술이지만, 세상의 다른 모든 것처럼 완벽할 수 없다는 점도 언급하고 있습니다. 이와 함께 AI가 사람을 위한 일상의 도구가 될 수 있도록, 지속해서 살펴보며 개선해 나가겠다는 방향성을 제시하고 있습니다.

2) 다양성의 존중

네이버는 다양성의 가치를 고려하여 AI가 사용자를 포함한 모든 사람에게 부당한 차별을 하지 않도록 개발하고 이용하겠습니다.

네이버는 다양성을 통해 연결이 더 큰 의미를 가질 수 있도록 기술과 서비스를 구현해 왔습니다. 그 과정에서 사용자에게 다채로운 기회와 가능성을 열어왔고, 합리적 기준 없는 부당한 차별이 발생하지 않도록 노력해 왔습니다. 네이버는 AI 서비스에서도 부당한 차별을 방지하고 다양한 가치가 공존하는 경험과 기회를 제공해 나가겠습니다.

두 번째 조항에서는 다양성의 존중이라는 가치를 제시하고 있습니다. 다양성은 연결의 의미를 더 크게 만드는 가치 중 하나이며, 기술 플랫폼인 네이버가 중요하게 생각하는 가치입니다. 네이버는 개성 있는 창작자와 사업자가 많아지는 사회를 만들고, 이를 통해 더 많은 다양성을 연결하는 것이 큰 의미를 가진다고 생각하여 AI 윤리 준칙에 다양성이라는 가치를 포함하였습니다.

3) 합리적인 설명과 편리성의 조화

네이버는 누구나 편리하게 AI를 활용하도록 도우면서, 일상에서 AI의 관여가 있는 경우 사용자에게 그에 대한 합리적인 설명을 하기 위한 책무를 다하겠습니다. 네이버는 AI에 관한 합리적인 설명의 방식과 수준이 다양할 수 있다는 점을 고려해, 이를 구체적으로 실현하기 위하여 노력하겠습니다. 네이버의 AI는 기술을 위한 기술이 아니며, 기술적 지식이 없이도 누구나 손쉽게 활용할 수 있는 도구가 될 것입니다. 네이버는 서비스의 편리함을 추구하면서, 사용자의 요구가 있거나 필요한 경우에는 AI 서비스에 대해 쉽게 이해할 수 있도록 사용자의 눈높이에 맞춰 설명하겠습니다.

세 번째 조항에서는 국내외 AI 원칙에서 제시되는 항목 중 하나인 투명성 실현의 방법으로서 AI 서비스에 대한 설명 책무를 명시하고 있습니다. 다만, 설명의 범위에 있어서 그 설명이 사용자에게 과도하거나 이해가 어렵게 느껴지는 경우에는 서비스 자체의 편리성을 해칠 우려도 있을 것입니다. 이에 따라 서비스의 편리함을 추구하면서도, 사용자의 요구가 있거나 필요한 경우에는 AI 서비스에 대해 쉽게 이해할 수 있도록 사용자의 눈높이에 맞춰 설명하겠다는 점을 명시하였습니다.

4) 안전을 고려한 서비스 설계

네이버는 안전에 유의하여, 서비스의 전 과정에서 사람에게 유해한 영향을 미치지 않는 AI 서비스를 설계하겠습니다. 사람을 위한 일상의 도구인 AI가 사람의 생명과 신체를 위협하는 상황이 발생하지 않도록, 네이버는 전 과정에서 안전을 고려해 서비스를 설계하고, 테스트를 거치며, 배포 이후에도 안전성에 대해 지속해서 살펴보겠습니다.

네 번째 조항에서는 인간 중심의 가치를 바탕에 두면서, 구체적인 안전의 기준으로 사람의 생명과 신체의 안전을 제시했습니다. 세부적으로 AI 서비스 설계에 있어 사람의 안전을 최우선으로 두고, 설계, 테스트, 배포 및 배포 이후의 안전성을 지속해서 살펴볼 것을 명시했습니다.

5) 프라이버시 보호와 정보 보안

네이버는 AI를 개발하고 이용하는 과정에서 개인정보 보호에 대한 법적 책임과 의무를 넘어 사용자의 프라이버시가 보호될 수 있도록 노력하겠습니다. 또한 개발 단계를 포함해 AI 서비스의 전 과정에서 정보 보안을 고려한 설계를 적용하겠습니다. 네이버는 개인정보 활용에 있어 법적 책임과 의무를 다하는 것을 넘어 개인의 프라이버시도 적극적으로 보호하고 있습니다. 또한 사용자가 서비스를 활용하면서 정보 보안을 우려하게 되는 상황을 원천적으로 차단할 수 있도록, 서비스 전 과정에서 정보 보안을 고려한 설계를 적용하고 있습니다. AI 서비스에 있어서도 마찬가지로, 사용자가 프라이버시와 정보 보안을 걱정하지 않고 AI 서비스를 자유롭게 활용해 삶에 편리함을 더할 수 있도록 노력하겠습니다.

다섯 번째 조항에서는 네이버가 가지고 있는 프라이버시 센터의 개인정보 보호 원칙과 동일하게, AI 서비스 맥락에서도 개인정보 보호에 대한 법적 책임과 의무를 넘어 프라이버시를 보호할 수 있도록 노력하겠다는 점을 명시하였습니다. 현재 네이버 서비스는 프라이버시 바이 디자인Privacy by Design 원칙이 적용되어 있는데, AI 서비스에서도 마찬가지로 최초 설계부터 프라이버시 바이 디자인 원칙이 적용된다는 점을 강조했습니다. 여기서 프라이버시 바이 디자인이란 개인정보 보호를 적용한 서비스의 설계를 의미합니다.

2. 네이버 AI 윤리 준칙을 실천하는 CLOVA Studio 사용

네이버는 사용자가 네이버 AI 윤리 준칙을 실천하며 CLOVA Studio를 사용할 수 있도록 서비스 앱 심사 발급 과정을 운영하고, AI Filter 기능을 제공합니다.

서비스 앱 심사 발급 과정은 CLOVA Studio를 통해 생성된 서비스 앱의 잠재적인 위험 등을 예방하기 위해 네이버 AI 윤리 준칙의 준수 등을 확인하는 절차입니다.

AI Filter 기능은 CLOVA Studio를 통해 생성된 서비스 앱에서 욕설 등 부적절한 결과물이 출력되는 것을 감지하여 사용자에게 알려주는 기능입니다.

사용자는 네이버가 제공하는 실천 방안을 포함한 스스로의 실천 방안을 통해 CLOVA Studio 사용 시 AI 서비스가 인간 중심의 가치를 해치거나 다양성을 저해하는 표현을 출력하는 것을 방지하고, 그 결과물로 인해 사람의 생명과 신체의 안전을 위협하거나 개인정보 및 프라이버시를 침해하지 않도록 노력해야 합니다.

다만, 네이버와 사용자 모두가 인식하고 있는 것처럼 AI 서비스의 결과물은 사전에 완벽하게 통제될 수 있는 것은 아니므로, 네이버는 지속해서 네이버 AI 윤리 실천 방안에 대한 개선 작업을 진행하고자 합니다. 모든 세부적인 개선 작업 내용이 사용자에게 통지되지는 않을 수도 있다는 점을 사전에 안내해 드립니다.

3. CLOVA Studio를 제공하는 네이버의 의무 및 이를 사용하는 사용자의 의무

1)

AI 서비스의 결과물이 사전에 완벽하게 통제될 수 있는 것은 아니지만, 네이버와 사용자는 네이버 AI 윤리 준칙과 정책을 준수하여 발생 가능한 잠재적인 위험을 감소시키기 위해 노력해야 합니다.

이를 위해 네이버는 사용자가 CLOVA Studio를 사용하면서 경험할 수 있는 여러 상황을 AI 윤리적 관점에서 이해하고, 이와 관련한 문제를 예방하고 방지하는 데 있어 도움을 주기 위해, 사용자에게 아래 각호의 의무를 이행합니다.

- CLOVA Studio에 적용되는 네이버 AI 윤리 준칙 및 정책에 대한 설명을 제공합니다.
- CLOVA Studio 서비스 앱 심사 및 승인 시 네이버 AI 윤리 준칙 및 정책 준수를 위한 개선 사항을 제안합니다.
- CLOVA Studio AI 윤리 가이드를 통해 네이버와 사용자가 준수해야 하는 의무를 명시합니다.
- CLOVA Studio 사용 시 네이버 AI 윤리 준칙 및 정책 실천을 위한

AI Filter 기능 등의 기술적 도구를 제공합니다.

- AI 윤리에 대한 문의를 사용자로부터 전달받는 경우, 이에 대해 합리적 범위에서 소통 및 관련 사항의 개선을 위한 조치를 이행합니다.

2)

사용자는 **CLOVA Studio**를 사용함에 있어 아래 각호의 의무를 부담합니다.

사용자는 CLOVA Studio를 악의적으로 사용하는 것이 금지됩니다. 또한 사용자는 악의적 사용을 통해 네이버 또는 CLOVA Studio에 대한 평판 위험을 발생시켜서는 안됩니다. 악의적 사용이란 네이버 AI 윤리 준칙 및 CLOVA Studio AI 윤리 가이드를 위반하는 결과물을 고의적으로 발생시키는 것이 대표적이며, 그 밖에도 사용자가 제3장에 언급된 사용자의 의무를 위반하여 발생시키는 문제를 포함합니다.

사용자는 CLOVA Studio를 사용할 때, AI Filter를 의무적으로 사용해야 합니다. 다만, AI Filter를 사용했음에도 불구하고 발생한 '문제가 되거나 문제가 될 수 있다고 판단한 부적절한 결과물'에 대해서는 발견 즉시 네이버에게 해당 내용을 알려야 합니다. 이를 통해 사용자는 네이버가 관련 부분을 개선할 수 있도록, 이에 대해 적극적으로 협조할 의무가 있습니다.

사용자는 서비스 앱 심사 및 발급 승인 조건하에 네이버와 협의한 일정한 사용 범위 내에서 CLOVA Studio를 이용한 출력 결과물 등의 정보를 자신의 서비스를 통해서만 제3자 및 외부에 공개할 수 있습니다. 그 외의 경우에는 네이버의 사전 서면 동의 없이 CLOVA Studio에 대한 정보를 제3자 및 외부에 공개할 수 없으며, 이를 위반할 경우 사용자의 CLOVA Studio 서비스 사용이 중단될 수 있습니다. 그리고 사용자는 외부로 공개된 결과물에 관한 문제를 적극적으로 해결 및 소통하기 위해서 네이버와 협조할 의무가 있습니다.

네이버는 AI 개발과 이용에 있어

AI 윤리 준칙을 준수합니다.

네이버는 첨단의 AI기술을 누구나 쉽고 편리하게 활용할 수 있는 일상의 도구로 만들겠습니다. 사용자에게 새로운 연결의 경험을 선보이는 도전을 멈추지 않음으로써 다양한 기회와 가능성을 열어 나가겠습니다. 이를 위해 네이버의 모든 구성원은 AI개발과 이용에 있어 아래와 같은 윤리 원칙을 준수하겠습니다.

1. 사람을 위한 AI 개발

네이버가 개발하고 이용하는 AI는 사람을 위한 일상의 도구입니다.

네이버는 AI의 개발과 이용에 있어 인간 중심의 가치를 최우선으로 삼겠습니다.

네이버는 사용자의 일상에 편리함을 더하기 위해 기술을 개발해 왔고, AI 역시 일상의 도구로 활용될 수 있도록 발전시켜 나가고 있습니다. 네이버는 AI가 우리의 삶을 편리하게 만들어줄 수 있는 기술이지만, 세상의 다른 모든 것처럼 완벽할 수 없다는 점을 인식하고 있습니다. 네이버는 AI가 사람을 위한 일상의 도구가 될 수 있도록, 지속적으로 살펴보며 개선해 나가겠습니다.

2. 다양성의 존중

네이버는 다양성의 가치를 고려하여 AI가 사용자를 포함한 모든 사람에게
부당한 차별을 하지 않도록 개발하고 이용하겠습니다.

네이버는 다양성을 통해 연결이 더 큰 의미를 가질 수 있도록 기술과 서비스를 구현해 왔습니다. 그 과정에서 사용자에게 다채로운 기회와 가능성을 열어 왔고, 합리적 기준 없는 부당한 차별이 발생하지 않도록 노력해 왔습니다. 네이버는 AI 서비스에서도 부당한 차별을 방지하고 다양한 가치가 공존하는 경험과 기회를 제공해 나가겠습니다.

3. 합리적인 설명과 편리성의 조화

네이버는 누구나 편리하게 AI를 활용하도록 도우면서, 일상에서 AI의 관여가 있는 경우 사용자에게 그에 대한 합리적인 설명을 하기 위한 책무를 다하겠습니다.

네이버는 AI에 관한 합리적인 설명의 방식과 수준이 다양할 수 있다는 점을 고려해, 이를 구체적으로 실현하기 위하여 노력하겠습니다.

네이버의 AI는 기술을 위한 기술이 아니며, 기술적 지식이 없이도 누구나 손쉽게 활용할 수 있는 도구가 될 것입니다. 네이버는 서비스의 편리함을 추구하면서, 사용자의 요구가 있거나 필요한 경우에는 AI 서비스에 대해 쉽게 이해할 수 있도록 사용자의 눈높이에 맞춰 설명하겠습니다.

4. 안전을 고려한 서비스 설계

네이버는 안전에 유의하여, 서비스의 전 과정에서 사람에게 유해한 영향을 미치지 않는 AI 서비스를 설계하겠습니다.

사람을 위한 일상의 도구인 AI가 사람의 생명과 신체를 위협하는 상황이 발생하지 않도록, 네이버는 전 과정에서 안전을 고려해 서비스를 설계하고, 테스트를 거치며, 배포 이후에도 안전성에 대해 지속적으로 살펴보겠습니다.

5. 프라이버시 보호와 정보 보안

네이버는 AI를 개발하고 이용하는 과정에서 개인정보 보호에 대한 법적 책임과 의무를 넘어 사용자의 프라이버시가 보호될 수 있도록 노력하겠습니다. 또한 개발 단계를 포함해 AI 서비스의 전 과정에서 정보 보안을 고려한 설계를 적용하겠습니다.

네이버는 개인정보 활용에 있어 법적 책임과 의무를 다하는 것을 넘어 개인의 프라이버시도 적극적으로 보호하고 있습니다. 또한 사용자가 서비스를 활용하면서 정보 보안을 우려하게 되는 상황을 원천적으로 차단할 수 있도록, 서비스 전 과정에서 정보 보안을 고려한 설계를 적용하고 있습니다. AI 서비스에 있어서도 마찬가지로, 사용자가 프라이버시와 정보 보안을 걱정하지 않고 AI 서비스를 자유롭게 활용해 삶에 편리함을 더할 수 있도록 노력하겠습니다.

AI 윤리

기술과 사람이 함께 만드는 건강한 디지털 문화를 고민합니다.

알고리즘 윤리헌장

① 카카오 알고리즘의 기본원칙

카카오는 알고리즘과 관련된 모든 노력을 우리 사회 윤리 안에서 다하며, 이를 통해 인류의 편익과 행복을 추구한다.

카카오가 알고리즘 윤리 헌장을 도입한 목적입니다.

카카오는 알고리즘 개발을 통해 카카오 서비스를 직·간접적으로 이용하는 사람들이 편익을 누리고, 보다 행복해지는 데 기여하고자 합니다. 알고리즘 개발 및 관리와 관련된 일련의 과정에서 카카오의 노력은 우리 사회의 윤리 원칙에 부합하는 방향으로 이뤄질 것입니다.

② 차별에 대한 경계

알고리즘 결과에서 의도적인 사회적 차별이 일어나지 않도록 경계한다.

카카오는 다양한 가치가 공존하는 사회를 지향합니다.

카카오의 서비스로 구현된 알고리즘 결과가 특정 가치에 편향되거나 사회적인 차별을 강화하지 않도록 노력하겠습니다.

③ 학습 데이터 운영

알고리즘에 입력되는 학습 데이터를 사회 윤리에 근거하여 수집·분석·활용한다.

카카오는 알고리즘의 개발 및 성능 고도화, 품질 유지를 위한 데이터 수집, 관리 및 활용 등 전 과정을 우리 사회의 윤리를 벗어나지 않는 범위에서 수행하겠습니다.

④ 알고리즘의 독립성

알고리즘이 누군가에 의해 자의적으로 훼손되거나 영향받는 일이 없도록 엄정하게 관리한다.

카카오는 알고리즘이 특정 의도의 영향을 받아 훼손되거나 왜곡될 가능성을 차단하고 있습니다.

앞으로도 카카오는 알고리즘을 독립적이고 엄정하게 관리할 것입니다.

⑤ 알고리즘에 대한 설명

이용자와의 신뢰 관계를 위해 기업 경쟁력을 훼손하지 않는 범위 내에서 알고리즘에 대해 성실하게 설명한다.

카카오는 새로운 연결을 통해 더 편리하고 즐거워진 세상을 꿈꿉니다.

카카오 서비스는 사람과 사람, 사람과 기술을 한층 가깝게 연결함으로써 그 목표에 다가가고자 합니다. 카카오는 모든 연결에서 이용자와의 신뢰 관계를 소중하게 생각합니다. 이를 위해 더 나은 가치를 지속적으로 제공하는 기업으로서, 이용자와 성실하게 소통하겠습니다.

⑥ 기술의 포용성

알고리즘 기반의 기술과 서비스가 우리 사회 전반을 포용할 수 있도록 노력한다.

카카오는 우리 사회의 모든 구성원이 우리의 기술과 서비스를 통해 함께 상징하는 미래를 지향합니다.

알고리즘은 그 자체에 내재된 특성으로 인해 의도하지 않은 사회적 소외를 초래할 수 있습니다. 카카오는 이러한 역기능에 민감할 뿐만 아니라, 알고리즘을 활용하여 사회적 취약 계층의 편익과 행복을 증진할 수 있는 방안에도 주의를 기울이겠습니다.

⑦ 아동과 청소년에 대한 보호

카카오는 아동과 청소년이 부적절한 정보와 위험에 노출되지 않도록 알고리즘 개발 및 서비스 디자인 단계부터 주의한다.

Digital for kids

카카오는 우리 사회의 미래인 아동과 청소년이 깨끗하고 건강한 디지털 세상에서 건강한 인격체로 성장할 수 있도록 노력하고 있습니다. 카카오는 정신적·신체적으로 유해할 수 있는 정보와 위험으로부터 아동과 청소년을 보호하기 위한 환경을 조성하도록 부단한 관심과 자원을 쏟겠습니다.

⑧ 프라이버시 보호

알고리즘을 활용한 서비스 및 기술의 설계와 운영 등의 전 과정에서 이용자의 프라이버시 보호에 소홀함이 없도록 노력을 다한다.

카카오는 알고리즘을 활용한 서비스로 이용자들에게 보다 편리한 일상을 제공하고 있습니다.

이 과정에서 카카오는 프라이버시 보호 원칙을 지키며 알고리즘을 만들고 운영할 수 있도록 책임을 다하겠습니다. 그 실천을 위해 Privacy by Design을 기반으로 카카오 서비스와 기술의 기획·운영 전 단계에 프라이버시 보호를 위한 사전예방과 점검, 개인정보 영향평가 등을 도입하고 발전시켜 나가겠습니다.

참고문헌

강준만, 「왜 흑인이 사는 빈곤층 거주 지역에 붉은 줄을 긋는가? – redlining」, 『인문학
은 언어에서 태어났다』, 인물과사상사, 2017.

공정거래위원회 보도자료, 「부당하게 자사 서비스를 우선 노출한 네이버 쇼핑·동영
상 제재 – 온라인 플랫폼 사업자가 검색알고리즘을 조정·변경해 자사 서비
스를 우대한 행위를 제재한 최초 사례」, 공정거래위원회, 2020.10.6.

곽노완, 「착취 및 수탈의 시공간과 기본소득 – 맑스의 착취 및 수탈 개념의 재구성」,
『시대와 철학』 21권 3호, 한국철학사상연구회, 2010.

_____, 「분배정의와 지속가능한 최대의 기본소득 – 게으른 자에게도 지급되는 기본
소득은 정의로운가?」, 『시대와 철학』 24권 2호, 한국철학사상연구회, 2013.

권오성, 「부모도 모르는 딸의 임신, 대형마트는 알고 있다」, 『한겨레』.(https://www.
hani.co.kr/arti/economy/economy_general/729868.html)

김도훈, 「알고리즘 책임성 논의와 알고리즘에 한 이해」, 정보통신기술진흥센터
(IITP), 『주간기술동향』, 제16권 제1호, 2018.

김용태, 「헌법의 기본원리로서 사회국가원리」, 『법학논총』 32집, 숭실대 법학연구소,
2014.

데이빗 고티에, 김형철 역, 『합의도덕론』, 철학과현실사, 1993.

라인홀드 니버, 이한우 역, 『도덕적 인간과 비도덕적 사회』, 문예출판사, 2017.

변순용, 「데이터 윤리에서 인공지능 편향성 문제에 대한 연구」, 『윤리연구』 128호, 2020.

브루스 액커만·앤 알스톳·필리페 반 빠레이스, 너른복지연구모임 역, 『분배의 재구
성 – 기본소득과 사회적 자본급여』, 나눔의집, 2010.

오요한·홍성욱, 「인고지능 알고리즘은 사람을 차별하는가?」, 『과학기술학연구』 18
권 3호, 한국과학기술학회, 2018.

캐시 오닐, 김정혜 역, 『대량살상 수학무기 – 어떻게 빅데이터는 불평등을 확산하고
민주주의를 위협하는가』, 흐름출판, 2017.

클라우스 슈밥, 송경림 역, 『클라우스 슈밥의 제4차혁명』, 메가스터디Books, 2018.

오요한, 「알고리즘 조사 활동과 그 제약사항의 설정 — 네이버 실시간급상승검색어 알고리즘에 한 검증 논쟁을 중심으로」, 서울대 석사논문, 2018.

전산용어사전편찬위원회, 『컴퓨터인터넷IT용어대사전』, 일진사, 2011.

정용찬, 「빅데이터 산업과 데이터 브로커」, 『KISDI Premium Report』 15-4, 정보통신정책연구원, 2015.

Alexander, Michael, *Medievalism : The Middle Ages in Modern England*, New Haven : Yale University Press, 2017.

Asimov, Isaac, *I, Robot*, New York : Doubleday & Company, 1950.

_____, *Robots and Empire*, New York : Doubleday Books, 1985.

Bentham, Jeremy, J. H. Pums·H. L. A. Hart(ed.), *Introduction to the Principles of Morals and Legislation*, London : Athlone Press, 1970(1823).

Burrell, J., "How the machine 'thinks'—Understanding opacity in machine learning algorithms", Big Data & Society Vol.3 No.1, 2016.

Chakraborty, S.·Tomsett, R.·Raghavendra, R.·Harborne, D.·Alzantot, M.·Cerutti, F.·Srivastavaz, M.·Preecey, A.·Julieryy, S.·Rao, R. M.·Kelley, T. D.·Brainesx, D.·Sensoyk, M.·Willis, C. J.·Gurram, P., "Interpretability of deep learning models — a survey of results", In IEEE Smart World Congress 2017 Workshop(DAIS), 2017.

Dastin, J., "Amazon scraps secret AI recruiting tool that showed bias against women", Reuters, 2018.(https://www.reuters.com/ar ticle/us-amazon-com-jobs-automation-insight/amazon-scraps-secret-ai-recruiting-tool-that-showed-bias-against-women-idUSKCN1MK08G)

Dougall, David J., "Applications and benefits of real time simulation for PLC and PC control systems", *ISA Transactions*, Vol.36, Iss.4, 1997.1.

Fay, S. B., "Bismarck's Welfare State", *Curren History*, Vol.18, Iss.101,

Gauthier, D., "David Hume, Contractarian", *The Philosophical Review*, Vol.88, No.1, 1979.

Gauthier, D., *Morals By Agreement*, Oxford : Clarendon, 1987(1950.1).

Greene, D. · Hoffmann, A. L. · Stark, L., "Better, Nicer, Clearer, Fairer : A Critical Assessment of the Movement for Ethical Artificial Intelligence and Machine Learning", The 52nd Annual Hawaii International Conference on System Sciences(HICSS), Maui, HI, 2019.

Gutmann, Amy(ed.), *Democracy and the Welfare State*, Princeton : Princeton University Press, 1988.

Hand, D. J., "Classifier Technology and the Illusion of Progress", Statistical science Vol.21 no.1, 2006.

Hencock, E. P., *The Origin of the Welfare State in England and Germany, 1850 ~1914 : Social Policies Compared*, Cambridge, England : Cambridge University Press, 2007.

Liu, H. · Motoda., H., *Feature selection for knowledge discovery and data mining*, Springer Science & Business Media, 2012.

Marquis de Condorcet, Esquisse d'un tableau historique des progès de l'esprit humain, 1795.

Michael, M. · Lupton, D., "Toward a manifesto for the 'public understanding of big data'", Public Understanding of Science Vol.25, No.1, 2016.

Jerrold Nadler, et al. Investigation of Competition in Digital Markets.(Majority Staff Report and Recommendations, Subcommittee on Antitrust, Commercial and Administrative Law of aaathe Committee on the Judiciary)

Kymlicka, Will, "libertarianism, left-", in T. Honderich(ed.), *The Oxford Companion to Philosophy*, New York : Oxford University Press, 2005.

Long, Roderick T., "Anarchism", in Gerald Gaus · Fred D'Agostino · Ryan Muldon(ed.), *The Routledge Companion to Social and Political Philosophy*, New York : Routledge, 2012.

Megginson, William L. · Jeffry M., "From State to Market : A Survey of Empirical Studies on Privatization", *Journal of Economic Literature*, Vol.39, No.2, 2001.6.

Michael, M · Willis, C. J. · Gurram, P., "Interpretability of deep learning models — a survey of results", in *IEEE Smart World Congress 2017 Workshop(DAIS)*, 2017.

Mill, J. S., *Principles of Political Economy*, 2nd ed. 1849, New York : Augustus Kelley, 1987.

Miller, Jennifer, "Is an Algorithm Less Racist Than a Loan Officer?", *The New York Times*.(https://www.nytimes.com/2020/09/18/business/digital-mortgages. html?searchResultPosition=1#)

Moor, James, "What is Computer Ethics?", *Metaphilosophy*, Vol.16, No.4, 1985.

More, Thomas, Paul Turner(trans.), *Utopia*(1st Latin edition, Louvain, 1516), Harmondsworth : Penguin Classics, 1963.

Nadler, Jerrold et al., "Investigation of Competition in Digital Markets".(Majority Staff Report and Recommendations, Subcommittee on Antitrust, Commercial and Administrative Law of the Committee on the Judiciary)

Noble, S. U., *Algorithms of Oppression — How search engines reinforce racism*, New York : NYU Press, 2018.

O'Brien, J. Patrick · Olson, Dennis O., "The Alaska Permanent Fund and Dividend Distribution Program", *Public Finance Review*, Vol.18, 1990.

Paxton, Robert O., "Vichy Lives! : In a way", *The New York Review of Books*, 2013.4.25.

Perry, W. L. · McInnis, B. · Price, C. C. · Smith, S. C. · Hollywood, J. S., *Predictive policing — The Role of Crime Forecasting in Law Enforcement Operations*, Rand Corporation, 2013.

Phillips, Robert · Freeman, R. Edward · Wicks, Andrew C., "What stakeholder theory is not." *Business ethics quarterly*, Vol.13, No.4, 2003.

Rawls, John, *Political Liberalism*, Columbia University Press, 2016.

Rawls, John, *A Theory of Justice*, Cambridge, MA : Belknap Press of Harvard University Press, 1999.

Russell, Bertrand, *Roads to Freedom, Socialism, Anarchism and Syndicalism*, London : Unwin Books, 1918.

Sandvig, C.·Hamilton, K.·Karahalios, K.,·Langbort, C., "Auditing Algorithms – Research Methods for Detecting Discrimination on Internet Platforms", Data and Discrimination – Converting Critical Concerns into Productive – A preconference at the 64th Annual Meeting of the International Communication Association, Seattle, WA, 2014.

Scanlon, T. M., *What We Owe to Each Other*, Cambridge, MA : Belknap Press of Harvard University Press, 1998.

Schlehahn, E.·Aichroth, P.·Mann, S.·Schreiner, R.·Lang, U.·Shepherd, I. D. H.·Wong, B. L. W., "Benefits and Pitfalls of Predictive Policing", Proceedings of 2015 European Intelligence and Security Informatics Conference(EISIC 2015), 2015.(https://ieeexplore.ieee.org/document/7379738)

Selbst, A. D., "Disparate Impact in Big Data Policing", Georgia Law Review Vol.52, 2018.

Toole, J. L.·Eagle, N.·Plotkin, J. B., "Spatiotemporal correlations in Criminal Oense Records", *ACM Transactions on Intelligent Systems and Technology* Vol.2, No.4, 2011.

Van Parijs, Philippe, *Real Freedom for All*, Oxford : Clarendon Press; New York : Oxford University Press, 1995.

Van Parijs, Philippe, "Basic income : A Simple and Powerful Idea for the Twenty-first Century", *Politics & Society*, Vol.32, 2004.

Van Parijs, Philippe, "Basic income and social justice. Why philosophers disagree", Joint Joseph Rowntree Foundation/University of York Annual Lecture, 2009.3.13.

Vault, Math, *The Definitive Glossary of Higher Mathematical Jargon – Algorithm*, 2020.10.29.(https://mathvault.ca/math-glossary/#algo)

Veruggio, Gianmarco, *EURON Roboethics*, Release 1.1, Genova, 2006.7.

Vives, Juan Luis, *De Subventione Pauperum, Sive de Humanis necessitatibus*, 1526.

Vives, Juan Luis, Alice Tobriner(trans.), *On the Assistance to the Poor*, Toronto, Buffalo,
 London : University of Toronto Press, 1999.

「행안부, 오픈데이터포럼 발족」, 『연합뉴스』, 2017.7.27.

「인공지능으로 범죄 막을 수 있을까 … 검, 범죄예방체계 컨설팅 착수」, 『전자신문』,
 2016.8.9.

「범죄 용의자 AI가 찾는다」, 『매일경제』, 2016.12.29.

https://www.kent.police.uk/news/latest_news/131203_predpol_day_a.html

http://news.kmib.co.kr/article/view.asp?arcid=0923929416

https://www.axios.com/england-exams-algorithm-grading-4f728465-a3bf-476b-
 9127-9df036525c22.html

http://www.hani.co.kr/arti/international/europe/959055.html

https://legistar.council.nyc.gov/LegislationDetail.aspx?ID=3137815&GUID=437A6A6
 D-62E1-47E2-9C42-461253F9C6D0

The IEEE Global Initiative on Ethics of Autonomous and Intelligent Systems, 2017.

ACM U.S. Public Policy Council and ACM Europe Policy Committee, 2017.